Sankt Lawrence – Die Söldnerin
Lybra Lorr

Lybra Lorr

Sankt Lawrence

I

Die Söldnerin

Texte: © Copyright by Lybra Lorr
Umschlaggestaltung: © Copyright by Lybra Lorr
Verlag: BoD · Books on Demand GmbH, Überseering 33,
22297 Hamburg, bod@bod.de
Druck: Libri Plureos GmbH, Friedensallee 273,
22763 Hamburg
www.lybralorr.de
kontakt@lybralorr.de
ISBN: 978-3-7583-5053-5

FÜR ALLE, DIE GESCHICHTEN
GENAUSO LIEBEN WIE ICH

PROLOG

Man sagt, dass es in dieser Welt eine Ordnung gibt, die nicht gestört werden darf, und dass jeder seinen vorbestimmten Weg gehen muss. Mein Weg wurde in dem Moment bestimmt, als ich auf die Welt kam und der Priester mich sah. Ich wurde nach der berühmten Heiligen Lorelai benannt und von der Kirche aufgenommen.

Meine Eltern verkauften alles, was sie besaßen, um mir in die Hauptstadt folgen zu können, denn sie hatten kein Recht, mich zu behalten. Mir wurde beigebracht, wie sich die Heilige zu verhalten hat, und während ich lernte, meine heiligen Fähigkeiten zu meistern, sah ich meine Eltern nur selten. Denn es gab viele Menschen, die meine Legitimität als Heilige anzweifelten, was den Priester, der für mich verantwortlich war, noch strenger machte. Ich arbeitete fleißig für meine Eltern und für meinen Mentor Matthias. Und je älter ich wurde, desto weniger zweifelte man an mir. Die Situationen, in denen mich Priester oder Adlige besuchten, um mich zu bewundern, häuften sich ebenso wie das Lob, das ich erhielt.

Anfangs machte mich das glücklich, aber ich sah meine Eltern immer seltener, und sie schienen jedes Mal besorgter. Und als ich ihnen im Alter von sieben Jahren verriet, dass ich mich regelmäßig vor Matthias ausziehen sollte, damit er meinen Gesundheitszustand überprüfen konnte, nahmen sie mich mit und versuchten zu fliehen.

Aber wir wurden schnell gefasst und ich wurde zurück in den Tempel gebracht. Danach durfte ich meine Eltern nicht mehr sehen, und obwohl ich nicht verstand, was vor sich ging, begann ich allmählich zu begreifen, dass die Kirche nicht nur mein Bestes im Sinn hatte. Ich wurde für mein Talent und meine Schönheit gelobt, aber ich durfte keine Entscheidungen treffen, das, was man mir beibrachte, infrage stellen oder gar den Tempel verlassen. Nicht viele Menschen durften mich besuchen, aber die, die es durften, wurden immer zudringlicher.

Und dann, als ich zehn Jahre alt war und ein Adliger anfing, seltsame Geräusche zu machen, während er mich berührte, habe ich mich zum ersten Mal gewehrt. Als Heilige habe ich eine starke Affinität zur Lichtmagie, die als heilige Magie gilt und von Heilern angewandt wird. Mein Leben lang wurde ich in Heilmagie unterrichtet. Aber in diesem Moment beschloss ich, dass ich keine Heilerin werden wollte.

Die Lichtmagie eignet sich am besten zur Unterstützung. Neben der Heilung umfasst sie auch Stärkungs- und Schwächungszauber. Ich benutze Magie, seit ich denken kann, und im Alter von zehn Jahren war es intuitiv. Auf diese Weise konnte ich meine eigene Kraft verstärken und einen Mann von mir stoßen, der doppelt so groß war wie ich.

Der Adlige verletzte sich, weil er unglücklich fiel. Ich verletzte mich, weil ich meinen Körper überanstrenge, und die Dinge wurden kompliziert. Zuerst entschuldigten sich die Priester bei dem Adligen und versuchten, mich zu beruhigen. Aber nach diesem Vorfall ließ ich niemanden mehr an mich heran, und schließlich blieb den Priestern nichts anderes übrig, als die Besuche zu unterbinden.

Zu dieser Zeit lernte ich, wie ich die Tatsache, dass ich ein Kind und die kostbare Heilige war, ausnutzen konnte. Mir wurde eine Wache zugeteilt, ein Templer namens Luke. Als ich ihn fragte, ob er mich auch halten und berühren wolle, wurde er blass und war so schockiert, dass er eine ganze Weile nichts sagte. Ich nutzte seinen Schock aus, um ihn unter Tränen und Geschrei dazu zu bringen, mir zu helfen. Von da an lehrte mich Luke, wenn auch widerwillig und heimlich, den Nahkampf und die Grundlagen der Schwertkunst.

Die meiste Zeit verbrachte ich in der Bibliothek des Tempels, wo ich Magie studierte, während Luke draußen wartete. Ich durfte allein in der Bibliothek sein, denn es gab keine Bücher, die ich nicht ohnehin lesen sollte. Aber im Gegensatz zu dem, was die Priester von mir wollten, nämlich meine Fortschritte in der Heilmagie, konzentrierte ich mich auf alles andere.

Ich hatte die Heilmagie so oft geübt, dass sie mir in Fleisch und Blut übergegangen war und jede Schnittwunde an meinem Körper in Sekundenschnelle heilte, ohne dass ich etwas dafür tun musste. Außerdem wusste ich bereits, wie ich mich stärken konnte, und zusammen mit Luke trainierte ich meinen Körper darauf, diese Stärkung zu ertragen. Aber ich wollte mehr. Schließlich war es mein Ziel, den Tempel zu verlassen und meine Eltern zu finden, und ich wusste, dass ich das nicht allein mit meiner Kraft schaffen würde. Ich war bei weitem nicht stark genug, um Luke zu besiegen, und er sagte mir, dass ich als Frau und Magierin immer schwächer sein würde als er.

Ich begann, mit Magie zu experimentieren, weil ich dachte, dass Geschlecht oder Alter keine Rolle spielen, wenn man ein starker Magier ist. Ich versuchte mich an verschiedenen Angriffszaubern, Elementarzaubern und Telekinese, aber mein Talent beschränkt sich auf Lichtmagie.

Es war die Ironie meines Lebens, dass ich, die ich mit meiner außergewöhnlichen Begabung für Lichtmagie glänzte, nichts anderes wollte, als mich im Schatten zu verstecken.

Zwei Jahre vergingen. Ich war zwölf und meine Tage folgten nun einer gewissen Routine. Ich hörte auf, mit Luke zu trainieren, weil er sich weigerte, mir mehr als die Grundlagen der Selbstverteidigung beizubringen, und ich drängte ihn auch nicht dazu, weil ich wusste, dass er es früher oder später der Kirche erzählen würde.

Stattdessen verbrachte ich die meiste Zeit mit Meditation. Ich hatte darüber in einem Buch gelesen und es gelang mir, Matthias davon zu überzeugen, dass es mir half, meine Magie weiterzuentwickeln. Natürlich tat ich etwas völlig anderes. Ich benutzte die Meditation als Ausrede, denn um am effektivsten zu meditieren, muss man allein und ungestört sein. Und solange ich gehorsam den weißen Schleier anlegte, um Menschen zu heilen, zu segnen oder einfach nur Matthias zu begleiten und mich von ihm vorführen zu lassen, durfte ich meine Freizeit ungestört verbringen.

Das wurde zur täglichen Routine und selbst Luke steckte seinen Kopf nicht mehr in meine Privatgemächer, sondern schlief vor der Tür oder patrouillierte im Gebäude. Und dann war ich endlich so weit, dass ich mich unbemerkt vom Tempelgelände schleichen konnte.

Die Ironie meines Lebens erwies sich als hilfreich, denn ich lernte etwas, das Matthias und dem Hohepriester vor Schreck die Haare ausfallen lassen würde: Schattenmagie.

In den Kirchenarchiven hatte ich nie etwas über Schattenmagie gelesen, aber ich erinnerte mich an ein Buch, das mein Vater mir vorgelesen hatte. Es war ein Märchen, in dem der Bösewicht, ein dunkler Magier namens Lawrence, sich niemand Geringerem als der Heiligen Lorelai in den Weg stellte. Einer seiner Tricks bestand darin, plötzlich aus dem Schatten aufzutauchen und wieder zu verschwinden. Aber wie man es auch dreht und wendet, ein Schatten ist nur die Abwesenheit von Licht, und wenn man das Licht kontrolliert, kontrolliert man auch den Schatten.

Das Erste, was ich lernte, war, Schatten zu betreten.

Nachdem ich mir einen Schatten wie einen See vorgestellt hatte, wie er im Bilderbuch meines Vaters abgebildet war, konnte ich meine Hand in meinen Schatten stecken. Ich versuchte, Gegenstände hineinzulegen, um zu sehen, was passiert und die Antwort war: nichts. Sie blieben einfach dort, bis ich sie wieder herausholte. Das war sehr nützlich, um etwas vor den Priestern zu verstecken.

Nachdem ich gelernt hatte, Gegenstände aufzubewahren, begann ich zu experimentieren, wie weit ich in meinen Schatten eintreten konnte. Aber obwohl ich nach Belieben hineingreifen konnte, war es mir unmöglich, völlig darin zu verschwinden, wie Lawrence es getan hatte. Denn wenn ich in meinen Schatten eintreten würde, würde er verschwinden. Um einen Schatten ganz zu betreten, muss es der Schatten eines anderen sein. Das allein war aber nutzlos für etwas anderes, als sich zu verstecken, denn ich konnte mich nur in dem Schatten bewegen, in dem ich mich befand. Und an diesem Punkt kam mir meine Schattenmanipulation zu Hilfe. Ich konnte Licht entfernen oder verstärken, um Schatten zu kombinieren, zu erzeugen oder zu verlängern. Damit konnte ich mich praktisch wie der Bösewicht aus dem Buch meines Vaters bewegen.

Als letzte Vorbereitung zog ich die Kleidung an, die Luke mir für das Training besorgt hatte - Jungenkleidung - und eine Maske, die ich aus Buchseiten und Klebstoff gebastelt hatte. Dann verließ ich den Tempel.

An diesem Tag bin ich zum ersten Mal alleine durch die Hauptstadt gelaufen. Libera ist eine Stadt voller Händler, Läden und Ständen, in der es an jeder Ecke etwas Neues zu entdecken gibt. Bei meinem ersten Ausflug war ich so erstaunt über all das, was ich bisher nur durch das Fenster einer Kutsche gesehen hatte, dass ich den Zweck meines Besuches völlig vergaß. Die Zeit verging wie im Flug und ehe ich mich versah, war es dunkel. Ich rannte zurück zum Tempel und ärgerte mich, dass ich mich hatte ablenken lassen.

Ich erfand die Ausrede, ich sei beim Meditieren unter dem Bett eingeschlafen, und bei der nächsten Gelegenheit schlich ich mich wieder hinaus. Diesmal achtete ich darauf, mein Ziel nicht aus den Augen zu verlieren. Ich sprach mit einigen Leuten in den Außenbezirken, bis ich einen alten Soldaten fand, der früher als königlicher Ritter gedient hatte. Es hieß, er sei aus dem Orden ausgestoßen worden und lebe in einer schäbigen Hütte am Stadtrand. Sein Name war Mydas.

»Du willst, dass ich dich im Schwertkampf unterrichte?!« Er stank nach Alkohol und war von der Idee nicht begeistert.

»Ich werde dich bezahlen.« Ich hielt ihm einen Beutel mit Geld hin, den ich Matthias gestohlen hatte. »Das ist ehrenhafter, als ein Säufer zu sein. Es ist auch besser für deine Gesundheit, wenn du weniger Alkohol trinkst und dich mehr bewegst. Und wenn ich erst einmal ein starker Söldner geworden bin, werde ich dafür sorgen, dass jeder deinen Namen kennt.«

Mydas war so erstaunt über meine großspurigen Worte, dass er mich nicht gleich verjagte. »Du bist mutig, aber ich habe weder die Zeit noch die Geduld, ein Gör wie dich zu unterrichten! Schon gar nicht sollte ein Mädchen Schwertkampf lernen, also schlag dir das aus dem Kopf!« Obwohl er betrunken war, war er aufmerksam genug, um zu erkennen, dass ich ein Mädchen bin.

»Wenn ich dich in einem Duell besiege, wirst du mich dann unterrichten?«

»Was?!«

»Wenn ich beweisen kann, dass ich es wert bin, unterrichtet zu werden, obwohl ich ein Mädchen bin, wirst du mich dann unterrichten?«

Mydas, der unter dem Spott seiner unehrenhaften Entlassung litt, nahm das nicht sehr gut auf. Er zog das rostige Schwert, das er noch immer an der Hüfte trug, und hielt es mir unter die Nase. »Du hältst dich wohl für was Besseres. Ich bin zwar kein Ritter mehr, aber das bedeutet nur, dass ich mich nicht an den Kodex halten muss. Und ich glaube nicht, dass es viele gibt, die dich suchen würden.« Er konnte ja nicht wissen, wie falsch er damit lag.

»Ich halte mich nicht für besser. Sonst würde ich dich nicht fragen, ob du mich unterrichtest«, sagte ich selbstbewusst. Ich dachte mir, wer sich nicht um sein Schwert kümmert, denkt auch nicht daran, es zu benutzen.

»Ach ja?«, fragte er, aber sein Gesicht zeigte eine Mischung aus Frustration und Verwunderung über mich, die von seinem Schwert völlig unbeeindruckt war. Trotzdem ließ er es nicht sinken.

»Ich könnte es schaffen, wenn ich dich überrasche. Mit Glück.«

»Ein Glückstreffer also?« Er senkte sein Schwert etwas und warf mir einen misstrauischen Blick zu. »Was macht dich da so zuversichtlich?«

Da sein Schwert immer noch in der Luft schwebte und einen Schatten warf, der mit seinem eigenen verbunden war, brauchte ich nur in ihn einzutreten. In der nächsten Sekunde tauchte ich hinter Mydas auf und griff ihn mit meinem Übungsschwert an. Ich dachte, ich sei schnell, aber Mydas schaffte es, meinen Schlag abzublocken, wenn auch mit einem schockierten Ausdruck auf seinem Gesicht. Er starrte mich eine Weile an, während ich überlegte, ob ich ihm sagen sollte, was ich getan hatte oder nicht. Aber dann sagte er: »Wie heißt du, Gör?«

Eine Frage, mit der ich nicht gerechnet und an die ich nicht gedacht hatte. Meinen Namen konnte ich ihm nicht sagen, aber mir kam schnell ein Name in den Sinn, der viel besser zu mir passte. »Lawrence. Mein Name ist Lawrence.«

I.

»Hey Lawry, hast du n Moment?« Dorran, der Wirt der Söldnergilde, winkt mir von der anderen Seite der Bar zu.

Ich genieße mein Bier in der lärmenden Atmosphäre der Gildenhalle, allein, aber zufrieden. Ich kann es mir nicht leisten, zu viel mit meinen Kollegen zu interagieren, aber ich ziehe diese Umgebung der Stille in meinem Zimmer im Tempel vor. Außerdem kann ich nur hier Bier trinken, denn als Heilige ist mir Alkohol verboten. Das ist der Hauptgrund, warum ich ihn trinke.

Dorran geht am Tresen entlang auf meinen Platz zu, gefolgt von der Gruppe Männer, mit der er gesprochen hat. »Diese Jungs wollen in die Felswurzeln. Meinst du, du kannst sie reinbringen?«

»Hm …« Ich werfe einen Blick auf die sechs Männer. Sie alle tragen Kleidung, die schlicht aussehen soll, aber in Material und Verarbeitung zu hochwertig ist, als dass sie wirklich einfachen Leuten gehören könnte. Außerdem tragen sie alle ein Schwert an der Hüfte, auch wenn sie diese unter ihren langen Mänteln zu verbergen suchen. Sie sind zweifellos Aura-Träger, was bedeutet, dass sie die Felswurzeln nicht allein betreten können. Aber das kann fast niemand.

Die Felswurzeln sind ein Gebirgszug im Osten, mit Ausläufern, die wie riesige Baumwurzeln aussehen und ihnen ihren Namen geben. Darunter befindet sich ein Tunnelsystem, das immer wieder Abenteurer anzieht.

»Klar«, sage ich nach einer nachdenklichen Pause. Sie scheinen keine Schatzgräber zu sein. Wenn ich mir ihre steifen und gewichtigen Gesichtsausdrücke ansehe, ist dies eine Mission der Ehre und Pflicht.

»Habt Ihr eine Teleportationsschriftrolle? Wenn ja, werden wir sie kaufen.« Der große dunkelhaarige Mann mustert mich misstrauisch, aber wenn ich raten müsste, würde ich sagen, dass der Blonde neben ihm das Sagen hat.

Ich kichere über seine Bemerkung und richte meine Aufmerksamkeit wieder auf meinen Krug. Ich hebe ihn hoch und kippe ihn vor meinem Gesicht. Da ich eine Maske trage, kann ich nicht normal trinken. Stattdessen nutze ich Schattenmagie, um die Flüssigkeit in meinen Mund zu teleportieren. Ich schockiere die Leute regelmäßig mit diesem Trick.

»Ihr seid eine Magierin?!«, ruft der Dunkelhaarige, als wäre das etwas Erschreckendes.

»Ich bin nicht hier, um den Raum zu verschönern«, antworte ich gelangweilt. Es ist immer das Gleiche mit Kunden. »Also, heuert ihr mich an, oder was?«

»Es ist gefährlich«, sagt er sofort.

»Bin auch für n Soloauftrag zu haben, wenn du Schiss hast.«

»Tsk!« Diesmal versucht er, einen Schritt auf mich zuzumachen, wird aber von dem Blonden aufgehalten. »Wart Ihr schon einmal im Hesky-Wald?«, fragt er mit ruhiger Stimme. Er ist auf jeden Fall der Anführer und das, obwohl er nur ein paar Jahre älter als ich sein dürfte. Wahrscheinlich ist er der verzogene Sohn eines Adligen, der andere leichter herumkommandiert, als er sich die Schuhe binden kann.

Ich trinke noch einen Schluck. Dann lege ich den Kopf schief, als wäre ich verwirrt. »Hesky-Wald? Wo ist das noch mal?«

»Du -!« Der dunkelhaarige Kerl wird wieder von seinem blonden Freund unterbrochen.

»Bevor ich entscheiden kann, ob ich Euch anheuern werde, will ich wissen, wieso Ihr eine Maske tragt.«

»Oho, soll ich sie abnehmen?«

»Nein!« Dorran greift ein, bevor einer der Männer etwas sagen kann. Zu dumm, dass er immer noch hier ist. »Du lässt die Maske auf, Lawry, und ihr, lasst es gut sein. Um euretwillen.«

Ich schluchze theatralisch. »Ich habe vielleicht nicht das Gesicht eines Engels, aber das verletzt meine Gefühle.«

Dorran seufzt, denn er hat sich schon an mich gewöhnt, aber die sechs Männer sehen verwirrt aus. »Sie wird euch ihr Gesicht nicht zeigen, egal was sie sagt. Aber sie ist keine Kriminelle. Sie ist nur speziell, wenn ihr versteht, was ich meine.« Er lehnt sich über den Tresen, während er bedeutungsvoll die Stimme senkt.

Ich werde misstrauisch beäugt. Meine Maske im Besonderen. Im Gegensatz zu der selbstgebastelten Papiermaske, die ich vor Jahren getragen habe, ist diese ein verzauberter Gegenstand. Sie lässt sich nicht nur nicht ohne meine Erlaubnis abnehmen, sie verändert auch meine Stimme und meine Haarfarbe. Die Maske selbst ist dunkelblau, mit einer Sonne und einem Mond darauf. Ich fand sie damals passend, aber sie verhindert nicht, dass ich recht zwielichtig aussehe. »Speziell im Sinne von unglaublich bis in die Haarspitzen«, sage ich mit dramatischer Stimme, während ich mit der Hand ein paar Haarsträhnen aus meinem Pferdeschwanz über meine Schulter ziehe. »Vielleicht wollt ihr auch die fesselnde Geschichte darüber hören, wieso ich mir Zöpfe in die Haare flechte.« Meine Haare sind streng zu einem hohen Pferdeschwanz zusammengebunden, in den ein paar kleine Zöpfe eingeflochten sind, um die Wellen zu kaschieren. Außerdem sind sie, untypisch für eine Söldnerin, so lang, dass sie mir auch mit dem Zopf über den Rücken fallen.

Die Männer sehen mich alle mit einer Mischung aus Verwirrung und Sprachlosigkeit an.

Ich lache. »Nicht?«

Der Blonde räuspert sich und legt eine Hand auf seine Brust. »Verzeiht unsere Unhöflichkeit. Mein Name ist Mikail und ich bin der Anführer dieser Männer. Wir möchten Euch um Hilfe bitten.«

»Geht doch!« Ich rutsche von meinem Hocker und bedeute ihnen, mir zu folgen. Ich führe sie in einen der hinteren Räume, die normalerweise leer sind. Vertragsverhandlungen sind selten, weil der übliche Weg für beide Seiten bequemer ist, aber es kommt vor, und deshalb sind diese Räume notwendig.

Wenn jemand einen Auftrag hat, schickt er ihn in der Regel an die Gilde, und je nach den Anforderungen des Auftrags wird er in der Gildenhalle für alle zur Annahme ausgehängt oder einigen geeigneten Söldnern vorgelegt. In diesen Aufträgen sind die Bedingungen und die Bezahlung festgelegt und Diskussionen sind selten nötig, da die Gilde darauf achtet, nur faire Aufträge anzunehmen.

Ich schließe die Tür, die ich höflich für alle geöffnet habe, und wende mich den Männern zu, die bereits am Tisch Platz genommen haben. Ansonsten gibt es in dem Raum nichts und er ist auch ziemlich klein. Aber er ist mit einem Stillezauber versehen, sodass nur die Anwesenden die Unterhaltung hören können. »Mein Name ist Lawrence. Macht mir ein gutes Angebot und ich stehe euch zur Verfügung.« Ich breite die Arme in einer lässigen Geste aus, während ich mich auf den Stuhl am Kopfende des Tisches fallen lasse. Dann beobachte ich meine möglichen Kunden mit Interesse.

Der Blonde zu meiner Linken, der sich vorhin als Mikail vorgestellt hat, räuspert sich. »Es freut mich, Euch kennenzulernen, Miss Lawrence. Das sind Dalton, Clover, Kuma, Jake und Lomin.« Er deutet auf seine Kameraden, einen nach dem anderen, beginnend mit dem Dunkelhaarigen. »Wir sind auf der Suche nach dem Erz in den Felswurzeln. Aber auch wenn ich von den Fähigkeiten eines jeden von uns überzeugt bin, können wir das Gebirge zwar erreichen, aber ohne einen Magier oder eine Schriftrolle kommen wir nicht hinein.«

»Und ihr habt niemanden gefunden, der euch letzteres verkauft. Nicht, dass es das Erz wert wäre.« Teleportationsschriftrollen sind äußerst selten, da nur wenige Magier in der Lage sind, Menschen zu teleportieren. Wahrscheinlich gibt es im ganzen Land nur zwei, und die haben Besseres zu tun, als Schriftrollen zu verkaufen. Selbst wenn man also einen Verkäufer finden würde, müsste man einen Haufen Geld bezahlen.

»Habt Ihr schon einmal die Tunnel unter den Felswurzeln betreten?«

»Ich würde meine Hilfe nicht anbieten, wenn ich nicht wüsste, dass ich hineingehen kann. Ich bin eine Heilerin und Teleportation über kurze Distanzen ist eine meiner Sonderfähigkeiten.«

Er legt die Stirn in Falten. »Ihr könnt Menschen teleportieren?«

Ich kichere und tauche in seinen Schatten ein.

Mikail dreht abrupt den Kopf, als ich hinter ihm wieder auftauche, aber der Schock auf seinem Gesicht verfliegt schnell. »Ich verstehe. Wir können einen Heiler gebrauchen und natürlich beschützen wir Euch im Gegenzug für Eure Unterstützung.« Er schenkt mir ein Lächeln, als sollte ich dankbar dafür sein.

Etwas enttäuscht kehre ich zu meinem Platz zurück.

»Da wir die Mission im Auftrag eines Dritten

durchführen, werden wir Euch zu gleichen Teilen an der Belohnung beteiligen.«

Ich beäuge den Vertrag, den er mir über den Tisch zuschiebt. Zunächst bin ich skeptisch, aber als ich die Zeilen überfliege, bin ich überrascht über den fairen Deal. Zwanzig Goldstücke sind eine beachtliche Summe, aber immer noch weniger, als ich normalerweise nehmen würde. »Sieht gut aus.« Ich nicke zustimmend, ignoriere aber die Feder, die Mikail mir für meine Unterschrift anbietet. »Aber es gibt etwas, das ich hinzufügen möchte.«

Mikail runzelt die Stirn und Dalton wirft mir einen warnenden Blick zu.

»Ich werde nicht über eure Fähigkeiten urteilen, aber Hesky ist ein gefährlicher Ort. Für den Fall, dass ihr nicht in der Lage seid, mich zu beschützen und ich mich selbst darum kümmern muss, möchte ich wie eine zweite unabhängige Partei behandelt werden. Und dann machen wir Halbe-Halbe.« Grinsend hebe ich zwei Finger in die Luft.

»Wie unverschämt! Wir sind schon so großzügig, Euch den gleichen Betrag wie allen anderen zu geben, aber Ihr wagt es, mehr zu verlangen?«, ruft Dalton wütend und springt dramatisch auf.

»Oh?« Ich beobachte ihn amüsiert. »Heißt das, du traust euch nicht zu, mich zu beschützen?«

Daltons Gesicht verfinstert sich.

»Wenn ich jedem Kunden bei der Einschätzung seiner eigenen Fähigkeiten aufs Wort glauben würde, wäre ich tot. Und wenn ihr nicht einmal bereit seid, das in den Vertrag aufzunehmen, weil ihr es für unfair haltet, seid ihr eindeutig nicht qualifiziert, zu den Felswurzeln zu reisen, geschweige denn, sie zu betreten.«

»Dann ist das ein Test?«, fragt Mikail ruhig.

»Wenn du meinst, was du sagst, und ihr fähig seid, macht es keinen Unterschied, ob du die Klausel hinzufügst oder nicht. Aber wenn ich auf mich selbst aufpassen muss, verstehst du, dass ich dafür meine eigenen Kosten habe.« Ich hebe die Hand und reibe Daumen und Zeigefinger aneinander.

Er sieht mich einen Moment stirnrunzelnd an, nickt mir dann kurz zu und nimmt den Vertrag wieder an sich.

»Lord M-hrm-hm! Boss?«

Ein unauffälligeres Hüsteln hat es noch nie gegeben. Dalton scheint Mikails Diener zu sein, was Mikail wohl zu einem Adligen mit höherem Rang macht. Ich hoffe, das macht die Sache nicht komplizierter.

»Es ist in Ordnung. Wir machen das nicht wegen des Geldes und sie hat recht. Eine Heilerin kann sich nicht leichtfertig einer Gruppe Fremder anschließen, also müssen wir ihr ein wenig Vertrauen entgegenbringen.« Er schiebt mir den geänderten Vertrag wieder zu.

Ich grinse, als ich die Zeile sehe, die er geschrieben hat. »Kompromissbereite Kunden sind mir die liebsten«, schnurre ich und kritzle meine Unterschrift aufs Papier.

»Könnt Ihr morgen früh um sechs Uhr am Osttor sein? Wir wollen so schnell wie möglich aufbrechen.«

»Sicher. Und jetzt, da wir eine Vereinbarung getroffen haben, kannst du mit dem höflichen Gehabe aufhören.« Ich schnappe mir den Vertrag vom Tisch und stehe auf. »Die Gilde wird ihn zur Sicherheit aufbewahren. Wir sehen uns dann morgen.« Ich hebe meine freie Hand und winke, als ich den Raum verlasse. Dann gehe ich zurück zur Bar und übergebe Dorran den Vertrag.

Mit gerunzelter Stirn überfliegt er den Inhalt. »Du hast also noch einen. Ich sag dir, eines Tages wirst du ein verdammtes Problem haben, wenn du weiterhin deine Kunden abzockst.«

»Wer zockt hier irgendwen ab? Es ist ein unterzeichneter Vertrag. Ist nicht meine Schuld, wenn sie nicht wissen, was sie da unterschreiben.« Ich zucke unbeeindruckt mit den Schultern.

»Aber diesmal sind es Adlige, oder Lawry?«

»Na und? Adlige zahlen lieber Geld, als sich zu blamieren.« Ich deute ein Zwinkern an, indem ich mir mit zwei Fingern unters Auge tippe.

Dorran schüttelt den Kopf. »Wenn ich dich nicht kennen würde, würde ich mir Sorgen um dich machen.«

»Das nehme ich als Kompliment«, sage ich kichernd.

Ein neuer Auftrag bedeutet, dass ich in den Tempel

zurückkehren muss, um Vorbereitungen zu treffen. So unangenehm das auch ist, so ist es doch nicht so schlimm wie früher. Natürlich weiß niemand, dass ich als Söldnerin arbeite, aber ich muss auch nicht mehr herumschleichen wie früher.

Heute weiß jeder von der zerbrechlichen Gesundheit der Heiligen und dass sie die meiste Zeit in ihrer Residenz verbringt und sich ausruht. Aus diesem Grund habe ich als Heilige nicht viele Aufgaben. Manchmal segne ich Menschen, die große Taten vollbracht haben, oder heile eine unheilbare Krankheit oder eine Verletzung, nur um danach dramatisch in Ohnmacht zu fallen und wie die selbstlose und aufopferungsvolle Heilige zu erscheinen, die ich nicht ansatzweise bin. Und heute wird sich der Zustand der Heiligen so verschlimmern, dass sie zwei Wochen lang ihr Zimmer nicht verlassen kann.

Ich kehre per Schattenreise in den Tempel zurück, denn ich möchte nicht, dass Lawrence mit dem Tempel in Verbindung gebracht wird. Es hat eine Weile gedauert, bis ich größere Entfernungen mit Schattenmagie überwinden konnte, denn es erfordert viel Konzentration, aber es hat sich gelohnt.

Ich betrete mein Badezimmer und ziehe mich um.

Wie meine Maske habe ich auch den Rest meiner Ausrüstung im Laufe der Jahre von dem Geld gekauft, das ich als Söldnerin verdient habe. Alle diese Gegenstände sind von guter Qualität und werden deshalb immer in meinem Schatten aufbewahrt, wenn ich nicht Lawrence bin. Außerdem wäre es seltsam, wenn jemand eine Lederrüstung, Stiefel und Handschuhe sowie eine Reihe von Waffen im Besitz der Heiligen finden würde.

Nachdem ich meinen Pferdeschwanz und die Zöpfe gelöst, einen Läuterungszauber auf mich gewirkt und ein langes, weißes Gewand angezogen habe, verlasse ich das Bad und betrete mein Zimmer.

Matthias ist dort und läuft unruhig hin und her, offenbar so aufgewühlt, dass er mich nicht gleich bemerkt. Erst als ich die Tür hörbar hinter mir schließe, zuckt er überrascht zusammen. Dann hellt sich sein Gesicht auf. »Lorelai! Du bist wieder da!«, ruft er freudig aus.

Ich schnalze verärgert mit der Zunge und verspüre den Drang, sofort wieder zu gehen. »Ich werde das Krankenhaus besuchen. Danach muss ich mich mindestens zwei Wochen lang ausruhen.«

Matthias' Miene verfinstert sich. »Du gehst schon wieder für so lange weg? Aber Lorelai -«

»Ich gehe nicht weg!«, unterbreche ich ihn mit einem scharfen Blick. »Ich bleibe hier in meinem Zimmer und ruhe mich aus, nur du und Luke habt Zugang zu meinem Zimmer und bringt mir *regelmäßig* Essen.« Ich betone 'regelmäßig', denn er neigt dazu, damit nachlässig zu sein. Und obwohl beide wissen, dass ich den Tempel verlasse, habe ich es ihnen gegenüber nie offen zugegeben. »Hol Luke«, befehle ich Matthias, während ich zu meiner Kommode gehe, um mich für einen Ausflug als Heilige vorzubereiten.

Wenn ich die Leute glauben machen will, dass ich

krank bin, muss ich mich ab und zu zeigen, aber selbst dann wäre es unmöglich, den Tempel für längere Zeit zu verlassen, ohne dass es jemand merkt. Deshalb lasse ich mich von Matthias und Luke decken. Nicht aus irgendeinem lächerlichen Gefühl des Vertrauens, das sich im Laufe der Zeit entwickelt hat, nein. Matthias ist ein Feigling, der mich schon längst verraten hätte, und Luke ist im Waisenhaus der Kirche aufgewachsen und ihr treu ergeben. Sie gehorchen mir, weil ich sie verflucht habe.

Im Laufe der Jahre habe ich den Grund herausgefunden, der mich zu einer Heiligen gemacht hat, und das ist einfach eine lächerlich große Menge an Mana und meine Affinität zur Lichtmagie. Der Grund, warum Heilige nicht oft geboren werden, ist, dass man diese beiden Eigenschaften von Geburt an braucht. Wenn jemand viel Mana hat, aber eine Affinität für etwas anderes, dann hat er nur das Potenzial, ein großer Magier zu werden. Hat man dagegen eine Affinität zur Lichtmagie, aber nur eine durchschnittliche Menge an Mana, ist man nur ein einfacher Magier, der Priester oder Heiler werden kann.

Ich, die ich beide Bedingungen erfülle, wurde als Heilige erzogen, und als solche setzten die Leute Erwartungen in mich. Zum Beispiel meine Fähigkeit, Menschen zu segnen. Es heißt, dass nur die Heilige in der Lage ist, Segen zu spenden. Aber um einen Segen zu spenden, braucht man nur eine exorbitante Menge an Mana. Denn in Wirklichkeit ist ein Segen nur ein permanenter Stärkungszauber.

Die meisten Menschen halten mich für ein heiliges Wesen und hinterfragen nie, was ich tue, weshalb viele sogar eine ganz normale Heilung mit einem Segen verwechseln. Wenn ich zum Beispiel einen Blinden heile, nennen sie das ein Wunder und einen Segen, obwohl es sich um eine Heilung handelt, wenn auch eine komplizierte, wenn ich ein Augenlicht wiederherstellen muss, das nie funktioniert hat.

Ein Segen ist ein dauerhaft aktiver Stärkungszauber, oder Buff, was bedeutet, dass der Zaubernde genug Mana braucht, um den Buff für den Rest des Lebens des Ziels aufrechtzuerhalten. Technisch gesehen könnte ihn jeder lichtaffine Mensch wirken, er müsste nur sein Mana kultivieren. Und dann mit dem Zorn der Kirche rechnen, denn Segnungen sind das alleinige Recht der Heiligen.

Aber wo Licht ist, ist auch Schatten, und wo es Segen gibt, gibt es Flüche. Ein Segen ist ein permanenter Buff, ein Fluch ein permanenter Schwächungszauber, oder Debuff, auch wenn sie ein wenig anders funktionieren. Im Allgemeinen gibt es zwei Arten von Flüchen, zwanghafte Flüche und absolute Flüche.

Ein zwanghafter Fluch ist an eine Bedingung geknüpft und wirkt nur, wenn diese Bedingung erfüllt wird. Wenn ich zum Beispiel jemanden verfluche, ein Geheimnis zu bewahren, und einen zwanghaften Fluch verwende, kann er mein Geheimnis immer noch ausplaudern. Aber wenn er das tut, würde er dafür bestraft.

Ein absoluter Fluch hingegen löscht die Möglichkeit, das Geheimnis auch nur zu erwähnen. Die Zielperson könnte nicht mehr darüber reden, selbst wenn sie es wollte. Natürlich erfordert diese Option die zigfache Menge an Mana.

Wie bei einem Segen braucht man genug Mana, um einen Fluch ein Leben lang aufrechtzuerhalten. Der Unterschied zwischen Fluch und Segen ist wie der Unterschied zwischen Buff und Debuff. Ein Buff unterstützt das Ziel, während ein Debuff dem Ziel schadet, und im Falle eines Debuffs wird das Ziel versuchen, sich dagegen zu wehren. Buffs können leicht auf jeden gewirkt werden, während ein Debuff keine Wirkung hat, wenn das Ziel zu stark ist.

Bei zwanghaften Flüchen, die nur aktiviert werden, wenn die Bedingung erfüllt ist, ist die benötigte Menge an Mana immer noch mit der eines Segens vergleichbar. Ein absoluter Fluch benötigt jedoch so viel Mana, dass der Fluch für den Rest des Lebens des Ziels aktiv bleibt. Mit anderen Worten, das benötigte Mana muss so stark sein, dass es alle Energie übersteigt, die das Ziel jemals haben wird. Es ist also nur möglich, wenn das Ziel deutlich schwächer ist als man selbst. Zu meinem Glück ist meine magische Kraft weit größer als die eines niederen Priesters oder eines Templers, der sich weigert, seine Aura gegen mich einzusetzen.

»Ich bin froh, dass Ihr wohlbehalten zurückgekehrt seid, Eure Heiligkeit.«

Ich beobachte im Spiegel, wie Luke sich vor mir

verbeugt, nachdem er Matthias in mein Zimmer gefolgt ist.

»Ich werde das Krankenhaus besuchen. Sieh besorgt aus, wenn ich in Ohnmacht falle. Danach muss ich mich zwei Wochen ausruhen«, sage ich, während ich mir den Schleier über den Kopf ziehe. Ich habe einen weißen Mantel mit goldenen Stickereien über mein langes, weißes Kleid angezogen, den zu tragen das Privileg der Heiligen ist. Normalerweise wäre es eine Verschwendung, so teure Kleider in Weiß so lang zu machen, dass sie über den Boden schleifen, aber sowohl Kleid als auch Mantel sind mit einem Läuterungszauber versehen und bleiben daher sauber.

»Eure Heiligkeit sind immer meine größte Sorge«, antwortet Luke. Im Gegensatz zu Matthias, der immer nervös und unnötig neugierig ist, stellt Luke keinen meiner Befehle infrage, auch nicht, nachdem ich ihn verflucht habe. Er tut alles, was ich von ihm verlange, und demütigt sich vor mir, bis zu einem Punkt, an dem ich mich frage, ob mein Fluch ihn vielleicht mehr beeinflusst hat, als ich wollte. Aber dann habe ich herausgefunden, dass Luke mich einfach für ein heiliges, von Gott auserwähltes Wesen hält, das die Autorität hat, alles zu tun, was es sich wünscht. Egal, wie unheilig meine Handlungen auch sein mögen. Eine Einstellung, die ich nicht ausstehen kann, weil es so wirkt, als würde er sich selbst nicht einmal als Mensch betrachten.

»Mein Glück, dass ihr beide nicht nur schwach, sondern auch dumm seid.« Ich drehe mich um und schenke ihnen mein bestes, falsches Lächeln. »Ich zähle auch in Zukunft auf eure Hohlköpfigkeit und eure sinnlose Hingabe zu Gott.«

Trotz meiner Beleidigungen ändert sich Lukes Gesichtsausdruck nicht, während Matthias von meinem Lächeln völlig hingerissen ist und am Ende bin ich diejenige, die sich ärgert.

Ich schließe die Augen und lege mir die Hand auf die Brust, während ich eine Reihe von Debuffs auf mich wirke. Das tue ich immer, wenn ich als Heilige auftrete, da die Debuffs meine Kraft und Ausdauer erheblich senken, meine Atemzüge flacher machen und mir im Allgemeinen eine kränkliche Erscheinung geben. Im Laufe der Jahre bin ich zu einer guten Schauspielerin geworden, aber auch die besten schauspielerischen Fähigkeiten haben ihre Grenzen, also sorge ich dafür, dass meine körperlichen Fähigkeiten genauso schlecht sind, wie ich es den Leuten vorgaukle. Ursprünglich war das mein einziges Ziel und es ist immer noch der Hauptgrund, aber die Debuffs haben einen unerwarteten Vorteil für mich.

Um jemandem einen Debuff aufzuerlegen, muss der Zaubernde mehr Kraft haben als das Ziel, was die Frage aufwirft, was passiert, wenn beide gleich stark sind. Da jeder Mensch unterschiedlich stark ist und sich verschiedene Debuffs verschieden auswirken, wird man in keinem Buch eine Antwort darauf finden. Seltsamerweise ist noch niemand auf die Idee gekommen, dass diese Frage einfach zu beantworten ist, indem man den Debuff auf sich selbst wirkt.

Die Antwort ist ein endloser Kampf zwischen zwei gleich starken Kräften. Der Zaubernde könnte das Ziel mit einem Debuff belegen, aber das Ziel könnte sich dagegen wehren. Mit anderen Worten, solange niemand aufgibt, würde der Zaubernde das Ziel kontinuierlich schwächen, während das Ziel seinerseits so lange Widerstand leistet, bis es keine Kraft mehr hat.

Objektiv betrachtet ist es idiotisch, sich selbst zu debuffen. Man würde nicht nur den Debuff erleiden, sondern aufgrund des eigenen Widerstands gegen den Zauber würde einem auch schnell das Mana ausgehen. Wie kann das für mich von Vorteil sein? Es ist einfach der effektivste Weg, nicht nur meine magische Kraft und Resistenz, sondern auch meine körperliche Ausdauer zu trainieren. Wenn ich diese Art des Trainings fortsetze, bin ich zuversichtlich, dass meine Fähigkeiten die meiner Vorgänger bei weitem übertreffen werden, selbst wenn ich nur meine Fähigkeiten als Heilige ohne meine Schattenmagie und Schwertkunst messe.

Nachdem ich mich an die plötzliche Schwere meines Körpers gewöhnt habe, verlasse ich mein Zimmer. In diesem Zustand Menschen zu heilen, ist anstrengend und manchmal falle ich wirklich in Ohnmacht. Aber solange ich mich gut ausschlafe, sollte ich morgen früh abreisen können.

Als ich durch die Gänge des Tempels gehe, bleibt jeder, dem wir begegnen, stehen und verbeugt sich vor mir. Anfangs hat mich das eingeschüchtert, dann war ich stolz und jetzt ärgere ich mich nur noch. Es gibt keinen Grund, einer Person Respekt zu zollen, die mehr wie ein Haustier als wie ein Mensch behandelt wird.

Aber es steht mir nicht zu, irgendeine Art von Unmut zu zeigen. Ich bin die perfekte Heilige Lorelai, kränklich, aber hart arbeitend und durch und durch gut. Das ist der Charakter, den ich geschaffen habe, und der Grund, warum mich niemand verdächtigt, obwohl ich mich regelmäßig in meinem Zimmer einschließe.

II.

»Du bist spät dran!«, heißt es, als ich am frühen Morgen mit einem der Gildenpferde zum Treffpunkt am Osttor komme. Es ist der dunkelhaarige Ritter, der gestern schon so unfreundlich war.

»Es ist Punkt sechs«, antworte ich müde. Der gestrige Besuch im Krankenhaus war anstrengender als erwartet.

»Wir wollten um sechs Uhr aufbrechen, also musst du natürlich vor sechs da sein«, argumentiert der Mann. Wie heißt er noch mal? Daron? Dalon? Dalton!

»Wozu? Wolltest du ne Rede halten?«

»Eine Rede?! So ein Quatsch!«

»Wunderbar! Dann können wir ja losreiten.« Ich drücke meine Fersen in die Flanken meiner Stute. Sie ist eine schwarze Schönheit mit dem Namen Asche und das einzige Pferd, das sich von mir anfassen lässt, nachdem ich mit ihr per Schatten gereist bin.

»Sie hat nicht einmal Gepäck dabei. Denkt sie, wir bezahlen für sie?!«

Ich höre Dalton hinter mir schimpfen, ignoriere ihn aber und reite weiter, damit wir pünktlich loskommen.

»Hey, Miss Lawrence.« Einer der Männer, dessen Namen ich vergessen habe, treibt sein Pferd an, um neben meinem zu laufen, nachdem wir die Ausläufer der Stadt verlassen haben. Wir reiten im leichten Trab, denn in einem Wald, in dem es von Monstern wimmelt, ist es nicht ratsam, unvorsichtig voran zu preschen.

»Lawrence reicht.«

»Danke, ich bin Jake.«

Ich sehe ihn an und warte darauf, dass er mir sagt, was er will.

Er lacht unbeholfen. »Hieß der Bösewicht in diesem Märchen nicht auch Lawrence? Du weißt schon, in *Die Lichtbringerin*. Ich wusste nicht, dass das auch ein Frauenname ist.«

»Ist es nicht.«

»Ist es nicht?« Er klingt verwirrt.

»Lawrence ist mein Vorbild, deshalb habe ich beschlossen, ihm zu Ehren seinen Namen zu tragen, unabhängig von seinem Geschlecht.«

Jake kratzt sich am Kopf. »Wie wird ein Schurke zum Vorbild für jemanden?«

»Er ist ein Schurke?« Ich neige meinen Kopf in seine Richtung. »Nur weil er mit der Kirche nicht einverstanden war und ihre Methoden infrage gestellt hat?«

»Eher, weil er Kinder entführt hat und die Heilige töten wollte.«

Ich lache. »Und wer würde das an seiner Stelle nicht tun? Die Kirche hat allen Kindern eine Gehirnwäsche mit ihren Idealen verpasst und ihn als Bösewicht gebrandmarkt, weil er Schattenmagie benutzt hat. Die Heilige war diejenige, die andere gesegnet hat, ohne um Erlaubnis zu fragen.«

Er wirft mir einen abweisenden Blick zu. Natürlich tut er das, denn es ist selten, dass jemand die Kirche kritisiert.

»Hey du! Pass auf, was du sagst!«

Ich drehe den Kopf und sehe Dalton an. »Weißt du genug, um das zu sagen?«

»Wie bitte?!«

Ich zucke mit den Schultern und drehe mich wieder nach vorn. »Es gibt kein Gut und Böse auf dieser Welt, es gibt nur verschiedene Perspektiven. Wenn du die Geschichte aus Lawrence' Sicht erzählst, hat er die Kinder gerettet. Oder es zumindest versucht.«

»Vor wem gerettet? Die Heilige war es, die sie vor einem schwarzen Magier gerettet hat.«

Ich lache. »Du hast wirklich keine Ahnung.«

Dalton treibt sein Pferd neben meins. »Und was sollte eine Söldnerin wie du wissen, was ich nicht weiß?«

»Ist das überhaupt eine Frage?« Ich kichere über seinen empörten Gesichtsausdruck. »Weißt du denn nicht, was Schattenmagie ist?«

»Natürlich weiß ich, was das ist!«, sagt er, aber mit seinem Blick bohrt er mir praktisch ein Loch in die Wange. »Es ist schwarze Magie!«

»Und die gehört verboten!«, sage ich in verschwörerischem Tonfall, während ich mich zu ihm lehne. Dann richte ich mich wieder auf. »Das sagen die meisten, aber alle beten sie dieses Püppchen im Tempel an.«

Daltons Augen werden schmal. »Von wem sprichst du?«, fragt er, obwohl sein drohender Blick verrät, dass er es bereits weiß.

Ich schnaube belustigt. »Na, sicher nicht vom Hohepriester. Aber was weiß eine Söldnerin wie ich schon?«

Sein wütendes Gesicht ist recht amüsant. Außerdem hat er offensichtlich nicht erwartet, dass mich sein drohender Blick nicht beeindruckt.

»Du meinst die Heilige.«

Überrascht drehe ich meinen Kopf zur anderen Seite, wo Jakes Platz von niemand anderem als meinem derzeitigen Boss eingenommen wurde, und ich halte meinen Mund. Nicht weil er mein Boss ist, sondern weil er mir eine Goldmünze hinhält. Er muss aus einer sehr reichen Familie kommen, wenn er mir für etwas so Triviales eine Goldmünze gibt.

»Du hast deinen Status als Söldnerin betont, was bedeutet, dass du für die Informationen bezahlt werden willst oder irre ich mich?«

»Mikail?!«, ruft Dalton und scheint in seiner Überraschung zu vergessen, befangen zu sein, weil er seinen Herrn beim Vornamen nennt.

»Oho, jemand mit Köpfchen.« Ich schnappe ihm die Münze aus der Hand.

»Hey, du Geldschlucker, gib das zurück! Wir haben nur Blödsinn geredet!«

»Was man über deinen Freund nicht sagen kann.« Ich schnippe die Münze in die Luft, und als sie wieder fällt, verschwindet sie in meinem Schatten. »Ich bin zwar raffgierig, aber meinen Preis wert.«

Mikail sieht mich ruhig an, während Dalton nach der Münze zu suchen scheint.

»Es ist eigentlich ganz einfach. Es gab eine Zeit, in der die Menschen schwarze Magier gejagt haben, wegen dieses Märchens, und danach verschwand schwarze Magie. Aber Magie an sich ist weder gut noch böse, und so lernte niemand mehr schwarze Magie, bis sie zu einem Mythos wurde. Das heißt aber nicht, dass es keine Menschen mehr gibt, die eine Affinität dafür haben.«

»Soll das heißen, dass es immer noch schwarze Magier gibt, die ihre Fähigkeiten nur ignorieren?«

»Das könnte man so sagen.«

»Und woher weißt du das?« An der Art, wie er mich ansieht, erkenne ich, dass er eine Vermutung hat.

Ich kichere. »Oh, da hast du mich erwischt.«

»Du beherrschst schwarze Magie?« Trotz des heiklen Themas ist er bemerkenswert ruhig.

»Man sollte es eher Schattenmagie nennen. Und jetzt benutz dein hübsches Köpfchen und denk nach. Wie entstehen Schatten?«

Er muss nicht lange nachdenken, aber es dauert doch eine Weile, bis er antwortet. »Willst du damit sagen, dass Lichtmagie …?«

»Witzig, oder? Die heilige Macht, die die Kirche mit ihrer Heiligen so sehr preist, und die dunkle und böse Macht, die sie verdammt, sind in Wahrheit zwei Seiten derselben Medaille.« Ich greife mit einer Hand hinter mich und ziehe meine Tasche aus meinem Schatten, sodass sie sie sehen können. »So viel zu meinem Gepäck. Ich sag ja, alles eine Frage der Perspektive. *Die Lichtbringerin* ist eine Geschichte über zwei Lichtmagier, von denen sich der stärkere durchsetzt. Oder anders gesagt: Die mächtigste schwarze Magierin dieser Zeit ist die liebe Heilige Lorelai selbst.« Ich sage es leichthin, aber meine neuen Kameraden nehmen es nicht so gut auf.

Daltons Gesicht wird rot und seine Augen funkeln drohend. »Jetzt gehst du zu weit! Wie kannst du es wagen, Ihre Heiligkeit zu verleumden?!«

Ich lege in gespielter Verwirrung den Kopf schief. »Wieso verleumden? Das war ein Kompliment! Von einer Schwarzmagierin zur anderen.«

»Du! DU!« Er sieht mich an, als wolle er mir an die Gurgel springen.

»Oh je!« Ich dränge Asche ein Stück von ihm weg. »Sag mir nicht, du gehörst zu dieser ekligen Gruppe von Anhängern, die die Heilige mehr verehren als Gott?«

»Halt den Mund! Die Heilige Lorelai ist das heilende Licht dieses Landes, sie ist die personifizierte Güte und Reinheit!«

Ich starre ihn ausdruckslos an. »Ein einfaches Ja hätte gereicht.«

Wut flammt in seinem Gesicht auf, aber ich wende mich desinteressiert ab. »Seid ihr alle Verehrer der Heiligen?«, frage ich Mikail.

Jetzt kühlt sich auch seine Miene ab. »Du solltest

wissen, dass wir diese Mission für die Heilige unternehmen.«

Ich blinzle. »Wirklich?« Er hat erwähnt, dass der Auftrag für einen Dritten ausgeführt wird, aber wer hätte gedacht, dass ich diese Dritte bin!

Mikail nickt. »Das Erz in den Felswurzeln hat magische Kräfte und kann zu einem Artefakt verarbeitet werden. Wir hoffen, dass es Ihrer Heiligkeit helfen wird.«

Das wird es nicht. Diese Art von Erz kann wie ein Katalysator wirken, der das Kanalisieren beschleunigt. Deshalb heißt es, dass es magische Fähigkeiten verstärken kann, aber es hat seine Grenzen. Der Hohepriester hat einen Stab mit diesem Erz in der Spitze, daher weiß ich, dass ich schon vor Jahren eine höhere Kanalisierungsrate hatte. »Lass mich raten: Einer von euch hat einen sehr kranken Freund und hofft, die Heilige zu bestechen, damit sie ihn oder sie heilt, weil es zu kompliziert ist, als dass die regulären Heilungen ausreichen würden.«

Mikails Gesichtsausdruck bleibt steinern, aber die Reaktion der anderen Gruppenmitglieder reicht aus, um mir zu sagen, dass ich ins Schwarze getroffen habe.

Ich grinse. »140 Goldstücke, um in die Felswurzeln zu gehen? Die Kirche hat euch ganz schön übers Ohr gehauen.«

»Sei still!«

»Oho!« Es scheint, als wäre der ruhige Mikail, derjenige mit dem kranken Freund. Sein Gesicht sieht aus, als könne er sich kaum zusammenreißen.

»Ich will dich nur warnen. Du holst dieses Erz nicht für die Heilige. Sie ist nur eine dumme Galionsfigur. Ich wette, sie weiß nicht einmal, was ihr für sie tut, und sie wird es auch nicht erfahren.«

»Ich habe dir gesagt, du sollst den Mund halten!« Seine grünen Augen glühen wie kaltes Feuer, obwohl er sich immer noch nicht überwinden kann, mich anzuschreien oder zu verfluchen. Er ist unerwartet amüsant.

Ich lehne mich ein wenig zu ihm hinüber. »Warum regst du dich so auf? Wenn du jemanden heilen willst, gibt es keinen Grund, dich vorher umbringen zu lassen. Es gibt auch andere Heiler als die Heilige, weißt du?«

Er schnalzt mit der Zunge. Ein hochnäsiger und arroganter Laut, den ich gar nicht nachahmen könnte. »Glaubst du, ich merke nicht, was du vorhast? Von mir bekommst du kein Geld!«

Ich lege den Kopf schief. »Hab ich doch schon. Zweimal.« Ich grinse, als ich seine Augenbraue zucken sehe. »Und hat es sich nicht gelohnt?«

»Wenn deine Fähigkeiten als Heilerin deine Ausdrucksweise nicht übertreffen, hat es sich nicht gelohnt!«, sagt er streng und ich kichere. »Hoho, wie niedlich.«

Mikails Wangen röten sich vor Wut, während er um eine beherrschte Miene kämpft.

Ich lehne mich in seine Richtung. »Dein wütendes Gesicht ist bezaubernd. Kein Grund, es zurückzuhalten«, sage ich und tippe mir mit dem Finger unter das linke Auge, was Mikail geflissentlich ignoriert.

Aber meine Begeisterung legt sich schnell. Im Hesky-Wald gibt es einen Haufen Monster, aber diese Gruppe verdeckter Ritter scheint wirklich geschickt zu sein. Ich verstehe, warum sie nicht unbedingt einen Heiler brauchen.

Ich lehne mich an einen Baum und beobachte die Rücken der sechs Männer. Zu allem Überfluss sind sie alle wohlerzogen und ihrem Anführer gehorsam. Und sie sind so voller Ehrfurcht vor ihm, dass es mich anwidert. Sicher, dieser Mikail kann mit dem Schwert umgehen, und für einen Adligen ist seine Handhabung von Aura ganz gut.

Aura ist die exklusive Kunst der Schwertkämpfer und das Gegenteil von Mana. Sie ist nicht so vielseitig wie Mana, was ihren Anwendungsbereich recht simpel macht. Im Wesentlichen erhöht sie die Schnelligkeit, die Ausdauer und die Stärke eines Schwertkämpfers, während sie das auf sich gerichtete Mana verringern oder sogar aufheben kann. Und sie ist intuitiver, was sie für den Nahkampf besser geeignet macht.

Da mir sowieso langweilig ist, sollte ich vielleicht einen Streit mit Mikail anfangen. Bisher ist es mir nicht gelungen, diesen wütenden Ausdruck erneut auf sein Gesicht zu bringen.

»Gute Arbeit!« Mikails Stimme verkündet das Ende des Kampfes, nachdem mehrere Gnawks tot auf dem Boden liegen, kleine, humanoide Bestien mit großen Ohren, langen Reißzähnen und buschigem braunen Fell.

Die sechs Männer hingegen haben nur ein paar Kratzer.

Ich seufze und heile sie. Sie würden von selbst heilen, aber im Wald kann sich eine Wunde schnell entzünden, und dann hätte ich mehr Arbeit.

Mikail sieht mich an. »Hast du uns gerade alle geheilt?«

Ich zucke mit den Schultern. »Das ist mein Job.«

»Ja, aber ich habe noch nie erlebt, dass jemand so schnell mehrere Menschen auf einmal heilt. Deine Heilkünste sind sehr beeindruckend.«

Ich kichere. »Wenn du so leicht zu beeindrucken bist, ist es kein Wunder, dass du dich so über den Tisch ziehen lässt.«

Er blinzelt. »Wie bitte?«

Ich stoße mich vom Baum ab. »Wir sind ein bisschen unerfahren für die große, weite Welt, oder?«, sage ich mit theatralischer Stimme und wende mich ab, um wieder zu Asche zu gehen.

»Hey!« Das ist natürlich Dalton. »Zeig etwas Respekt, nachdem Mikail dir ein Kompliment gemacht hat!«

Ich hebe einen Finger, ohne mich umzudrehen. »Zahl mir ein Goldstück pro Tag und ich denke darüber nach.«

»Was?!« Dalton stapft hinter mir her. »Du wagst es, Geld dafür zu verlangen, dass du gesunden Menschenverstand zeigst?!«

»Hä?« Ich sehe über meine Schulter. »Menschen sind nett zu Geld. Mit Respekt hat das nichts zu tun. Wenn du willst, dass ich nett bin, musst du zahlen.«

»Unsinn! Du bist nur eine geldgierige Hexe, die nie zufrieden sein wird, egal wie viel Geld wir dir geben.« Dalton zeigt mit dem Finger auf mich.

»Natürlich.«

»Eh?!« Er wirkt eher schockiert über meine Zustimmung als zufrieden.

Ich wende mich wieder Asche zu. »Apropos, Zeit ist Geld, also verschwende meine nicht.«

»Nein, ich würde das gerne ausdiskutieren.«

Ich bleibe noch einmal stehen und sehe Mikail an. »Ich habs nicht so mit Diskutieren …«

»Es geht um unsere Gruppendynamik«, sagt er, als hätte er mich nicht gehört. »Es spielt keine Rolle, wie talentiert du bist, wenn wir nicht gut zusammenarbeiten. Um das zu vermeiden, möchte ich, dass du uns sagst, wenn du ein Problem mit uns hast.«

Ich lege den Kopf schief. »Ich habe ein Problem mit euch? Sagt wer?«

»Dann soll ich glauben, dass du alle deine Kunden auf solch respektlose Weise behandelst?«

Ich blinzle. Dann breche ich in Gelächter aus, als mir klar wird, wieso er das denkt.

»Was ist so lustig?«, fragt Mikail mit missbilligender Miene.

Ich breite die Arme aus. »Vielleicht kriecht dir Zuhause jeder in den Arsch, aber mein Job ist das nicht.«

Diesmal huscht Schock über sein Gesicht. »Wie bitte?!«

Ich winke abwehrend mit der Hand, als ich auf ihn zugehe. »Hör zu, Süßer, ich bin hier, um euch zu heilen und in die Felswurzeln zu bringen. Wenn du darüber hinaus etwas willst, können wir neu verhandeln. Wenn du unzufrieden bist, feuer mich. Verstanden?«

Mikail sieht mich an, aber obwohl er nicht glücklich wirkt, scheint er auch nicht verärgert zu sein. »Versuchst du, uns absichtlich zu provozieren, damit wir dir Geld geben?«

Ich zucke unschuldig mit den Schultern. »Was für eine gemeine Anschuldigung. Ich habe einfach einen schlechten Charakter, das ist alles.«

Mikails Augenbrauen rücken etwas näher zusammen. »Ist das ein Ja?«

»Willst du fragen, ob ich dich für ein reiches Bürschlein halte, das sein Geld so leichtfertig ausgibt, als hätte es nie im Leben darüber nachdenken müssen, und leicht auszunehmen ist? Niemals!«

Er seufzt, aber seine Miene bleibt beherrscht und ruhig. »Also Ja. Hältst du mich für so beschränkt?«

»Hoho, soll ich das wirklich beantworten?«, frage ich keck. »Sei lieber froh, dass ich eine so pflichtbewusste Söldnerin bin. Nicht alle meine Kollegen haben gute Absichten, wenn sie naive Kunden haben.«

Wieder zucken seine Augenbrauen. »Und was sind deine Absichten?«

Ich kichere und lehne mich zu ihm vor. Das provoziert bei ihm tatsächlich eine größere Reaktion als meine Worte. »Habe ich es dir nicht gesagt? Dein Gesicht ist so langweilig, mit diesem steinernen Ausdruck. Ich will eine Ader platzen sehen.«

Mikail blinzelt.

Ich hätte nicht erwartet, dass er daraufhin wütend wird, aber er sieht so verblüfft aus, dass ich erneut in Gelächter ausbreche.

»Du bist wirklich ein ungewöhnlicher Charakter, Lawrence.«

Ich werfe Jake einen Blick zu, den ich für einen unkomplizierten Menschen gehalten habe, aber selbst er wirkt jetzt angespannt. Vielleicht hat er Angst, dass Mikail wirklich wütend wird oder dass Dalton, puterrot vor Zorn, sich gleich auf mich stürzt.

»Was soll ich sagen? Ich gehe einfach durchs Leben und versuche, auf so viele Zehen wie möglich zu treten.« Ich drehe mich um und gehe auf Asche zu. »Und jetzt, hopp, hopp! Ihr seid doch nicht schon müde, oder?«

Der Tag geht so langweilig weiter und am Abend habe ich nichts getan, außer mich beschützen zu lassen. Es ist, als ob jedes Monster mit ein bisschen Kraft beschlossen hätte, uns zu meiden. Sogar die Ritter sind ganz entspannt.

»Ihr seid eine talentierte Gruppe«, sage ich, während wir alle um ein Feuer sitzen und unsere Rationen essen. Ich gebe ihnen Punkte dafür, dass sie nicht erwarten, dass ich für sie koche, nur weil ich eine

Frau bin.

»Machst du dich über uns lustig?« Dalton beäugt mich misstrauisch. Er sitzt mir gegenüber, neben Mikail, aber er ist der Erste, der auf meine Worte reagiert.

Ich schüttle den Kopf. »Es ist selten, dass man Leute trifft, die wirklich etwas können. Du glaubst gar nicht, wie viele mich angeheuert und mir dann Vorwürfe gemacht haben, nur weil sie ihr Schwert nicht richtig halten können. Es ist erfrischend, zur Abwechslung mal nicht mit Idioten zu reisen.«

Er sieht nicht überzeugt aus.

Ich seufze. »Vielleicht liegt es auch daran, dass die meisten uns Heiler für schwach halten und wir häufig den Kürzeren ziehen.«

»So ein Unsinn! Heiler sind für jede bedeutende Mission unentbehrlich. Wer würde es wagen, Heiler zu diskriminieren?!«

Ich nicke zustimmend. »Wie gesagt, als Heiler kann man nie vorsichtig genug sein.«

»Deshalb auch die Zusatzklausel in unserem Vertrag«, bemerkt Jake, der links neben mir sitzt. »Ich hätte nicht gedacht, dass es Idioten gibt, die einen Heiler nicht zu schätzen wissen, aber ich nehme an, Söldner werden von allen möglichen Leuten angeheuert, und als Frau hast du es sicher doppelt schwer.«

Wieder nicke ich, diesmal energischer. »Du machst dir keine Vorstellung. Es gibt sogar Widerlinge, die glauben, nächtliche Gefälligkeiten wären in meinen

Diensten inbegriffen.« Ich lege mir theatralisch eine Hand auf die Brust und beobachte aufmerksam die Reaktionen der Männer.

»Das ist das Letzte!«, ruft Dalton und sieht ehrlich wütend aus.

»Dreckschweine!«, sagt Jake. »Bei uns brauchst du dir da keine Sorgen zu machen. Wir sind Ehrenmänner.«

Die anderen nicken zustimmend. Nur Mikail mustert mich misstrauisch, als würde er an mir zweifeln.

»Oho, das hoffe ich doch«, flöte ich und lege mir eine Hand an die Wange. »Ich wüsste nicht, wozu es mich treiben würde, wenn sich noch ein Mann in mein Nachtlager schleicht und versucht, mir meine Maske abzunehmen.«

»Was?!« Dalton sieht nun beinahe so wütend aus wie die Male zuvor, nur dass er diesmal nicht wütend auf mich ist. Ein sehr unkomplizierter und ehrlicher Mann. »Welcher ehrlose Bastard würde es wagen?! Solche Leute gehören an den Galgen!«

»Hast du keinen Beschützer für solche Fälle? Ich finde es beunruhigend, dass du uns trotzdem ganz allein begleitest.« Jake stützt die Ellbogen auf die Knie und sieht mich eindringlich an. »Keiner von uns würde je Hand an dich legen, aber das konntest du nicht wissen.«

»Aber darum geht es doch, oder?«, wirft Mikail plötzlich ein. »Willst du uns testen oder nur unser Mitleid erregen?« Und damit wird die ganze Situation plötzlich spannungsgeladen.

Ich reibe mir schüchtern den Nacken. »Nichts davon. Ich wollte nur eure Reaktionen sehen. Ich meine, ihr scheint in Ordnung zu sein, aber man weiß ja nie.« Ich lache unbeholfen.

»Und wenn du dich in uns getäuscht hättest? Was würdest du dann tun?«

Ich zucke mit den Schultern. »Ich würde nicht in diesem Beruf arbeiten, wenn ich keinen Rückhalt hätte.«

Mikail sieht mich an, als würde er immer noch etwas Verdächtiges wittern, aber er sagt nichts.

»Aber bei euch ist das nicht nötig. Ihr habt mich sehr gut beschützt, ich musste keinen Finger rühren.«

»Natürlich!« Dalton nickt gewichtig und scheint mein bisheriges Verhalten zu verzeihen. »Das ist unser Job. Wir sorgen dafür, dass die Monster hier im Wald sterben, und du sorgst dafür, dass wir am Leben bleiben. Es ist wichtig, dass wir einander vertrauen können, um diese Aufgaben zu erfüllen.«

»Richtig, Vertrauen ...« Ich tippe mir nachdenklich ans Kinn. »Es ist schwierig, jemandem zu vertrauen, der nicht einmal sein Gesicht zeigt.« Dafür ernte ich einige neugierige Blicke und wedle mit den Händen. »Es ist keine große Sache, ich mag es nur nicht, wenn man mich ansieht ... aber ich denke, einmal ist okay.« Zögernd greife ich nach meiner Maske. »Seid nur nicht zu schockiert und bittet mich nicht, es noch einmal zu tun.« Als ich mich umschaue, sind alle Augen auf mich gerichtet, und Jake und Dalton nicken mit Mitleid in den Augen.

Ich atme tief durch und nehme die Maske ab. Und da fangen die Männer an zu schreien.

Jake, der neben mir sitzt, macht einen Satz rückwärts und auch die Männer, die sich nicht an dem Gespräch beteiligt haben, sehen erschrocken aus.

Ich breche in Gelächter aus. Natürlich zeige ich mein Gesicht nicht. Ich habe es mit Schatten bedeckt, damit es schaurig und gespenstisch aussieht. »Habe ich euch nicht gerade gebeten, nicht schockiert zu sein? Wie kann man die Gefühle einer Frau so verletzen?«, frage ich immer noch lachend.

Natürlich bin ich die Einzige, die das lustig findet. Alle anderen sind blass und stehen noch unter Schock. Obwohl Mikail bei genauerem Hinsehen nur leicht überrascht aussieht und sein Ausdruck kehrt schnell wieder zu seinem ruhigen Steingesicht zurück.

»Das pure Böse!«, sagt Jake und hält sich die Brust, als hätte er Angst, sein Herz könnte herausspringen.

»Dachtet ihr wirklich, ich würde so einfach mein Gesicht zeigen? Wozu dann die Maske?« Ich fange wieder an zu lachen.

»Denkst du wirklich, wir würden dir Geld dafür bezahlen, dass du mit diesen Albernheiten aufhörst?«, fragt Mikail und klingt fast gelangweilt.

»Das ist nicht sehr nett«, sage ich gespielt beleidigt. »Aber wenn du mich für diesen Trick bezahlen willst, wäre das ein Bonus.«

Seine Brauen rücken ein wenig zusammen, aber

das ist auch schon das ganze Ausmaß seiner Reaktion. »Du sagst das, als hättest du auch so etwas davon bekommen.«

Ich grinse und lehne mich nach hinten. Da es mittlerweile dunkel ist, liegt der Wald hinter uns im Schatten und es ist ein Leichtes, hinter Mikail aufzutauchen. »Bist du neugierig?«, flüstere ich dicht an seinem Ohr und richte mich schnell auf, als er auf die Füße springt.

»Lass das!«

Ich lache, auch wenn ich enttäuscht bin, dass er nicht geschrien hat. Er scheint sich auch nicht über mein plötzliches Auftauchen zu wundern, als wäre es das Normalste der Welt. Es ist frustrierend, aber wenigstens sehen mich die anderen mit dem gebührenden Schock an. »Sei nicht so grummelig, schließlich seid ihr selbst schuld. Wegen euch hatte ich den ganzen Tag nichts zu tun und mir ist schrecklich langweilig.« Ich breite in einer gleichgültigen Geste die Arme aus. »Und was meinen Rückhalt angeht: Ich komme überall ran, wo es Schatten gibt, und das gilt auch für Stellen unter der Kleidung. Wenn euch also etwas an eurem wichtigsten Körperteil liegt, haltet euch von meinem Schlafplatz fern, okay?« Ich kichere und winke. »Gute Nacht!«

III.

Der Hesky-Wald ist voll von gefährlichen Kreaturen, sowohl Biestern als auch Bestien. Der Unterschied zwischen den beiden ist, dass Biester Mana haben, während Bestien Aura benutzen. Grundsätzlich sagt man, dass Biester gefährlicher sind, weil ihre Verwendung von Mana unvorhersehbar ist, allerdings sind Bestien in der Regel schwerer zu töten, da sie robuster sind.

Oger sind Bestien, aber um ein Vielfaches stärker als Gnawks. Sie sind mehr als doppelt so groß wie ein erwachsener Mensch und dreimal so breit. Und wir haben das Glück, in eine Gruppe von ihnen hineinzurennen.

Man sagt, es braucht etwa fünf durchschnittlich kampferfahrene Menschen, um einen Oger zu überwältigen, was sie zu Bestien des Rangs B macht. Verglichen damit ist ein Gnawk mit dem Rang D von einem einzelnen Menschen leicht zu besiegen, weshalb die Ritter mit den fünf Ogern deutlich mehr Probleme haben als mit den zwanzig Gnawks vom Vortag.

Ich beobachte ihre Bemühungen von der hintersten Reihe aus und warte darauf, dass Mikails Formation aufbricht. Sie erschien mir von Anfang an sehr gewagt, aber sie hält sich erstaunlich gut.

Bei fünf Ogern und sechs Rittern würde bei einer Eins-zu-Eins-Formation noch ein Ritter übrig bleiben, allerdings reichen zwei Ritter nicht aus, um einen Oger zu töten. Oger haben dicke, mit Hornhaut überzogene Beine und um sie zu töten, muss man sie an einer ungeschützten Stelle treffen, wie dem Hals oder den Augen, die aber weiter oben liegen und für Aura-Träger schwer zu erreichen sind. Das Einzige, was sie tun können, ist, auf die Beine einzuhacken, bis sie die Hornhaut durchdringen und den Oger in die Knie zwingen, während sie seinen Tritten und Schlägen ausweichen.

Gleichzeitig können sie sich nicht alle auf einen Oger stürzen, da sie sonst riskieren, dass die restlichen mich oder die Pferde angreifen, daher sieht Mikails Plan wie folgt aus: Dalton und Clover, die beiden Ritter mit dem kräftigsten Körperbau, greifen einen Oger an, Kuma, Lomin und Jake einen anderen. Die restlichen drei werden von Mikail allein beschäftigt. Normalerweise wäre das ein sicherer Plan, um den Anführer unserer Gruppe zu verlieren, aber Mikail ist wohl etwas mehr als nur ein durchschnittlich kampferfahrener Mensch. Außerdem beschäftigt er die Oger nur, was bedeutet, er rennt um ihre Füße herum und pikt sie mit seinem Schwert, sodass sie damit beschäftigt sind, ihn in die Finger zu kriegen.

Ich folge ihm mit den Augen und warte darauf, dass er über seinen langen Mantel stolpert, aber er ist sehr geschickt. Es gelingt ihm sogar, ein paar Treffer zu landen, auch wenn sie kaum ausreichen, um die Oger zu stören.

Ich würde ja helfen, aber die Männer sind so vorsichtig, dass sie sich kaum verletzen und die meisten Buffs sind bei Aura-Trägern nutzlos. Aura-Träger benutzen ihre eigenen Buffs und meine Magie würde dem nur im Wege stehen, da Mana und Aura einander abstoßen. Heilungen funktionieren nur, weil sie durch Aura nicht möglich sind.

Sie kämpfen nun schon fast zehn Minuten und ich würde mein Geld auf die Ritter setzen, aber der Wald ist keine Arena.

Ich lege beide Hände trichterförmig an meinen Mund - obwohl das bei meiner Maske kaum einen Unterschied macht - und hole tief Luft. »Hey Boss, ihr macht das wirklich toll, aber könntet ihr euch vielleicht ein bisschen beeilen?«, rufe ich über die Lichtung und Mikail schafft es tatsächlich, mir einen wütenden Blick zuzuwerfen. Leider nur ganz kurz.

»Sei still!«, ruft er zurück, bevor er einem der Oger sein Schwert in die Seite rammt, der durch meinen Ruf abgelenkt wurde.

Ich bin beeindruckt, dass er meinen Ruf zu seinem Vorteil genutzt hat. »Zu Befehl, Boss!«, rufe ich erneut. »Dann werde ich euch nicht vor den Wyvern warnen.«

Diesmal bekomme ich eine stärkere Reaktion, und die Ritter, die sich bisher nicht aus der Ruhe bringen ließen, sehen erschrocken in die Luft.

Wyvern sind fliegende reptilienartige Biester von der Größe eines Pferdes. Sie sind bei weitem nicht so stark wie Oger, aber das spielt keine Rolle, wenn man sie nicht erreichen kann. Daher haben sie den gleichen Rang wie die Oger, aber für die Ritter dürften sie weitaus gefährlicher sein.

»Zurück zu den Bäumen!«, ruft Mikail, bevor er in die Luft springt und einem der Oger einen kräftigen Tritt gegen den Kopf verpasst. Dabei setzt er eine gewaltige Menge Aura ein, die den Oger zu Boden stürzen lässt.

Ich hebe anerkennend die Brauen und frage mich, warum er damit so lange gewartet hat. Der plötzliche Ausbruch von Aura, sowie Mikails Ruf und die Schreie der Wyvern scheinen die Oger genug zu verwirren, um den Rittern einen Vorsprung zu geben. Allerdings keinen besonders großen. Nicht, dass Flucht eine Option wäre.

Mikail rennt auf den Wald auf der anderen Seite der Lichtung zu, Clover und Dalton laufen nach links und die anderen drei kommen auf mich zu. Der Plan war wohl, die Oger nicht in meine Richtung zu locken, mich aber auch nicht ungeschützt zu lassen. Doch die Strahle kochenden Wassers, die die Wyvern aus ihren Mäulern auf die Lichtung schießen, verwirren auch die Oger, die nun ebenfalls die Flucht ergreifen, ohne auf die Ritter zu achten. So enden wir mit zwei Ogern.

»Bleib hinter uns!«, ruft Jake mir zu, während Lomin und Kuma sich neben ihm aufstellen. »Die Wyvern sollten hier nicht an uns herankommen, also konzentrieren wir uns auf die Oger«, fährt er an seine Kameraden gewandt fort. »Lenkt ihre Aufmerksamkeit auf euch, während ich versuche, an ihren Hals zu kommen.«

Wenigstens verfallen sie nicht in Panik und treffen schnell eine Entscheidung. »Guter Plan«, lobe ich sie. »Aber ihr wisst schon, dass euch ein paar Äste nicht vor den Wyvern schützen.« Ich kann sehen, wie sich die drei bei meinen Worten versteifen.

»Dann musst du uns eben heilen!«, knurrt Jake.

»Oho, aber was, wenn es mich trifft?«

Er wirft mir einen kurzen, sehr wütenden Blick über die Schulter zu, doch der erste Oger greift an und nimmt ihm die Chance, etwas zu sagen.

Ich kichere, als ich sehe, wie die drei den Ogern um die Füße springen. Sie sehen hektischer aus als zuvor und nach kurzer Zeit landet Jake stöhnend vor mir auf dem Boden, nachdem er wagemutig auf einen der Oger zugesprungen ist, nur um in der Luft von der Faust des anderen getroffen zu werden.

»Autsch«, sage ich, denn er hat sich ein paar Rippen angeknackst. »Du musst vorsichtiger sein, eure Chancen stehen schon mit dir sehr schlecht.«

Trotz seines schmerzverzerrten Gesichts schafft er es, mich böse anzufunkeln. »Halt den Mund und heil mich lieber!«, zischt er mit zusammengebissenen Zähnen.

»Hab schon und jetzt hopp hopp.« Ich klatsche in die Hände und Jake sieht mich so irritiert an, dass ich lachen muss. Wären die Oger nicht gewesen, wäre er womöglich auf mich losgegangen, wie Dalton es für gewöhnlich tut. Ich würde sagen, er hebt sich das für später auf, allerdings bezweifle ich, dass es dazu kommen wird. Denn während die drei Ritter mit den beiden Ogern beschäftigt sind, nähert sich von links ein dritter.

Möglicherweise ist er zunächst Dalton und Clover gefolgt, wurde dann aber vom Geruch der Pferde und von uns hierhergelockt. Die Pferde weichen bereits verängstigt zurück, aber ich bleibe, wo ich bin. »Ich will ja niemanden beunruhigen, aber ihr solltet euch wirklich beeilen«, sage ich laut genug, damit die Ritter es hören.

»Das wissen wir auch!« Dieser genervte Kommentar kommt von Kuma und es sind seine ersten Worte an mich.

Gleichzeitig sagt Jake: »Du bist keine Hilfe!«

»Oh gut, dann ist es ja nicht schlimm, wenn der dritte Oger mich tötet.«

Wie auf Kommando drehen die drei ihre Köpfe in meine Richtung. Trotz ihrer Abneigung gegen mich sehe ich Schrecken auf ihren Gesichtern, als sie den Oger erblicken, der nun fast neben mir steht.

»Pass auf!« Jake wirbelt zu mir herum, aber da ist es schon zu spät.

Die Faust des Oger saust auf mich herab, nur um dann im Schatten zu verschwinden, ohne mich zu berühren. Der Oger hält verwirrt inne und ich schnippe mit den Fingern. Eine Lichtkugel erscheint über uns und der Schatten um die Hand des Oger verschwindet.

Preisfrage: Was passiert, wenn ein Schatten verschwindet, wenn man gerade dabei ist, ihn zu betreten?

Ich hebe schützend den linken Arm, als Blut aus dem Armstummel des Oger auf mich spritzt, während er mit Gebrüll zurückstolpert. Dabei läuft er unter einen der Bäume, dessen Schatten, wie es der Zufall will, mit dem verbunden ist, der auf die anderen beiden Oger fällt. Da wir uns in einem Wald befinden und es früher Nachmittag an einem sonnigen Sommertag ist, sind praktisch alle Schatten miteinander verbunden, sodass ich ebenfalls im Schatten verschwinden und zusammen mit dem verletzten Oger über den anderen beiden wieder auftauchen kann. Sie werden von ihrem Artgenossen erschlagen, dem ich mein Schwert in den Rücken ramme, bevor ich von ihm herunterspringe.

»Urg«, mache ich angeekelt und ziehe meine blutbespritzte Jacke aus. Ich lasse sie in meinen Schatten fallen und wende mich dann an die Ritter. Die drei stehen wie versteinert da und scheinen noch nicht begriffen zu haben, was gerade passiert ist.

»Brav hierbleiben«, sage ich, bevor ich erneut den Schatten betrete.

Ich folge dem Weg des dritten Oger nach links, in der Erwartung, Dalton und Clover zu finden, doch die beiden haben sich entschieden, Mikail zu folgen, da sie wohl fälschlicherweise annahmen, ihr Oger sei ihm gefolgt. Nicht, dass er keine Hilfe nötig hätte.

Anders als seine Kameraden hat Mikail seine eigenen Anweisungen nicht befolgt und ist nicht in den Schutz der Bäume geflüchtet. Offenbar hat er versucht, die Aufmerksamkeit der Oger auf sich zu ziehen, und es ist ihm nicht gelungen, den Wyvern zu entkommen. Immerhin hat er zwei Oger getötet, denn ihre Körper liegen auf der Lichtung und werden hin und wieder von einem Strahl heißen Wassers getroffen. Und es sieht so aus, als würde Mikail bald das gleiche Schicksal ereilen, denn die Wyvern halten ihn absichtlich von den Bäumen fern und alles, was er tun kann, ist ihren Angriffen auszuweichen.

»Halt!« Ich tauche vor Clover und Dalton auf, um sie davon abzuhalten, auf die Lichtung zu stürmen.

»Lawrence?!« Dalton starrt mich an, als hätte er ein Gespenst vor sich und er und Clover bleiben wie angewurzelt stehen.

»Es wäre toll, wenn ihr euch mit eurer Ehrenhaftigkeit zurückhalten würdet. Ich will nicht drei tanzende Trottel einfangen müssen.«

Die beiden starren mich an und es scheint, als ob die Bedeutung meiner Worte nur langsam zu ihnen durchdringt. Aber dann erregt etwas hinter mir ihre Aufmerksamkeit.

»Mikail!«, ruft Dalton und ich drehe mich um, gerade rechtzeitig, um zu sehen, wie einer der Wyvern zu Boden stürzt.

»Oho.« Ich klatsche beeindruckt in die Hände.

»Er hat einen getötet!«, sagt Dalton und packt sein eigenes Schwert, als hätte er erneut den Entschluss gefasst, Mikail zu Hilfe zu kommen.

»Und er hat dafür sein Schwert weggeworfen. Hehe, wie dämlich.« Amüsiert beobachte ich, wie

Mikail in seinem Bemühen, dem kochenden Wasser auszuweichen, durch die Gegend hopst. Er lässt es so leicht aussehen, dass ich keinen Grund habe, mich zu beeilen. So wie es aussieht, könnte es noch eine Weile so weitergehen, vielleicht geht sogar den Wyvern zuerst der Saft aus.

»Ich werde nicht hier stehen und zusehen, wie Mikail mit diesen Biestern kämpft«, knurrt Dalton und geht zielstrebig auf die Lichtung zu.

»Weshalb die Eile? Das ist eine einmalige Gelegenheit, deinem Boss dabei zuzusehen, wie er sich zum Affen macht.«

Dalton hält inne und wirft mir einen vernichtenden Blick zu. »Wenn wir das überleben, bringe ich dir Manieren bei!«

»Ohoho! Alles bloß das nicht!« Ich halte mir eine Hand vor den Mund, wie um mein Lachen zu verbergen.

Dalton gibt ein tiefes Knurren von sich, entscheidet sich aber offensichtlich, mich lieber zu ignorieren, um Mikail zu helfen.

Ich seufze. »Ihr habt wirklich keinen Humor.« Ich schnippe mit den Fingern und hinter Mikail und den Wyvern blitzt eine gleißend helle Lichtkugel auf. Ich nutze die langen Schatten, die dadurch entstehen, um mich vor Mikail zu teleportieren. Auch er wird von meinem Licht geblendet und es ist ein Leichtes, ihn nach hinten in den Schatten zu stoßen.

Keine Sekunde später landet er mit dem Rücken auf dem Waldboden, ein gutes Stück hinter Dalton und Clover. Da ich nur etwas aus dem Schatten ziehen kann, wenn ich es berühre, lande ich über ihm.

Mikail starrt entgeistert zu mir auf.

»Halt deine Leute zurück«, sage ich, bevor ich hastig aufstehe und Abstand zwischen uns bringe. Es war nicht meine Absicht, auf ihm zu landen, und ich reibe meine Hände an meiner Hose ab, um das unangenehme Gefühl menschlicher Berührung zu verdrängen. Dann lege ich den Kopf in den Nacken und schaue zwischen den Ästen der Bäume zum Himmel hinauf. »Hier ist es nicht so gut«, murmle ich und gehe auf die Lichtung zu.

Mikail springt auf die Füße. »Was hast du vor?«

»Guck zu«, erwidere ich, ohne stehenzubleiben, aber ich werfe einen Blick über die Schulter und hebe einen Finger. »Aber schön auf den Zuschauerplätzen bleiben.« Ich kichere über Mikails entgeistertes Gesicht. Das ist ein passenderer Ausdruck als sein Steingesicht. Dann fliegt ein Wyvern über meinen Kopf und ich teleportiere mich in die Luft.

Da die Sonne von oben kommt, kann ich mich nicht auf seinen Rücken teleportieren, aber sie sind an der Unterseite sowieso verwundbarer. Ich ziehe aber nicht sofort mein Schwert, schließlich will ich nicht mit dem Wyvern abstürzen. Stattdessen halte ich mich an seinen Flügelansätzen fest und lasse ihn nach oben fliegen.

Es ist ein Trick, den ich beim Heilen gelernt habe. Wenn ich einem Körper befehlen kann, Muskeln und Sehnen nachwachsen zu lassen, kann ich ihm auch befehlen, sie zu bewegen. Das ist komplizierter, weil sich der Körper dagegen wehrt und es schwierig ist, einen Körper zu koordinieren. Außerdem brauche ich für die Dauer der Kontrolle Körperkontakt, weshalb ich Handschuhe mit abgeschnittenen Fingern trage.

Als wir eine gute Höhe erreicht haben, stoppe ich das Herz des Wyvern und stoße ihn von mir, um im Fallen nicht mit seinem Körper zu kollidieren. Dann schließe ich die Augen und genieße für einen Moment den freien Fall. Nichts gibt einem mehr das Gefühl von Freiheit und ich stoße einen Freudenschrei aus, bevor ich mich umdrehe und nach einem Wyvernrücken Ausschau halte.

Die Wyvern entdecken mich und als sie alle angeflogen kommen, ziehe ich meine Kurzschwerter. Da ich über ihnen bin, können sie nicht mit ihrem Wasser auf mich schießen und der erste Wyvern, der mich erreicht, schnappt mit seinem Maul nach mir.

Ich weiche mit einer Drehung aus und schlitze ihm den Hals bis zum Bauch auf, bevor ich in seinen Schatten eintauche und mich auf den Rücken eines Wyvern unter ihm teleportiere.

Auf diese Weise fällt ein Wyvern nach dem anderen vom Himmel, bis nur noch einer übrig ist. Ich benutze ihn als sicheren Weg zurück auf den Boden. Da er meine Klinge in der Schläfe hat, ist die Landung etwas holprig, aber schließlich habe ich wieder festen Boden unter den Füßen.

Mikail und die Ritter sind aus dem Schutz der Bäume getreten, um das Geschehen zu beobachten, und starren mit ehrfürchtigen Gesichtern in den Himmel, als könnten sie nicht glauben, dass dort keine Wyvern mehr durch die Luft fliegen.

»Das Wichtigste zuerst«, sage ich in gewichtigem Tonfall, als ich sie erreiche, und hebe unterstreichend die Hände.

Die Ritter richten ihre Blicke gehorsam auf mich und ein Grinsen breitet sich auf meinem Gesicht aus. »Meine Gage hat sich gerade ver3,5facht.«

Es ist, als hätte ich plötzlich einen Eimer kaltes Wasser über ihren Köpfen ausgeschüttet.

»Ihr habt die Zusatzklausel in unserem Vertrag doch nicht vergessen, oder?« Ich lege in gespielter Verwunderung den Kopf schief.

»Du! Das war Absicht!« Dalton zeigt anklagend mit dem Finger auf mich. »Du hast es von Anfang an darauf abgesehen!«

»Natürlich.«

Er stockt, auf meine unverblümte Bestätigung hin.

Ich breite die Arme aus. »Habe ich gedacht, dass ihr ausseht wie ein Haufen unerfahrener Jungchen, die kaum ihre Ausbildung abgeschlossen haben und gerade genug Talent besitzen, um in ihrer Arroganz zu glauben, sie könnten in den Hesky-Wald gehen und heil wieder herauskommen? Möglich.« Ich mache einen Schritt auf ihn zu und halte ihm meinen Finger unter die Nase. »Natürlich habt ihr keine Ahnung, dass euch niemand für lächerliche 20 Goldstücke auch nur zu den Felswurzeln bringen würde, geschweige denn hinein. Oder dass ihr noch mehr abdrücken müsst, wenn ihr eine Rang S Söldnerin anheuert.«

»Rang S?!«, ruft Dalton ungläubig. S ist der Sonderrang, der die betitelt, die nicht mehr als Rang A bezeichnet werden können. Und das sind nicht viele. »Mach dich nicht lächerlich! Du bist nicht älter als wir!«

»Stimmt, aber ich bin viel talentierter als ihr mit meinen 16 Jahren.«

»Du bist niemals 16!«

Ich kichere. »Nur ein Witz. Ich bin 25.«

Dalton hält inne und mustert mich abschätzend, als überlege er, ob das zu seiner Einschätzung meines Alters passt.

»Oho, das glaubst du?«, frage ich amüsiert und Daltons Gesicht verzieht sich erneut. »Kommt überhaupt ein wahres Wort aus deinem Mund?!«

Ich zucke unschuldig mit den Schultern. »Ich versuche offensichtlich, Persönliches vor meinen Kunden geheim zu halten. Dachtest du wirklich, ich würde dir etwas Wahres über mich erzählen?«

Dalton stößt ein verächtliches Zischen aus. »Ich habe nicht einmal gefragt! Ich sage nur, dass du niemals Rang S bist.«

»Sie ist Rang S«, sagt Mikail plötzlich mit ruhiger Stimme. Bis eben hat er den toten Wyvern hinter mir betrachtet, aber er sieht eher nachdenklich als beeindruckt aus. »Die Wyvern sind eine Sache, aber sie hat Rang B Bestien mit ihrem Mana überwältigt, als wäre es nichts.«

»Oho, ein Kompliment vom Boss«, flöte ich und lege mir in einer theatralischen Geste eine Hand auf die Brust.

»Das war nur eine Feststellung«, erwidert er kühl. »Für eine Heilerin bist du außergewöhnlich.«

»Für eine Heilerin?«, wiederhole ich unzufrieden.

»Du hast einen riesigen Mana-Pool, aber deine Schwertführung ist lausig.«

»Ich bin beeindruckt, dass du das von so weit unten erkennen konntest.« Leider kann ich ihm nicht widersprechen. Mydas, mein inkompetenter Lehrer, ist vor über einem Jahr gestorben und seine Lehrfähigkeiten waren auch nicht das, was ich mir von ihm erhofft hatte. »Deine Schwertführung dagegen ist geradezu überragend. Hätte ich dir doch nur länger beim Herumhüpfen zugesehen, bevor ich dir das Leben gerettet habe.«

Mikail verzieht keine Miene. »Ich war nicht wirklich in Lebensgefahr.«

»Oh, wirklich?« Ich lehne mich vor und sehe ihm in die Augen. »Habe ich dich diesmal nicht beeindruckt?«

Seine Brauen rücken etwas näher zusammen und er straft mich mit Schweigen.

Ich blinzle überrascht. »Schmollst du?«

»Wie bitte?!«

Ich kichere, als seine Brauen noch weiter zusammenrücken. »Du bist beleidigt, weil du nur panisch herumhopsen konntest und von jemandem mit lausiger Schwertführung gerettet werden musstest.«

Seine Kiefermuskeln spannen sich an. »Ich bin nicht derart kleinlich.«

»Wirklich?«

»Hrm-hm, kann ich dich etwas fragen?« Lomin räuspert sich plötzlich, offensichtlich um zu schlichten, denn er hat Dalton, der mich wieder einmal wütend anfunkelt, eine Hand auf die Schulter gelegt, wie um ihn zurückzuhalten.

»Ich weiß nicht, ob du das kannst«, erwidere ich verdrossen.

Lomin zeigt unbeeindruckt auf meine Arme. »Sind das verzauberte Armreifen?«

Ich blicke an mir hinunter, auf die silbernen Armreifen, die sich um meine Oberarme schlingen, und erinnere mich daran, dass ich meine Jacke ausgezogen habe. Außerdem bin ich mit Wyvernblut besprenkelt. »Wie kommst du darauf?« Verzauberte Gegenstände strahlen immer Mana aus, sodass man sie leicht erkennen kann. Es sei denn, sie sind mit einem Verdeckungszauber belegt oder das Mana, das sie ausstrahlen, ist stärker als das des Betrachters. Bei meinen Armreifen ist beides der Fall.

»Ich kann mir nicht vorstellen, wieso du sie sonst tragen würdest«, erwidert er. »Aber wenn du sie gerade benutzt hast, konnte ich nicht erkennen, welchen Nutzen sie haben.«

»Und du solltest hoffen, dass du es nicht herausfindest«, sage ich matt und ziehe meine Jacke aus meinem Schatten. Sie ist ganz klebrig vom Ogerblut und ich verziehe angewidert das Gesicht. Dinge, die ich in meinem Schatten lagere, werden konserviert, ansonsten wäre das Blut schon getrocknet.

Ich schnippe mit den Fingern, um sie zu reinigen und mich gleich mit.

»War das ein Läuterungszauber?!«, fragt Lomin so entgeistert, dass ich den Kopf hebe.

»Hm? Na und?«

»Du benutzt eine Läuterung, um deine Kleidung zu reinigen?« Er ist wohl überrascht, weil eine Läuterung auch Teil eines heiligen Rituals sein kann, bei dem der Körper von sämtlichen Unreinheiten, Gifte und Flüche eingeschlossen, befreit wird.

»Ich weiß nicht, wie es euch damit geht, aber ich bin gerne sauber.«

Dalton schnalzt mit der Zunge. »Versuchst du, mit deinem Mana anzugeben?«

Ich lache. »Als ob ich das nötig hätte. Aber wo wir gerade davon sprechen, ich habe mehr als genug, um euch alle zu läutern.« Ich sehe auffordernd in die Runde.

»Und wie viele Goldstücke sollen wir dafür abdrücken?«, fragt Dalton entnervt.

»Ach was, Goldstücke.« Ich wedle mit der Hand. »50 Silber tuns.«

Daraufhin drehen mir die Ritter den Rücken zu und gehen zu den Pferden.

IV.

Wir reiten nicht sehr weit und machen schon nach etwa einer Stunde in der Nähe eines Sees Rast. Dank mir gab es keine nennenswerten Begegnungen mit irgendwelchen Monstern und ich errichte sogar eine Barriere um unseren Rastplatz herum, um Überraschungsangriffen vorzubeugen.

»Also, mein Angebot zur Läuterung steht immer noch«, werfe ich in die Runde der Ritter, die gerade ihr Essen herausholen. Offenbar schlägt ihr Appetit ihren Wunsch nach Sauberkeit.

»Kein Interesse, du Geldschlucker«, knurrt Dalton und ich gehe auf ihn zu. »Du hast kein Interesse daran, sauber zu sein?«

»Tu doch nicht so scheinheilig! Du willst nur Geld von uns! Hier ist ein See, an dem wir uns ganz umsonst waschen können!«

»Hm«, mache ich und mustere ihn von oben bis unten. »Und ich dachte, der Wunsch nach Sauberkeit ist naturgegeben bei Menschen, allerdings scheint das bei Männern nicht so ausgeprägt zu sein. Vielleicht habt ihr eine schlechtere Nase als wir?«

»Hörst du mir zu?!« Dalton springt auf die Füße.

»Tue ich, aber du redest wirres Zeug. Eine Läuterung ist nicht vergleichbar damit, sich in einem See zu waschen, und 50 Silber dafür sind ein Schnäppchen. Aber du tust, als würde ich euch ausrauben wollen. Wo muss man aufwachsen, um zu glauben, man bekäme alles auf der Welt umsonst?«

Dalton stutzt. »Eh? Aber du …« Er scheint verwirrt zu sein, dass ich überzeugende Argumente habe.

Ich kichere. »Ich wette, du hast in deinem Leben nie auch nur ein Kupferstück verdient.«

»D-Doch, ich …«

»Wirklich? Dann biete mir etwas an, für das ich Geld bezahlen würde.« Ich breite auffordernd die Arme aus.

»Woher sollte ich plötzlich etwas haben, dass du kaufen würdest?«

Ich lege den Kopf schief. »Willst du sagen, du bist völlig nutzlos?«

»Hey!«, braust Dalton auf, wird dann aber von einem Seufzen unterbrochen.

»Dalton«, sagt Lomin mit einem erschöpften Blick auf seinen Freund. »Sie spielt mit dir.«

Dalton wirbelt herum. »Denkst du, das weiß ich nicht?! Aber wenn wir es gut sein lassen, denkt sie, sie kann alles mit uns machen!«

Lomin wirft mir einen Blick zu. »Aber du gehst es falsch an. Versuch, sie mit ihren eigenen Waffen zu schlagen.«

»Oho.« Ich lache hinter vorgehaltener Hand.

Dalton starrt mich ein paar Sekunden intensiv an, sodass ich schon gespannt bin, was ihm durch den Kopf geht. Dann setzt er ein selbstgefälliges Grinsen auf. »Ich habe vielleicht nichts, dass du kaufen willst, aber für eine kleine Summe darfst du mir zusehen, wie ich im See bade.« Er hebt die Hand und bringt seinen Daumen und Zeigefinger nah zusammen, um die ‚kleine Summe' zu unterstreichen. Dabei sieht er äußerst stolz auf sich aus.

Lomin vergräbt das Gesicht in seiner Hand.

Ich klatsche in die Hände. »Ich respektiere deine Ambitionen, aber es braucht sehr viel Talent, um Geld für etwas zu bekommen, für das man normalerweise bezahlen muss.«

Jake, der schon verdächtig gebebt hat, prustet los.

Daltons Grinsen gefriert auf seinem Gesicht.

»Eigentlich grenzt es schon an Belästigung«, sagt Lomin matt.

»Was?!«

Lomin sieht ihn kopfschüttelnd an. »Wie in aller Welt kommst du darauf, dass irgendwer dich nackt sehen will?«

»Hey!« Dalton zeigt anklagend auf seinen Freund. »Ich bin sehr gutaussehend! Frauen mögen mich!«

Lomin stöhnt hilflos und Jake klopft lachend mit der Faust auf den Boden.

»Selbstvertrauen ist etwas Gutes«, sage ich und Dalton sieht erleichtert zu mir.

»Aber deswegen sollte man nicht die Realität ignorieren.«

»Was meinst du?«, fragt Dalton misstrauisch.

»Ich meine, dass ich viel besser aussehe als du. Ganz offensichtlich.« Ich lasse meine Jacke über meine Schultern rutschen und drehe den Kopf ein wenig, um die Länge meines Halses zu betonen.

Dann schiele ich zu Dalton, der mich mit einer Mischung aus Empörung und Bewunderung anstarrt.

»Ha!« Ich ziehe meine Jacke wieder hoch und sehe ihn triumphierend an.

Das reißt ihn aus seiner Starre. »Pah! Weißt du nicht, dass Bescheidenheit eine Tugend ist. Außerdem, wenn wir darüber reden, wer von uns am besten aussieht, dann ist das auf jeden Fall Mikail!«

Mikail, der in Ruhe dagesessen und gegessen hat, hebt den Kopf. Er sieht nicht sonderlich glücklich über das Kompliment aus.

»Oho.« Ich grinse verschlagen. »Bietest du mir an, dem Boss beim Baden zuzusehen?«

Mikail wirft Dalton einen warnenden Blick zu.

»Nein! Ich sage, dass er besser aussieht als du!«

»Aha, also willst du dem Boss beim Baden zusehen«, sage ich und nicke, als wäre mir ein Licht aufgegangen. »Aber wieso sollte ich dir dafür Geld geben?«

Jake, der sich gerade etwas beruhigt hat, prustet erneut los.

»Hey!« Dalton deutet mit geröteten Wangen anklagend auf mich. »Hör auf, mir das Wort im Mund zu verdrehen! Ich hab nur gesagt, dass er besser aussieht als du. Nur als Kompliment von einem Mann zum anderen.«

»Wenn du das sagt.« Ich zucke mit den Schultern. Wenn sich in der Gilde zwei Männer bewundern, geht es dabei immer um Muskeln und Männlichkeit. Aber Mikail ist nicht außergewöhnlich muskulös oder markant. Er sieht durch und durch aus wie ein junger Nobelmann mit hübschen Gesichtszügen, der neben einigen meiner Kollegen als zart beschrieben werden könnte.

»Ich meine es ernst!«, beharrt Dalton verzweifelt. »Mir gefallen Frauen! Zum Beispiel Ihre Heiligkeit Lady Lorelai! Man sagt, sie ist die schönste Frau im ganzen Königreich!« Aus irgendeinem Grund macht ihn diese Aussage stolz.

»Nur weil man das sagt, heißt das nicht, dass es so ist. Ich wette, du hast sie noch nicht einmal getroffen«, erwidere ich matt.

»Doch! Natürlich habe ich sie schon einmal gesehen!«

»Oh«, mache ich. »Ich kann dir garantieren, dass sie sich nicht an dich erinnert.«

»Und wenn schon! Ich hab ja nicht gesagt, dass ich sie kenne, aber ich war ein paar Mal bei den Heilungen dabei.«

Heilungen finden immer am ersten Tag des Monats statt. Es ist eine Aktion der Kirche, in der ich die ganze Arbeit machen muss. Im Grunde ist es eine Veranstaltung, der jeder beiwohnen kann, um sich von mir heilen zu lassen. »Soweit ich weiß, trägt sie immer einen Schleier überm Gesicht. Wahrscheinlich, weil die Kirche nur behauptet, sie wäre schön.« Ich zucke mit den Schultern. »Wie dem auch sei, ich könnte euch alle mit einem Fingerschnippen ausziehen, also wieso sollte ich Geld dafür bezahlen? Außerdem bin ich eine Heilerin und eine Frau. Wenn ich einen schönen Körper sehen wollte, wieso sollte ich mir ein paar verschwitzte Kerle ansehen?« Heiler sind bekannt dafür, schön zu sein, was mit unserer vitalisierenden Magie zusammenhängt.

»Was soll das denn heißen?«, ruft Dalton. »Nur weil du eine Frau bist, macht dich das nicht zwangsläufig schöner als uns!«

»Im Durchschnitt sind Frauen schöner als Männer.«

»Wieso das denn?!«

Ich zucke mit den Schultern. »Wahrscheinlich, weil eine Frau, die nicht schön ist, gleich viel weniger wert ist.«

Daraufhin stutzt er. »Das -, das ist doch völliger Unsinn!«

Ich lege den Kopf schief. »Du hast gesagt, Lorelai ist die schönste Frau im Land. Wer ist der schönste Mann?«

»Äh?« Er sieht mich dümmlich an.

Ich wurde mein Leben lang für meine Schönheit gelobt, mehr als für alles andere, und das, obwohl ich nie etwas dafür getan habe. Und man hat auch immer Wert darauf gelegt, dass ich hübsch aussehe, auch wenn es meine Arbeit nicht beeinflusst. Den einzigen Nutzen, den es für mich erfüllt, ist, dass es mir sehr leicht fällt, andere von mir zu überzeugen. All das Theater, das ich spiele, um die perfekte Heilige zu sein, wird mir abgenommen, weil die Leute einem schönen Menschen einfach leichter glauben. Mir ist der Unterschied erst richtig aufgefallen, als ich als Lawrence mit Leuten in Kontakt gekommen bin, die glaubten, ich trage eine Maske, um ein hässliches Gesicht zu verbergen. Für einen Mann ist Schönheit ein Bonus, aber bei einer Frau ist es eine Erwartung.

Dalton scheint zu verstehen, worauf ich hinaus will, denn er stammelt »Mi-Mikail?«

Ich muss lachen. »Deine Loyalität in allen Ehren, aber bist du sicher, dass du nicht schwul bist?«

»Hmpf!« Er verschränkt die Arme vor der Brust. »Ich bin ein Mann, der zugeben kann, wenn er einen anderen Mann gutaussehend findet.«

»Wer ist dann schöner?«

»Hm?«

Ich strecke die Hände zu beiden Seiten aus, mit den Handflächen nach oben. »Lorelai oder der Boss?«

Dalton blinzelt. Dann wirft er Mikail einen entschuldigenden Blick zu.

Mikail verdreht die Augen. »Können wir über etwas Wichtiges reden?«

Höre ich da Verärgerung in seiner Stimme? Er mag es wohl auch nicht, auf sein Äußeres reduziert zu werden.

»Lawrence.«

»Ja, Boss?«, flöte ich und lasse meine Stimme etwas höher klingen als sonst.

Mikails Brauen zucken. »Nenn mich nicht so.«

Ich blinzle und lege den Kopf schief. »Wie soll ich dich sonst nennen?«

»Bei meinem Namen.«

Ich nicke und hebe meine linke Hand mit gestreckten Fingern. »Fünf Silber pro Tag.«

74

Er starrt mich an. »Du willst Geld dafür, mich mit meinem Namen anzureden?«

Ich zucke mit den Schultern. »Das setzt ja voraus, dass ich mir deinen Namen merken muss.«

Dalton schnaubt und Mikail fährt sich mit der Hand über die Stirn. »Vergiss es, ich möchte über unser weiteres Vorgehen reden.«

Ich nicke fröhlich. »Darüber, dass ihr praktisch keine Erfahrung habt und ohne mich wahrscheinlich schon tot wärt.«

Er hält den Atem an, nur um dann stoßartig auszuatmen. »Ja, das.«

Ich gehe zu ihm hinüber und beuge mich zu ihm hinunter. »Kein Grund, so ein Gesicht zu machen. Es liegt nicht an euren Fähigkeiten, sondern an eurer Einstellung.«

Er sieht mich fragend an.

Ich richte mich wieder auf. »Als ihr gegen die Oger gekämpft habt, hast du dich für die Strategie entschieden, die du für am sichersten gehalten hast. Aber du solltest nicht versuchen, ehrenvoll gegen Monster zu kämpfen. Euer Ziel ist zu töten, nicht zu gewinnen.«

Eine nachdenkliche Falte bildet sich auf seiner Stirn, aber er sagt nichts und ich frage mich, ob ihm bereits etwas Ähnliches durch den Kopf gegangen ist.

»Mikail hat nur versucht zu verhindern, dass jemand verletzt wird. Was hätten wir denn tun sollen?«, sagt Dalton, verlässlich auf der Seite seines Herrn wie immer.

»Zusammen einen Oger angreifen und ihn so schnell wie möglich töten und dann den nächsten angreifen«, antworte ich sofort.

»Aber wenn wir das getan hätten, hätten wir keine Kontrolle über die anderen Oger gehabt. Sie hätten uns in den Rücken fallen oder die Pferde angreifen können«, sagt Lomin.

»Oger sind so blöd, dass man gar nicht vorhersehen kann, was sie als Nächstes tun«, erwidere ich und breite die Arme aus. »Das ist ein Wald voller Monster. Hört auf, vorsichtig herumzutappen und ja auf alles vorbereitet zu sein. Sonst kommt ihr nicht voran und wenn wir hier Wurzeln schlagen, werden wir von Monstern überrannt.«

»Also sollen wir offensiver sein?«, fragt Mikail mit Widerwillen in der Stimme.

Ich sehe auf ihn hinunter. Sein Gesicht wirkt angespannt, auch wenn er nach wie vor kaum eine Miene verzieht. Trotzdem wirkt er auf mich plötzlich wie ein unsicherer Junge. »Ich werd schon dafür sorgen, dass niemand stirbt. Vertrau deiner Heilerin ein bisschen.«

Zumindest in diesem Punkt hört Mikail auf mich. Von da an sind unsere Kämpfe ausgeglichener, wahrscheinlich weil keiner der Ritter mehr das Bedürfnis hat, mich zu beschützen. Man würde erwarten, dass sich eine weniger erfahrene Person auf eine erfahrenere verlässt, vor allem, wenn sie schon einmal fast gestorben ist, aber Mikail ist sehr gut im Herumkommandieren. Tatsächlich sind Befehle der einzige Grund, aus dem er mit mir spricht, und in der übrigen Zeit behält er mich im Auge, wann immer er kann. Es ist fast so, als wäre ich das schwächste Glied in der Gruppe, auf das er aufpassen müsste. Und das nicht im positiven Sinne, seinem mürrischen Blick nach zu urteilen.

Zwei Tage später kommen wir in das letzte Dorf vor den Felswurzeln, wo wir in einer Taverne übernachten können. Viel mehr hat das Dorf auch nicht zu bieten. Da es so abgelegen ist, sind die meisten nur auf der Durchreise und die Anonymität zieht Gesetzlose an. Wenn man nicht vorsichtig ist, wacht man am nächsten Morgen mit leeren Taschen auf und keiner Erinnerung daran, was am Vorabend passiert ist. Ich würde wetten, dass es meinen Begleitern genau so ergehen wird, da sie sich so einfach von den Kellnerinnen ablenken lassen. Währenddessen werden meine eigenen Pläne, die Kartenspiele und Alkohol beinhalten, gründlich durchkreuzt.

»Du bist der nervigste Boss, den ich je hatte.« Ich zeige anklagend auf Mikail, der neben mir am Tresen sitzt und mir meinen Krug weggenommen hat. Hinter uns ist der Lärm von den gut besetzten Tischen zu hören, sodass sich die Musiker redlich Mühe geben müssen. Aber die Musik ist laut genug, um meinen Fuß im Takt auf den Boden klopfen zu lassen.

»Du hattest bei Weitem genug«, sagt Mikail, den sowohl die Musik als auch der Alkohol völlig kaltlassen.

Ich stöhne, um mein Missfallen deutlich zu machen, und lehne mich auf den Tresen. »Urg, du redest sogar wie ein Langweiler«, brumme ich und versuche, meinen Arm nach meinem Krug auf Mikails anderer Seite auszustrecken. Aber er merkt es und zieht den Krug noch weiter weg.

Mein Arm fällt unverrichteter Dinge auf die Holzplatte des Tresens. »Hast du nichts Besseres zu tun, als meinen Abend zu ruinieren? Mein Spiel hast du ruiniert und jetzt ruinierst du mir das Trinken!« Jetzt fehlt nur noch, dass er die Musiker hinauswirft. Ich werde ihn hauen, wenn er das tut!

»Sogar ich konnte sehen, dass du nicht ehrlich gespielt hast.«

»Du weißt nichts übers Kartenspielen, oder?« Ich kichere und lehne mich vor, damit mich niemand anderes hört. »Es geht nicht darum, ehrlich zu spielen, sondern so gut im Schummeln zu sein, dass es dein Gegner nicht merkt.«

Er schüttelt den Kopf. »Gehört sich vom Gegner verprügeln zu lassen auch dazu?«

Ich pruste los. »Du denkst, jemand könnte mich verprügeln?«

»Sie waren kurz davor.«

»Ich verrate dir ein Geheimnis«, sage ich mit einem Finger an den Lippen. »Niemand ist stärker als ich.«

Mikails Brauen ziehen sich zusammen und ich muss erneut lachen.

»Wie kannst du überhaupt betrunken sein? Eine Heilerin von deinem Kaliber müsste resistent gegen die meisten Gifte sein.«

»Oho, so ein schlaues Köpfchen.« Ich beobachte, wie Mikail mit den Augen rollt, wobei ich fröhlich im Takt der Musik wippe. »Ich sag dir wie, wenn du mir meinen Krug wieder gibst.«

Er schüttelt den Kopf. »Ich kann nicht verstehen, wieso es Menschen gibt, die so viel Wert darauf legen, sich selbst ihres klaren Verstands zu berauben.«

Ich strecke die Arme aus. »Wahrscheinlich, weil du langweilig und feige bist?«

»Ich bin vernünftig.«

Ich nicke eifrig. »Das ist genau das Problem. Während ich Geld verdiene und fröhlich bin, sitzt du herum und machst ein Gesicht wie eine Statue. Kein Wunder, dass du so miesepetrig bist, dass du mir den Abend verderben willst.«

»Ich bin nicht miesepetrig!«, widerspricht er recht energisch, und das lässt mich aufhorchen.

»Dann ist es wegen diesem Freund, den die Heilige für dich retten soll?«

Seine Miene verdüstert sich deutlich, aber ich wedle abwehrend mit der Hand. »Du riskierst schon dein Leben für ihn, da musst du nicht auch noch unglücklich sein.«

»Ich werde jetzt nicht mit dir darüber reden!«

Ich lege den Kopf schief. »Wieso? Er muss ein guter Freund sein, also warum sollte er wollen, dass du unglücklich bist?«

Mikail blinzelt. Dann sieht er zur Seite. »Es ist nicht meine Entscheidung, unglücklich zu sein.« Er sagt es so leise, dass ich es fast nicht höre.

»Wenn es nicht deine ist, wessen dann?«

Er sagt nichts.

»Du solltest auch trinken«, stelle ich fest und stütze meinen Kopf auf der Hand auf.

»Und was soll das bringen?«

»Es macht es dir leichter, dich mit einer der Kellnerinnen zu vergnügen.«

Er zuckt zusammen und sieht mich entsetzt an. »Wie bitte?! Das würde ich nie tun!«

»Wieso nicht? Es macht Männer glücklich, sich mit einer Frau zu vergnügen.« Ich weiß nicht, woran es liegt, aber er scheint wütend zu sein.

»Ich bin nicht derart frivol!«

Ich blinzle träge und sehe an ihm vorbei. »Du meinst so wie die da?«, frage ich und deute auf unsere Kameraden, die laut lachend mit einigen Kellnerinnen an einem Tisch sitzen und trinken. Und sie sitzen sehr dicht beieinander.

Mikail dreht den Kopf.

»Solltest du dich nicht darum kümmern, Boss?«, sage ich, während ich mich vorbeuge, für einen weiteren Versuch, meinen Krug wiederzubekommen.

»Nein.«

Ich weiß nicht, ob sich das auf meine Frage bezieht oder meinen Krug, den er ein weiteres Mal aus meiner Reichweite zieht. Ich versuche, ihn noch zu fassen, was allerdings nur dazuführt, dass ich das Gleichgewicht verliere. Aber bevor ich in Mikails Schoß landen kann, werde ich an den Schultern gepackt und wieder aufgerichtet.

Ich blinzle, als ich mich auf meinem Stuhl wiederfinde, und starre Mikails Hände an, die vor mir schweben, als würde er sicherstellen wollen, dass ich nicht gleich wieder umfalle. Gleichzeitig hat er mich so schnell losgelassen, dass ich nur gerade so mein Gleichgewicht wiedergefunden habe. Ich kneife die Augen zusammen. »Bist du schwul?«

»Wie bitte?«

Ich hebe eine Hand und deute auf ihn. »Welcher Mann stößt eine Frau zurück, wenn sie ihm in den Schoß fällt? Und dann auch noch mich!«

»Was soll dieser Unsinn?!«, ruft er und sieht dabei so entrüstet aus, dass ich lachen muss. Daraufhin dreht er beleidigt den Kopf weg. »Ich habe nicht das geringste Interesse an dir in dieser Hinsicht!«

Ich lehne mich wieder auf den Tresen und starre ihn von der Seite her an. »Du wirst rot.«

»Sei still!«

Ich kichere. »Du hattest noch nie etwas mit einer Frau, oder?«

Er wirft mir einen verärgerten Blick zu, aber das Rot auf seinen Wangen vertieft sich. »Ich wüsste nicht, was daran witzig sein sollte«, sagt er höchst beleidigt, sodass ich noch stärker lachen muss. Aber ich schüttle den Kopf. »Das ist es nicht«, pruste ich.

»Dann muss ich mir dein Lachen wohl nur einbilden.«

»Dein Gesicht.« Ich deute mit dem Finger darauf. »Ich lache wegen deinem Gesicht.«

81

»Inwiefern ist das besser?«, grummelt er und lehnt sich ein Stück von mir weg.

»Ich mag Leute nicht, die ständig nur einen Gesichtsausdruck haben. Eh-eh, mag ich nicht.« Ich schüttle den Kopf. »Leute, die keinen Gesichtsausdruck haben, verstecken etwas und man versteckt nichts Gutes.«

Er mustert mich misstrauisch. »Ist das der Grund, weshalb du jede Gelegenheit nutzt, um uns zu provozieren?«

»Du weißt, wie hässlich die meisten Leute werden, wenn sie wütend sind?« Ich hebe gewichtig einen Finger. »Niemand ist gern hässlich, deswegen weiß ich, dass sie ehrlich sind.«

Er denkt einen Moment darüber nach. »Denkst du, dass ich etwas zu verbergen habe?«

»Oh, ich weiß, dass du etwas zu verbergen hast.« Ich richte meinen Finger auf ihn.

»Tut das nicht jeder? Du trägst eine Maske.«

Ich muss grinsen. »Und du denkst, ich bin zwielichtig.«

»Wie könnte ich das nicht?«

Ich breite die Arme aus. »Jeder versteckt sich, aber immerhin versuche ich nicht zu verstecken, dass ich mich verstecke.«

Mikail runzelt die Stirn.

»Guck da rüber.« Ich zeige an ihm vorbei, zu dem Tisch mit unseren Begleitern. »Die Frau, die bei Jake sitzt. Sieht fröhlich aus, oder?«

Er folgt meinem Blick. »Jake tut sich leicht mit

Konversation.«

»Pft.« Ich schüttle lachend den Kopf. »Sie räumt seine Taschen aus.«

Mikail dreht den Kopf ruckartig wieder mir zu. »Sie tut was?!«

Ich wippe unbesorgt im Takt der Musik mit. »Ist leicht, wenn er denkt, dass er sich leicht tut mit … Kon-versation.« Ich stolpere etwas über das Wort, aber Mikail bemerkt es nicht. Er ist bereits auf die Füße gesprungen, um seinem Freund zur Hilfe zu eilen.

»So leichtgläubig«, murmle ich und fische meinen Krug vom Tresen. Dann lehne ich mich mit dem Rücken dagegen und beobachte meine Begleiter, während ich der Musik lausche.

V.

»Guten Morgen!« Ich grüße meine Begleiter fröhlich, die bereits alle im Schankraum sitzen. Allerdings scheint keiner von ihnen besonders gute Laune zu haben.

»Würde es dir etwas ausmachen, leise zu sprechen?«, murmelt Jake, der sich den Kopf hält, als würde er sonst auseinanderbrechen.

»Oho.« Ich stütze mich neben ihm auf dem Tisch auf. »Du siehst aus, als könntest du eine Heilerin gebrauchen.« Ich habe nicht erwartet, dass er mir dafür dankbar ist, aber er sieht mich so vernichtend an, als wäre ich schuld an seinen Kopfschmerzen. »Ich könnte dich grad erwürgen!«, zischt er und ich blinzle überrascht. »Das könntest du nicht, selbst wenn dir deine Freunde helfen würden, aber nett ist es trotzdem nicht. Weshalb so pampig?«

Jake knirscht mit den Zähnen.

»Lawrence.« Mikail sagt meinen Namen, als wäre es ein Befehl.

Ich breite schwungvoll die Arme aus. »Das ist mein Name!«, flöte ich, um den Ernst aus der Situation zu nehmen. Und das bringt mir weitere genervte Blicke ein.

»Könntest du aufhören, so fröhlich zu sein? Wir haben hier alle einen schrecklichen Morgen«, sagt Lomin, der nach Mikail in der besten Verfassung zu sein scheint.

Ich lasse meine Arme mit einem Seufzen sinken. »Na gut, ich geb euch allen einen Rabatt. 30 Silber und eure Kopfschmerzen sind weg.«

Jake und Dalton stöhnen unisono und auch die anderen sehen nicht so aus, als wäre mein Angebot auch nur im mindesten verlockend.

Ich lege den Kopf schief und sehe fragend Mikail an.

Er seufzt. »Ich gebe dir ein Goldstück, wenn du sie alle heilst.«

»Nein!«, sagt Dalton sofort. »Das ist nicht nötig.«

Mikail ist ein Adliger mit einem höheren Rang als die anderen, was man schon daran sieht, dass er ein eigenes Zimmer für sich gebucht hat. Aber deswegen würde er nicht für sie bezahlen. Mal ganz abgesehen davon, dass er mir 50 Silberstücke unterschlägt.

»Sagt bloß!« Ich stemme die Hände in die Hüften. »Ihr habt euch trotz meiner Warnung ausnehmen lassen?«

Die beschämten Blicke sagen alles und ich breche in Gelächter aus. »Nicht im Ernst!«, rufe ich, während ich begeistert in die Hände klatsche. Man würde meinen, sie wären vorsichtig geworden, nachdem die Kellnerinnen bereits ihr Glück versucht haben. »Zweimal! Und auch noch am selben Ort!«

»Ja, vielen Dank, das haben wir auch begriffen!«, faucht Jake, nur um sich dann mit schmerzverzerrtem Gesicht an den Kopf zu fassen.

»Nicht nötig, uns noch weiter zu demütigen«,

brummt Clover und ich glaube, es ist das erste Mal, dass der bullige Mann etwas zu mir sagt. Er und Kuma sind sonst immer still, also muss die Situation wirklich ernst sein.

»Hey, hey, alles halb so wild«, sage ich. »Ihr habt was gelernt – das hoffe ich jedenfalls – und irgendwann werdet ihr das auch sehr lustig finden, glaubt mir.«

Clover senkt den Blick und starrt wieder auf den Tisch. Offenbar überzeugen ihn meine Worte nicht und er ist nicht der Einzige. Auch die andere vermeiden es, mich anzusehen, wohl um mich nicht dazu zu reizen, noch mehr zu sagen.

»Lawrence«, sagt Mikail erneut und sieht mich bedeutungsvoll an.

»Ja, ja, wo ist euer Sinn für Humor?« Ich schüttle den Kopf, schnippe aber mit den Fingern, um die vier Männer von ihrem Kater zu befreien. Keinen Moment später sehen sie schon deutlich besser aus, wenn auch noch recht weit entfernt von gut.

»Danke«, sagt Mikail, der ebenfalls erschöpft klingt, und zieht eine Goldmünze aus seiner Tasche, aber ich winke ab. »Nicht nötig.«

Er hält verdutzt inne.

»Ich nehme mir das Geld aus ihren Taschen«, sage ich und tippe mit zwei Fingern unter mein linkes Auge, bevor ich auf dem Absatz kehrt mache und den Schankraum wieder verlasse.

Nach nicht einmal einer halben Stunde habe ich das

gestohlene Gut wieder zu seinen ursprünglichen Besitzern zurückgebracht. Es war einfach zu finden und noch einfacher zurück zu stehlen. Meine Begleiter staunen nicht schlecht, als ich, nachdem wir die Taverne verlassen haben, all ihre Sachen aus meinem Schatten ziehe.

»Hey, es fehlen 30 Silberstücke!«, ruft Dalton, als er in seinen Geldbeutel schaut.

»Sicher, ich habe deinen Kater geheilt«, sage ich, aber Dalton funkelt mich trotzdem böse an.

»Es fehlen *nur* 30 Silber«, bemerkt Kuma. Er hat ebenfalls in seinen Geldbeutel geschaut, aber jetzt sieht er mich misstrauisch an. »Sie würde uns unsere Sachen nicht umsonst zurückholen.«

»Ihr wart Opfer eines Verbrechens! Wie könnte ich das ausnutzen?« Ich schüttle betroffen den Kopf.

»Hast du es denn umsonst gemacht?«, fragt Lomin mit gerunzelter Stirn.

»Natürlich nicht! Ich hab die Diebe bezahlen lassen.«

»Du hast die Leute, die unsere Sachen gestohlen haben, ausgeraubt?«, fragt Mikail scharf, obwohl seine Sachen überhaupt nicht betroffen waren.

Ich hebe meine linke Hand und zeige einen kleinen Abstand zwischen Daumen und Zeigefinger. »Nur ein wenig.«

»Wir haben keine Zeit für mehr Ärger!« Er kommt auf mich zu und baut sich vor mir auf, wie um mich zur Schnecke zu machen.

Ich seufze. »Wie kann man nur so verklemmt sein?

Was glaubst du, was die machen? Sich beschweren, dass man ihr Diebesgut gestohlen hat? Das würden sie nicht, selbst wenn das ein Ort voller ehrlicher Menschen wäre.«

»Was meinst du damit?«

Ich verschränke die Arme hinterm Rücken und beuge mich zu ihm vor. »Streng dein Köpfchen an, mein Hübscher.«

Mikail macht ein irritiertes Gesicht.

»Hüte deine Zunge! Du sprichst mit deinem Arbeitgeber!«, knurrt Dalton und ich sehe an Mikail vorbei zu dem aufbrausenden Ritter. »Aber ich stehe doch vor dem schönsten Mann im Land, oder nicht?«

Dalton presst die Zähne zusammen und läuft rot an.

Mikail fährt sich mit der Hand übers Gesicht, wohl um sein eigenes Unbehagen zu verbergen. »Sag es uns einfach«, sagt er mit nicht halb so viel Schärfe wie zuvor.

Ich kichere amüsiert. »Aus demselben Grund, aus dem wir unbesorgt unsere Pferde hierlassen können.«

Er sieht mich überrascht durch seine Finger hindurch an. »Wir lassen unsere Pferde hier?«

»Wir können sie nicht mit in die Felswurzeln nehmen und allein draußen stehen lassen können wir sie auch nicht. Also bleiben sie hier.«

»Aber was, wenn sie uns gestohlen werden?!«, ruft Jake, der offenbar etwas aus der letzten Nacht gelernt hat.

Ich breite meine Arme aus und trete ein paar Schritte von Mikail zurück, damit mich die anderen besser sehen können. »Glaubst du, der Wirt einer kleinen Taverne würde es wagen, das Pferd einer Söldnergilde zu verlieren?« Darauf weiß keiner etwas zu sagen und ich kann sehen, dass sie mir folgen können. Meine Gilde ist recht groß und wir müssten uns nicht anstrengen, um diesen Ort von der Landkarte zu löschen. Himmel, ich bräuchte dazu nicht einmal die Gilde. »Können wir dann?«

Zu Fuß gestaltet sich der Weg zu den Felswurzeln natürlich um einiges anstrengender, nicht zuletzt da es ein sonnig warmer Tag ist. Ich ziehe meine Jacke und meine Handschuhe aus und löse sogar die oberen Schnallen meiner Rüstung, und trotzdem schwitze ich, sodass ich ein paar Läuterungszauber auf mich wirke. Aber das ist nichts im Vergleich zu den Rittern. Ihnen macht das Wetter sogar so sehr zu schaffen, dass sie sich alle bereiterklären, mir fünf Silberstücke zu bezahlen, damit ich ihre Sachen in ihrem Schatten verstaue. Auch wenn sie dafür im Gegenzug mindestens fünf Versicherungen brauchen, dass die Sachen nicht verschwinden oder kaputtgehen können.

Ansonsten werde ich jedoch weitgehend gemieden. Wahrscheinlich sind den Rittern die Vorkommnisse in der Taverne noch zu peinlich und Mikail scheint mir irgendetwas übelzunehmen. Während wir eine Pause machen und ich ein paar Schlucke Wasser trinke, bemerke ich, wie er mich anstarrt, aber als ich ihn ansehe, wendet er sich plötzlich ab und stampft demonstrativ in den Wald.

Von der Strecke her, wäre es vom Dorf bis zu den Felswurzeln etwa ein Tagesmarsch, aber die Monster und die Hitze lassen uns doppelt so lange brauchen. Und dann dauert es noch einen halben Tag, ehe ich eine geeignete Stelle zum Eintreten finde.

»Könnten wir nicht einfach den Boden aufbrechen und so hineingehen?«, fragt Jake und sieht auf den schmalen Spalt im Boden hinunter, der zwischen zwei Wurzeln entstanden ist. Der Boden ist trocken und steinig, trotzdem wachsen hier große Bäume mit starken Wurzeln, die sich bis zu den Tunneln unter den Bergen hindurchgegraben haben.

»Sicher, wenn du den ganzen Tunnel zum Einstürzen bringen willst«, sage ich und Jake sieht mich besorgt an.

»Aber zuerst solltet ihr euch noch einmal überlegen, ob ihr wirklich hinein wollt. Es ist gut möglich, dass einer von euch nicht wieder herauskommt.«

Dalton schnaubt. »Glaubst du wirklich, wir würden jetzt wieder umdrehen? Außerdem hast du bisher immer große Töne gespuckt, dass du uns alle heilen würdest.«

»Das ist das Problem. Die Tunnel unterm Wurzelwerk sind sehr instabil und es ist gut möglich, dass wir getrennt werden. Und die Monster hier sind um einiges stärker, als die, denen wir bisher über den Weg gelaufen sind.«

Daraufhin wird Daltons Miene ernst.

»Weißt du, wo das Erz zu finden ist?«, fragt Mikail, den Blick unverwandt auf mich gerichtet.

Ich deute hinter mich auf die Berge. »Unter den Bergen. Es könnte ein paar Tage dauern, bis wir Erz finden.«

Er nickt und wendet sich dann seinen Rittern zu. »Ich verlange von keinem von euch mitzukommen. Nicht mal, wenn es bedeuten würde, dass ich allein gehe.«

»Wissen wir«, sagt Dalton sofort. »Wir kommen trotzdem mit.«

»Ja, was sollen wir auch hier«, sagt Jake mit einem Blick auf den Wald um uns herum. »Ich sags nicht gern, aber selbst wenn wir alle hier bleiben würden, wären wir ohne dich und Lawrence auch in Gefahr.«

Ich halte ein Schnauben zurück. Mikails Aura ist locker das Doppelte der anderen, sodass ich ihm fast zutrauen würde, es allein bis hierher zu schaffen. Aber ich räuspere mich. »Für 50 Goldstücke kann ich eine nahezu unzerstörbare Barriere erschaffen.«

Sechs Augenpaare richten sich auf mich.

»50 Goldstücke?!«, ruft Dalton dann. »Und was heißt hier ‚nahezu unzerstörbar‘?!«

Ich zucke mit den Schultern. »Es sollte für die Monster hier reichen, aber wenn du eine völlig unzerstörbare Barriere haben willst, kostet das das Doppelte.«

»Ach!« Dalton macht eine wegwerfende Handbewegung. »Es bleibt sowieso keiner von uns hier!«

»Ich wollte euch nur eine realistische Chance zum Rückzug geben«, sage ich unschuldig.

»Wir wissen es zu schätzen. Danke Lawrence.«

Ich richte meinen Blick verdutzt auf Mikail und für einen Moment kann ich ihn nur sprachlos anstarren, als ich das Lächeln auf seinem Gesicht sehe. »Der Boss bedankt sich bei mir?«

»Ich halte es für angebracht. Du bist sehr zuverlässig und ohne dich wären wir nicht so weit gekommen.«

Ich blinzle, immer noch verdutzt. Habe ich mir nur eingebildet, dass er wütend auf mich ist? Ich lege mir eine Hand vor den Mund. »Oho, ein plötzliches Kompliment, da werd ich ja gleich ganz rot. Aber wenn du mir so dankbar bist, wie wärs mit einem Bonus?«

»Lawrence!«, empört sich Dalton, aber Mikail lacht leise. »Ich denke darüber nach.«

Er überrascht mich ein zweites Mal, aber er richtet seine Aufmerksamkeit auf seine Männer, um sich ein letztes Mal mit ihnen zu besprechen. Allerdings dauert es nicht lange, bis sie fertig sind und mich abwartend ansehen. Natürlich bleibt keiner von ihnen hier, sehr zu meinem Bedauern.

Mit einem Seufzen strecke ich meine Arme zu den Seiten aus. »Festhalten«, brumme ich.

Daraufhin werde ich fragend angesehen.

Ich verdrehe die Augen. »Ich kann nichts teleportieren, das ich nicht berühre.«

Die Männer tauschen einen Blick.

»Und ihr solltet die Augen zumachen und die Luft anhalten.« Ich bin nicht scharf darauf, von sechs Männern gegriffen zu werden, aber da es nun mal

nicht anders geht, hilft es nicht es hinauszuzögern.
»Wollt ihr jetzt rein oder nicht?!«, frage ich ungeduldig, nachdem mich meine Begleiter für eine ganze Weile dämlich herumstehen gelassen haben.

Erst dann setzen sie sich in Bewegung. Es dauert länger als nötig, bis sich endlich alle sechs an meinem linken oder rechten Arm festhalten, länger als die Teleportation.

Sobald ich wieder festen Boden unter den Füßen habe, ziehe ich meine Arme zurück, was nicht so einfach ist, da nicht alle begriffen haben, dass wir schon da sind.

»Das war schnell«, sagt Lomin, während er sich sorgsam umsieht.

»Und angenehmer, als ich gedacht habe«, sagt Jake. »Ich dachte, es fühlt sich schleimig und nass an, mit schwarzer Magie zu reisen. Bei dem Lawrence aus der Geschichte sah es jedenfalls immer so aus, als würde er in einem schwarzen Schleim versinken.«

»Schleimig und nass, hm?«, sage ich, während ich prüfend die erdigen Wände und die Decke betrachte. Wir sind noch nicht weit unter der Erde, trotzdem ist es schon deutlich kühler. »Kann ich fürs nächste Mal einrichten.«

Jake wirft mir einen Blick zu. »Du kannst es wirklich nicht lassen, hm Lawry?«

Ich sehe ihn überrascht an. »Oho, sieh an, wer mich plötzlich liebgewonnen hat.«

Er schnaubt. »Was heißt liebgewonnen. Es ist kürzer und einfacher und ich muss ja wohl nicht respekt-

93

voll mit dir reden.«

Ich gehe auf ihn zu und beuge mich vor. »Weißt du denn nicht, dass du nett zu den Leuten sein musst, die auf dich aufpassen. Nett zu Frauen sein, das kannst du doch gut, oder nicht?«

Jake presst die Lippen zu einer schmalen Linie zusammen, als er unweigerlich an den Abend in der Taverne erinnert wird. »Das dachtest du dir so, oder?«

Ich lache leise. »Was denn?«

Er hält mir einen Finger unter die Nase. »Mach dich nur weiter über mich lustig, aber glaub ja nicht, dass ich das weiter so einfach hinnehme.«

»Oho, meinst du das ernst?« Ich lege mir eine Hand an die Wange, woraufhin Jake nur frustriert zurückstarrt.

»Lawrence!« Mikails Stimme unterbricht uns. Er scheint aus irgendeinem Grund wieder schlechte Laune zu haben, soweit ich das bei seinem Steingesicht sagen kann. »Ja, Boss?«, flöte ich daher und lasse Jake stehen, um zu Mikail zu gehen.

»Du hast gesagt, du warst schon einmal hier. Kannst du uns führen?«

»Hm …« Ich tippe mir mit einem Finger gegen die Wange. »Ich war schon einmal hier, aber damals war ich nicht an dem Erz interessiert. Ich weiß ungefähr, wo es ist, aber ich kann euch nicht zu einem Vorkommen führen.«

Er nickt. »Das ist gut genug. Lass uns gehen.« Er wäre beinahe losgelaufen, erinnert sich jedoch noch rechtzeitig daran, dass ich führen soll. Dabei ist es im

Grunde nicht schwierig, den Weg weiter unter die Berge zu finden. Man muss einfach dem Weg folgen, der etwas nach unten führt, wo es dunkler wird und die Wände aus Wurzeln und Erde zunehmend Fels weichen. Das größere Problem ist, einen Weg zu wählen, auf dem man keine Monster trifft.

Wir sind noch keine zehn Minuten unterwegs, als ich die Präsenz eines besonders nervigen Monsters spüre. Und leider hat es unsere Fährte bereits aufgenommen.

»Seht ihr die Weggablung da vorn?«, frage ich, ohne stehenzubleiben und ohne den Blick von der genannten Stelle zu nehmen. Wir sind mittlerweile so weit gekommen, dass es keine Löcher in der Decke mehr gibt, die Licht spenden, sodass ich eine Lichtkugel erschaffen habe, die über unseren Köpfen schwebt.

Mikail, der direkt neben mir läuft, nickt. »Dort ist eine Bestie, die uns auflauert.«

»Du kannst sie spüren, gut.«

»Es ist nur eine. Wenn wir sie alle gleichzeitig angreifen, dann -«

»Nein«, unterbreche ich mit fester Stimme. »Ihr bleibt kurz vor der Gablung stehen und schützt euch mit eurer Aura.«

Er sieht mich an und es sieht fast so aus, als wolle er mit mir diskutieren, aber dann nickt er.

Ich gestatte mir ein Grinsen. »Gehorsam steht dir gut.«

»Ich passe auf, dass sich uns kein anderes Monster

nähert, während du beschäftigt bist«, erwidert er völlig unbeeindruckt, sehr zu meinem Missfallen.

»Es wird nicht so lange dauern«, sage ich und strecke meinen Arm aus, um Mikail und den anderen zu bedeuten, jetzt stehenzubleiben. Ich selbst mache noch einen Schritt und dieser ist genug, um die Bestie aus ihrer Deckung zu locken.

Als ich merke, wie es seine Lauerstellung verlässt, betrete ich den Schatten, der durch meine Lichtkugel entsteht.

Die Bestie springt vor meine Begleiter und ich verlasse den Schatten wieder, sodass ich direkt vor dem Pferd-großen Monster stehe. Es ist haarig, mit schaufelartigen Klauen und einem mächtigen Rücken.

Bevor es sein riesiges Maul aufreißen kann, lege ich ihm meine Hand auf die Schnauze. Sie ist so groß wie mein Handteller und nass, aber ich ignoriere meinen Ekel.

Die Bestie erstarrt, als ich mein Mana in ihren Körper fließen lasse. Sie leistet instinktiv Widerstand, aber es ist keine Schwierigkeit, ihre Aura zu überwinden. Sobald ich die Kontrolle über ihren Körper habe, befehle ich ihr, sich vorsichtig hinzulegen und stoppe ihr Herz.

»Schläft es?«, fragt Dalton, als ich die Hand von dem Monster nehme und sie mit einem Zauber säubere. Er und die Ritter haben trotz meiner Aufforderung, sich zurückzuhalten, alle ihre Schwerter gezogen.

»Es ist tot«, erwidere ich knapp und mit einem verständnislosen Blick in Daltons Richtung. Es hätte keinen Sinn, es nur Schlafen zu lassen, denn es würde uns wieder jagen, sobald es aufwacht.

»Tot?«, wiederholt er ungläubig und mustert die Bestie prüfend. »Aber wie?«

»Ich habe sein Herz gestoppt«, sage ich, was mir erneut seine Aufmerksamkeit einbringt. Auch die anderen sehen mich so befremdlich an, dass ich grinsen muss. »Es heißt Dominanz. Ich kann die Kontrolle über einen Körper übernehmen, solange ich ihn berühre und genug Mana habe.«

Mikail nimmt als erster seinen Blick von mir, um das tote Monster genauer zu betrachten. »Was ist das?«

»Ein Heuler«, sage ich und sehe ebenfalls auf es hinab. »Sie haben viele der Tunnel hier gegraben und sind gleichzeitig der Grund, weshalb sie oft einstürzen. Sie verlassen sich auf ihren Geruchssinn, sind aber taub. Sie benutzen ihre Aura, um ihre Opfer anzubrüllen. Das setzt die meisten für einen Moment außer Gefecht, aber es lässt nicht selten den gesamten Tunnel einstürzen.« Ich deute auf die Klauen des Heulers. »Wir sind noch nah an der Oberfläche und für die Heuler ist es nicht schlimm, begraben zu werden. Sie schützen sich mit ihrer Aura und graben sich dann frei.«

Mikail nickt. »Dann müssen wir aufpassen, dass wir nicht auf mehr als einen treffen.«

»Das ist leichter gesagt als getan«, sage ich mit einem Blick geradeaus. Noch sind sie weit weg, aber ich kann mehr als 20 Heuler in der Nähe wahrnehmen. An diesem Punkt frage ich mich, ob es nicht einfacher gewesen wäre, die Ritter draußen zu lassen und das Erz allein zu besorgen. Das letzte Mal als ich hier war, bin ich allein gewesen, weshalb ich mir um die Heuler keine Sorgen machen musste.

»Heuler jagen zwar allein, aber wenn es eine Bedrohung für sie gibt, greifen sie zusammen an. Das heißt, sobald sie das hier entdecken, werden sie uns jagen.« Ich reibe mir nachdenklich das Kinn. »Entweder gehen wir so schnell wir können tiefer unter die Berge und hoffen, dass sie uns dorthin nicht folgen oder wir töten sie alle.«

»Und wie viele von denen gibt es?«, fragt Jake. »Ich will ja nicht die Stimmung vermiesen, aber wenn wir es mit mehreren zu tun bekommen, ist die Wahrscheinlichkeit hoch, dass wir verschüttet werden.«

»Kannst du dich nicht mit deiner Aura schützen?«, frage ich. Die meisten Aura-Träger sind von Natur aus robuster, aber ab einem bestimmten Level können sie sich in ihre Aura einhüllen und sie wie einen Schutzschild benutzen.

»Schon, aber was nützt mir das, wenn ich unter einem Haufen Erde liege?«

Ich zucke mit den Schultern. »Die Heuler werden dich schon wieder ausgraben, du musst sie dann nur töten.«

»Das sagst du so einfach!«

»Sie sind nur C-Rang Bestien. Schwächer als

Oger.«

Jake sieht nicht so aus, als würde ihn das beruhigen, aber er schaut zu Mikail, der immer noch den Heuler begutachtet.

»Ich denke, Lawrence hat recht«, sagt er, als wüsste er, ohne den Kopf zu heben, dass alle Aufmerksamkeit auf ihm liegt. »Die Monster werden nicht schwächer, je tiefer wir hinuntersteigen und wir können es uns nicht leisten, dass uns eine Horde von diesen Bestien folgt.« Er hebt den Blick und richtet ihn auf mich. »Was schlägst du vor, wie wir vorgehen?«

Ich sehe ihn überrascht an. »Das hört sich ja fast so an, als würdest du mir das Kommando übergeben, Boss.«

Er steht auf. »Was immer nötig ist, um das Erz zu finden und diesen Ort lebend zu verlassen.«

Ich sehe ihn an, bis ich mir sicher bin, dass er es ernst meint. »Das ist süß, aber ich bin nicht besonders gut darin, andere herumzukommandieren.«

Er runzelt die Stirn und dann huscht ein amüsierter Blick über sein Gesicht. »Aber du hast das Potenzial dazu.«

Ich sehe ihn überrascht an, aber Mikail richtet seine Aufmerksamkeit auf seine Ritter. »Wir müssen auf ihre Klauen aufpassen, aber ansonsten haben sie körperlich nicht viel zu bieten. Sie sind weder agil noch besonders schnell und sie haben kleine Augen und keine Ohren. Wenn wir ihre Schreie mit unserer Aura neutralisieren, können wir uns auf ihre Schwachstellen konzentrieren und sie ausschalten.« Er spricht in seinem üblichen ruhigen Tonfall, der ihn jetzt selbstbewusst erscheinen lässt und sogar ich lasse mich von seinen Worten überzeugen.

»Lawrence, kannst du eine Barriere erschaffen, die den Tunnel absichert?«

Ich blinzle, überrascht, dass er plötzlich wieder mit mir spricht. »Oh, ja«, sage ich hastig und meine Worte kommen ein wenig gestammelt heraus.

Er nickt. »Das ist gut. Bitte konzentriere dich darauf.«

Heuler sind keine Gegner für mich, aber ich ergreife bei Aufträgen grundsätzlich nicht die Initiative. Und Mikail scheint zu wissen, was er tut. Es klingt jedenfalls nach einem Plan, der funktionieren könnte.

VI.

Ich habe mich geirrt. Vielleicht habe ich Mikails Worte missverstanden oder ihn und die Ritter einfach überschätzt.

Zuerst lief alles gut und ich brauchte nicht mehr zu tun, als den Tunnel zu sichern, da die Ritter die Heuler allein überwältigen konnten. Aber je mehr Zeit verging, desto mehr Heuler tauchten auf und mittlerweile muss ich immer wieder Heilzauber wirken, während ich gleichzeitig die Barriere aufrechterhalte und für Licht sorge.

Ich habe überlegt, die Barriere hinten und vorn zu verschließen und immer nur ein paar Heuler hereinzulassen. Aber dann würden wir Gefahr laufen, dass die Heuler in ihrem Versuch, die Barriere zu durchbrechen, den Tunnel hinter und vor uns zum Einsturz bringen und uns so einschließen. Es ist eine Möglichkeit, die ich nur als letzten Ausweg in Betracht ziehe und ich überlasse es Mikail, eine bessere Lösung zu finden.

Er steht vor mir in der Mitte und kämpft mit Lomin und Kuma gegen die Heuler vor uns, während die anderen drei hinter mir stehen und die Heuler hinter uns zurückhalten.

»Lawrence, heb die Barriere vor uns auf, damit der Tunnel einstürzt«, ruft Mikail mir zu, nachdem er einem Heuler sein Schwert ins Auge gerammt hat und ein zweiter über die Leiche seines Artgenossen gekrabbelt kommt. Normalerweise würden die Leichen als eine eigene Barriere dienen, aber die Heuler haben keine Probleme, sie mit ihren gewaltigen Klauen hinter sich zu schieben oder gar in Stücke zu reißen.

»Das wird sie nicht lange aufhalten«, erwidere ich.

»Du kannst eine Barriere vor dem verschütteten Teil wirken, so wie du es mit den Wänden machst, und sie werden uns nicht mehr so einfach wittern können.«

Ich bin nicht völlig überzeugt von dieser Taktik, aber wir würden zumindest nur noch auf einer Seite kämpfen müssen.

»Verstanden.« Aber es ist schwierig, die Barriere zu schließen, da die drei Ritter alle in engem Kontakt mit den Heulern stehen, die sich ebenfalls dicht an dicht drängeln. Ich kann die Barriere nicht schließen, wenn sich etwas im Weg befindet. »Ich kann erst eine neue Barriere wirken, wenn der Tunnel eingestürzt ist, also zieht euch zurück, sobald es anfängt«, sage ich laut, bevor ich die Barriere, vorn angefangen, zerbröckeln lasse.

Steine und Erdbrocken fallen auf den Boden, dort wo die Heuler ihre Löcher gegraben haben, und unmittelbar vor uns gibt es so viele Löcher, dass der Tunnel nur noch von meiner Barriere gehalten wird.

Der Boden bebt und ich mache mich bereit, den Tunnel zu versiegeln, sobald alle drei Ritter sich ihres Heulers entledigt haben. Bedauerlicherweise lassen sich die Heuler von dem einstürzenden Tunnel kaum beeindrucken und in meiner Fixierung auf das, was vor mir geschieht, entgeht mir, dass der Boden nicht nur wegen des Einsturzes bebt.

Der Boden wölbt sich genau dort, wo meine Barriere endet. Die Ritter taumeln und Mikail, der sich genau über dem entstehenden Loch befindet, wird auf den Heuler vor ihm zugeschoben. Es gelingt ihm, ihn gerade rechtzeitig zu überwältigen, aber er befindet sich nun direkt unter dem einstürzenden Tunnel, mit einem Heuler im Rücken.

Ich fluche und renne auf ihn zu. Der Heuler, der gerade aus dem Boden kriecht, bekommt meinen Fuß ins Gesicht. Gleichzeitig lasse ich die Lichtkugel aufleuchten, die die Heuler, die Lomin und Kuma attackieren, zurücktreibt und Schatten wirft. Ich reiße Mikail mit mir in den Schatten eines besonders großen Erdbrockens, aber ich kann uns nicht in die Barriere teleportieren, da sich die Lichtquelle hinter uns befindet.

Ich bringe uns weg von der Einsturzstelle und dorthin, wo der Tunnel noch einigermaßen sicher ist. Weiter traue ich mich nicht, da mein Licht sehr schnell von uns abgeschnitten wird und ich will nicht riskieren, im Schatten gefangen zu werden. Aber das bedeutet, dass ich uns mitten zwischen die Heuler teleportiere.

Die Heuler brauchen nicht lange, um uns zu entdecken und reißen ihre Mäuler auf. Wir befinden uns in einer recht ungünstigen Position, da ich über Mikail hocke, aber gerade als ich uns in eine Barriere hüllen will, werde ich gepackt und herumgewirbelt. Gleichzeitig spüre ich einen mächtigen Anstieg an Aura in der Luft, als Mikails Aura mit der der Heuler kollidiert. Er hat mit mir den Platz getauscht, damit er sich um die Aura der Heuler kümmern kann.

Ich halte mich davon ab, einen Schutzschild zu erschaffen, um seine Aura nicht zu schwächen und konzentriere mich stattdessen auf die Tunnelwände und erschaffe eine neue Lichtquelle. Es ist nicht angenehm, von einem Schwall Aura getroffen zu werden, aber da ich weit mehr Mana besitze, als die Heuler und Mikail zusammen, macht es mir auch nichts aus. Das dachte ich jedenfalls.

Denn ich höre plötzlich ein leises Scheppern und als ich den Kopf drehe, sehe ich eine blaue Maske mit einem Mond und einer Sonne. Ich brauche einen Moment, um zu begreifen, was passiert ist. Meine Maske ist ein verzauberter Gegenstand. Das bedeutet, sie besitzt Mana. Mana, das sie an meinem Gesicht hält und plötzlich auf eine gewaltige Menge Aura getroffen ist.

Panisch strecke ich meine Hand nach der Maske aus. Mikail ist mit den Heulern beschäftigt, also sollte er es nicht bemerkt haben.

»Lawrence, hast du -« Mikail bricht ab und mein Blick zuckt zurück zu ihm, nur um zu sehen, was ich schon weiß. Er starrt mich mit geweiteten Augen an, den Mund immer noch vom Sprechen geöffnet.

Viel zu spät lösche ich das Licht. Hätte ich es gelöscht, sobald ich das Fehlen meiner Maske bemerkt habe, hätte er mich nicht gesehen. Aber es ist alles so schnell gegangen und Mikail war mit einem Haufen Heuler beschäftigt.

Richtig, die Heuler! Sie haben ihre Chance bereits gewittert und kommen näher.

Ich schlinge meine Beine um Mikails Taille und drehe uns wieder herum. »Bleib liegen und lass die Augen zu.« Ich überprüfe nicht, ob er auf mich hört und erschaffe noch während ich rede eine Lichtkugel in der Höhe meiner Brust. Sie hat etwa die Größe meiner Faust und ich halte meine Hände mit gespreizten Fingern um die Kugel herum, sodass meine Finger lange Schatten auf die Heuler werfen. Es ist nicht genug, um sie völlig zu verschlucken, aber das ist auch nicht nötig. Denn ich erschaffe über mir eine weitere Lichtkugel, eine größere und hellere, die für einen kurzen Moment den gesamten Tunnel mit Licht ausfüllt. Als das Licht verblasst, sind nur noch Überreste der Heuler übrig.

Es ist wieder dunkel, trotzdem kneife ich die Augen zusammen.

»Was ist passiert?« Mikail bewegt sich und versucht, sich aufzusetzen.

Ich weiß nicht, ob er die Augen zugemacht hat, so wie ich es gesagt habe, oder er geblendet wurde und nur gespürt hat, wie die Präsenzen der Heuler plötzlich verschwunden sind, aber das spielt auch keine Rolle.

Bevor er sich weiter aufrichten kann, presse ich meine Hand über seinen Mund und drücke ihn wieder zu Boden. »Tut mir leid, aber das hättest du nicht sehen dürfen«, sage ich und meine Stimme vibriert förmlich vor Magie.

Mikail gibt einen überraschten Laut von sich, der zu einem unterdrückten Schrei wird, als ich mein Mana in seinen Körper fließen lasse. Es liegt nicht daran, dass ich ihm Schmerzen zufüge, aber er kann fühlen, dass mein Mana gegen ihn arbeitet.

Flüche, die den Kopf betreffen, sind kompliziert. Das Gehirn und die Gedanken eines Menschen sind weitaus komplexer als alle anderen Organe und es ist in gleichem Maße fataler, wenn ich einen Fehler mache. Es kostet mich schon einige Mühe, Mikails Widerstand zu brechen und bei seiner Menge an Aura kann selbst ich keinen schweren absoluten Fluch aussprechen. Und so, anstatt ihm die Fähigkeit zu nehmen, mich wiederzuerkennen, wenn er mich als Lorelai sieht, kann ich ihn lediglich davon abhalten, jemals meine Identität zu verraten.

Ich verbrauche beinahe all mein Mana und breche schließlich zitternd über Mikail zusammen. Ich fluche leise, denn ich kann nicht glauben, dass ich all mein Mana darauf verwenden musste, etwas Halbes zu tun.

Auch Mikail hat all seine Aura darauf verwendet, sich mir zu widersetzen und bewegt sich nicht. Da es dunkel ist, kann ich sein Gesicht kaum sehen, aber ich kann ihn schwer atmen hören.

Ich drücke mich mit einiger Anstrengung hoch und rolle von ihm herunter, sodass ich neben ihm auf dem

Rücken liege. Unter den Umständen sollte ich Mana sparen, aber nachdem ich Mikail meine Hand auf den Mund gepresst habe, muss ich sie läutern.

»Was war das?«, fragt Mikail mit rauer Stimme.

»Ein Fluch.«

»Ein was?!«

Ich sage nichts. Es gibt keinen Grund, meine Worte zu wiederholen.

»Du hast mich verflucht?! Wieso?!«

Ich bin fast beeindruckt, wie viel Energie er noch in seine Stimme stecken kann. Ich drehe den Kopf weg. »Kein Grund, sich aufzuregen. Es wird dich kaum beeinträchtigen.«

»Ist das alles, was du dazu zu sagen hast?! Du verfluchst mich aus heiterem Himmel und ich soll das einfach so hinnehmen?«

»Was sonst?«

Er schnaubt. »Ich wusste, dass du einen gewöhnungsbedürftigen Charakter hast, aber ich habe dich nicht für einen schlechten Menschen gehalten.« Seine Stimme ist mit Verachtung und Zorn erfüllt und ich balle die Fäuste. »Ich hab nicht darum gebeten, von dir gemocht zu werden.«

Er atmet aus und sagt für eine ganze Weile lang nichts mehr.

Ich wünschte, ich hätte besser aufgepasst. Mir ist nicht einmal in den Sinn gekommen, dass der Zauber meiner Maske nur so viel Aura standhalten kann. Denn normalerweise würde ich Aura gar nicht so nah an mich heranlassen.

»Sagst du mir wenigstens, was für ein Fluch es ist?«, fragt Mikail schließlich mit angespannter Stimme, als frage er nur höchst widerwillig.

»Er hält dich davon ab, jemandem etwas über meine Identität zu verraten.« Das betrifft natürlich nur meine Identität als Lawrence.

»Das ist es?« Er gibt einen abfälligen Laut von sich. »Du hast mich nur verflucht, weil ich dein Gesicht gesehen habe? Ich weiß überhaupt nicht, wer du bist! Was soll ich da schon verraten?«

Ich kann ihm nicht sagen, dass er sofort wüsste, wer ich bin, wenn wir uns in einem anderen Umfeld treffen würden und natürlich ist er zufällig auch noch auf der Suche nach mir. Das kommt zu allem Übel noch dazu. Wenn er mich als die Heilige trifft, wäre er der Erste, der herausfindet, dass die Heilige Lorelai und die Söldnerin Lawrence ein und dieselbe Person sind. Auch wenn er es niemandem sagen kann, will ich nicht, dass es so weit kommt. Ich weiß nicht genau, wer Mikail ist, und schon sein Wissen allein könnte gefährlich für mich sein. Der einzige Lichtblick ist, dass der Tempel wohl tatsächlich vorhat, diese Mission vor mir geheim zu halten. Ursprünglich hatte ich geplant, ‚zufällig‘ von der Mission zu erfahren, um Mikails Freund zu heilen, aber das wird jetzt nicht mehr gehen.

»Gut für dich, dann wirst du nichts von dem Fluch merken.«

Mikail stößt ein Zischen aus. »Es wäre überhaupt nicht nötig gewesen! Dank dir kann ich mich nicht bewegen und du, so wie es aussieht, auch nicht. Was, wenn uns ein Monster findet? Ist deine Identität zu verbergen wichtiger als dein Leben?!«

»Ja.« Ich antworte ohne zu zögern und Mikails Atem stockt. Ich kann spüren, dass er mich ansieht, aber er sagt nichts mehr.

Für eine Weile liegen wir einfach da und warten darauf, dass wir uns erholen. Um Monster müssen wir uns dabei kaum Sorgen machen, da die Monster in der Umgebung nicht stärker sein dürften als Mikail und so nicht in der Lage sind, seine Aura zu spüren.

»Was ist mit den anderen? Kannst du uns zu ihnen bringen?«, fragt Mikail, als wir beide so weit sind, dass wir stehen können.

Ich habe erneut eine Lichtkugel beschworen und ich sehe zu dem verschütteten Tunnel. »Nein. Ich kann nicht durch Wände hindurch.«

Mikail sieht mich an, aber ich weiche seinem Blick aus, obwohl ich meine Maske wieder trage. »Ich kann nur einen Schatten betreten und denselben Schatten an einem anderen Punkt wieder verlassen.«

»Und du brauchst Licht, um Schatten zu erzeugen.« Es ist mehr eine Feststellung als eine Frage, aber er sieht mich trotzdem fragend an.

Ich nicke. Er muss viel darüber nachgedacht haben, wenn ihm in den Sinn gekommen ist, dass Dunkelheit im Grunde auch Schatten ist. »Es ist schwer zu erklären, aber ohne eine Lichtquelle sind die Schatten zu flach, um sie zu betreten.«

»Dann, kennst du den Weg zurück?«

Ich überlege einen Moment. Die Tunnel sind verschlungen und kompliziert. Außerdem ändern sie sich so häufig, dass keine Karte zuverlässig wäre. »Müssen wir sofort zu den anderen zurück?«

Mikail sieht mich überrascht an.

»Sie sind auf der Seite, die weg von den Bergen führt, und die einzigen Monster, die es dort gibt, sind Heuler, also sollten sie nicht in allzu großer Gefahr sein. Und was uns angeht, es geht dir doch nur um das Erz, oder? Wir kommen zu zweit schneller voran und es ist einfacher, mit nur einer Person zu teleportieren, falls wir einem Monster ausweichen müssen.«

Sein Blick ist undefinierbar, sodass ich nicht sagen kann, was er von meinem Vorschlag hält. Dann hebt er die Hand und deutet mit dem Daumen auf einen Haufen von Heuler-Überresten. »Und dir fallen solche Dinge einfacher, nicht wahr?« Es klingt wie ein Vorwurf.

»Ich hätte euch vielleicht anbieten sollen, das Erz für euch zu holen, aber ich dachte nicht, dass ihr das annehmen würdet.« Ich hätte die Reise allein sehr viel schneller machen können und dann wäre ich jetzt nicht in dieser Situation.

»Nein!«, sagt Mikail entschieden. »Ich mache das, damit die Heilige einen Grund hat, mich zu empfangen. Es wäre völlig nutzlos, wenn ich jemanden schicken würde, der die ganze Arbeit macht. Die Kirche würde es merken.«

Ich rümpfe die Nase. »All das, nur um die Heilige zu treffen. Wieso bist du so versessen darauf? Ich könnte deinen Freund auch heilen.« Ich spreche nicht sehr laut, aber ich weiß, dass Mikail mich gehört hat. Ich kann es daran erkennen, dass sich seine Kiefermuskeln anspannen, aber er tut so, als hätte er mich nicht gehört.

»Du hast gesagt, die Schatten hier sind zu flach, also müssen wir laufen.« Ohne auf meine Antwort zu warten, läuft er los. Und zwar schnell. Seine Aura-Regeneration ist nicht von schlechten Eltern und er verstärkt seine Beine, um schneller zu laufen.

Ich tue es ihm nach. Buffs verbrauchen wenig, wenn auch kontinuierlich Mana und glücklicherweise ist meine Mana-Regeneration höher als das. Was nicht heißen soll, dass sich mein Mana schnell genug regeneriert. Wir sind bereits tief genug in den Felswurzeln, sodass ein Tunnel mit Monstern häufiger vorkommt als einer ohne, und es wird schwierig, eine Route zu finden, bei der wir auf keine Monster treffen.

Wir sind kaum zwei Minuten gerannt, als ich eine starke Mana-Präsenz vor uns spüre. Ich bedeute Mikail, hinter mir zu bleiben, während ich meine Schritte beschleunige. Da es sich offensichtlich um ein Biest handelt, muss ich mir nur um seine Angriffe Sorgen machen.

Sobald wir nahe genug sind, um zu erkennen, dass es sich um einen Feuerwaran handelt und dieser sich in einer geraden Linie vor uns befindet, bringe ich unsere Lichtkugel hinter Mikail, sodass er einen langen Schatten auf den Waran wirft.

Der ist kurz von dem Licht geblendet und als er merkt, dass er angegriffen wird, stehe ich bereits vor ihm. Ich buffe meinen Arm so weit es geht und verpasse dem Waran einen kräftigen Faustschlag ins Gesicht. Knochen knacken und ein stechender Schmerz fährt durch meinen Arm.

Der Waran bricht zusammen und ich halte mir mit einem Stöhnen den Arm. Es ist eine sehr primitive Art zu kämpfen und bei weitem nicht meine bevorzugte. Außerdem erweckt sie unangenehme Erinnerungen.

»Lawrence!« Mikail taucht neben mir auf und sieht entgeistert auf meinen Arm hinab.

»Was?«, frage ich unwirsch und mache einen Schritt zurück, da er so aussieht, als wolle er sich meinen Arm ansehen.

»Dein Arm ist gebrochen!«

Ich rolle mit den Augen, um Mikails Blick auszuweichen. Hauptsächlich, weil ich nicht weiß, wie ich seine Worte interpretieren soll. Anstatt zu antworten, hebe ich meinen Arm, der schon dabei ist zu heilen. Es knackt und knirscht ein wenig, während sich die Knochen wieder in Position bringen und dann bewege ich meine Finger, als Zeichen, dass mein Arm vollständig geheilt ist.

Mikail starrt ihn ungläubig an.

»Selbstregeneration«, erkläre ich knapp. »Für jetzt ist es die effektivste Methode, um Kraft zu sparen.«

»Aber das -«

»Brauchst du eine Pause?«, unterbreche ich ihn, bevor er das Thema vertiefen kann.

»Nein, aber du -«

»Gut, dann weiter.« Diesmal bin ich es, die ohne Rücksicht auf ihn losrennt.

Es ist anstrengend, auf diese Weise zu reisen, vor allem, da wir beide erschöpft sind. Noch dazu gibt einem die Dunkelheit in den Höhlen das Gefühl, als wäre es Nacht und als wir an einer kleinen Einbuchtung in der Wand vorbeikommen, beschließen wir, dort Rast zu machen.

Ich errichte eine Barriere und widme mich dann meinen Haaren. Ich kann so viele Läuterungszauber auf mich wirken, wie ich will, aber auch ein sauberer Knoten ist ein Knoten. Außerdem habe ich damit eine Beschäftigung und eine Ausrede, Mikail den Rücken zuzukehren.

Zuerst löse ich meinen Pferdeschwanz und mache mich dann an die mühsame Aufgabe, die einzelnen Zöpfe zu lösen.

Ich bin mitten drin in der fusseligen Arbeit, als Mikail plötzlich aufsteht. »Ich helfe dir.«

Ich halte inne und sehe verständnislos über die Schulter. »Wobei?«

Er seufzt leise, während er auf mich zukommt. »Bei deinen Haaren.«

Ich kneife die Augen zusammen. »Wieso?«

»Weil es dann schneller geht«, erwidert er ungeduldig und bleibt hinter mir stehen. »Dreh den Kopf nach vorn.«

»Es geht schon«, sage ich, als mir klar wird, dass er

es tatsächlich ernst meint, und weiche vor ihm zurück.

Mikail beobachtet das mit einem Stirnrunzeln. »Ich werde vorsichtig sein, damit es dir nicht unangenehm ist.«

Ich schnaube. »Wieso sagst du das, als wäre ich irgendein zerbrechliches Püppchen?«

»Du weichst vor mir zurück.«

Ich erstarre. Dann schnalze ich mit der Zunge und kehre ihm den Rücken zu. »Von mir aus.« Ich will nicht, dass er mich berührt, aber ich will noch weniger, dass er mich für schwach oder ängstlich hält. Also beiße ich die Zähne zusammen und lasse ihn machen.

Kurz darauf spüre ich, wie er mir durchs Haar fährt und schnell und geschickt meine Zöpfe löst. Erstaunlicherweise ist er gut darin, denn es ziept nicht und alles, was ich spüre, ist die leichte Bewegung meiner Haare.

»Du kannst das gut«, bemerke ich nach einer Weile, um die Stille zu durchbrechen. Außerdem kann ich mir beim besten Willen nicht erklären, wieso er weiß, wie man die Haare einer Frau frisiert. Er wirkte so unbeholfen, als wir in der Taverne waren.

»Ich habe eine kleine Schwester«, murmelt er mit konzentrierter Stimme.

»Du kümmerst dich um die Haare deiner Schwester?«, frage ich ungläubig. Adlige haben schließlich Diener für alles.

»Manchmal. Hast du einen Kamm?«

Ich werfe ihm erneut einen misstrauischen Blick über die Schulter zu.

»Was ist?«, sagt er schließlich und streckt mir die Hand entgegen. Er ist kurz angebunden, also scheint er nicht mit mir reden zu wollen.

Ich ziehe einen Kamm aus meinem Schatten. Ich habe immer einen Kamm dabei, allerdings erinnert mich das Herumwühlen in meinem Schatten auch daran, dass die zerstückelten Heuler auch noch darin sind. Glücklicherweise lassen sich Dinge einfach verschieben, indem ich meinen Schatten mit einem anderen verbinde.

Ich reiche Mikail den Kamm und dann stehe ich da und spiele mit meinen Fingern, während er meine Haare kämmt.

»Diese Zöpfe sollen die Wellen in deinen Haaren verschleiern, oder? Aber wäre es nicht einfacher, einen Zopf zu flechten?«

»Das habe ich am Anfang gemacht, aber ein dicker, schwerer Zopf stört beim Kämpfen.« Ich würde sie ja abschneiden, aber die Heilige darf keine kurzen Haare haben.

»Hm, du hast sehr lange Haare. Sie sind sehr schön, aber es ist ungewöhnlich für eine Kriegerin.«

Ich spüre, wie er den Kamm sanft über meinen Kopf zieht. Er ist vorsichtig, so wie er gesagt hat, und so ist es fast angenehm.

Ich fuchtle mit den Armen, sodass er innehält und wirble herum. »Wieso machst du mir Komplimente und redest über meine Haare?! Hast du schon vergessen, dass ich dich verflucht habe?!«

Seine überraschte Miene verhärtet sich etwas. »Natürlich nicht.«

»Solltest du dann nicht wütend sein?! Anstatt meine Haare zu kämmen, solltest du etwas hineinkleben oder sie abschneiden!«

Er blinzelt verdutzt, aber dann lacht er leise. »Ich war wütend«, sagt er dann. »Aber ich hatte genug Zeit, darüber nachzudenken, und jetzt bin ich es nicht mehr. Dreh dich wieder um.«

Ich starre ihn entgeistert an. Vielleicht hatte ich doch recht und meine Flüche beeinflussen die Leute mehr, als ich dachte. So wie bei Luke.

Als ich mich nicht bewege, umrundet Mikail mich und beginnt von Neuem, meine Haare zu kämmen. Sanft und mit geschickten Händen und ohne einen Hauch von Böswilligkeit. »Du hast gesagt, deine Identität geheim zu halten, ist dir wichtiger als dein Leben. Ich nehme an, das heißt, du versuchst, jemand anderen damit zu beschützen.« Es ist keine Frage. Und die Art, wie er spricht, klingt, als würde er seinen eigenen Gedanken nachhängen. »Meine kleine Schwester, Annie, ist krank. Sie ist der Grund, aus dem ich das alles mache. Ich riskiere nicht nur mein Leben, sondern auch das meiner Freunde und deines. Ich bin nicht in der Position, dir etwas vorzuwerfen, zumal wir nur deinetwegen so weit gekommen sind.«

Ich betrachte wieder meine Finger. »Das ist etwas anderes. Du bezahlst mich.«

»Stimmt, aber das ändert nichts daran.« Seine Finger streichen über meinen Hals, als er eine Haarsträhne über meine Schulter zieht und ich zucke zusammmen.

Er hält inne. »Verzeihung, das war keine Absicht.«

Ich bin einen Moment irritiert, ehe ich verstehe, dass er sich auf die Berührung bezieht. »Pft, ich bin nicht aus Zucker.« Ich versuche, es lässig klingen zu lassen, aber ich kann seine Berührung immer noch an meinem Hals spüren. Ich reibe mit der Hand über die Stelle, habe aber überraschenderweise nicht das Bedürfnis, mich zu läutern.

»Du hast gesagt, es ist ein Fluch, aber davon spüre ich nichts. Wenn er nur verhindert, dass ich deine Identität preisgebe, dann spielt es keine Rolle, da ich nicht weiß, wer du bist. Aber ich verstehe, dass du es dir nicht leisten kannst, mir zu vertrauen.« Am Ende klingt seine Stimme konzentriert und ich spüre, dass er eine einzelne Haarsträhne in den Händen hält und sie zu einem Zopf flicht.

»Du bist komisch«, murmle ich, halte aber weiterhin still.

Mikail lacht leise. »Das dachte ich auch über dich, aber ich glaube nicht, dass sich unsere Ansichten fundamental voneinander unterscheiden.«

»Das denkst du? Und das reicht dir schon?«

»Ich weiß nicht viel über Flüche. Ich wusste nicht einmal, dass ein Mensch einen Fluch aussprechen kann.«

Das, was allgemein als Fluch bekannt ist, sind solche Flüche, die über verfluchte Gegenstände übertragen werden. Man bekommt sie auf dem Schwarzmarkt und sie lösen zumeist eine Falle aus, wenn sie berührt oder benutzt werden. Tatsächlich handelt es sich dabei jedoch selten um einen echten Fluch und wenn, nur um einen sehr schwachen. Häufig gibt es eine Verletzung, die manchmal mit Gift versetzt wird, seltener ist es ein Debuff. Ich weiß das, weil Leute, die mit einem verfluchten Gegenstand in Berührung kommen, immer sofort in den Tempel rennen. Bisher habe ich nur einmal einen echten Fluch behandeln müssen, und der war so schwach, dass er praktisch von allein zerbrochen ist. Was nicht heißen soll, dass diese Dinge Kleinigkeiten sind. »Es braucht sehr viel Mana.«

»Das habe ich gemerkt. Ich habe noch nie in meinem Leben jemanden mit einem so riesigen Mana-Pool getroffen. Du hast eine kindische Seite, aber ich dachte, dass du ein ganzes Stück älter als ich sein musst, aber du bist -«

Ich werfe ihm einen warnenden Blick zu und er bricht ab. »Verzeihung, ich wollte keine Vermutungen anstellen.«

»Ja, ja.« Ich drehe den Kopf wieder nach vorn. »Ich vergebe dir, weil du einen guten Job mit meinen Haaren machst.«

»Ist das ein Kompliment?«, fragt er, während er wieder mit flechten beginnt.

»Fast. Es ist einfacher für mich, aber nicht so viel, dass ich dich dafür bezahlen würde.«

Er lacht. »Dann werde ich meine Karriere als Friseur noch mal überdenken.«

»Oho«, flöte ich und halte mir eine Hand vor den Mund. »Der Boss weiß, wie man Witze macht.«

Mikail seufzt. »Bestehst du weiter darauf, mich so zu nennen?«

»Wie sollte ich meinen Boss nennen, wenn nicht Boss?«, erwidere ich leichthin, woraufhin er etwas Unverständliches grummelt, aber er belässt es dabei.

VII.

»Urg, ich glaub mir ist schlecht.« Mikail hält sich eine Hand vor den Mund, nachdem ich uns ein weiteres Mal an einem Monster vorbei teleportiert habe. Es ist gewöhnungsbedürftig, im Schatten zu reisen, besonders wenn man ihn nicht sofort wieder verlässt. Und da wir mittlerweile tief unter den Felswurzeln sind, ist Verstecken unsere Hauptbeschäftigung. Auch wenn es unbefriedigend ist. Man sagt, nur Elitesoldaten des Königs oder hochrangige Magier sind in der Lage, sich den Monstern hier zu stellen, und ich würde gerne wissen, wie stark sie wirklich sind. Aber wir stehen unter Zeitdruck und Monster zu töten ist nicht unsere Aufgabe.

»Spürst du das da vorn?«, frage ich mit leiser Stimme und deute in den Tunnel vor uns.

»Bitte sag nicht, dass wir gleich wieder teleportieren.« Mikail, der sich auf seine Knie stützt, sieht mich von unten mitleiderregend an.

»Hab dich nicht so, wir sind gleich da.«

»Und wo?«, fragt er nicht sonderlich begeistert.

»Bei einem Erzvorkommen natürlich. Das da vorn ist ein Steingolem.« Steingolems sind Bestien, und das, obwohl sie von Mana am Leben gehalten werden. Sie sind sehr eigenartige Kreaturen. Im Prinzip sind es lebende Steine, die sich von Steinen ernähren, unter anderem dem Erz, das sie am Leben hält, und wenn sie genug Steine gefressen haben und so groß sind, dass sie sich kaum noch bewegen können, teilen sie sich und werden zwei Golems.

Mikail richtet sich auf. »Bist du sicher?«

»Nicht jeder von uns ist mit würgen beschäftigt. Aber wenn du lieber hier warten willst.«

»Was hast du vor?«

»Den Golem töten natürlich«, erwidere ich ungeduldig. In meinen Augen ist das effizienter, als zu versuchen, den Brocken vom Erz wegzulocken.

»Du willst einen Steingolem töten?! Allein?!«

Ich beuge mich zu ihm vor. »Oh, denkst du, ich kann es nicht?«

Aber er lässt sich davon nicht beeindrucken. »Kannst du es?«

Ich richte mich etwas enttäuscht wieder auf. »Sobald ich weiß wie, sicher.«

Seine Brauen ziehen sich zusammen. »Was soll das heißen?«

Ich zucke mit den Schultern. »Er hat keinen Körper, den ich kontrollieren kann oder Augen zum Blenden. Und seine Aura ist zu stark, um ihn in den Schatten zu ziehen. Ich könnte es mit physischer Kraft versuchen, aber das verletzt mich bestimmt mehr als ihn. Hm ...« Ich reibe mir das Kinn, während ich laut über meine Möglichkeiten nachdenke.

»Das ist keine gute Idee!«, sagt Mikail energisch. »Wenn wir ihn nicht besiegen können, müssen wir uns einen anderen Weg suchen. Es gibt bestimmt noch andere Erzvorkommen.«

Ich wedle mit einer Hand in seine Richtung, um ihn zu unterbrechen. »Du wirst überhaupt nichts kriegen, wenn du so schnell aufgibst. Ich hab doch gesagt, ich krieg es irgendwie hin.«

»Du meinst so wie gestern?! Du kämpfst viel zu rücksichtslos!«

»Oho, macht sich der Boss Sorgen um mich?«, flöte ich, aber Mikail sieht alles andere als amüsiert aus. »Ich meine es ernst, Lawrence!«

»Das tue ich auch«, erwidere ich, jetzt ein wenig reservierter. »Ein Golem ist schwer zu töten, aber weißt du, was noch schwerer zu töten ist? Ich! Mir wird schon was einfallen.« Ich drehe mich um, um den Gang hinunterzugehen, aber Mikail umrundet mich und stellt sich mir in den Weg. »Willst du dich einfach in einen Kampf stürzen, bei dem du nicht weißt, ob du ihn gewinnen kannst, und noch dazu ohne einen Plan?!«

»Man kann nicht immer einen Plan für alles haben und herumstehen bringt uns auch nicht weiter. Meiner Erfahrung nach lernt man sehr viel über seinen Gegner während des Kampfes. Ich finde bestimmt einen Weg, ihn zu töten.«

»Und was, wenn nicht?«

»Ungünstig unter Umständen. Aber das sehen wir dann.«

Mikail fährt sich mit der Hand durchs Haar und lässt ein Stöhnen hören. »Wie kannst du über dein Leben reden, als wäre es eine triviale Nebensächlichkeit?«

Ich runzle die Stirn. »Das tue ich doch gar nicht. Ganz im Gegenteil, mein Leben ist so wichtig, dass ich keine Sekunde daran mit Selbstzweifeln verschwenden will. Anders als du, der offensichtlich lieber in dunklen Tunneln herumkriecht.«

»Ich krieche nicht -!«

»Hey!« Ich hebe eine Hand, um ihn zu unterbrechen. »Hör auf, alles, was ich sage, wörtlich zu nehmen und entscheide dich lieber, was du jetzt tun willst. Das ist der schnellste Weg, an das Erz zu kommen, aber wenn du mir nicht vertraust, können wir nach einem andern Vorkommen suchen. Du bist der Boss.«

Er sieht mich einen Moment lang an, dann schließt er die Augen. »Na gut. Ich vertraue dir.«

Ich grinse triumphierend. »Was für eine Ehre!« Ich will an ihm vorbeigehen, aber er stellt sich mir abermals in den Weg. »Wir machen es zusammen.«

»Ich soll also nebenher auch noch auf dich aufpassen? Das nenn ich Vertrauen!«

Mikails Augenbrauen zucken. »Wir reden über eine Bestie. Du kannst meine Hilfe gebrauchen.«

Ich lege in gespieltem Zweifel den Kopf schief und er schnalzt mit der Zunge. »Ich lenke ihn ab und du suchst seine Schwachstelle.«

Ich klatsche in die Hände. »Ein guter Plan. Es macht Spaß, dir beim Herumhüpfen zuzusehen.«

»Das ist sehr witzig, aber es erhöht deine Chancen auf einen Bonus nicht gerade.« Er stemmt die Hände in die Hüften und sieht mich tadelnd an.

»Du zahlst mir also einen Bonus, wenn ich dir nicht beim Herumhüpfen zusehe?«, frage ich und lehne mich neugierig zu ihm vor.

»Ich habe gesagt, ich werde darüber nachdenken, je nachdem wie zufrieden ich mit deiner Arbeit bin«, erwidert er, ohne eine Miene zu verziehen.

»Mit anderen Worten, du stellst mir einen Bonus in Aussicht, damit ich brav bin?«

»Du hast gesagt, ich soll dir Geld geben, wenn ich will, dass du netter bist.«

»Hm, das stimmt, aber ich weiß nicht, ob das Angebot noch gilt.« Ich beobachte überaus zufrieden, wie er die Brauen zusammenzieht.

»Lawrence!«

»Ja, Boss?«

»Wenn du nicht -« Er bricht ab und wir beide springen auseinander, als plötzlich ein Felsbrocken an der Stelle landet, wo wir eben noch gestanden haben. Offensichtlich war unsere Zankerei laut genug, um den Golem auf uns aufmerksam zu machen und das Überraschungsmoment gegen uns zu verwenden. Ich bin reichlich überrascht, dass ich nicht einmal bemerkt habe, dass der Golem näher gekommen ist.

Mikail hält sich an unseren Plan und greift den Golem an, was es mir erlaubt, etwas auf Abstand zu gehen. Ich kann fühlen, wie der Golem seine Schläge mit Aura füllt und wie Mikail diese mit seiner eigenen Aura ableitet.

Ich beobachte den Schlagabtausch für eine Weile und teleportiere mich dann hinter Mikail, als dieser vor dem Golem zurückspringt. »Hey, kannst du nicht ein bisschen mehr Aura benutzen?«

»Was meinst du?«, fragt er, etwas außer Atem, aber nicht sonderlich überrascht über mein Auftauchen.

»Seine Aura überwältigen«, antworte ich kurz angebunden, bevor wir uns beide unter einem steinernen Arm hindurch ducken.

»Bist du verrückt?« Mikail wirft mir einen empörten Blick zu. »Ich kann gerade so mit ihm mithalten.«

Ich seufze und teleportiere mich dann weiter nach hinten. »Ich dachte, du wolltest helfen.«

»Und was ist mit dir?«, ruft Mikail mir über die Schulter zu, bevor er eine Rolle zur Seite unter einem weiteren Schlag des Golems hindurch macht.

»Es kostet sehr viel mehr Mana, einen Aura-Träger zu überwältigen. Das wäre so eine Verschwendung.«

»Ist das dein Ernst?!« Mikail hockt jetzt nahe der Wand, dort, wo der Golem schon einige Steinbrocken herausgeschlagen hat und mit einer Handbewegung von ihm, fliegen die Brocken auf den Golem zu.

»Oh, Telekinese!« Ich nicke anerkennend. Soweit ich weiß, erfordert es sehr viel Konzentration und Disziplin, um Aura wie einen Arm zu benutzen. Allerdings kann Luke es schon seit er mein Leibwächter geworden ist, also ist wohl nicht allzu viel dabei. »Kannst du den Golem für mich festhalten?«

»Wie wäre es, wenn du zur Abwechslung mal nach etwas Machbarem fragst?«, ruft Mikail verärgert zurück.

Für mich klingt er überhaupt nicht so, als könnte er

nur geradeso mithalten. Seine Aura mag schwächer als die des Golems sein, aber seine Technik gleicht das aus. »Benutz einfach Telekinese und heb ihn hoch. Das wird ihn verwirren.«

»Ihn hochheben?!« Es knallt, als er die Faust des Golems mit seinem Fuß wegtritt. Dann dreht er sich zu mir, um mich wütend anzusehen. »Hast du eine Ahnung, wie schwer es ist, etwas so Großes und Schweres hochzuheben?!«

»Schwer heißt nicht unmöglich«, bemerke ich und Mikail schnaubt, muss aber ein weiteres Mal dem Golem ausweichen.

»Tu es einfach«, sage ich, während ich etwas in die Knie gehe, um mich angriffsbereit zu machen. Ich höre Mikail fluchen, aber kurz darauf spüre ich einen mächtigen Aura-Anstieg und der Golem hält inne.

Ich nutze das, um auf seinen Kopf zu teleportieren und meine Hände auf seine steinerne Stirn zu legen.

»Zur Hölle?! Als ob es nicht schon schwer genug ist!«, höre ich Mikail schimpfen, aber ich ignoriere ihn und konzentriere mich auf den Golem. Unsere Unterhaltung hat mich daran erinnert, dass Golems zwar Aura benutzen, aber von Mana zusammen gehalten werden. Sie können das Mana nicht benutzen, da sie es zum Leben brauchen, und gleichzeitig müssen sie eine Balance aufrechterhalten, damit ihre Aura und ihr Mana nicht miteinander kollidieren.

Ich vermute, dass ihr Mana in ihrem Innern verläuft, während ihre Aura nur ihren Körper umgibt. Wenn ich aber den Aura-Schild an einer Stelle durch-

126

dringe und an das Mana herankomme, sollte es nicht allzu schwierig sein, den Golem aus dem Gleichgewicht zu bringen. Es ist allerdings nicht so einfach, wie ich gehofft habe. Offenbar verläuft das Mana im Stein und das heißt ich muss dem Golem einmal mächtig auf den Kopf hauen.

Ich greife in den Schatten und besorge mir einen großen Stein vom Boden. Dann hülle ich ihn in einen Mana-Schild und lasse ihn mit aller Kraft auf den Kopf des Golem krachen.

Golems haben kein Schmerzempfinden, aber mein Schlag war heftig genug, um ihn zu Boden zu befördern. Aber bevor er sich wieder aufrappeln kann, lege ich meine Finger in den aufgebrochenen Stein und lasse mein Mana hineinfließen.

Ich hatte recht. Im Innern gibt es ein feines Netzwerk von Mana, welches ich sofort gründlich durcheinander bringe. Daraufhin beginnt der Golem auseinanderzufallen und als er in einem letzten Versuch, Widerstand zu leisten, seine Aura einsetzen will, zerstört er sich selbst.

»Hm«, mache ich und sehe auf die Trümmer zu meinen Füßen. »Das war doch gar nicht so schwer.« Ich sehe zu Mikail, der sich schwer keuchend auf seine Knie stützt. Aber er hat noch genug Energie, um mich verärgert anzusehen. »Wir sollten uns beeilen. Wir haben bestimmt andere Monster angelockt.«

Ich nicke. »Das haben wir schon, aber keine Sorge, ich habe diesen Bereich mit einer Barriere abgesichert.«

Er sieht mich überrascht an. »Das wusste ich nicht. Eine gute Idee.« Er richtet sich wieder auf und kommt auf mich zu. Vorsichtig steigt er über die Überreste des Golems. »Aber wenn du eine Barriere erschaffen kannst, die den Monstern hier standhält, wäre es dann nicht einfacher gewesen, den Golem von dem Erz wegzulocken?«

Ich tippe mir mit einem Finger gegen die Wange. »Jetzt, wo du es sagst ...«

Mikails Miene verdüstert sich. »Lawrence!«

»Du musst meinen Namen mögen, so oft wie du ihn sagst.«

»Ganz im Gegenteil« Er baut sich vor mir auf. Sein Atem geht noch immer schnell und ich kann seinen Schweiß riechen.

»Du verletzt mich«, sage ich mit beleidigter Stimme und lege mir eine Hand an die Wange.

»Nimmst du überhaupt etwas ernst?«

»Würde das einen Unterschied für dich machen?«

Er runzelt die Stirn und ich breite die Arme aus. »Sieh es doch mal positiv. Jetzt kannst du damit prahlen, dass du einen Steingolem mit deiner Aura angehoben hast.«

»Denkst du, das interessiert mich?«

»Das sollte es. Es ist nicht möglich, über sich hinauszuwachsen, wenn man es nie versucht. Und außerdem hat es doch Spaß gemacht, oder nicht?«

»Das verstehst du unter Spaß?!«

»Es ist mein Job, also warum sollte ich keinen Spaß dabei haben?«

Er öffnet den Mund ein paar Mal, scheint es sich aber immer wieder anders zu überlegen.

Ich lege fragend den Kopf schief und schließlich sagt er: »Du bist eine eigenartige Person.«

»Aber doch wohl in einem guten Sinne«, erwidere ich fröhlich, was ihn die Stirn runzeln lässt. »Ich weiß nicht.«

»Hm?« Ich stelle mich auf Zehenspitzen, um mein Gesicht näher an seines zu bringen. »Hattest du während des Kampfes auch nur für einen Moment Angst?«

Er blinzelt.

»Heh.« Ich gehe wieder zurück auf die Fersen und schnippe mit den Fingern. »Gern geschehen«, sage ich und beziehe es auf meine Worte und den Läuterungszauber, den ich auf ihn gewirkt habe. Und während Mikail verdutzt an sich hinabsieht, wende ich mich der Wand zu, die der Golem zuvor bewacht hat. Wie ich es mir gedacht habe, verläuft eine Erzader durch den Stein, wenn auch keine sonderlich große.

»Wie viel Erz brauchst du?«, frage ich und sehe über die Schulter zu Mikail, der mir eilig folgt. Er stellt sich neben mich und fährt sich durchs Haar. »Nicht sehr viel, aber es wird wohl trotzdem eine Weile dauern, bis wir das aus der Wand haben. Ich versuche, mich zu beeilen, während du die Barriere weiter aufrechterhältst. Gib mir die Spitzhacke.«

Ich sehe stumm auf seine ausgestreckte Hand hinab.

»Was ist?«

»Dir gefällt es hier unten, oder?«

»Wie bitte?«

Ich zucke mit den Schultern. »Selbst ich sehe nicht, wo der Spaß darin sein soll, auf Stein einzuhacken, aber wenn du darauf bestehst.« Ich gehe auf ihn zu, um in seinen Schatten zu greifen, aber er macht einen Schritt zurück.

»Und wie sollen wir das Erz aus der Wand bekommen?«

Ich halte wortlos meine Hand über die Erzader und lasse dann ein Licht unter meiner Handfläche aufblitzen. Dann ziehe ich einen Erzbrocken aus meinem Schatten.

Mikails Lippen werden zu einer dünnen Linie, als er den Brocken betrachtet. »Das konntest du mir nicht einfach sagen, oder?«

Ich kichere. »Ich hätte dich gerne ein wenig hacken lassen, aber wir stehen unter Zeitdruck.«

Nachdem wir genug Erz gesammelt haben, machen wir uns auf den Rückweg, aber nach ein paar Stunden suchen wir uns eine Nische zum Rasten. Ich errichte wieder eine Barriere und hole dann unsere Vorräte aus unseren Schatten.

»Das ist wirklich außerordentlich praktisch«, sagt Mikail, als ich ihm seine Tasche reiche. »Ich glaube nicht, dass wir mit den Taschen so schnell vorangekommen wären.«

»Das fällt dir jetzt erst auf?«, frage ich, während ich meine eigenen Vorräte hervorziehe.

»Natürlich nicht. Ich schätze, ich bin erleichtert ...«
Seine Stimme verliert sich, als ich meine Maske abnehme und in ein Stück Brot beiße.

Ich werfe ihm einen Blick zu. »Hör auf, mich anzustarren.«

Er blinzelt. »Tut mir leid, ich muss mich erst an dein Gesicht gewöhnen.«

Ich verziehe den Mund zu einem Grinsen. »Bist du von meiner Schönheit verzaubert?«

Als Antwort presst er die Lippen zusammen und sieht mich trotzig an.

Ich lache. »Ich weiß genau, was du denkst«, sage ich und frage mich, seit wann sein Gesicht so verräterisch geworden ist.

»Ach ja?«

Ich stütze mich auf einer Hand auf und lehne mich zu ihm hinüber. »Du willst mir nicht zustimmen, aber abstreiten kannst du es auch nicht.«

Seine Augenbrauen rücken ein Stück zusammen. »Ich dachte, dass du mir vielleicht ein bisschen mehr vertraust.«

Ich runzle die Stirn und lehne mich wieder zurück. »Ist nicht so, dass du was verraten kannst.«

»Das sowieso nicht, da ich nicht weiß, wer du bist«, sagt er und klingt dabei ein wenig beleidigt. »Außerdem hattest du bisher trotzdem die ganze Zeit deine Maske auf. Und vorhin hast du nicht versucht, Geld für deinen Läuterungszauber von mir zu bekommen.«

Ich lache leise. »Nur weil ich dachte, dass du lieber

stinken würdest, als mir Geld zu bezahlen, und ich kann keine Barrieren erschaffen, die Gerüche aussperren.« Eigentlich kann ich das schon, aber die Barriere würde auch Schall abblocken, und das wäre nervig.

Mikail öffnet empört den Mund, aber ich rede weiter: »Und meine Maske habe ich nur abgenommen, weil es so leichter ist zu essen. Außerdem ist es erfrischend.«

»Warum hattest du sie dann die ganze Zeit auf?«

»Oh, ich wollte dich nicht ablenken.« Ich schenke ihm ein strahlendes Lächeln, woraufhin er den Kopf zur Seite dreht. Sein Gesicht zeigt nach wie vor einen genervten Ausdruck, aber seine Augen bleiben auf mich gerichtet.

»Nicht böse sein«, sage ich und reiche ihm freundschaftlich meine Flasche.

»Was ist das?«, fragt er misstrauisch, nimmt die Flasche jedoch in die Hand.

»Was zu trinken. Aber wenn du nicht willst.« Ich lasse meine Hand ausgestreckt, sodass er mir die Flasche zurückgeben kann, aber er tut es nicht.

Er zögert, aber dann trinkt er einen Schluck. Nur um den Inhalt gleich wieder auszuspucken. »Das ist Alkohol!«, ruft er und sieht mich so entsetzt an, dass ich lachen muss. »Dachtest du, ich teile mein Wasser mit dir? Ich kann nicht glauben, dass du ihn ausgespuckt hast. Er war teuer.«

Mikail schnalzt mit der Zunge. »Wenn er teuer gewesen wäre, hättest du ihn mir nicht gegeben. Und denkst du, dass jetzt der richtige Zeitpunkt ist, um Alkohol zu trinken?!«

»Wieso nicht? Ist nicht so, dass wir was Besseres zu tun haben.«

Er vergräbt das Gesicht in einer Hand, während er die Flasche neben sich auf dem Boden abstellt, sodass ich nicht an sie herankomme. Das heißt, ich komme natürlich mit Leichtigkeit an sie heran, wenn ich meine Schattenmagie benutze.

»Ist nicht so, dass man von ein paar Schlucken gleich betrunken wird und selbst wenn, kann ich uns mit einem Fingerschnippen wieder in Ordnung bringen.« Ich sage es ohne irgendwelche Hintergedanken, daher bin ich überrascht, als Mikail die Flasche ein zweites Mal anhebt und einen weiteren Schluck trinkt. Und diesmal spuckt er nicht. »Es schmeckt süß«, sagt er dann. »Und ein bisschen bitter, aber hauptsächlich süß. Wie Saft.«

Ich sehe ihn an, unschlüssig, was ich davon halten soll. »Heißt das, du magst es?«

Er reicht mir die Flasche zurück. »Ich weiß nicht«, sagt er und sieht mich dabei an, als müsste ich das für ihn beantworten.

»Und ich dachte, du magst keinen Alkohol. Wieso der Sinneswandel?«, frage ich und nehme die Flasche zurück.

»Ich wollte nicht unhöflich sein«, sagt er und ich bin fast beeindruckt, wie sehr er wie ein Sohn aus einer adligen Familie aussehen kann, während er in einer dreckigen Höhle auf dem Boden sitzt.

133

»Pft, kein Grund, sich meinetwegen zu bemühen«, erwidere ich und trinke selbst einen Schluck, nachdem ich den Flaschenrand geläutert habe.

»Das sehe ich anders.«

Ich werfe ihm einen neugierigen Blick zu. »Weil du dich unsterblich in mich verliebt hast und dich beliebt machen willst?«

»Nein.« Seine Antwort kommt sofort und ich muss über seinen resignierten Blick lachen. »Ich habe kein Interesse an einer Frau, die noch ein halbes Mädchen ist.«

Ich höre auf zu lachen. »Was?«

»Ich habe dich wegen deines Manas falsch eingeschätzt, aber du bist kaum älter als Annie.«

Ich schnaube verächtlich. »Und wie alt sollst du sein? Ich wette, es ist das erste Mal für dich, soweit weg von Zuhause.«

»Nicht jeder hat den Luxus zu verreisen, wann immer er Lust hat. Besonders dann nicht, wenn man Verantwortung zu tragen hat.«

»Urg, du redest wie ein langweiliger, alter Mann«, sage ich und trinke noch einen Schluck.

»Ich kann es mir nicht leisten, Entscheidungen basierend auf meinem persönlichen Vergnügen zu treffen.«

Ich hebe die Flasche und deute auf ihn. »Deswegen bist du auch so langweilig.«

Er sieht mich unbeeindruckt an. »Wie gesagt, ich kann es mir nicht mehr leisten, impulsiv zu sein.«

Es gefällt mir gar nicht, wie er ‚nicht mehr' sagt

und mich dabei ansieht, als würde ich bald erfahren, was er damit meint. Ich rolle mit den Augen. »Armer Boss. So viel Verantwortung«, brumme ich, bevor ich die Flasche wieder an meinen Mund setze.

Mikail sieht mich an, als wolle er etwas sagen, schüttelt dann aber den Kopf. Stattdessen legt er sich hin, mit dem Rücken zu mir, um zu schlafen.

Ich funkle verärgert seinen Rücken an. Nicht nur, ist es schwer, ihn wütend zu machen, jetzt fängt er auch noch an, mich wütend zu machen! Verärgert trinke ich noch ein paar großzügige Schlucke aus meiner Flasche, bevor ich sie in meinem Schatten verschwinden lasse. Auch egal! Es gibt sowieso etwas, das ich machen will, ohne dass er etwas davon weiß.

Ich atme aus und schließe die Augen, während ich meinen Körper entspanne. Es ist auch in meinem Interesse, dass wir so schnell wie möglich den Dungeon verlassen, aber abgesehen von den unzähligen Monstern und Gängen, müssen wir außerdem die anderen Ritter wiederfinden, was unseren Rückweg durchaus länger machen könnte. Das Erz haben wir nur durch Zufall so schnell gefunden, wobei wir mehr vor Monstern auf der Flucht waren, als danach zu suchen, und man sollte sich nie zu sehr auf Glück verlassen.

Eine weitere Fähigkeit, die die Heilige zu besitzen hat, ist Weit- und Voraussicht. Ab und zu wird von mir verlangt, eine Prophezeiung zu machen, immerhin bin ich offiziell eine von Gott Erwählte. Blöd nur, dass ein Gott, so wie sich die meisten Menschen ihn vorstellen, nicht existiert. Aber es gibt eine allgegenwärtige Macht, die unsere Welt beeinflusst. Eine Macht, die weder Mana noch Aura ist und doch beides verkörpern kann. Man braucht ein sehr feines Gespür, um sie überhaupt wahrzunehmen und eine gewaltige Menge an Konzentration und Mana oder Aura, um Zugang dazu zu finden.

Das Wissen über den Weltstrom ist nicht allgemein bekannt und es hat eine Weile gedauert, bis ich ihn gefunden habe, aber letztendlich war das ganze Beten, zu dem ich von klein auf gezwungen wurde, nicht umsonst.

Der Weltstrom verbindet alles und jeden miteinander, sodass theoretisch jede Information über Geschehnisse in der Welt abgerufen werden kann und, wenn man weiß, wie man dem Weg des Weltstroms folgen muss, auch wo diese hinführt. In der Praxis ist es jedoch schwer, mehr als triviale Fakten vom Weltstrom zu erhalten. Wo sich ein Gegenstand befindet, den man sucht, oder welche Menschen sich gerade in der Nähe befinden oder im Begriff sind, zu mir zu kommen.

Für gewöhnlich verpacke ich eine Wettervorhersage in ein Gedicht und schon habe ich eine Prophezeiung. Es kann sehr nützlich sein, allerdings ist der Aufwand groß und die Informationen meistens ungenau. Aber in diesem Fall, um den schnellsten Weg aus dem Dungeon und zu unseren Gefährten zu finden, ist er durchaus hilfreich.

Ich atme gleichmäßig ein und aus, während ich den

Weltstrom ausfindig mache und vorsichtig mein eigenes Mana in ihn hineinmische, um einen Zugang zu finden. Stück für Stück sickern Informationen in meinen Kopf und ich spüre ein Netzwerk von Tunneln, das mit jedem Atemzug größer wird. Gleichzeitig wachsen meine Kopfschmerzen, ein nerviger Nebeneffekt, den ein plötzlicher Ansturm an Informationen auf das Gehirn zur Folge hat. Und dann finde ich endlich, wonach ich suche.

Ich schrecke hoch, nur um dann unter Schmerzen das Gesicht zu verziehen. Es fühlt sich an, als hätte ich die letzten Stunden damit verbracht, ein kompliziertes Buch zu lesen, ohne einmal aufzusehen oder mich zu bewegen.

Ich fluche und krieche auf allen Vieren zu Mikail, der mittlerweile mit dem Gesicht zu mir liegt. »Hey, wach auf!« Ich packe mit einer Hand seine Schulter, wobei ich jedoch versehentlich so viel Kraft benutze, dass ich ihn auf den Rücken drehe. Immerhin wacht er davon sofort auf.

»Was ist los?!«, fragt er verschlafen, setzt sich aber sofort in Alarmbereitschaft auf. Er blinzelt ein paar Mal und in einer anderen Situation hätte ich mich über seine wirren Haare und den Abdruck auf seiner Wange lustig gemacht.

Aber jetzt ziehe ich nur meine Hand zurück und setze meine Maske auf. »Wir müssen los. Deine idiotischen Freunde sind gerade dabei, sich umzubringen.«

VIII.

»Was sagst du?!« Mikail springt auf die Füße und alle Müdigkeit ist aus seinem Gesicht verschwunden.

»Ich habe mit Schattenmagie nach ihnen gesucht und sie sind uns gefolgt«, erwidere ich knapp und lasse Mikails Tasche, die er als Kissen benutzt hat, in seinem Schatten verschwinden. Zu meinem Glück ist nicht viel über Schattenmagie bekannt, sodass er keinen Grund hat, mir nicht zu glauben, und unter den Umständen, wird er sich nicht weiter für meine Methoden interessieren.

»Wo sind sie jetzt?«

»Ich versuche, uns so schnell es geht hinzubringen«, sage ich und entferne die Barriere um uns. Dann buffe ich meine Beine und laufe los.

Mikail folgt mir ohne zu zögern und ohne weitere Fragen zu stellen. Wahrscheinlich, weil er seinen Freunden zutraut, so dämlich zu sein, uns zu folgen. Aber mir geht durch den Kopf, dass er mir ein wenig zu sehr vertraut und was passiert wäre, wenn er nicht mich angeheuert hätte. Denn es gibt genau zwei Arten von Söldnern, die sich auf eine gefährliche Mission einlassen: Die, die fähig sind und die, die vorgeben es zu sein, um ihre Kunden auszunehmen. Und die zweite Kategorie ist der ersten zahlenmäßig überlegen.

Wir müssen nicht weit laufen, bevor wir auf das

erste Monster treffen. Es ist ein weiterer Steingolem und ich packe Mikails Hand im Laufen, um an ihm vorbei zu teleportieren. Zu unserem Glück sind die Wände uneben, mit vielen Vorständen, sodass sich Schatten leicht erzeugen lassen. Außerdem ist ein Golem sehr langsam und verfolgt Eindringlinge in sein Revier in der Regel nicht.

Andere Monster sind nicht so einfach zu umgehen und ich muss zusätzlich mit Barrieren und anderen Tricks arbeiten, um sie kurzfristig bewegungsunfähig zu machen. Da ich diesmal weiß, wo wir hin müssen und welchen Monstern wir über den Weg laufen werden, halte ich mich mit meinem Mana nicht zurück und wir kommen schneller voran. Wir halten dieses Tempo für einige Stunden, bevor wir eine kurze Pause machen.

Mikail hat sich immer noch nicht an das Schattenreisen gewöhnt und ich benutze es noch öfter als zuvor, aber er beklagt sich nicht. Er versucht auch nicht, mehr Informationen aus mir herauszubekommen, abgesehen von einer Einschätzung, wie lange wir noch brauchen werden. Sein Gesicht ist wieder so steinern wie bei unserer ersten Begegnung.

Wir rasten nicht lang und laufen dann im selben Tempo weiter, sodass ich alsbald die Erschöpfung spüre. Die letzten Tage waren für keinen von uns erholsam und ein Buff macht meinen Körper zwar stärker, aber das bedeutet nur, dass ich mehr Kraft verbrauche.

Ich habe einen gut trainierten Körper, allerdings

nicht verglichen mit Mikails. Aura-Träger haben für gewöhnlich den besseren Körperbau und eine bessere Kondition, da ihre Energie eng mit dem Körper zusammenarbeitet.

Aber Mikail scheint nicht daran zu denken und ich sage nichts. Immerhin bin ich ein Profi. Und schließlich, als sich meine Beine schon steif und schwer anfühlen, erreichen wir einen Tunnel, in dem ich eine Barriere um uns herum errichte.

»Brauchst du eine Pause?«, fragt Mikail nur leicht außer Atem und sieht mich an, als käme ihm jetzt erst in den Sinn, dass ich keine Aura-Trägerin bin.

»Nein, wir sind da«, sage ich knapp, während ich versuche, so wenig wie möglich zu keuchen. Ich zeige auf die Wand neben uns. »Schlag die Wand ein.«

Mikail starrt mich an. »Ich soll die Wand einschlagen?«

Ich nicke. Wir könnten den Weg durch die Tunnel nehmen, aber da wir es mit einer Horde Riesenameisen zu tun haben, würden wir uns dann erst einmal durch sie hindurch kämpfen müssen, bevor wir die Ritter erreichen, die sich in einer Nische verbarrikadiert haben. Glücklicherweise verläuft dieser Tunnel fast parallel zu der Höhle, in der die Ameisen sind, und ich kann die Aura der Ritter spüren, allerdings nur schwach. Natürlich werde ich all das Mikail sagen, wenn ich etwas zu Atem gekommen bin. »Keine Sorge, die Wand ist nicht sehr dick - !« Ich habe den Satz noch nicht zu Ende gebracht, als es einen lauten Knall gibt und die Wand unter Mikails Faust nachgibt.

Er hat etwas zu viel Aura in seinen Schlag gesteckt, wodurch die Wand förmlich explodiert und die Ameisen, die in der Nähe stehen, werden von der Wucht und fliegenden Steinbrocken weggefegt. Und noch bevor ich mehr als das sehen kann, stürmt Mikail durch das Loch. Noch bevor er weiß, ob es sicher ist und welche und wie viele Monster sich auf der anderen Seite befinden. Immerhin sind die Ameisen davon genauso überrascht wie ich.

Es sind Biester von der Größe eines mittelgroßen Hundes und auch wenn eine einzelne von ihnen nur ein Rang C Monster ist, macht ihre Anzahl und ihr Gift sie zu tückischen Gegnern. Sie besitzen genug Intelligenz, um effizient in einer Gruppe zu arbeiten und ihre Beute in eine Falle zu locken, ähnlich wie sie es mit den Rittern gemacht haben.

Eine fatale Schwachstelle ist Feuer, weshalb jeder, der weiß, dass er es mit Ameisen zu tun bekommt, einen Feuermagier anheuern wird, aber natürlich gibt es noch andere Möglichkeiten, sie zu töten. Rohe Gewalt zum Beispiel, solange man genug davon verwendet. Mikail hackt die Ameisen regelrecht in Stücke, während seine Aura so stark ist, dass er die der anderen Ritter völlig überdeckt. Er erinnert an einen Wahnsinnigen, aber ich nehme an, das ist die Panik, die er verspürt. Denn auch ihm dürfte die schwache Aura seiner Gefährten nicht entgangen sein. Allerdings ist Ameisen verprügeln jetzt nicht unsere Priorität.

Ich teleportiere hinter Mikail und ramme einer Ameise, die seinen Rücken angreifen will, mein Schwert ins Maul. »So impulsiv!«, sage ich, während ich nach Mikails Arm greife und mit ihm zu der Nische mit den Rittern teleportiere. Mit Mikail und den anderen Rittern im Rücken, kann ich endlich einen Flächenzauber wirken.

Als Heilige wirke ich jeden Monat einen Flächenzauber, der mehrere Hundert Menschen auf einmal heilt. Dabei streue ich mein Mana großflächig, mit der Aufgabe, dem Körper jedes Menschen im betroffenen Bereich zu seinem Ursprungszustand zurück zu verhelfen. Bei einem so einfachen Befehl ist kein Körperkontakt nötig, aber nicht nur Heilungen sind so einfach. Ein weiterer einfacher Befehl wäre eine völlige Starre jedes einzelnen Muskels im Körper. Zu meinem Glück, oder ihrem Pech, sind Ameisen Biester mit einem Körper aus Fleisch und Blut, und noch dazu setzen sie auf Zahlen, weshalb jede einzelne einfach mit Mana zu überwältigen ist. Und so bleibt die Horde Ameisen bewegungslos vor uns stehen.

»Paralyse?«, höre ich Mikail hinter mir murmeln.

»Hm«, mache ich nur, immer noch konzentriert auf meinen Zauber. Ich muss ihn eine Weile aufrechterhalten, um sicherzugehen, dass auch alle Ameisen daran sterben. Normalerweise kann sich das Herz nicht selber wieder in Gang setzen, aber es könnte passieren, wenn die Paralyse sofort wieder gelöst wird.

Dann senke ich meine Hand und drehe mich zu Mikail um, während die Ameisen hinter mir zusammenbrechen. »Ich hätte keinen S-Rang, wenn ich nicht einen Haufen C-Rang Monster in ein paar Sekunden töten könnte.« Noch während ich spreche, wirke ich einen zweiten Flächenzauber, diesmal einen regulären Heilzauber und nehme gleichzeitig die Ritter in Augenschein. Und es ist kein schöner Anblick. »Anders als ihr Idioten.«

Die Nische ist nicht besonders groß und wurde nur noch von Kuma und Lomin geschützt, die ihre Aura genutzt haben, um den Eingang zu blockieren. Beide haben nur leichte Verletzungen und Lomin eine gerade einsetzende Vergiftung, die aber durch meine Heilung sofort kuriert werden. Den anderen geht es deutlich schlechter.

Clover liegt auf dem Boden, ohnmächtig von der Wirkung des Gifts, und Jake sitzt mit blassem Gesicht an der Wand und umklammert seinen rechten Arm, von dem nur noch ein Stummel übrig ist. Er sitzt bereits in einer Lache aus seinem eigenen Blut. Da mein Flächenzauber nur dem Körper hilft, schneller gesund zu werden, hat er nur den Stummel verheilen lassen.

Ich gehe vor Jake in die Knie und ziehe vorsichtig seine Hand von seinem Armstummel. Er scheint selbst kaum noch bei Bewusstsein zu sein, denn er leistet keinen Widerstand und seine Augen sind trüb.

Ich lege beide Hände auf seinen Arm und lasse mein Mana in ihn fließen. Körperteile nachwachsen zu lassen ist eine fortgeschrittene Technik eines Heilers und braucht umfassendes Wissen über den Körper und seinen Aufbau. Aber mittlerweile habe ich es schon so oft getan, dass ich nur ein paar Sekunden brauche, um Jakes Arm wieder herzustellen.

Normalerweise ist jemand, der ein verlorenes Körperteil wiedergewinnt, euphorisch und emotional, aber Jake reagiert nicht einmal.

»Fehlt dir noch etwas anderes?«, frage ich, allerdings wird meine Frage von einem Aufschrei übertönt. Ich springe auf, halb in Erwartung eines Monsterangriffs, aber es ist kein Monster in der Nähe. Stattdessen sehe ich Mikail, der neben Dalton kniet und seinen Freund an den Schultern hält.

Ich stehe auf und gehe zu ihm.

»Nein, nein, nein!« Mikails Hände fahren über Daltons Oberkörper, als könnte er damit das große Loch in seinem Bauch heilen, aber er beschmiert nur seine Hände mit Blut. Blut, das bereits gerinnt. Dalton ist schon seit einer Weile tot.

»Nein, das darf nicht sein!« Mikail schüttelt den Kopf, während er leicht an Daltons Körper rüttelt.

»Lass mich ihn untersuchen«, sage ich, als ich auf Daltons anderer Seite niederknie. Es ist offensichtlich, was ihn getötet hat, aber ich will sehen, ob auch er Gift abbekommen hat. Aber Mikail reagiert nicht und klammert sich weiter an Dalton.

»Hey!« Ich packe seinen Arm, aber nicht einmal das bringt mir seine Aufmerksamkeit ein. Er starrt weiter mit glasigen Augen auf Dalton hinab und bestreitet leise, was er sieht.

»Hey!« Ich gebe ihm eine Ohrfeige. »Hör auf rumzujammern und lass mich meine Arbeit machen!«

Mikail starrt mich wie versteinert an.

»Es ist zu spät, Lawry«, murmelt Lomin hinter mir. »Er ist tot.« Seine Stimme ist kraftlos und das Wort ‚tot‘ geht ihm kaum über die Lippen.

»Hör auf zu reden und hilf mir lieber«, rufe ich ihm zu, während ich mich aus meiner Jacke und meinen Handschuhen kämpfe. »Ich brauche Platz und keine Idioten, die rumheulen.« Ich werfe meine Jacke und Handschuhe in meinen Schatten und ziehe stattdessen ein Messer heraus, um Daltons Rüstung aufzuschneiden. Das, was davon noch übrig ist.

»Was hast du vor?« Lomin stellt sich neben Mikail, der mich ebenfalls erstaunt ansieht. Auch Kuma taucht neben mir auf.

»Geht ein Stück zurück und mischt euch nicht ein.« Bedächtig lege ich meine Hände auf Daltons Bauch und Brust. Ich fühle das bereits abkühlende Blut unter meinen Fingerspitzen und sobald ich Kontakt mit seinem Körper habe, untersuche ich ihn bis ins kleinste Detail.

Gebrochene Knochen, zerfetzte Organe und Gift. Es war sicherlich kein angenehmer Tod und, mit Blick auf alles, was heil geblieben ist, auch kein schneller.

Ich hole einmal tief Luft und schließe die Augen, um mich auf meinen nächsten Zauber vorzubereiten. Er braucht nicht viel Mana, aber dafür etwas anderes. Mit dem Tod bricht die Verbindung zum Weltstrom ab und die Energie verlässt den Leichnam. Aber der Vorgang ist langsam und solange sich noch Aura in Daltons Körper befindet, lässt sich die Verbindung ohne bleibende Schäden reparieren. »Jetzt«, murmle ich, als ich mit den Vorbereitungen für den Zauber fertig bin, und sobald mir das Wort über die Lippen kommt, schießt mir ein brennender Schmerz von den Fingerspitzen bis zu den Oberarmen. Ich lege den Kopf in den Nacken und beiße mir auf die Lippe, um einen Schrei zu unterdrücken. Meine Finger krümmen sich unter Schmerzen, aber ich zwinge meine Hände, auf Daltons Körper liegenzubleiben.

Ich atme kontrolliert ein und aus, bis ich mich an den Schmerz gewöhnt habe und lehne meinen Kopf wieder nach vorn. Ich sehe meine Arme, die bis zu den Armreifen an meinen Oberarmen Blut überströmt sind. Es läuft aus jeder Ader und an mir hinunter in Daltons Körper.

Ich konzentriere mich darauf, mein Blut mit Daltons zu mischen, während ich gleichzeitig Mana in meine Armreifen schiebe, die mir helfen, meine Selbstregeneration zu verlangsamen und die Verletzung auf meine Arme zu beschränken. Dann erneuere ich Daltons Verbindung zum Weltstrom.

Ich brauche nicht viel Mana, aber es ist eine komplizierte Arbeit, die Feingefühl erfordert, und je mehr Blut ich verliere, desto schwerer fällt es mir, konzentriert zu bleiben. Zwischen dem Brennen meiner Wunden und der Kälte, die sich in meinen Knochen breit macht, verschwindet das Gefühl in meinen Armen. Aber ich kann sehen, wie sich Daltons Wunden langsam schließen und schließlich gibt es keine Wunde, durch die mein Blut in seinen Körper gelangen kann.

Ich höre auf, Mana in meine Armreifen fließen zu lassen, und sofort spüre ich, wie die Schmerzen nachlassen. Aber ich wage noch nicht, mich zu bewegen, und richte meinen Blick auf Daltons Gesicht.

Es fällt mir schwer, klar zu sehen, aber er bewegt sich und ich kann seine Stimme hören. Ich glaube, er sagt meinen Namen, aber ich bin nicht in der Verfassung, jetzt ein Gespräch zu führen. »Verdammter Idiot«, murmle ich noch, bevor ich zur Seite kippe und das Bewusstsein verliere.

Ich werde von einem Anstieg an Aura wach, der nah genug ist, dass ich sofort einen Schild hochziehe.

»Vorsicht! Du zerstörst meinen Schild.« Das ist Mikails Stimme, dicht bei mir. Ich blinzle und begreife, dass ich seine Aura spüre, die, nun unterbrochen durch mein Mana, versucht hat, einen Schild um uns beide zu beschwören. Es sieht zwar nicht so aus, als wären wir unmittelbar in Gefahr, aber ich kann Kampfgeräusche hören.

»Es sind nur ein paar Heuler, das kriegen wir allein hin«, sagt Mikail, der sich, wie mir auffällt, von den Kampfgeräuschen entfernt. Und mit ihm, ich, da er mich in den Armen trägt.

Ich sehe an mir hinunter zu dem brauen Mantel, in den ich eingewickelt bin. Es ist Mikails.

»Wenn ich gewusst hätte, dass ich wie eine Prinzessin durch die Gegend getragen werde, wäre ich früher in Ohnmacht gefallen«, sage ich, während ich meine Hände betrachte, die sauber sind. Jemand hat das Blut von meinen Armen gewischt.

»Ich bin froh, dass du wohlauf bist«, sagt Mikail und klingt dabei tatsächlich erleichtert.

»Was hast du erwartet?«, erwidere ich leicht verärgert. Ich habe viel Blut verloren und ich kann die Erschöpfung in meinem Körper immer noch fühlen. Aber ich kann trotzdem nicht glauben, dass ich in Ohnmacht gefallen bin. Und mein Körper fühlt sich immer noch so schwach an, dass ich nicht sofort verlange, heruntergelassen zu werden.

Ich drehe den Kopf und sehe über Mikails Schulter. Hinter uns kämpfen die anderen Ritter gegen fünf Heuler, und es sieht tatsächlich nicht so aus, als würden sie Hilfe brauchen. Außerdem bemerke ich, dass die Wände wieder erdig sind. »Ihr seid ja weit gekommen. Hast du mich die ganze Zeit so durch die Gegend getragen?«

Mikail zögert kurz und wirft mir einen Blick zu, als würde er sich schuldig fühlen. »Ich dachte, es wäre besser, diesen Ort so schnell wie möglich zu verlassen.«

Ich wedle mit der Hand. »Ja, das meinte ich nicht. Ich meine, hast du mich die ganze Zeit so umständlich getragen?«

Jetzt sieht er verwirrt aus. »Was meinst du?«

»Ich meine, dass es einfacher wäre, mich auf dem

Rücken zu tragen«, erwidere ich, denn ich spüre, dass Mikail seine Arme mit Aura verstärkt.

»Vielleicht, aber das erschien mir angebrachter. Außerdem kann ich so ein Auge auf dich haben.«

Ich betrachte die Art, wie er mich hält. Der rechte Arm unter meinen Knien, der linke hinter meinem Rücken. Seine linke Hand liegt auf meiner Taille, was nicht heißt, dass er sie nicht etwas höher platzieren könnte. »Hast du versucht, mich irgendwo anzufassen, während ich bewusstlos war?«

Mikail zuckt zusammen. »Natürlich nicht! Wie kannst du das denken?!«

»Einfach. Du bist ein Mann, der eine bewusstlose Frau im Arm trägt. Noch dazu eine, die so schön ist wie ich. Du hast sogar eine Entschuldigung. Es ist die perfekte Gelegenheit.«

»Ich würde niemals eine solche Situation ausnutzen!«, erwidert er und sieht stur geradeaus.

»Wirklich? Bist du sicher, dass du nicht schwul bist?«

Er atmet geräuschvoll aus. »Nur weil ich anständig bin, bin ich noch lange nicht schwul.«

»Dann ein Eunuch vielleicht?«

»Weißt du, so langsam glaube ich, du willst, dass ich etwas Unanständiges tue. Ich habe dir doch gesagt, dass ich eine kleine Schwester habe. Schon allein der Gedanke, dass ein Mann sie ausnutzen könnte, macht mich wütend. Denkst du wirklich, mir würde es einfallen, es selbst zu tun?« Er wirft mir einen Blick zu. »Außerdem weiß ich, dass du dich nicht gern anfassen lässt.«

Ich sehe ihn überrascht an. »Wie kommst du darauf?«

»Es ist offensichtlich. Ich kann dich nicht durchgehend mit Telekinese tragen, aber ich habe versucht, dich so wenig wie möglich zu berühren, falls es dich beruhigt.« Er bleibt stehen und dreht sich um. Wir sind nur einige Meter von den anderen entfernt, aber ich schenke dem Kampf keine Beachtung.

Mikail muss mich genau beobachtet haben, wenn ihm das aufgefallen ist. Und es stimmt. Normalerweise hätte ich verlangt, dass er mich loslässt, sobald ich aufgewacht bin, aber jetzt stört es mich nicht allzu sehr. Vielleicht, weil ich mich in den letzten Tagen daran gewöhnt habe, ihn zu berühren, oder einfach, weil ich weiß, dass er meint, was er sagt. Aber ich halte es für vernünftiger, auf seine Beine zu vertrauen, bis wir uns weit genug von dem Kampf entfernt haben. »Es ist in Ordnung«, sage ich wohlwollend. »Schwule Eunuchen haben meine Erlaubnis. Du kannst mich jetzt runterlassen.«

Mikails Brauen ziehen sich zusammen und ich kichere. Aber er setzt mich vorsichtig ab. »Ich bin weder schwul noch ein Eunuch«, beharrt er, einen Arm noch immer um meine Taille geschlungen.

Meine Beine sind eingeschlafen. Ich muss eine ganze Weile bewusstlos gewesen sein. »Das ist sehr schade. Ich hätte dich gleich viel lieber gemocht, wenn du es wärst.«

Er runzelt die Stirn und beobachtet mich, wie ich

von ihm zurücktrete, um sich zu vergewissern, dass ich nicht umfalle.

»Ich verstehe nicht, wieso alle Welt immer noch etwas gegens Schwulsein hat. Sogar die Heilige hat gesagt, dass es eine reine Form der Liebe ist. Und persönlich halte ich jeden Mann, der Frauen in Ruhe lässt, für einen Segen.« Tatsächlich habe ich mich sehr dafür eingesetzt, damit Homosexualität nicht mehr verboten ist. Eine reine Form der Liebe, unberührt von dem primitiven Verlangen der Fortpflanzung, habe ich es genannt. Ich habe nie länger an einer Rede gesessen und nie intensiver über meine Wortwahl nachgedacht. Es war einer meiner größten Erfolge und das erste Mal in meinem Leben, dass ich froh war, so beliebt bei der Allgemeinheit zu sein.

»Ich habe nichts dagegen, aber ich bin es nicht«, sagt Mikail stur.

Ich seufze. »Dalton wird am Boden zerstört sein.« Mit einem Kopfschütteln ziehe ich Mikails Mantel aus und gebe ihn ihm zurück. Ich trage lieber meine eigenen Sachen und der Mantel ist mir ohnehin zu lang.

»Danke.« Er nimmt seinen Mantel entgegen, sieht mich jedoch mit einem eigenartigen Blick in den Augen an. »Ich weiß, dass das nicht annähernd genug ist, aber danke!«

Ich sehe ihn verdutzt an. »Es ist nur ein Mantel.« Und seiner obendrein.

»Das meine ich nicht.« Mikail sieht über mich hinweg zu seinen Gefährten und ich drehe mich um, um seinem Blick zu folgen.

Mittlerweile ist der Kampf so gut wie vorbei. Nur noch zwei Heuler sind am Leben und einer ist schwer verletzt. »Wie seid ihr so weit gekommen, wenn ihr immer noch so lange braucht, um ein paar Heuler zu töten?«, frage ich mit einem Schnauben und schnippe mit den Fingern. Eine Lichtkugel erscheint zwischen uns und den anderen und wirft Schatten auf die Heuler. Zu meinem Glück steht keiner der Ritter hinter den Heulern und läuft Gefahr, ebenfalls vom Schatten verschluckt zu werden. Und so muss ich mir keine Sorgen machen, als ich eine zweite Lichtkugel beschwöre und die Heuler zerteile.

Die Ritter stehen verwirrt da und starren die toten Monster an, als erwarteten sie, dass sie gleich wieder aufspringen.

Ich lege meine Hände trichterförmig um meinen Mund und rufe: »Ihr könnt euch nicht beschweren, wenn ihr nicht in die Pötte kommt!«

Daraufhin drehen sie sich alle plötzlich um.

»Lawry?«, ruft Jake und klingt dabei etwas zu fröhlich für meinen Geschmack.

»Du bist wach!«, sagt Dalton und sie alle kommen auf mich zu, sodass ich automatisch zurückweiche.

Ich hebe beide Hände und strecke sie abwehrend den Rittern entgegen. »Stopp! Jeder, der sich seit mindestens einem Tag nicht mehr gewaschen hat, hält zwei Meter Abstand!«

Die Ritter bleiben sofort stehen. Anders als Mikail hatten sie nicht das Glück, von mir geläutert zu werden, während sie in den Tunneln geschwitzt und auf dem Boden herumgelegen haben. »Versucht ihr, die Monster mit eurem Gestank umzuhauen oder habt ihr euch alle die Nase gebrochen?« Ich wedle mit der Hand vor meinem Gesicht, während mein Blick an Dalton hängen bleibt. Er sieht vollkommen gesund aus und nicht einmal eine Narbe ist zurückgeblieben. Und das kann ich sehen, weil er außer einem zu großen Mantel obenherum nichts trägt. Der Mantel, sowie seine Hose sind mit Blut und Dreck beschmutzt und sein Oberkörper und sein Gesicht sind mit einer Schicht aus Schweiß und Staub bedeckt und ebenfalls mit Blut besprenkelt. Und die anderen sehen kaum besser aus. Jake ist voll bekleidet, aber sein rechter Ärmel fehlt, wodurch er lächerlich aussieht.

»Pft, seht euch nur an!«, sage ich lachend.

Allerdings ist die Reaktion nicht ganz die, die ich erwartet habe.

»Es ist schön zu sehen, dass es dir wieder gut geht, Lawry«, sagt Lomin und lächelt mich an.

»Wir haben uns Sorgen gemacht, als du umgekippt bist«, sagt Jake, während er sich mit seinem rechten Arm den Hinterkopf reibt, als fühle er sich schuldig deswegen.

»Ha?! In welcher Welt lebt ihr, dass Schwächlinge wie ihr euch Sorgen um mich machen könnt? Oder glaubt ihr, wenn ihr ein bisschen nett zu mir seid, läutere ich euch umsonst?« Ich hebe in einer auffordernden Geste die Hände.

»Lawrence.« Anstatt mich zu schimpfen, so wie gewöhnlich, sagt Dalton meinen Namen mit gewichtiger Stimme. Er macht einen Schritt vorwärts – keinen allzu großen, sodass er immer noch in einem Abstand zu mir steht – und fällt auf die Knie. »Du hast mein Leben gerettet und ich möchte dir danken. Ich stehe tief in deiner Schuld.«

Ich reibe mir gelangweilt das Ohr. »Ja, ja, Sentimentalität ist nicht mein Ding und mein Anteil hätte sich durch deinen Tod eh nicht vergrößert. Und nichts ist schlechter fürs Geschäft als ein Toter. Wenn du mir also danken willst …« Ich lege einen Finger über meine Maske, dort wo mein Mund ist. »… kein Wort mehr darüber.«

Dalton hebt den Kopf und sieht mich an. »Aber wie soll ich …« Er bricht ab, als ich mich zu ihm hinunterbeuge. »Du weißt doch, ich hab lieber etwas Handfesteres. Du könntest mir zum Beispiel deinen Anteil an der Belohnung überlassen.«

70 Goldstücke lassen sich ohnehin schlecht unter sechs Leuten aufteilen. Das ergibt 11 Gold, 66 Silber und 66 Kupfer für jeden und am Ende würden noch vier Kupferstücke übrig bleiben. Es ist unmöglich, es gerecht aufzuteilen und lächerlich darüber zu streiten.

Dalton schüttelt den Kopf und ich bin schon überrascht, dass seine Dankbarkeit nur so weit reicht, als Mikail sagt: »Wir haben bereits entschieden, dir die gesamte Belohnung zu überlassen. Und ich gebe dir alles restliche Gold, was ich nach der Reise noch bei mir trage, etwa 20 Goldstücke.«

Ich starre ihn ungläubig an. Dann klatsche ich freudig die Hände zusammen. »Meinst du das ernst?«, frage ich, während ich einen beschwingten Schritt auf ihn zumache. Dabei werde ich daran erinnert, dass sich mein Körper nicht in der Verfassung für ausgelassene Bewegungen befindet und ich muss mit meinem Mana nachhelfen, um nicht zu stolpern.

»Ich halte das für mehr als angemessen.«

»Oho, du weißt, wie man eine Frau glücklich macht!«, flöte ich, hebe aber einen Finger, um meine nächsten Worte zu betonen. »Trotzdem, schön den Mund halten. Niemand ist gestorben und niemand wurde wiederbelebt, okay?«

»Wieso das?«, fragt Dalton und er klingt enttäuscht, als hätte er sich bereits darauf gefreut, damit vor sämtlichen Leuten zu prahlen. »Wäre das nicht gut für dein Geschäft?«

Ich drehe den Kopf ihm zu und bewege meinen Finger mahnend hin und her. »Ganz im Gegenteil, es würde mein Geschäft völlig ruinieren.«

Dalton runzelt die Stirn, als könne er mir nicht folgen.

»Jemanden von den Toten wiederzuerwecken, klingt wie ein Wunder. Und Wunder sind das alleinige Vorrecht der Heiligen.«

IX.

Dalton starrt mich an, als hätte ich etwas von unglaublichem Gewicht gesagt, und auch keiner der anderen sagt ein Wort, was der Situation eine gewisse Schwere verleiht.

»Wie lange willst du noch auf dem Boden herumhocken? Du siehst ohnehin schon aus wie ein Idiot, auch wenn du nicht mehr viel dreckiger werden kannst.« Ich schüttle den Kopf und schnippe mit den Fingern, woraufhin die fünf Männer sofort sauber werden.

»Was?« Dalton sieht verwundert an sich hinunter und auch die anderen sehen so aus, als hätten sie vergessen, wie es sich anfühlt, sauber zu sein.

»Bei so viel Großzügigkeit, kann ich euch etwas entgegenkommen«, sage ich gutmütig. »Und jetzt sollten wir zusehen, dass wir diesen Ort verlassen.« Ich sehe mich um. Der Tunnel vor uns ist frei, aber es sind immer noch einige Heuler in der Nähe. Trotzdem sollten wir alsbald ein Loch in der Decke finden, durch das wir den Dungeon verlassen können. »Wo wir gerade davon sprechen, wie seid ihr so schnell vorangekommen?«, frage ich, während ich zu laufen beginne. Man kann schon ein paar Wurzeln in den Wänden sehen, was ein weiteres Zeichen dafür ist, dass wir nicht mehr unter den Bergen sind.

»Wir haben nicht die Tunnel genommen«, antwortet Dalton, was mich fragend den Kopf drehen lässt.

»Dein Einfall, die Wand einzuschlagen, hat mich auf eine Idee gebracht«, sagt Mikail, der sich meinem Schritttempo angepasst hat und mich von der Seite her wachsam beobachtet.

»Du meinst, ihr habt eure eigenen Tunnel gegraben?«

»Mehr oder weniger. Es gibt viele Monster hier und wenn man ihre Präsenz spürt, kann man ungefähr erahnen, wie die Tunnel verlaufen.«

»Wow, kein Wunder, dass ihr alle so verdreckt wart.« Alle außer Mikail und mir, was, wie ich vermute, daran liegt, dass er mich als Ausrede benutzt hat, um die anderen die ganze Arbeit machen zu lassen.

»Das Schwierigste war, die Monster zu meiden«, sagt Dalton, als hätte er mich nicht gehört. »Aber selbst die Kämpfe sind einfacher geworden.« Seine Stimme klingt an dieser Stelle zögerlich. »Seit du mich wiederbelebt hast, fühle ich mich stärker. Zuerst dachte ich, es wäre Einbildung, aber alle meine Wunden heilen sofort und ich werd nicht annähernd so schnell müde wie sonst.«

»Gewöhn dich nicht dran, das vergeht wieder«, erwidere ich resigniert. Es kommt nicht unerwartet, dass sie eine Menge Fragen haben. Fragen, die unbeantwortet zu einem Schluss führen könnten, den sie nicht ziehen dürfen.

»Wieso? Woher kommt das?«, hakt Dalton nach, als ich nicht von mir aus weiterrede. Aber es ist nicht so einfach, das so ohne weiteres zu beantworten. Ich habe nicht verheimlicht, dass ich Schattenmagie benutzen kann, von der viele eine falsche Vorstellung haben, und das Letzte, was ich will, ist, dass sie mich der Nekromantie verdächtigen.

»Es hat mit der Wiederbelebung zu tun, nicht wahr?«, sagt Lomin. »Ich dachte, die Heilige ist die einzige, die Tote wiederbeleben kann. Wie kommt es, dass eine gewöhnliche Heilerin es kann?«

Ich schnaube abfällig. »Ich bin also eine gewöhnliche Heilerin, ja?«

»Ich meine nur, du bist nicht die Heilige«, sagt Lomin hastig, als würde das etwas ändern. Aber immerhin ist seine Schlussfolgerung, dass seine Information falsch ist und nicht, dass ich die Heilige sein muss.

»Pft und was macht die Heilige so außergewöhnlich?«

Niemand sagt etwas.

»Es ist ihre irrsinnige Menge an Mana. Ich weiß nicht, was sonst so göttlich an ihr sein soll. Wenn man es überhaupt göttlich nennen kann, wenn das eigene Mana den Körper so in Mitleidenschaft zieht. Aber der Punkt ist, dass jemand mit so viel Mana logischerweise mächtiger ist als andere. Und für die meisten ihrer Wunder braucht die Heilige eben enorm viel Mana.«

»Willst du damit sagen, alles, was man braucht, um einen Toten wiederzubeleben, ist genug Mana?«, fragt Jake. »Aber das hieße ja, dass mehrere Heiler zusammen es auch schaffen könnten.«

»Nein, man braucht nicht mehr Mana, als für eine reguläre Heilung«, sage ich bedächtig. Ich kann ihnen nicht erklären, wie eine Wiederbelebung funktioniert. Auf der anderen Seite, will ich nicht, dass die Ritter herausfinden, dass die Heilige tatsächlich die Einzige ist, die Tote wiederbeleben kann.

»Wenn das so wäre, wieso tut es dann keiner?«, fragt Jake und klingt, als würde er mir nicht glauben.

»Ich weiß nicht«, sage ich und zucke mit den Schultern. »Wahrscheinlich, weil die meisten Heiler an ihrem Leben hängen, die selbstsüchtigen Ratten.« Ich lache leise, auch wenn mir nicht nach Lachen zumute ist. »Wisst ihr, wie eine Heilung funktioniert? Sie ist im Grunde nichts weiter als ein Buff, und das heißt, sie braucht ein lebendes Ziel. Der Heiler gibt das Mana mit der Fähigkeit, den Körper des Ziels zu unterstützen, in diesem Fall, bei seiner Fähigkeit, sich zu regenerieren. Klar so weit?«

»Ja, eine Heilerin hat es mir mal genauso erklärt«, sagt Jake und klingt dabei stolz.

Ich werfe ihm einen Blick zu. Nicht viele Heiler würden eine Heilung als Buff bezeichnen, weil einen Körper zu heilen eine sensible Angelegenheit ist und die meisten Heiler davor zurückschrecken, es so leichtfertig wie einen anderen Buff zu zaubern. Das heißt, von wem auch immer Jake redet, sie muss eine begabte Heilerin sein.

»Gut. Das bedeutet, dass es immer ein Ziel geben muss, dass das Mana auf sich anwendet, weswegen man Tote grundsätzlich nicht heilen kann. Dass etwas tot ist, erkennt man daran, dass es weder Mana noch Aura in seiner unfreien Form besitzt. Unfrei arbeiten beide Energien ähnlich wie andere Körperfunktionen und sind dafür verantwortlich, unterstützendes Mana aufzunehmen und entgegenwirkende Energie aufzuspüren und zu blockieren. Sie zirkulieren wie Blut durch unseren Körper.«

»Weswegen du dein Blut benutzt hast«, sagt Lomin, als sei ihm ein Licht aufgegangen.

Ich halte kurz inne, um eine Barriere auf die Wand neben uns zu zaubern, durch die einige Heuler versuchen, zu uns durchzudringen. »Es nennt sich Blutband. Man teilt sein Blut, um dem Heilzauber vorzugaukeln, ein Toter würde noch leben. In der Praxis würden aber die meisten Heiler das Bewusstsein verlieren, bevor sie einen Heilzauber sprechen können und verbluten. Es ist am einfachsten, wenn das Blut das Heilen von selbst übernimmt.« Ich verschweige den Teil mit dem Weltstrom und der Wiederherstellung des Energie-Kanals.

»Moment, das bedeutet, du besitzt Selbstregeneration?! Und noch dazu eine so starke?!«, ruft Lomin aus.

»Das erklärt Daltons Selbstregeneration«, sagt Jake und er klingt nicht weniger beeindruckt.

Ich bin überrascht. Zum einen davon, dass sie mir alle so gebannt zuhören, dass keiner die Heuler bemerkt, und zum anderen davon, dass Lomin nicht daran denkt, seine umfassende Bildung vor mir zu verbergen. Es ist selten, dass Magier viel über ein für sie fremdes Gebiet in der Magie wissen, von einem Aura-Träger ganz zu schweigen. Aber natürlich hat eine Gruppe junger Adliger wie diese eine gute Ausbildung genossen. »Ich bin unglaublich, ich weiß«, sage ich mit sehnsüchtiger Stimme, während ich die Arme um mich schlinge, als würde ich mich selbst umarmen.

Dalton gibt ein Geräusch von sich, das halb wie ein Lachen und halb wie ein Seufzen klingt. »Weißt du, niemand will dir zustimmen, wenn du das so sagst.«

»Hm?« Ich sehe über die Schulter zu ihm. »Wer sagt, dass ich Zustimmung brauche. Ich weiß schon, dass ich unglaublich bin.«

»Hast du schon mal darüber nachgedacht, dass du sympathischer wärst, wenn du etwas Bescheidenheit zeigen würdest?«

»Oh?« Ich lasse die Arme sinken und drehe mich zu ihm um. »Du hast ja soo recht. Nur weil ihr mit Monstern Probleme habt, die ich mit einem Fingerschnippen beseitigen kann und ihr meinem Mana nicht standhalten könntet, wenn ihr alle eure Aura zusammentun würdet, macht euch das ja nicht schlechter als mich.« Ich lehne mich vor zu ihm, während ich rückwärts vor ihm herlaufe.

Dalton verzieht das Gesicht. »Das ist keine Bescheidenheit. Du machst dich einfach über mich lustig.«

»Und ich dachte, du willst, dass ich so tue, als wüsste ich nicht, wie unglaublich ich bin, nur damit mich die Leute mehr mögen.«

»Wenn du es so sagst, wird dich niemand mögen!«

»Ich mache nie etwas, nur damit mich Leute mögen«, sage ich, während ich mich aufrichte, und drehe mich schwungvoll wieder um.

»Ja, ganz im Gegenteil«, brummt Dalton hinter mir.

»Sympathien beiseite, dich anzuheuern, war die beste Idee, die wir hatten«, sagt Lomin und ich schlage mir in gespielter Überraschung die Hände vor den Mund. »Was? Ein Kompliment für mich, die so unsympathisch ist? Ich glaub, ich muss weinen.« Ich schniefe dramatisch.

Lomin seufzt. »Ich meine, dass diese Reise sehr viel schwieriger ist, als wir dachten. Nicht nur hätten wir es nie ohne dich so weit geschafft, wir waren auch überhaupt keine Hilfe und haben dir stattdessen noch zusätzliche Probleme gemacht.«

»Das stimmt.« Ich nicke unterstreichend. »Ihr habt es sogar geschafft, meinen gigantischen Mana-Pool zu erschöpfen.« Ich werfe Mikail einen verstohlenen Blick zu. Vor allem er.

»Deswegen haben wir auch entschieden, dir das ganze Geld zu geben«, sagt er, als hätte er meinen Blick bemerkt. »Trotzdem sollte ich mich für die Unannehmlichkeiten entschuldigen.«

»Entschuldigen?«, wiederhole ich belustigt und strecke eine Hand aus, um einen Heuler, der an der nächsten Gablung wartet, im Schatten verschwinden zu lassen. »Aber doch nicht dafür. Ich hätte es euch übel genommen, wenn ich mich gelangweilt hätte.« Ich drehe den Kopf ihm zu, auch wenn er mein Grinsen nicht sehen kann, und schnippe mit den Fingern, woraufhin eine helle Lichtkugel vor uns aufblitzt.

Wie ich erwartet habe, dauert es nicht mehr lange, bis wir eine Stelle finden, an der wir den Dungeon verlassen können. Draußen ist es früher Abend, aber wir machen dennoch sofort Rast, erschöpft, aber erleichtert, endlich wieder über der Erde zu sein. Außerdem müssen wir uns für den Marsch zurück zum Dorf ausruhen.

Wir haben die Felswurzeln an einem Punkt verlassen, der weiter vom Dorf entfernt ist, und da wir alle erschöpft sind, werden wir wohl länger zurück brauchen als hin. Ich jedenfalls brauche einen guten und vor allem langen Schlaf, damit sich mein Körper wieder erholen kann. Nicht, dass ich schlafen kann, da ich eine Barriere um uns herum aufrechterhalten muss. Daher mache ich es mir unter einem Baum bequem, mit der Absicht etwas zu dösen, aber nicht einmal das ist mir vergönnt. Zum einen scheint es noch wärmer geworden zu sein, während wir unter der Erde waren und zum anderen wollen die Ritter keine Ruhe geben. Sie wissen alle, dass wir genug Erz haben, um ihre Mission zu erfüllen, trotzdem wollen sie sich die Steinbrocken ansehen, die ich in meinem Schatten gelagert habe.

Ich tue meinen Unmut mit einem tiefen Seufzen kund, greife aber in meinen Schatten.

»Gah! Was ist das?!«, ruft Jake, als ich meine Hand wieder aus dem Schatten ziehe.

»Ups«, sage ich, während ich die abgetrennte Klaue eines Heulers in die Luft halte. »Daneben gegriffen.«

»Wieso hast du sowas in deinem Schatten?!«

Ich zucke mit den Schultern, während ich die Klaue wieder verschwinden lasse, froh, dass ich noch nicht dazu gekommen bin, sie zu beseitigen. Ich reinige meine Hand von dem Blut, das mir übers Handgelenk läuft und ziehe dann einen Erzbrocken aus meinem Schatten. »Hier«, sage ich und werfe ihn Jake zu. »Ihr könnt einen Freudentanz aufführen, wenn ihr wollt, aber bitte leise.« Allerdings habe ich ihre Aufmerksamkeit verloren, sobald ich das Erz hervorgeholt habe.

»Es sieht aus wie ein normaler Stein«, sagt Jake und ich rolle mit den Augen, bevor ich mich auf den Rücken lege und die Arme hinterm Kopf verschränke. Es geht eine leichte Brise, die das Blätterdach über mir rascheln und Licht hindurch blitzen lässt. Die Luft riecht nach Gras und ist erfüllt von Vogelgezwitscher und dem Summen der Insekten. Es gibt nichts Schöneres, als nach einer erfolgreichen Mission auf dem Boden zu liegen, weit weg von Libera und dem Tempel und nichts zu tun. Wenn ich noch meine Maske abnehmen könnte, wäre das ein perfekter Moment.

»Was denkt ihr, wäre als Artefakt am besten für die Heilige geeignet? Ein Armreif?«

Und wenn die Ritter endlich den Mund halten würden.

»Du willst aus so einem Klotz einen Armreif machen lassen? Man könnte mindestens zehn daraus machen, Jake.« Das ist Dalton.

»Nur wenn man die Armreifen ganz dünn macht«, sagt Lomin. »Ich glaube, es ist besser, etwas Großes zu machen. Das ist effektiver.«

»Kann sie es auch so benutzen? Was, wenn die Verarbeitung zu lange dauert?« Das ist wieder Jake.

Ich stoße ein tiefes Seufzen aus. »Ich will eure Party ja nicht ruinieren, aber die Heilige wird von diesem Erz überhaupt nichts zu sehen bekommen.« Für ein paar Sekunden sind sie daraufhin ruhig. Oh, angenehme Stille!

»Woher willst du das wissen?«, fragt Dalton mit scharfer Stimme.

»Weil dieses Erz verdammt wertvoll ist. Ihr glaubt doch nicht, dass die Kirche es herausrücken würde, nachdem sie es so billig bekommen hat.«

»Wovon sprichst du? Wir machen all das für die Heilige, damit sie Mikails Schwester heilen kann.«

»Habt ihr das mit ihr ausgemacht?«

Stille.

»Und soweit ich weiß, verlangt die Heilige für gewöhnlich keine Bezahlung. Sonst wäre sie nicht die Heilige.«

»Es ist keine Bezahlung«, sagt Mikail und seine Stimme klingt angespannt. »Meine Schwester hat eine angeborene Muskelkrankheit und das Erz soll der Heiligen dabei helfen, sie zu heilen.«

Angeborene Krankheiten sind am schwersten zu

heilen, weil die Krankheit so zum ursprünglichen Zustand des Körpers gehört. Das bedeutet, ein Heiler müsste den ursprünglichen Zustand des Körpers verändern, was ein starkes Mana, viel Konzentration und detaillierte Kenntnisse der menschlichen Anatomie erfordert. Um es einfach auszudrücken, muss man dem Körper zwanghaft beibringen, wie er richtig zu funktionieren hat, was dem widerspricht, was eine Heilung normalerweise ist, nämlich eine zwanglose Unterstützung, und häufig macht man dabei mehr kaputt als man heilt. Deswegen gelten angeborene Krankheiten als unheilbar.

Auch für mich sind sie schwer zu heilen und die Kirche erlaubt mir nur, bereits bekannte Leiden zu heilen, bei denen ich weiß, was ich im Körper beheben muss. Da Mikail die Krankheit seiner Schwester als Muskelkrankheit bezeichnet, ist offenbar nicht bekannt, welche Krankheit sie hat. Das würde auch erklären, wieso einer jungen Adligen keine Heilung durch die Heilige gewährt wird.

»Dazu muss die Heilige das Erz auch erst einmal kriegen, oder?«

»Das wird sie auch!«

»Pft, man wird euch sagen, dass die Heilige gerührt von eurem Geschenk ist, aber sich in so schlechter Verfassung befindet, dass sie euch nicht sehen kann. Dann wird man euch wegschicken und nie wieder in den Tempel lassen.« Der Tempel ist nach dem Palast das am besten gesicherte Gebäude, *das* am besten gesicherte Gebäude, wenn ich mich als Wache dazu

166

zähle. Allerdings bin es hauptsächlich ich, die bewacht wird. Offiziell aufgrund mehrerer Anschläge, die in der Vergangenheit auf die Heilige verübt wurden, aber die Kirche profitiert davon, meinen Kontakt zur Außenwelt zu kontrollieren.

»Und woher willst du das wissen?«, fragt diesmal Lomin und auch er klingt äußerst angespannt.

»Was denkst du, was die Leute machen, wenn die Heilige für sie nicht erreichbar ist? Ich hatte genug Kunden, die mir dieselbe Geschichte erzählt haben.« In Wahrheit passiert es selten, dass jemand für eine Heilung zu mir kommt, aber das ist wahrscheinlich auch besser so.

»Mit anderen Worten, wir sollten diesen Teil überspringen und gleich zu dir kommen«, zischt Mikail mit einem düsteren Blick in meine Richtung.

Ich runzle die Stirn, da ich nicht verstehe, weshalb er so feindselig ist. »Wenn ich meine Hilfe anbieten würde, gäbe es keinen Grund für dich, mich so anzusehen.«

»Denkst du, wir würden das alles durchmachen, wenn jeder x-beliebige Heiler meiner Schwester helfen könnte.«

Ich setze mich auf. »X-beliebig? Oh bitte, die Heilige ist nicht besser als ich oder glaubst du, sie hätte diese Reise mit euch gemacht? Sie hätte es nicht aus der Stadt geschafft, ohne umzukippen!«

»Das ist etwas völlig anderes! Du magst Wunden mit Leichtigkeit heilen, aber zwischen einer Verletzung und einer Krankheit liegen Welten. Fühlst du kein bisschen Scham, dich mit jemandem wie ihr zu vergleichen?«

Ich breche in Gelächter aus. »Und das von einem Idioten, der eine Frau in den Himmel lobt, die er noch nie getroffen hat. Wenn du wirklich glaubst, was man über die Heilige sagt, dann bist du nicht nur dumm, sondern auch noch hoffnungslos naiv!«

Mikail gibt ein abfälliges Geräusch von sich. »Als ob du etwas über die Heilige wüsstest, neben dem, was dein Neid dir sagt!«

»Soll das ein Witz sein?!«, rufe ich und meine Stimme klingt schriller, als ich wollte. »Den ganzen Tag in einem Tempel herumhocken und mich für andere aufopfern, ohne ein einziges Kupferstück dafür zu bekommen? Das ist kein Leben zum Beneiden. Das ist die Hölle!«

»Ich erwarte nicht, dass jemand wie du das versteht«, erwidert Mikail kühl.

»Aber du denkst, die Heilige tut es, ja?« Ich betrete den Schatten der Bäume und tauche hinter Mikail wieder auf. »Denkst du wirklich, irgendjemand würde so ein Leben freiwillig leben?«

Er rührt sich nicht, als hätte er entschieden, mich zu ignorieren.

»Die Heilige ist eins von drei Dingen: durchgeknallt, dumm oder eine Lügnerin.« Ich beuge mich zu seinem Ohr hinunter. »Wer weiß. Vielleicht sogar alles drei.«

Mikail springt auf die Füße und wirbelt herum. »Das reicht jetzt! Ich werde dir nicht erlauben, noch ein weiteres herabwürdigendes Wort über Ihre Heiligkeit zu sagen!« Wut brennt in seinen Augen und ich kann seine Aura spüren.

»Sonst was?! Du drohst mir?!« Anstatt zurückzuweichen, so wie er es will, mache ich einen Schritt vor, sodass sich unsere Schuhspitzen beinahe berühren. Gleichzeitig setze ich mein Mana frei, das seine Aura umgehend zurückdrängt.

Es ist unangenehm, dem Mana oder der Aura eines anderen ausgesetzt zu werden, und die normale Reaktion darauf ist, seine eigene Energie freizusetzen und dem entgegenzuwirken. Je mehr Energie man hat, desto einfacher ist es, die des anderen zu verdrängen, und desto größer ist der Druck auf ihn.

Mikail ballt die Fäuste und ein Schweißtropfen rollt ihm über die Schläfe, während er den Kiefer so fest anspannt, dass seine Zähne knirschen. Aber er bleibt stehen.

Ich setze noch mehr von meinem Mana frei, woraufhin ich lautes Gestöhne höre, allerdings nicht von Mikail.

»Wir habens verstanden …«, keucht Jake, der wie der Rest der Männer auf dem Boden liegt und sich windet. »Bitte Lawry!«

Ich schnaube verächtlich und nehme mein Mana zurück.

Die Männer am Boden atmen erleichtert auf, als der Druck verschwindet und auch Mikail keucht, aber der Anblick hat nichts Befriedigendes an sich. »Komm nicht zu mir, wenn die Heilige dich enttäuscht«, zische ich, als ich an Mikail vorbeigehe und zu meinem Platz unter dem Baum zurückkehre. Ich lege mich wieder hin, diesmal mit dem Rücken zu den anderen.

X.

Als wir drei Tage später im Dorf ankommen, habe ich mich vollständig erholt. Es hat etwas länger gedauert, weil ich die Monster weitgehend den Rittern überlassen habe, die mittlerweile sehr viel geschickter und sicherer mit ihnen umgehen können als auf dem Hinweg. Trotzdem sind wir alle erleichtert, als wir im Dorf ankommen und in der Taverne rasten können.

Das Erste, was Jake tut, als wir die Taverne erreichen, ist, nach unseren Pferden zu sehen, und als er wiederkommt, mit der Nachricht, dass sie wohlbehalten im Stall stehen, scheinen sie sich alle zu entspannen. Trotzdem halten sie sich an diesem Abend von den Kellnerinnen fern.

Stattdessen initiiert Jake einen Wettbewerb im Armdrücken. Als Vorwand benutzt er dabei seinen Arm, den ich nachwachsen ließ. Daltons Selbstregeneration ist mittlerweile verschwunden, aber Jake scheint zu glauben, dass der von mir nachgewachsene Arm stärker ist, als sein ursprünglicher. Was stimmt, da der neue Arm frei von alten Verletzungen oder anderen Unvollkommenheiten ist, allerdings sollte dieser Unterschied nicht allzu groß sein.

Es gelingt ihm Kuma und Lomin zu schlagen, aber er verliert gegen Clover, der auch Dalton schlägt. Daraufhin reißt Clover die Arme in die Luft und verkündet lauthals, dass er als Gewinner für den Abend auf Kosten der anderen trinkt.

»Wie, das ist der Preis fürs Gewinnen?!« Ich habe bis eben nur mäßig interessiert bei dem Wettkampf zugesehen, während ich zwei oder drei Krüge geleert habe, aber ich habe durchaus vor, noch mehr zu trinken. »Ich will mitmachen!« Ich springe von meinem Barhocker und stelle mich auffordernd vor Clover.

Er überragt mich um mehr als einen Kopf und ist doppelt so breit wie ich, was wohl der Grund ist, warum einige um uns herum in Gelächter ausbrechen. »Du kannst nicht mitmachen«, sagt Clover, der ebenfalls schon ein bisschen lallt. »Armdrücken ist nichts für kleine, zerbrechliche Frauen.«

»Wollen wir wetten?!«, erwidere ich reichlich verärgert und halte ihm meine Hand vors Gesicht. »Fünf Goldstücke noch obendrauf!«

Aber Clover schüttelt den Kopf. »Ich hätte Angst, dir deine kleine Hand zu brechen.«

Ich stoße ein wütendes Zischen aus. »Ich brech dir gleich was, du Ochse!«

Clover schaut mich skeptisch an, blinzelt ein paar Mal, zuckt dann aber mit den Schultern. Er lässt sich auf seinen Stuhl fallen und setzt den Ellbogen auf dem Tisch auf.

Ich lache triumphierend und verscheuche Dalton von dem Platz gegenüber von Clover. Dann greife ich Clovers ausgestreckte Hand.

Jake fungiert als Schiedsrichter und gibt uns das Kommando zum Start.

Ich buffe meinen Arm und, da Clover so ein

172

Schrank ist, debuffe ich ihn, woraufhin sein Arm kurz darauf flach auf dem Tisch liegt. Ich breche in freudiges Gelächter aus und ziehe meinen Arm zurück. »Hab ichs nicht gesagt!«

»Das zählt nicht, du hast geschummelt!« Clover zeigt anklagend mit dem Finger auf mich. »Du hast dein Mana benutzt!«

»Ha?! Natürlich hab ich mein Mana benutzt, warum auch nicht?«

»Das ist ein Wettkampf von Muskelstärke. Kein Mana oder Aura!«, beharrt Clover.

»Was für eine dämliche Regel! Es ist ein Test von Stärke, also warum kann ich meine nicht benutzen?!«

»Deswegen hab ich gesagt, du kannst nicht mitmachen!«

»Wah?! Weil du mich nicht gewinnen lasse?«

»Weil du keine Muskeln hast!«

Ich springe auf und breite die Arme aus. »Ich bin eine Magierin, ich kann überhaupt nicht so viele Muskeln haben wie ein Aura-Tier wie du! Es ist einseitig und unfair, wenn ich kein Mana benutzen darf!«

Clover schüttelt den Kopf. »Armdrücken ist nun mal ein Test für wie gut deine Muskeln sind.«

»Das sagst du, aber wenn deine Aura stark genug wäre, hätte ich dich gar nicht besiegen können. Jake! Wer hat gewonnen?« Ich halte Jake auffordernd meinen Finger unter die Nase.

Der sieht mich verdutzt an. »Du fragst mich?«

»Siehst du hier einen anderen Jake, der Schiedsrichter ist?!«

Er sieht mich an, als brächten ihm meine Worte eine Erleuchtung und dann sieht er nachdenklich zwischen uns beiden hin und her.

Ich lehne mich über den Tisch zu Jake. »Er sagt, es ist unfair, Mana zu benutzen, dabei ist sein Körper nur durch seine Aura so stark geworden«, sage ich in schmollendem Tonfall, wobei Jakes Blick auf dem offenen Kragen meines Lederwamses liegt.

»Ähm …«, macht er und blinzelt heftig, während er versucht, seinen Blick loszureißen. »L-Lawry hat recht!«

Ich reiße jubelnd die Hände in die Luft. »Juhu, freies Bier!«, rufe ich und laufe zum Tresen hinüber.

Clover stöhnt hinter mir, als ich dem Wirt sage, dass er für mich bezahlt. Aber trotz seines Widerwillens, bezahlt er mir sogar die fünf Goldstücke. »Eine Wette ist eine Wette«, brummt er dazu nur und ich klatsche begeistert in die Hände. »Ich liebe einen Mann, der sein Wort hält«, flöte ich gut gelaunt, schnappe mir meinen Krug vom Tresen und tänzle dann im Takt der Musik auf die Mitte des Raumes zu.

Die Musiker spielen tanzbare Musik, das Bier ist gut und es würde keinem Priester im Traum einfallen hierherzukommen. Wie herrlich mein Leben doch wäre, wenn sich die Priester auch aus meinem Haus ferngehalten hätten, als ich geboren wurde. Dann könnte mein Leben aus Tavernen wie dieser bestehen. Ich müsste nicht immer wieder nach Libera zurückkehren und könnte Orte besuchen, die weiter entfernt liegen als eine Wochenreise. Ich könnte das Land sogar verlassen und irgendwo leben, wo es keine Kirche gibt. Wie wunderbar das wäre.

Ich bewege meinen Körper im Takt der Musik, halb taumelnd, halb tanzend und lache über meine eigene Ungeschicklichkeit. Dabei verschütte ich einige Male beinahe mein Bier, sodass ich es nach einer Weile über meinen Kopf halte und ausleere. Natürlich teleportiere ich den Inhalt sofort in meinen Mund.

Nun ohne Gefahr zu laufen, etwas zu verschütten, vollführe ich eine schwungvolle Drehung, beide Arme zur Seite ausgestreckt – und stoße prompt irgendwo an. Nicht nur das, mein Arm mit dem Krug bleibt auch noch stecken. Unzufrieden drehe ich den Kopf und funkle die Männerhand an, die mein Handgelenk festhält. »Lass mich los oder ich tu dir weh!«, knurre ich ungehalten, während ich bereits meinen anderen Arm buffe.

»Das hättest du beinahe schon getan«, sagt eine vertraute Stimme und ich verziehe genervt das Gesicht, nehme den Buff in meinem Arm aber zurück. »Geh weg! Das ist mein letzter Abend in Freiheit und du machst alles kaputt!«

Mikail sieht mich verärgert an und lässt meinen Arm nicht los. Er sieht mich die ganze Zeit schon so an, seit wir die Felswurzeln verlassen haben und redet nur mit mir, um mich herumzukommandieren! »Wie viel hast du getrunken?«

»Nicht genug, um zu vergessen, wer du bist«, nuschle ich, während ich versuche, meinen Arm zu befreien. Seine Hand ist unangenehm warm. Ich habe meine Jacke und meine Handschuhe ausgezogen und jetzt, wo ich still stehe, kribbelt meine Haut vor Hitze.

Aber anstatt mich loszulassen, zieht Mikail mir den Krug aus der Hand. »Komm mit«, sagt er und dreht sich um, um mit mir zurück zum Tresen zu gehen. Das dachte ich jedenfalls, aber er stoppt nur kurz dort, um den Krug abzustellen, und zieht mich am Tresen vorbei aus dem Schankraum.

»Wo gehen wir hin?«, maule ich, traue mich aber nicht stehenzubleiben, weil er so schnell geht, dass ich jetzt schon Probleme habe, mein Gleichgewicht zu halten.

Er zieht mich die Treppe hinauf. »Auf dein Zimmer. Du hattest genug für heute.«

Ich stolpere hinter ihm her und falle beinahe über eine Stufe, was Mikail dazu veranlasst, stehenzubleiben und mich aufzufangen. Ich nutze den Moment, um mich am Geländer festzuhalten, sodass er mich nicht weiter hinter sich her ziehen kann. »Wer hat dich gefragt?! Ich entscheide, wann ich genug habe!«

»Du entscheidest gar nichts, so betrunken, wie du bist.«

»Nicht dein Problem!«, erwidere ich und versuche erneut, meinen Arm zu befreien, aber egal in welche Richtung ich ihn bewege, Mikail lässt sich nicht abschütteln.

»Komm einfach mit. Du wirst mir morgen dankbar sein.«

»Ich will dir für nichts dankbar sein, du Mistkerl! Jetzt lass mich los!« Als das Ziehen an meinem Arm nicht hilft, verpasse ich ihm einen Tritt gegen das Schienbein.

»Au! Was soll das?!« Er stößt mit der Ferse gegen die Stufe hinter ihm, als er reflexartig sein Bein zurückzieht und ich muss lachen. Gleichzeitig nehme ich meine Hand vom Geländer und halte sie mir kurz übers Gesicht, sodass ich meine Maske in meinem Schatten verschwinden lassen kann. »Was ist los?«, frage ich mit einem provokanten Grinsen.

Mikail starrt mich mit einem wunderbar geschockten Blick in den Augen an, bevor er sich panisch umsieht. »Was tust du?! Setz deine Maske wieder auf!«

»Wieso? Ist niemand hier.« Ich zucke mit den Schultern.

»Aber es könnte jederzeit jemand kommen. Setz sie wieder auf!«

»Aber mir ist warm«, sage ich und lege mir eine Hand auf die Wange. Meine Finger sind angenehm kühl.

»Du bist so weit gegangen, mich zu verfluchen, weil ich dein Gesicht gesehen habe, und jetzt zeigst du es so einfach herum.« Er scheint aufgebracht deswegen zu sein. Er muss es wirklich hassen, von mir verflucht worden zu sein.

Egal wie betrunken ich bin, ich kann die Menschen um uns herum spüren und würde sofort merken, wenn sich jemand nähert. Trotzdem kann ein kleiner vernünftiger Teil in mir nicht leugnen, dass er recht hat.

Mit einem Seufzen teleportiere ich uns die Treppe hinauf und in mein Zimmer. Und kaum sind wir dort, lässt Mikail mich los. Einen Moment sieht er sich verwirrt um, aber dann nickt er. »Gut. Bleib hier und geh schlafen.« Er will an mir vorbei auf die Tür zugehen, aber ich stelle mich ihm in den Weg. »Denkst du, nur weil du der Boss bist, muss ich alles machen, was du sagst?«

Er verzieht das Gesicht. »Boss dies, Boss das, hör auf, mich so zu nennen! Es nervt!«

Ich sehe ihn irritiert an. Wieso klingt er genervt, wenn ich genervt bin?! »Dann hör auf, mich rumzubossen.«

»Das ist nicht einmal ein Wort. Und ich tue dir einen Gefallen.«

»Wieso sollte ich einen Gefallen von dir wollen?! Und wovon redest du überhaupt?!« Sein geschwollenes Gerede geht mir noch mehr auf die Nerven als sonst und ich habe das Bedürfnis, ihn zu schlagen.

Er verdreht die Augen, als würde ihm ein ähnlicher Gedanke durch den Kopf gehen und ich will ihn noch mehr schlagen. »Weißt du, wie viele Männer dich angestarrt haben? Wenn ich dich nicht weggebracht hätte, hätte einer von denen es versucht.«

Ich starre ihn ein paar Sekunden lang wortlos an und warte darauf, dass er weiterspricht. Aber er ist still und sieht mich so missbilligend an, als hätte er ein schlimmes Verbrechen verhindert.

»Pft, ist das alles?«

Mikails Brauen ziehen sich zusammen und er sieht mich mit großem Unverständnis an.

Ich breite die Arme aus und setze ein selbstgefälliges Grinsen auf. »Selbst mit meiner Maske bin ich eine außerordentlich attraktive Frau. Natürlich werd ich angestarrt.«

Er sieht immer noch verständnislos aus und ich lasse verärgert die Arme sinken. »Was interessiert es dich überhaupt, hm?«

»Stört es dich nicht?«, fragt er scharf, anstatt mir eine Antwort zu geben.

»Ist halt so«, erwidere ich schulterzuckend und drehe mich um, um wieder hinauszugehen.

Aber Mikail legt von hinter mir eine Hand auf die Tür und hält sie zu. »Du willst wieder hinuntergehen?!«

Ich werfe ihm einen irritierten Blick über die Schulter zu. »Was sonst? Soll ich mich hier verkriechen, oder was? Ist doch nicht meine Schuld, dass ich angeglotzt werde. Ich tu, was ich will!« Ich will ein weiteres Mal hinausgehen, aber Mikails Arm bleibt, wo er ist.

»Du bist betrunken«, sagt er.

Ich stoße ein frustriertes Stöhnen aus und wirble herum. »Na und?! Ich kann immer noch jedem hier einen Arschtritt geben und wenn du nicht aufhörst, mir auf die Nerven zu gehen, fang ich bei dir an! Hast du nichts Besseres zu tun, als meinen Abend zu versauen?! Du bist mein Boss, nicht mein Vater!« Ich fuchtele mit meinem Finger vor seinem Gesicht herum, aber er erwidert meinen Blick mit fast genauso viel Ärger. »Ich habe dir gesagt, du sollst mich nicht so nennen!«

Ich habe nicht mit dieser Antwort gerechnet und das bringt mich aus dem Konzept. »Wie?«

»Ich habe einen Namen. Und tu nicht so, als könntest du ihn dir nicht merken! Jakes Namen kannst du dir ganz offensichtlich auch merken!«

Ich blinzle verwirrt. »Du willst, dass ich dich Jake nenne?«

Er macht wieder dieses arrogante Geräusch mit der Zunge, aber dann packt er mein Kinn und hebt es an, sodass ich ihn ansehen muss. »Mikail! Sag es!«

Ich starre ihn entgeistert an. Irgendwas stimmt mit ihm nicht. Ich kneife die Augen zusammen und mustere sein Gesicht. »Hast du getrunken?«

»Das ist jetzt nicht wichtig!«

»Ha! Du bist betrunken!« Ich ziehe mein Kinn aus seinem Griff und lache.

»Lawrence!«

»Bist du besessen von Namen oder so?«

Er macht ein frustriertes Gesicht, was meine Laune deutlich hebt. Es ist viel besser, als dieser hochnäsig tadelnde Blick oder sein langweiliges Steingesicht.

»Es ist ganz normal, dass ich bei meinem Namen genannt werden will!«, sagt er mit kindischer Sturheit und ich kichere. »Pech für dich. Ich will nicht.«

Er starrt mich an, offenbar sprachlos.

»Hab doch gesagt, ich mach nur, was ich will.« Ich strecke ihm die Zunge heraus, woraufhin er mich so entgeistert ansieht, als hätte er noch nie zuvor eine Zunge gesehen. Dann vertieft sich das Rot auf seinen Wangen und seine Brauen rücken so dicht zusammen, dass sie sich fast berühren.

Ich lehne mich vor, mit einem breiten Grinsen auf dem Gesicht. »Was willst du jetzt tun, hm?«, flöte ich und verschränke unschuldig die Hände hinterm Rücken.

»Dann«, beginnt er schließlich mit leiser und heiserer Stimme. »Tue ich auch, was ich will.«

»Hm?«, mache ich und lege den Kopf schief, da ich mir nicht sicher bin, ihn richtig verstanden zu haben.

Aber er wiederholt seine Worte nicht. Stattdessen streckt er seine Hand nach meinem Gesicht aus und als ich mich frage, ob er schon wieder will, dass ich seinen Namen sage, drückt er meinen Kopf nach oben und küsst mich.

Ich erstarre in Schock. Ich weiß, was es bedeutet, wenn ein Mann eine Frau auf den Mund küsst, jedenfalls ungefähr. Ich habe es bei meinen Eltern gesehen und ein paar Mal unterwegs zwischen Leuten, von denen ich weiß, dass sie nicht verheiratet sind. Das heißt, es ist nichts, dass nur verheiratete Paare tun. Aber das ist im Grunde alles, was ich weiß.

Als Heilige ist es mir nicht erlaubt zu Heiraten oder einen Mann zu küssen. Ich darf nicht einmal mit einem unverheirateten Mann, der kein Priester oder Templer ist, allein in einem Raum sein.

Als Lawrence trage ich immer eine Maske und hatte bisher nie die Möglichkeit, jemanden zu küssen, aber ich habe es auch nie darauf angelegt. Und ich weiß nicht, wie es geht.

Aber noch bevor ich überhaupt darüber nachdenken kann, irgendetwas zu tun, lässt Mikail mich los. Alles, was er getan hat, ist, seinen Mund auf meinen zu drücken, und mir fällt dazu nur ein, dass er weiche Lippen hat. Und dass ich es nicht abstoßend fand.

Ich sehe neugierig zu Mikail auf, da ich nicht weiß, was als Nächstes passieren soll, und stelle fest, dass er mich ansieht, als hätte ihn der Kuss mehr schockiert als mich. Tatsächlich macht er ein Gesicht, als erwarte er jeden Moment eine Ohrfeige.

Ich starre ihn für ein paar Sekunden ungläubig an, dann breche ich in Gelächter aus. Und ich kann gar nicht mehr aufhören. Vielleicht, weil Mikail puterrot anläuft oder wegen dieses eigenartigen Kribbelns in meinem Körper, das mein Herz so heftig schlagen lässt, dass mir schwindelig wird.

»Du machst mich noch wahnsinnig«, höre ich Mikail murmeln, während er sein Gesicht hinter seiner Hand verbirgt. »Wenn die anderen sich von Frauen ablenken lassen, ist das eine Sache, aber wie kann ich … ich sollte nur an Annie denken!«

Ein Teil von mir fragt sich, wovon er spricht, denn die anderen halten sich geflissentlich von den Kellnerinnen fern. Aber ich bringe kein Wort heraus, da ich immer noch kichern muss.

»Könntest du aufhören zu lachen?!«, fragt Mikail beleidigt, was mich nur dazu bringt, noch heftiger zu lachen.

Er stößt ein Seufzen aus und dreht sich von mir weg.

Ich beobachte, wie er sich mit den Händen übers Gesicht fährt und frage mich, ob ich ihn wütend gemacht habe. Der Gedanke dämpft meinen Drang zu kichern. Normalerweise lässt er sich von mir nicht allzu sehr aus der Ruhe bringen, selbst nachdem er mein Gesicht gesehen hat. Ich bin es gewohnt, benebelte Blicke von Männern zu bekommen, die mich zum ersten Mal sehen. Mikail ist eine Ausnahme, aber er ist auch der erste Mensch, der mein Gesicht als Lawrence sieht. Er ist netter geworden, aber nicht bedeutend. Er findet mich wohl schön genug, um mich zu küssen, auch wenn er mich nicht persönlich mag.

Ich sinniere ein wenig über diesen Gedanken nach. Es ist eigenartig, da er sich bisher solche Mühe gegeben hat, anständig zu sein. Muss am Alkohol liegen.

Ich berühre meine Lippen mit den Fingerspitzen. Sie kribbeln noch immer, aber nicht auf eine unangenehme Weise. Ich habe es nie gemocht, berührt zu werden, aber ich kann es auch nicht vermeiden und habe gelernt, es zu ertragen. Aber aus irgendeinem Grund, vielleicht wegen des Alkohols oder der Plötzlichkeit des Kusses, empfinde ich keine Abscheu.

»Ich, ähm ...«, beginnt Mikail plötzlich mit rauer Stimme und reißt mich aus meinen Gedanken. »Das gerade eben war nur ... ich meine ...«

Ich lasse meine Hand sinken und sehe ihn neugierig an, überrascht und fasziniert davon zu beobachten, wie er mit den Worten kämpft und dabei zunehmend röter im Gesicht wird.

»Ich wollte nicht … ähm …«

Ich rolle mit den Augen. »Aber du hast gesagt, du willst?«, sage ich verwirrt und Mikail zuckt zusammen. »Das -, ja habe ich, aber ich meine nur, dass ich nicht wollte -, ich meine, ich hätte dich um Erlaubnis fragen sollen.« Er spricht so schnell, dass ich Probleme habe, ihm zu folgen. Alles, was ich verstehe, ist ‚um Erlaubnis fragen‘. »Ich hasse es, um Erlaubnis zu fragen!«, sage ich laut.

Mikail runzelt die Stirn. »Dann stört es dich nicht?«

»Was?«

Er verlagert unbehaglich sein Gewicht. »Dass ich dich geküsst habe.«

Ich blinzle. »Weil du mich schön findest?«

Er sieht überrascht aus. Dann reibt er sich mit einer Hand den Nacken. »Ja, ich meine …« Er lacht plötzlich auf. »Wenn du wenigstens hässlich wärst, hätte mir das vielleicht geholfen.«

»Geholfen?«, wiederhole ich verständnislos. »Wobei geholfen?«

»Oh, äh …« Er weicht meinem Blick aus.

Es hätte ihm geholfen? Mich nicht küssen zu wollen? Vielleicht? Ich kneife nachdenklich die Augen zusammen. Also wollte er mich schon vorher küssen? Und dann fällt mir plötzlich ein, was er vorhin gesagt hat, darüber, dass er sich auch von Frauen ablenken lässt. An dem Abend, an dem sich die anderen von den Kellnerinnen haben ausnehmen lassen, ist er die ganze Zeit bei mir gewesen. »Magst du ... mich?«

Mikail zuckt zusammen und errötet ein weiteres Mal.

Meine Augen weiten sich. »Du magst mich? Meinen Charakter?«

»Ich würde es vielleicht nicht gleich ‚mögen‘ nennen«, murmelt er und räuspert sich mit einer Hand über seinem Mund. Er macht einen Schritt zurück, was mich dazu motiviert, einen vor zu machen.

»Du verwirrst mich, aber du bist ...«

Ich lehne mich neugierig vor, um ja nicht zu verpassen, was er sagt.

»Ich habe noch nie in meinem Leben jemanden getroffen, der so frei ist wie du.«

Mein Atem stockt und ich spüre wie sich meine Kehle zusammen zieht. Frei? Ich bin frei? Meine Augen beginnen zu brennen, gleichzeitig verspüre ich den Drang zu lachen. »Ja!«, sage ich und meine eigene Stimme klingt so glücklich in meinen Ohren. »Ich bin frei!«

Mikail zieht scharf die Luft ein. Er starrt mich einen Moment lang an, dann atmet er geräuschvoll aus und ich könnte schwören, ich höre einen Fluch über seine Lippen kommen. Und dann werde ich erneut geküsst.

Es ist anders diesmal. Mikail hält mein Gesicht mit beiden Händen, während er seine Lippen gegen meine bewegt. Es ist, als versuche er, mich dazu zu bringen, den Mund zu öffnen, also tue ich es, aber ich bin überrascht, als ich plötzlich seine Zunge in meinem Mund spüre. Ist das, wie ein richtiger Kuss funktioniert? Er ist weich und warm und feucht. Und schmeckt nach Alkohol. Aber er bringt mein Herz zum Klopfen und macht mich schwindlig.

Mit zitternden Händen greife ich nach Mikails Armen, als ich das Gefühl habe zu ersticken und er löst sich von mir.

Ich keuche und schnappe nach Luft.

»Atme durch die Nase«, höre ich Mikails Stimme, rauer als sonst, aber ich habe kaum Zeit herauszufinden, was für ein Gesicht er macht, geschweige denn zu Atem zu kommen, als er mich wieder küsst. Noch intensiver als zuvor und ich stolpere rückwärts, bis ich mit dem Rücken gegen die Tür stoße. Meine Knie fühlen sich zittrig und weich an, und ich klammere mich an Mikails Schultern fest, während ich versuche, durch die Nase zu atmen, so wie er gesagt hat.

Seine Hände rutschen zu meinem Hals hinunter und ich spüre, wie er an meinem Wams zieht. Er hört auf, mich zu küssen, und ich fühle seinen Atem über meine Wange streichen, bevor seine Lippen meinen Hals berühren.

Ich keuche, aber obwohl mein Mund jetzt frei ist, fühle ich mich immer noch atemlos. Und ich bin verwirrt über das, was er tut.

»Ah!« Ein unfreiwilliger Laut entkommt mir, als er eine Stelle unter meinem Ohr küsst und ein eigenartiges Kribbeln durch meinen Körper schießt.

Mikail hält inne, nur um im nächsten Moment mit

der Zunge über dieselbe Stelle zu lecken.

»Mh!« Ich beiße mir auf die Lippe. Ich muss kitzlig an dieser Stelle sein, auch wenn ‚kitzlig‘ nicht ganz das Wort ist, dass ich benutzen würde, um dieses Gefühl zu beschreiben. Ich kann mich nicht einmal entscheiden, ob ich das Gefühl mag oder nicht. Und dann spüre ich, wie Mikails linke Hand mein Wams loslässt und nach unten wandert. Ich schnappe nach Luft, als sie bei meiner Brust stoppt.

Auch Mikail hält inne und wirft mir einen prüfenden Blick zu.

Ich weiß, dass die Brust einer Frau für Männer von besonderem Interesse ist, auch wenn ich nicht weiß, wieso. Einmal, als ich einen jungen Adligen mit einer angeborenen Hautkrankheit geheilt habe, hat dieser versucht, mir an die Brust zu fassen. Luke hat ihm die Hand abgeschlagen, noch bevor seine Fingerspitzen mich berührt haben.

Es ist ein eigenartiges Gefühl, aber es ist nicht so, dass ich Mikail die Hand abschlagen möchte. Nicht einmal so, dass ich ihn zurückstoßen möchte. Ich sehe Mikail unschlüssig an und entdecke ein schwaches Grinsen auf seinem Gesicht. Aber bevor ich raten kann, welchen Grund es hat, küsst er mich wieder auf den Mund und ich vergesse, worüber ich nachgedacht habe.

XI.

Als ich am nächsten Morgen aufwache, fühle ich mich erfrischt, so als wäre mir eine Last von den Schultern genommen worden. Es ist das Gefühl, dass ich immer habe, wenn ich aufwache, nachdem ich einen Debuff auf mich selbst gewirkt habe, da diese ihre Wirkung verlieren, sobald ich einschlafe. Aber ich fühle mich körperlich erschöpft.

Ich blinzle verschlafen und versuche, mir den vergangenen Abend in Erinnerung zu rufen und ob ich mit jemandem einen Streit angefangen habe. Dabei fallen mir die Kleidungsstücke auf, die auf dem Boden liegen, und das lässt mich hochschrecken.

Die Decke rutscht von meinen Schultern und entblößt meinen nackten Oberkörper. Ich erschaudere, als ich mich daran erinnere, dass es nicht direkt ein Kampf war, in den ich mich habe verwickeln lassen, und drehe den Kopf, um zu dem Mann zu sehen, der friedlich neben mir schläft.

Er liegt auf dem Bauch, mit dem Gesicht in meine Richtung. Sein rechter Arm ist vor seinem Gesicht angewinkelt, sodass seine Hand beinahe sein zerzaustes, blondes Haar berührt, das ihm über die geschlossenen Augen hängt. Die Decke bedeckt ihn nur bis zur Mitte seines Rückens und er trägt ebenfalls keine Kleidung. Ich kann einige Kratzer sehen, die ich dort hinterlassen habe und ich erinnere mich an das Gefühl seiner Haut unter meinen Fingerspitzen. An das Gefühl seiner Hände auf meinem Körper und seinen keuchenden Atem neben meinem Ohr.

Die Erinnerungen treiben mir Schamesröte ins Gesicht und ich hole unwillkürlich meine Maske aus meinem Schatten. Ich stehe auf, ziehe mich an und verlasse das Zimmer so schnell ich kann.

Es ist noch recht früh und der Schankraum ist so gut wie leer, aber mir ist das nur recht. Ich setze mich an einen Tisch und eine der Kellnerinnen bringt mir eine Schale mit Haferbrei und einen Becher Milch für zehn Kupferstücke.

Ich starre auf die Schale hinab, ohne wirklich Hunger zu verspüren. Als Heilerin habe ich das Glück, niemals unter einem Kater zu leiden, und ich habe es nie bereut, egal wie betrunken ich war. Aber jetzt bin ich mir nicht sicher, ob ich bereuen sollte.

In meiner Zeit als Heilige ist es mehr als einmal vorgekommen, dass eine Frau zu mir kam und um eine ganz besondere Heilung bat. Es waren immer diskrete Besuche und immer von Frauen, die kurz vor einer Hochzeit standen. Und sie haben der Kirche eine Menge Geld dafür bezahlt.

Erst habe ich das nicht verstanden, da die Verletzungen nicht lebensbedrohlich waren oder überhaupt als Verletzung bezeichnet werden konnten. Im Grunde sollte ich ein bestimmtes Stück Haut nachwachsen lassen, das keinen besonderen Nutzen erfüllt. Ich habe erst später erfahren, dass diese ‚Verletzung‘ ein Zeichen dafür ist, dass eine Frau ihre erste Nacht mit einem Mann verbracht hat. Etwas, das man nur machen soll, wenn man verheiratet ist.

Mir wurde nicht viel dazu erklärt, da ich sowieso nicht heiraten darf, aber ich weiß, dass auf diese Art Kinder geboren werden und dass Männer sich dabei nicht verletzen, weshalb ich nie derartige Besuche von Männern bekommen habe. Dabei habe ich nie verstanden, wieso jemand versuchen würde, ein Kind mit jemandem zu zeugen, mit dem er nicht plant, sein Leben zu verbringen.

Ich lege eine Hand auf meinen Unterleib. Meine Verletzung ist bereits verheilt und obwohl sich im Prinzip kaum etwas verändert hat, fühlt es sich eigenartig an. Ich wusste nicht, wohin der gestrige Abend führen würde, aber ich verstehe, dass Mikail nicht daran gedacht hat, ein Kind mit mir zu zeugen. Sein Gesicht blitzt vor meinem inneren Auge auf. Der benebelte Blick, mit dem er mich angesehen hat, als würde er an nichts anderes als mich denken.

Ich greife meinen Becher und trinke eilig ein paar Schlucke, um der Hitze in meinem Gesicht entgegenzuwirken. Danach beginne ich den Haferbrei in mich hineinzuschaufeln.

»Oh, Lawry ist schon wach?« Jake kommt gähnend in den Schankraum, gefolgt von Dalton und Lomin, als ich gerade fertig mit essen bin.

»Weißt du, wo Mikail ist? Er ist nicht in seinem Zimmer«, sagt Dalton und ich versteife mich. Wieso sieht er nach Mikail noch vor dem Frühstück?

Ich beiße mir auf die Lippe, bevor ich die Hände

über meiner Maske zusammenschlage und mich um einen ungezwungenen Tonfall bemühe. »Oho, der Boss hat nicht in seinem Zimmer geschlafen?«

Dalton wirft mir einen warnenden Blick zu. »Versuch gar nicht erst anzudeuten, was du gerade andeuten willst! Er ist einfach früher aufgestanden als wir.«

Nein, er schläft noch. Meine Augen huschen zur Decke, dort wo die Zimmer sind und der Gedanke, dass Mikail jeden Moment aufwachen könnte, lässt mich unruhig werden. »Wie langweilig«, sage ich, während die Ritter zu mir herüberkommen, um sich zu mir an den Tisch zu setzen. Ich mustere sie dabei. »Ihr seht so gesund aus.«

»Natürlich!« Dalton klopft sich auf die Brust. »Hast gedacht, du könntest noch mehr Geld von uns erpressen.«

Ich lege den Kopf schief. »Erpressen? Sag doch so was nicht oder ich verliere meinen guten Ruf.«

»Ha! Guter Ruf hin oder her, du bist ein Geldschlucker. Deswegen haben wir uns gestern alle mit dem Trinken zurückgehalten.«

»Mehr oder weniger«, sagt Jake, der nicht ganz so fit aussieht wie die beiden anderen. Aber das ändert sich, als ich mit den Fingern schnippe.

Die drei sehen mich entgeistert an und ich zucke mit den Schultern. »Der Boss zahlt mir 20 Goldstücke zusätzlich zur doppelten Belohnung. Da sind Kleinigkeiten inklusive.«

»Was?!«, ruft Dalton und Jake stöhnt. »Ich hätte nie gedacht, dass ich mich mal darüber ärgern würde, geheilt zu werden.«

»Ich weiß. Selbst ich bin manchmal beeindruckt von mir«, sage ich mit theatralischer Stimme und lege mir eine Hand auf die Brust. Dann stehe ich auf.

»Wo gehst du hin?«, fragt Jake, kaum dass ich einen Schritt gemacht habe.

Ich werfe ihm einen Blick zu. »Wieso? Vermisst du mich schon?«

»Ich mache mir eher Sorgen darum, dass du jemandem Probleme machst«, erwidert er frech.

»Oho.« Ich halte mir kichernd eine Hand vor den Mund. »Ich werde sehen, was ich tun kann.«

Er schnaubt amüsiert. »Pass nur auf, dass es uns nicht betrifft«, ruft er mir noch hinterher, als ich die Taverne verlasse.

Kaum bin ich draußen, stoße ich ein erschöpftes Seufzen aus. Ich weiß nicht einmal, was ich hier draußen soll. Ich weiß nur, dass ich nicht im Schankraum sein will, wenn Mikail herunterkommt. Und so beschließe ich, einen Spaziergang zu machen. Wir werden den größten Teil des Tages auf dem Rücken unserer Pferde verbringen, da ist es nicht die schlechteste Idee, sich ein wenig die Beine zu vertreten und jetzt ist es immerhin noch einigermaßen kühl.

Ich nehme den Weg aus dem Dorf hinaus, um niemanden zu treffen und ein ruhiges Plätzchen zu finden, wo ich mir die Haare kämmen kann, die ich nur schnell zu einem Zopf gebunden habe. Ich kann spüren, dass sie hoffnungslos verknotet sind, daher wird es wohl eine Weile dauern. Aber ich habe kaum den

Wald erreicht, als ich merke, dass mir jemand folgt. Ich würde ihn schon an seiner Aura erkennen, aber seit ich ihn verflucht habe, trägt er außerdem mein eigenes Mana in sich, wodurch ich praktisch immer weiß, ob er sich in der Nähe befindet.

»Lawrence!«

Ich weiß, dass ich nicht vor ihm davonlaufen kann und ich verstehe auch nicht, wieso ich das Bedürfnis danach habe, aber ich laufe weiter, als hätte ich ihn nicht gehört.

»Warte, bitte!« Seine Stimme ist nun schon deutlich näher und ich bleibe stehen, als er mich überholt und sich mir in den Weg stellt.

Dann sehe ich ihn verdutzt an. Es ist nicht einfach, auf einer Reise wie dieser ein gepflegtes Äußeres zu bewahren, allerdings hat Mikail das bisher einigermaßen gut gemeistert. Aber jetzt steht er vor mir, mit zerzausten Haaren und nur in Hemd und Hose, über die er hastig seinen Mantel gezogen hat. Nicht einmal seine Stiefel sind richtig geschnürt. Und er ist außer Atem, als wäre er von meinem Zimmer aus hergesprintet.

»Bitte, hör mir zu!« Er sieht mich flehend an und ihn so panisch zu sehen, ist eigenartig erfrischend.

»Was ist?«, frage ich und meine Stimme klingt völlig normal. So normal, dass es ihn zu irritieren scheint.

Er blinzelt und fährt sich mit einer Hand durch das ohnehin schon wirre Haar. »Ich, ähm, wegen gestern, ich wollte nur, dass du weißt, dass ich Verantwortung übernehmen werde.«

Ich weiß nicht, wie viel Zuversicht mir das geben soll, wenn er es kaum schafft, mich anzusehen, noch weiß ich, was damit gemeint sein soll. »Ich hatte nicht vor, es zu verraten. Aber wenn es jemand herausfindet, werde ich ihm sagen, dass alles deine Schuld ist«, sage ich mit einem Nicken.

Meine Antwort scheint ihn noch mehr zu irritieren. Er schüttelt den Kopf. »Das meine ich nicht. Ich meine, dass ich …« Er sieht kurz zu Boden und räuspert sich. »Ich meine, dass ich dich heiraten werde.«

Ich spüre, wie mir der Mund aufklappt. Heiraten?! Ich weiß, dass er nicht weiß, wer ich bin und dass er seinen Kopf verlieren würde, wenn jemand herausfindet, was wir getan haben. Aber wenn es normal wäre zu heiraten, dann hätte ich wohl kaum so viele Frauen heilen müssen. Auch wenn es naheliegend ist.

Jetzt, wo ich darüber nachdenke, kommt mir der Gedanke, das Bett mit einem Mann zu teilen und einen anderen zu heiraten, eigenartig vor. Auf der anderen Seite kann ich mir auch nicht vorstellen, Mikail zu heiraten. Es klingt, als würde er es aus einem Pflichtgefühl heraus tun wollen, was wohl bedeutet, dass es auch sein erstes Mal gewesen ist. Vor gestern Nacht hätte mich das nicht überrascht, aber er hatte eine ziemlich genaue Vorstellung davon, was er tun muss. Ich wünschte, es gäbe auch für Männer einen Weg, das zu überprüfen.

»Lawrence?« Mikails Stimme reißt mich aus meinen abschweifenden Gedanken.

Ich schüttle den Kopf. »Ich will nicht.«

»Wie bitte?«

»Ich will dich nicht heiraten. Die Frau von einem Adligen zu sein, hört sich nervig an.«

Er starrt mich an. »Du … weißt, dass ich adlig bin?«

Ich runzle die Stirn. »Hast du mir einen Heiratsantrag gemacht und gedacht, ich wüsste es nicht?«

Er blinzelt. Aber dann räuspert er sich und setzt eine beherrschte Miene auf. »Du hast recht, verzeih mir«, sagt er und verbeugt sich dann. Es ist die Art Verbeugung, mit der ich als Heilige meistens gegrüßt werde und er schafft es tatsächlich, nobel und elegant auszusehen, obwohl er so zerzaust ist. »Mein Name ist Mikail Alexander Moraen, erster Sohn und Erbe des Moraen Marquisats.«

Ich erstarre. Moraen? Sein Name ist Moraen? Ich zwinge mich zu einem Lachen. »Es passt nicht zu dir, so einen Witz zu machen.«

Aber er lacht nicht. »Das ist kein Witz.«

Leider sieht er so aus, als meint er das wirklich ernst. Ich mache einen Schritt rückwärts. Die Moraen Familie ist eine der mächtigsten im Land und eine der wenigen, die genug Einfluss haben, um mit mir persönlich in Kontakt zu treten. Und das sind sie. Aber dabei ging es nie um die kranke Tochter der Familie.

Ich hebe abwehrend eine Hand und schüttle den Kopf. »A-Aber, wenn du wirklich der Erbe einer so mächtigen Familie wärst, würdest du niemals selbst zu den Felswurzeln reisen, und auch noch ohne an-

195

ständige Eskorte!« Keine mächtige Familie würde ihren Erben auf so eine gefährliche Reise schicken. Der Gedanke gibt mir Hoffnung.

»Ich bin gegen den Willen meines Vaters hier«, antwortet Mikail knapp und zerschmettert meine Hoffnung. Seine grünen Augen sind ruhig auf mich gerichtet und ich weiß, dass er die Wahrheit sagt.

Ich mache noch einen Schritt zurück und fasse mir an den Kopf. Ich wusste, dass er ein Adliger ist, einer der einen höheren Rang hat als die anderen. Aber ich dachte, er ist höchstens der Sohn eines Grafen aus einer Provinz, der in die Hauptstadt gekommen ist, um mit seinen naiven Vorstellungen die Heilige zu treffen. Wieso musste es ausgerechnet die Moraen Familie sein?!

»Ist alles in Ordnung?«, fragt Mikail vorsichtig. »Ich hätte nicht gedacht, dass dich das so schockiert.«

»Wie soll mich das nicht schockieren?!«, fahre ich ihn an, bevor ich mir auf die Lippe beißen kann. Ich atme aus. »Du hättest mir das nicht sagen dürfen.«

Mikail zieht die Brauen zusammen. »Wieso sagst du das?«

Ich sehe ihn entgeistert an. »Wieso?! Hast du eine Ahnung, was -!« Ich beiße mir auf die Zunge. Ich muss mich beruhigen. Ich kann ihm nichts verraten, nur weil ich wütend bin. »Hast du eine Ahnung, wie viele Feinde deine Familie hat?« Mich zum Beispiel. »Was glaubst du, wie viele davon ein Vermögen dafür bezahlen würden, dich in die Finger zu kriegen? Und alle anderen würden dich schon allein für das Lösegeld entführen!«

»Du nicht«, antwortet er, immer noch mit ruhiger Stimme, als würde er sich nicht die geringsten Sorgen machen.

»Ach ja?!« Diesmal mache ich einen Schritt vor. »Woher weißt du das?« Es stimmt, dass ich in diesem Moment nichts lieber will, als zu vergessen, wer er ist. Aber hätte er mir seine Identität zu Beginn des Auftrags verraten, wäre das anders gewesen. »Denkst du, nur weil du mein Gesicht gesehen hast, weißt du irgendwas über mich?! Du kennst nicht einmal meinen Namen.«

Mikail senkt den Blick. Zuerst denke ich, dass er sich geschlagen gibt, aber dann schüttelt er den Kopf. »Du hast recht, aber ich vertraue dir. Weil du von Anfang an wusstest, wie leicht es wäre, uns zu hintergehen und es nicht getan hast. Stattdessen hast du uns gewarnt und uns vor Augen geführt, wie naiv und unwissend wir sind. So wie jetzt auch.«

Ich schnaube. »Und wenn ich meine Meinung ändere? Was würdest du dagegen tun, hm?!«

Er hebt den Blick und jetzt funkelt etwas Verärgerung darin. »Ich weiß nicht, weshalb du so wütend bist, aber auch wenn es in deinen Augen dumm und naiv war herzukommen, bereue ich es nicht! Meine Schwester stirbt! Und wenn ich etwas Dummes tun muss, damit sie eine Chance zum Leben hat, dann tue ich das!«

Ich blinzle. Einen Moment habe ich vergessen, dass

er all das für seine kleine Schwester macht. Ich seufze. »Trotzdem kannst du nicht einfach durch die Gegend gehen und Leuten Heiratsanträge machen. Jemand wie du muss mindestens eine Prinzessin heiraten, ist das nicht so?« Meine Stimme klingt mürrischer als ich wollte.

Und Mikails Gesicht verdüstert sich. Er fährt sich mit einer Hand über den Mund und scheint mich plötzlich nicht mehr ansehen zu können. »Ich regel das schon«, murmelt er dann, immer noch mit der Hand überm Mund.

Ich verschränke die Arme vor der Brust. Er macht keinen überzeugenden Eindruck, aber selbst wenn es anders wäre, würde es keinen Unterschied machen. Auch die Moraen Familie könnte nicht gegen die Kirche vorgehen, wobei sie wahrscheinlich verhindern könnten, dass ihr nächstes Oberhaupt hingerichtet wird, weil er die Heilige entjungfert hat. Aber eine Heirat ist völlig ausgeschlossen.

Ich lehne mich vor. »Du musst mich ja schrecklich gernhaben.«

Mikail zuckt zusammen und sein Blick richtet sich wieder auf mich. Er errötet. Aber ich bin nicht in der Stimmung, ihn deswegen aufzuziehen.

»Kein Grund, alles zu verkomplizieren. Ich werd dir keine Probleme machen.« Ich wäre schön blöd, mir ins eigene Fleisch zu schneiden.

»Natürlich nicht, das würde ich nie glauben. Aber für eine Frau ist es …«

»Oho, du machst dir Sorgen um mich?« Ich breite

die Arme aus und schlage wieder einen sorglosen Ton an. »Denkst du, es gibt einen Mann auf dieser Welt, den das stören würde? Und selbst wenn, könnte ich mich einfach heilen.« Ich sage es mit Zuversicht, aber Mikail sieht alles andere als begeistert aus. »Du willst dich heilen und einen anderen Mann heiraten?!«

Ich lasse die Arme sinken. »Nicht wirklich. Ich komme sehr gut allein zurecht. Wer braucht schon einen Mann? Ich habe in zwei Wochen 165 Goldstücke verdient, das ist mehr als die meisten in einem Jahr verdienen.«

Er schnaubt. »Ist dir bewusst, dass du es ablehnst, in eine der reichsten Familien des Landes einzuheiraten? 165 Goldstücke sind gar nichts.«

Ich zucke mit den Schultern. »Was kann ich sagen? Sogar ich habe etwas, das ich mehr schätze als Geld.«

Er runzelt fragend die Stirn.

»Freiheit.«

Sein neugieriger Blick verdüstert sich. »Hasst du die Vorstellung, mich zu heiraten, so sehr?«

»Wieso sollte mir die Vorstellung gefallen?« Ich lege fragend den Kopf schief. »Ich weiß, dass ihr Adligen eure eigenen Maßstäbe fürs Heiraten habt, aber du willst doch auch nicht den Rest deines Lebens mit mir verbringen.«

Der beleidigte Ausdruck rutscht von seinem Gesicht und er sieht mich an, als käme ihm dieser Gedanke zum ersten Mal.

Ich seufze. »Du solltest zurückgehen, wenn du

noch etwas essen willst, bevor wir gehen. Und ich hoffe, dass der Rest deiner Kleider nicht noch in meinem Zimmer liegt.«

Mikail sieht an sich hinunter und reibt sich die Stirn.

Ich stöhne. »Idiot!«

Wir gehen gemeinsam zur Taverne zurück, wo wir schon von ein paar misstrauischen Rittern erwartet werden. Clover und Kuma sind mittlerweile auch wach und wie ich es mir gedacht habe, hat Mikail sich nicht die Mühe gemacht, mir diskret zu folgen. Schlimmer noch, er ist in den Schankraum gestürmt, um zu fragen, wo ich bin, um mir dann hinterherzurennen.

Da ich sowieso eine Maske trage, erlaube ich es mir, ihn wütend anzufunkeln. »Jetzt, wo ich darüber nachdenke, du hast dich noch gar nicht bei mir entschuldigt«, sage ich, bevor Mikail mit einer – sicherlich unglaubwürdigen – Entschuldigung herausplatzen kann.

»W-Wie bitte? Wofür?«, stammelt er und weicht tatsächlich vor mir zurück.

»Für das, was du mir gestern angetan hast, natürlich«, erwidere ich mit mitleiderregender Stimme, während ich schützend die Arme um mich lege.

Mikail läuft sofort puterrot an. »I-Ich …«

»Und dabei habt ihr mir versichert, dass ihr alle anständig seid.« Ich seufze theatralisch.

»Du erwartest doch nicht von uns zu glauben, dass Mikail die Nacht mit dir verbracht hat«, sagt Dalton mit verschränkten Armen, allerdings wirft er Mikail verwirrte Blicke zu.

»Aber das hat er«, sage ich und gerade als sich alle Blicke auf Mikail richten, um ihn widersprechen zu hören, hebe ich die Hand und zeige anklagend auf ihn. »Der Kerl hat die ganze Nacht vor meiner Tür verbracht, um aufzupassen, dass ich nicht mehr hinausgehe! Wie kann jemand mit Alkohol noch langweiliger werden als ohne?! Als ich gesagt habe, ich werde diese Kerle kastrieren, hab ich das nicht ernst gemeint und selbst wenn, hätten sie es verdient!« Es tut gut, ihn ein wenig anzuschreien und sein entsetztes Gesicht dabei zu sehen. Ich bin über die Jahre eine ausgezeichnete Schauspielerin geworden, aber es ist schon lange her, dass ich so froh war, eine Maske zu tragen.

»Wen wolltest du kastrieren?«, fragt Jake, etwas bleich im Gesicht.

Ich lasse meine Hand mit einem Seufzen sinken. »Sie haben es darauf angelegt. Aber sie sind abgehauen. Feiglinge. Nicht, dass ich mir deswegen die Mühe gemacht hätte, sie am nächsten Morgen suchen zu gehen.« Ich drehe den Kopf wieder Mikail zu.

Er sieht nun deutlich beherrschter aus. Aber seine Antwort ist recht kraftlos. »Ich habe mir nur Sorgen gemacht.«

Ich seufze tief, als könnte ich nur auf diese Weise meinen Frust ausdrücken.

»Übrigens Lawry, was ist mit deinen Haaren passiert?«, fragt Jake plötzlich und deutet auf meinen

Kopf. »Du hast dich nicht doch heimlich hinausgeschlichen und dir einen wilden Kampf mit diesen Kerlen geliefert?«

Ich lache halbherzig auf. »Als ob es im gesamten Dorf irgendjemanden gäbe, der mir einen wilden Kampf liefern könnte«, erwidere ich mit einem selbstbewussten Lachen.

Immerhin scheint niemand meine Geschichte anzuzweifeln und schließlich machen wir uns bereit, um die Taverne zu verlassen. Vom Dorf aus dauert es mit den Pferden etwa vier Tage zurück nach Libera, wenn man schnell reitet. Allerdings ist es wärmer als auf dem Hinweg, weswegen wir mehrere Pausen einlegen.

Ich bin ganz froh, als die ersten Monster, auf die wir treffen, ein paar Wyvern sind. Sie greifen uns an, als wir gerade aus einem Waldstück herausreiten und auf eine Wiese kommen, der perfekte Ort für die Wyvern, um uns mit ihrem heißen Wasser zu verbrühen.

»Überlasst das mir«, sage ich, während die Ritter besorgte Blicke nach oben werfen, und lasse Asche zurückfallen.

»Was hast du vor?«, fragt Jake, der jetzt neben mir reitet, als ich die Füße aus den Steigbügeln ziehe und auf den Sattel stelle.

Ich kichere vor Vorfreude. »Pass für mich auf Asche auf. Und schön weiter reiten«, sage ich, bevor ich einen Mana-Schild unter meinen Füßen beschwöre, um Asche nicht zu verletzen, und meine Beine buffe. Dann springe ich in die Luft.

Ich lehne mich nach hinten, sodass ich in den Himmel hochschauen kann und warte darauf, dass sich die Wyvern auf mich stürzen. Für sie bin ich im Moment die einfachste Beute, was sie von den Rittern ablenken sollte.

Und die Wyvern lassen sich nicht lange bitten. Es sind sechs von ihnen und sie alle steuern auf mich zu, um mich als Erstes ins Maul zu bekommen.

Ich passe den Moment ab, als zwei von ihnen nahe genug sind, um nach mir zu schnappen, und ziehe meine Schwerter aus meinem Schatten. Dann drehe ich mich um meine eigene Achse und schlitze ihnen die Schnauzen auf. Sie zucken sofort zurück und ich lasse meine Schwerter wieder verschwinden, als Wyvern Nummer drei von unten kommt.

Ich packe gerade rechtzeitig sein Maul, um es zu schließen, bevor mich seine Schnauze in den Bauch trifft und wir nach oben fliegen. Ich zwinge ihn dazu ruhig zu halten, während ich langsam über seinen Kopf rutsche und bringe ihn dann in eine waagerechte Position, um auf seinen Rücken zu klettern.

Als ich sicher sitze, sehe ich mich nach den anderen Wyvern um, die mittlerweile wieder die Ritter ins Visier genommen haben. »Oh je, wir sind ganz schön weit oben, nicht wahr?« Ich buffe den Wyvern, sodass er zu den anderen Wyvern aufholen kann und lasse ihn dann in einen Sturzflug gehen.

Ich presse mich flach auf seinen Rücken, während ich mich an den Ansätzen seiner Flügel festklammere. Und dann, kurz bevor wir in den Rücken eines

Wyvern krachen, lasse ich los und springe in den Schatten eines anderen. Ich tauche unter seinem Bauch wieder auf und steche ihm mein Schwert ins Herz, wobei ich ihn zwinge einen Flügel einzuziehen, sodass es mir leichter fällt, ihn herumzudrehen. Ich stoße mich kräftig mit den Füßen ab, was den Wyvern nach unten und mich nach oben befördert.

Da ich die Wyvern attackiert habe, die vorn fliegen, sind die übrigen drei nun hinter mir. Ich habe kaum Zeit zum Luftholen, als der nächste mich erreicht. Diesmal erschaffe ich einen Mana-Schild über seiner Schnauze und nutze es, um über sein aufgerissenes Maul hinwegzuspringen. Dann breche ich ihm mit einem kräftigen Tritt das Genick.

Das Biest kreischt und kollidiert mit einem der anderen Wyvern, was ich nutze, um den Wyvernrücken zu wechseln. Dann befehle ich meinem neuen Fluggefährten, den Oberkörper zu heben, so als würde er steil nach oben fliegen, um den Schwall heißen Wassers des letzten Wyvern abzublocken.

Wyvern macht ihr eigenes Wasser nichts aus, das eines anderen ist jedoch schon. Es ist sicher nicht so schlimm, wie für einen Menschen, aber weh tut es trotzdem. Der Wyvern brüllt und ich erlöse ihn von seinem Leid, indem ich ihm den Hals aufschlitze.

Der letzte Wyvern ist vorsichtiger, denn er ist einer der beiden, denen ich zu Beginn des Kampfes an der Schnauze verletzt habe. Aber mit einem Blick von mir, verkrampfen sich all seine Muskeln und er fällt vom Himmel. Genau wie ich.

Ich breite Arme und Beine aus, um langsamer zu fallen, aber wir waren sowieso kaum höher als die Baumkronen und allzu bald, muss ich mich drehen. Ich buffe meine Beine und lande etwas unsanft, aber sicher zwischen den toten Wyvern.

»Welchen Teil von ‚Schön weiter reiten' versteht ihr nicht?«, frage ich und sehe zu den Pferden auf, die vor mir zum Stehen kommen.

»Geht es dir gut?«, fragt Mikail und mustert mich prüfend.

Ich strecke die Arme zu beiden Seiten aus. »Ist das eine Frage?«

Aber anstatt auf mich zu hören, steigt er ab und im selben Moment spüre ich einen Anstieg an Mana hinter mir. Ein klassischer Fall von zu früh gelöster Paralyse, denn der letzte Wyvern hat überlebt. Ich wirble herum, um ihm den Rest zu geben, und zur gleichen Zeit rauscht etwas an mir vorbei. Es ist schwer zu sagen, ob der Wyvern durch meine Paralyse oder Mikails Schwert getötet wird, das seinen aufgerissenen Rachen durchbohrt.

»Bist du verletzt?« Mikail steht neben mir, noch bevor ich mich wieder umdrehen kann.

»Schon wieder? Wen denkst du, dass du vor dir hast?«, frage ich etwas beleidigt. Es ärgert mich, dass ich den Wyvern übersehen habe. Ich beschließe, schnell das Thema zu wechseln, und lehne mich etwas zu Mikail vor. Gleichzeitig strecke ich meine Hand nach hinten aus und lasse eine Lichtkugel über meinem Handrücken erscheinen, sodass meine Hand einen Schatten auf den Wyvern wirft und ich Mikails Schwert holen kann. »Ist Schwerter werfen ein Hobby von dir? Ziemlich dämlich, wenn du mich fragst.«

Mikails Augen huschen von meinem Gesicht zu meiner Hand, die ihm den Schwertknauf hinhält. »Mir wäre schon noch was eingefallen«, sagt er ohne den Hauch von Ärger. Seine Finger streichen über meine als er sein Schwert entgegennimmt. »Danke.«

Ich schlucke und ziehe hastig meine Hand zurück. »Sicher.«

»War das Einbildung oder ist der letzte Wyvern von selbst vom Himmel gefallen?«, fragt Lomin, als ich auf Asche zugehe.

»Keine Einbildung. Da ihr nicht auf mich gehört habt, dachte ich, ich beende es lieber schnell.«

»Dann kannst du einen Wyvern überwältigen?«

»Wyvern sind nur Rang B Biester, weil sie fliegen können. Ihr Mana ist nicht viel stärker, als das von Riesenameisen.«

»Hättest du sie dann nicht alle auf einmal runterholen können?«, fragt Jake mit einem kritischen Blick in meine Richtung.

Ich schwinge mich in Asches Sattel. »Wo ist da der Spaß?«

»Ah«, macht Jake mit wenig Begeisterung in der Stimme. »Hat dir schon mal jemand gesagt, dass du völlig durchgeknallt bist?«

»Eine meiner besten Eigenschaften«, sage ich und lege mir geschmeichelt eine Hand an die Wange.

Jake wirft mir einen Blick zu, der wohl deutlich

machen soll, dass es nicht als Kompliment gemeint war, aber er sagt nichts und muss sich zur Strafe von mir auslachen lassen.

XII.

»Lawry, darf ich mir deine Armreifen mal ansehen?«, fragt Lomin völlig unverhofft, als wir an einem Nachmittag Rast machen. Es ist immer noch sehr warm, weshalb wir beschlossen haben, an dem See zu rasten, an dem wir schon auf dem Hinweg vorbeigekommen sind. Wenn wir in unserem Tempo weiter reiten, sollten wir morgen Abend in Libera ankommen.

»Wieso?«, frage ich äußerst misstrauisch.

»Neugier.« Er lehnt sich zu mir vor und flüstert dann: »Du hast sie verwendet, als du Dalton wiederbelebt hast, nicht wahr?«

»Oho, du hast aufgepasst«, sage ich anerkennend und verärgert zugleich. Obwohl es wohl keinen Unterschied macht, es ihm zu sagen.

Er zuckt mit den Schultern, sieht mich aber weiterhin neugierig an. Das erinnert mich daran, dass er mich schon einmal nach meinen Armreifen gefragt hat. Er scheint sich sehr für verzauberte Gegenstände zu interessieren, auch wenn ihn meine Maske bisher kaltgelassen hat. Vielleicht, weil es offensichtlich ist, was sie tut. Gleiches gilt für mein Halsband, das er aber wohl eher nicht als verzauberten Gegenstand erkannt hat.

Ich seufze. »Sie kontrollieren Verletzungen und Schmerz. Das ist wichtig, um konzentriert zu bleiben, wenn man jemanden wiederbelebt.«

Lomin reibt sich nachdenklich das Kinn, während er meinen Oberarm betrachtet. »Das ist ungewöhnlich. Hast du sie selbst verzaubert?«

»Ja.« Meine knappe Antwort macht dennoch großen Eindruck auf ihn.

»Wieso ist jemand wie du bei den Söldnern? Du könntest im Palast arbeiten.«

»Bleh! Ich würde mich zu Tode langweilen.« Außerdem kennen viele im Palast mein Gesicht und ich dürfte dort niemals mit einer Maske arbeiten.

Lomin schenkt mir ein schwaches Grinsen. »Wenn ich es mir recht überlege, gibt es wohl niemanden, der ungeeigneter ist, im Palast zu arbeiten.«

»Mh-hm«, mache ich zustimmend und strecke mich. »Und ich werde mich jetzt im See abkühlen gehen«, sage ich laut, damit es die anderen auch hören. »Jeder, der mir zu nahe kommt, wird zerstückelt, okay?«, sage ich mit süßlicher Stimme, woraufhin ich einige gemurmelte Beschwerden höre. Aber keiner versucht, mit mir zu diskutieren, und ich mache mich auf den Weg.

Es gibt nichts Schöneres, als sich an einem heißen Tag im Wasser abzukühlen. Außerdem ist es angenehm, sich zur Abwechslung wieder auf normale Weise zu waschen. Läuterungen säubern mich zwar, aber es ist trotzdem nicht dasselbe, auch wenn ich nach einer Läuterung wohl sauberer bin, als nach einem Bad.

Ich tauche unter und genieße die Schwerelosigkeit

und Stille unter Wasser. Ich kann ziemlich lange die Luft anhalten, was damit zusammenhängt, dass es in einem Schatten keine Luft zum Atmen gibt. Außerdem kann ich einen Buff auf meine Augen legen, sodass ich unter Wasser scharf sehen kann. Das kann sehr hilfreich sein, wenn man in größeren Seen in der Wildnis ein Bad nimmt, denn Monster gibt es auch im Wasser. Allerdings ist dieser See zu nah an der Hauptstadt, um gefährliche Monster zu beherbergen. Wahrscheinlich ernährt er sogar einen Teil der Stadt, denn es leben nur wenige Tiere im See.

Ich tauche bis fast auf den Grund hinunter, wo ich schließlich einen kleinen Fisch entdecke, der aus einem Loch im sandigen Boden zu mir herausschaut. Ich kann nicht sagen, ob er sich dort vor mir versteckt oder nur darauf wartet, dass etwas Essbares vorbeischwimmt. Ich kann nicht einmal sagen, ob er wirklich zu mir herausschaut, weil seine Glubschaugen einen so glasigen Blick haben.

Ich war schon immer fasziniert davon, wie viele verschiedene Lebensformen es auf der Welt gibt und dabei habe ich bisher nur einen Bruchteil davon gesehen. Dieser Fisch besitzt nur die winzigste Menge Mana, was ihn zu einem regulären Tier und keinem Monster macht, und doch hat er in diesem See überlebt.

Ich wünsche ihm im Stillen auch weiterhin Glück und schwimme zurück zur Oberfläche. Aber kaum, dass frische Luft meine Lungen füllt, spüre ich eine starke Aura-Präsenz am Ufer hinter mir. Aura und mein eigenes Mana.

Ich schaue über die Schulter, um zu überprüfen, ob er mich gesehen hat. Und natürlich hat er das. Er steht regungslos da und starrt zu mir herüber. Immerhin stehe ich so tief im Wasser, dass es mich bis zur Brust bedeckt. Trotzdem verschränke ich meine Arme und bleibe mit meinem Körper von ihm abgewandt stehen. »Sieh an, wer gerne zerstückelt werden will!«

Mikail zuckt zusammen und wirbelt dann herum, als hätte er sich zuvor nicht rühren können. »T-Tut mir leid, ich wusste nicht, dass du hier bist.«

»Das ist keine besonders gute Ausrede, nachdem ich laut verkündet habe, wo ich hingehe«, erwidere ich ein wenig verwirrt.

»Was? Wann?« Er klingt ebenfalls verwirrt. Er hält sogar seine Hände in die Luft, wie um mir zu zeigen, dass er sich ergibt.

Und jetzt, wo ich darüber nachdenke, kann ich mich nicht daran erinnern, wie er auf meine Ankündigung reagiert hat.

»Ich bin gegangen, als du dich mit Lomin unterhalten hast. Ist dir das nicht aufgefallen?« Er klingt fast ein bisschen anklagend.

Zugegeben, ich habe nicht auf die anderen geachtet, weil ich mit den Gedanken schon beim See war. »Du hast nichts gesagt«, erwidere ich. Da mein Mana stärker ist als seine Aura, ist es für ihn nicht möglich meine Präsenz zu spüren, also kann ich ihm das nicht vorwerfen.

»Was hast du mit Lomin besprochen, das so geheim

ist?«

Ich runzle die Stirn. »Frag nicht, wenn du weißt, dass es geheim ist.«

Er ballt die Fäuste. »Ist es wirklich etwas, das ich nicht wissen darf?«

Ich verstehe zwar nicht, wieso er so neugierig ist, aber seine Fragerei reizt mich nur mehr dazu, es vor ihm geheim zu halten. »Vielleicht.«

»Lawry«, sagt er in tadelndem Tonfall und ich stelle fest, dass er das genauso gut kann, wenn er meinen Kosenamen benutzt.

»Ja, Boss?«, flöte ich, um ihn nicht zu enttäuschen.

Sein Kopf zuckt, als hätte er sich gerade noch so davon abgehalten, sich umzudrehen. Dann seufzt er so laut, dass ich es hören kann. »Komm aus dem Wasser. Ich verspreche, ich werde mich nicht umdrehen.«

»Nein.« Ich drehe mich um, um seine Reaktion so gut es geht zu beobachten. Es ist schade, dass ich sein Gesicht nicht sehen kann.

»Bitte, ich will mit dir reden.«

»Dann komm doch herein«, sage ich und beobachte mit großer Genugtuung, wie sich seine Ohren rot färben. Ich bin so froh, dass ich Buffs beherrsche, sonst hätte ich das über die Entfernung nicht erkennen können.

Mikail antwortet nicht und ich frage mich, ob ich ihn so weit getrieben habe, dass er geht. In dem Fall werde ich ihn später damit aufziehen.

Aber dann, sehr zu meiner Überraschung, beginnt

er sich auszuziehen. Zuerst seine Weste, dann sein Hemd. Er dreht sich dabei nicht um und ich beobachte ihn mit einer Mischung aus Entsetzen und Faszination. In der Taverne war es dunkel und ich zu betrunken und abgelenkt, um viel von ihm zu sehen. Damit ist es das erste Mal, dass ich den nackten Körper eines Mannes sehe. Das heißt, ich habe schon Männer ohne Hemd gesehen, da sie wohl in dieser Hinsicht nicht allzu viel Schamgefühl besitzen und das, obwohl es nicht immer ein schöner Anblick ist. Sie sind meistens haarig, verschwitzt und haben braungebrannte Haut, die von einigen Narben verunstaltet wird. Narben, die jeder Heiler entfernen könnte, aus irgendeinem Grund jedoch mit Stolz getragen werden.

Mikail hat keine einzige Narbe am Körper und seine Haut, die man als blass bezeichnen könnte, sieht eben und weich aus. Und obwohl sie vor Schweiß glitzert, finde ich es nicht abstoßend.

Mein Blick huscht an ihm hinunter, als er sich schließlich zu mir umdreht und ich betrachte mit großem Interesse seine unteren Regionen. Allerdings wird mein Blick alsbald durch das Wasser versperrt und ich weiß nicht, was ich davon halten soll, dass ich diesen Umstand bedauere. Ich dachte, nur Männer finden Freude daran, einen nackten Körper anzustarren.

Mikail bleibt vor mir stehen. »Worüber hast du mit Lomin gesprochen?«

Im ersten Moment bin ich überrascht, dass er tatsächlich wieder davon anfängt, aber dann sehe ich den Ausdruck auf seinem Gesicht und erst da wird mir klar, dass ihm mein Starren nicht entgangen sein kann.

Ich fahre mir mit den Händen über die Oberarme. »Er hat mich nach meinen Armreifen gefragt.«

Mikails Brauen rücken ein Stück zusammen. »Wieso habt ihr dann geflüstert?«

»Lomin dachte, dass ich nicht gerne darüber spreche.«

Sein Gesichtsausdruck verdüstert sich noch weiter, was eigenartig ist, da ich ihm brav antworte, sehr zu meinem eigenen Missfallen. Ich nehme den Blick von seinem Gesicht, auch wenn ich nicht weiß, wo ich sonst hinschauen soll. Das Wasser geht ihm nur bis zum Bauch und ich kann eine Gänsehaut auf seinen Oberarmen sehen. Ich habe ihn einmal als schmal beschrieben, aber seine Arme und Brust sind mit Muskeln bepackt, sodass es mich fast überrascht, dass ihm das kühle Wasser etwas ausmacht.

Dann fällt mein Blick auf einen kleinen Leberfleck auf seiner Brust, etwas unter seinem rechten Schlüsselbein. Ohne groß darüber nachzudenken, strecke ich die Hand aus und berühre ihn.

Mikail zuckt zusammen und schnappt nach Luft.

Ich ziehe meine Hand sofort wieder zurück und sehe ihn an.

»Deine Hände sind kalt«, murmelt er, während er auf etwas links von ihm starrt. Er ist rot im Gesicht, aber wütend sieht er nicht mehr aus. Er räuspert sich.

»Ist dir kalt?«

Ich schüttle den Kopf.

Er schluckt und ich kann sehen, wie sich sein Adamsapfel auf und ab bewegt. »Wenn du willst, dass ich gehe, dann …« Er richtet seinen Blick wieder auf mich und seine Worte verlieren sich.

Ich erwidere seinen Blick und mir fällt auf, dass seine Augen einen goldenen Schimmer haben. Er hat einen dunklen Rand um die Iris, aber nahe der Pupille mischt sich gelb in das hübsche grün. Es passt zu seinen goldenen Wimpern, die ein wenig dunkler sind als seine Haare.

Er blinzelt und seine Augen huschen kurz zur Seite. Dann spüre ich eine Berührung an meiner Hand, die immer noch zwischen uns schwebt.

Seine Hand ist tatsächlich wärmer als meine, denke ich, als er seine Finger zwischen meine schiebt. Und größer und rauer. Ich muss immer aufpassen, dass meine Hände nicht zu viel Hornhaut bilden. Er wurde wahrscheinlich im Schwertkampf unterrichtet, seit er ein Kind ist. Ich bin fast ein bisschen neidisch.

Es plätschert, als er die andere Hand aus dem Wasser hebt und ich erschaudere, als seine Fingerspitzen meine Wange berühren. Er hält inne und die Berührung verschwindet. »Wenn du …«, beginnt er erneut und seine Stimme klingt heiser.

Ich sehe ihn an.

»Ähm …«

Stand er die ganze Zeit so dicht bei mir? Ich muss den Kopf ein wenig zurücklehnen, um ihn anzusehen.

Seine Hand kehrt zu meiner Wange zurück und ich stelle fest, dass seine Handfläche wärmer ist als seine Finger. Und dass ich außer Atem bin, als hätte ich versehentlich aufgehört zu atmen.

Mikail beugt sich langsam zu mir vor, wobei seine Hand mich sanft anleitet, den Kopf weiter zurückzulegen. Und dann streichen seine Lippen über meine. Zögerlich und unsicher zuerst, aber da ich nun weiß, wie es funktioniert, öffne ich meinen Mund und er vertieft den Kuss.

Ich hebe meine freie Hand, um mich an seiner Schulter festzuhalten, allerdings zuckt er zusammen, als ich ihn berühre. Wir lösen uns überrascht voneinander und dann erinnere ich mich, dass sein Oberkörper noch völlig trocken ist.

Ich beiße mir auf die Lippe, um ein Grinsen zurückzuhalten, und befreie meine Hand von seiner. Dann tauche ich beide Hände unter Wasser, nur um sie wieder zu heben und auf seine Brust zu legen.

»Ngh!« Mikail erschaudert unter meinen Handflächen und bekommt erneut eine Gänsehaut.

Ich kichere.

Mikail stöhnt leise und dann werde ich plötzlich gepackt und in die Luft gehoben. Ich halte mich reichlich erschrocken an seinen Schultern fest und frage mich, was er vorhat.

»Leg die Beine um mich«, sagt er, während er mich hochhält.

Ich kann seine Hände auf meiner Hüfte spüren und dabei drückt er mich bereits gegen sich. Er ist warm und ich spüre, wie mir ebenfalls warm wird, als ich an das denke, was er von mir will. Aber ich schlinge meine Beine um seine Taille und verschränke meine Füße miteinander, um mich festzuhalten.

Mikail erschaudert ein zweites Mal, als ich meine Arme um seinen Hals lege und Wassertropfen über seinen Rücken laufen. Aber er legt seinerseits die Arme um mich und drückt mich fester an sich. Dann sind seine Lippen wieder auf meinen und ich vergrabe eine Hand in seinen Haaren, als ich den Kuss erwidere.

»Das könnte eine Weile dauern. Deine Haare sind schrecklich verknotet«, murmelt Mikail mit hoch konzentrierter Stimme, während er hinter mir steht und meine Zöpfe löst.

Ich sitze auf einem Stein am Ufer und starre auf den See hinaus. Ich kann nicht glauben, dass das schon wieder passiert ist. Keiner von uns ist betrunken und es ist mitten am Tag. Ich glaube zwar, dass die anderen Ritter nicht in die Nähe des Sees kommen würden, bevor ich zurück bin, aber dennoch. Wenn uns jemand gesehen hätte!

Ganz zu schweigen davon, dass es mir nur Probleme bringt, Mikail näher als nötig zu kommen, jetzt, da ich weiß, wer er ist. Es passt nicht zu mir, so unüberlegt zu handeln. Auch wenn ein- oder zweimal wohl kaum einen Unterschied macht, um eine Ausrede zu haben. Nicht, dass sie mir im See eingefallen wäre. Da habe ich überhaupt nichts gedacht und ich verstehe mehr und mehr, wieso es so viele Frauen gibt, die ihre Jungfräulichkeit vor ihrer Hochzeit verlieren. Es ist nicht so, dass sie willentlich einen Fehler machen. Ihre Gehirne schalten einfach ab und ich habe das plötzliche Bedürfnis, mich bei allen zu entschuldigen, die ich verurteilt habe.

Gleichzeitig frage ich mich, ob es Mikail ähnlich geht. Es sah jedenfalls so aus, als hätte sich sein Gehirn abgeschaltet, aber jetzt ist er so ruhig, als wäre nichts passiert.

»Gibst du mir den Kamm?«, fragt er und ich spüre ein Ziehen an meinem Hinterkopf, als er all meine Haare in die Hände nimmt, sodass keine Strähne mehr nach vorn hängt.

Ich greife in meinen Schatten und reiche ihm den Kamm nach hinten.

»Worüber denkst du nach?«

Ich schließe die Augen, als er mir mit dem Kamm durch die Haare fährt. Es überrascht mich aufs Neue, wie gut er darin ist. Als Heilige habe ich auch Bedienstete, die meine Haare für mich machen, aber es fühlt sich nie so gut an. »Ich denke, dass mir der Sohn einer der wichtigsten Familien im Land die Haare frisiert. Ich fühle mich mächtig.«

Er lacht. »Du hättest das immer haben können, weißt du?«

Ich versteife mich unwillkürlich. Was will er mir damit sagen? Ist er immer noch beleidigt, weil ich seinen Heiratsantrag abgelehnt habe? »Aber das macht es doch so besonders. Ich bin nur eine gewöhnliche Bürgerliche, aber ich habe einen reichen Adligen, der mir dient. Heh.«

»Eine Bürgerliche bist du vielleicht, aber gewöhnlich ganz bestimmt nicht.«

Ich schiele zu ihm nach hinten, auch wenn ich ihn nicht sehen kann. »Ist das ein Kompliment?«

»Natürlich«, antwortet er mit fröhlicher Stimme, was mir keine große Zuversicht gibt, aber dann spüre ich einen leichten Druck auf meinem Kopf, als Mikail mir einen Kuss gibt.

Ich erstarre. »St-Stimmt. Und das ist auch gut so.« In meiner Verwirrung stottere ich etwas. Ich räuspere mich. »Ich meine, kannst du dir mich als noble Dame vorstellen? In einem dieser protzigen Kleider und einem schleimigen Lächeln im Gesicht. Bleh!«

»Ich weiß nicht. Soweit ich weiß, ist es ein beliebter Zeitvertreib unter noblen Damen, sich Wortduelle zu liefern, und darin bist du herausragend. Außerdem bist du wunderschön, auch wenn du kein Kleid trägst und nicht lächelst.«

Mein Gesicht ist heiß. Was ist plötzlich los mit ihm?! Zu meinem Glück steht er hinter mir. »Das weiß ich«, sage ich mit eigenartig hohler Stimme. »Aber ich bin gerne Söldnerin.«

»Ich weiß.«

Ich meine Enttäuschung in seiner Stimme zu hören und mir fällt nichts mehr ein, das ich sagen könnte. Aber Mikails Hände kämmen weiter behutsam meine Haare und mein Oberkörper kippt immer weiter nach hinten, während ich mit geschlossenen Augen dasitze und die Wärme der Sonne genieße. Ich war eine ganze Weile im Wasser, sodass mir die Wärme willkommen ist.

»Hey, schläfst du?«, fragt Mikail plötzlich und ich spüre, wie er mich sanft nach vorn drückt, sodass ich wieder gerade sitze.

»Fast«, murmle ich, woraufhin er lacht.

»Es ist schön, dass du dich wohlfühlst, aber wir müssen bald weiter.«

»Hm«, mache ich nur.

»Dann erzähl mir etwas. Zum Beispiel wann du herausgefunden hast, dass ich aus einer adligen Familie stamme.«

Ich seufze und richte mich widerwillig auf, damit Mikail meine Haare neu flechten kann. »Erinnerst du dich an Dorran? Den Wirt in der Söldnerschenke?«

»Ja?«

»Als er dich mir vorgestellt hat.«

Seine Hände halten inne. »Du wusstest es von Anfang an?«

Ich lache leise über seine Überraschung. »Dachtest du, ihr hättet euch gut getarnt?«

»Was hat uns verraten?«

»Alles.«

Mikail antwortet nicht, aber ich kann förmlich hören, wie er mir nicht folgen kann.

»Für dich sind deine Kleider vielleicht schlicht, aber die wenigsten können sich so ein feines Leinenhemd leisten, vom Rest ganz zu schweigen. Und dein Schwert ist so ein schickes Ding mit hübschen Verzierungen, das wahrscheinlich so viel wert ist wie ein Haus. Es gibt kaum Bürgerliche in deinem Alter, die so viel Geld haben und wenn, dann reden sie bestimmt nicht so höflich. Außerdem klingst du wie jemand, der sein Leben lang Leute herumkommandiert hat. Soll ich noch mehr sagen?«

»Das hast du alles auf den ersten Blick gesehen?« Er klingt ziemlich beeindruckt und ich gestatte mir ein Grinsen. »Das gehört zum Job.«

»Warum hast du nie etwas gesagt?«

Ich zucke mit den Schultern. »Es sah so aus, als wolltet ihr es so. Und ich wollte euch nicht wie Adlige behandeln müssen.«

Er lacht auf. »Das kann ich mir nicht einmal vorstellen.«

Ich drehe vorsichtig den Kopf, sodass ich ihn beim Flechten nicht störe und werfe ihm einen Blick zu. »Hättest du gern, dass ich dich mit ‚my Lord' anrede?«, frage ich mit schmeichelnder Stimme und Mikails Hände halten inne.

Ein Hauch von Rot erscheint auf seinen Wangen, aber er lächelt. »Normalerweise lege ich nicht allzu viel wert darauf, aber bei dir …«

»Oho, sieh an wer plötzlich auf Ideen kommt!« Ich halte mir in gespieltem Entsetzen eine Hand vor den Mund.

»Es war deine Idee!«, empört er sich und ich kichere. »Ich wette, du wurdest dein ganzes Leben so angeredet. ‚Soll ich Euch ins Bett bringen, my Lord?' ‚Braucht Ihr Euer Kuscheltier, my Lord?'«, flöte ich mit hoher Stimme, woraufhin Mikail meine Haare greift und meinen Kopf nach hinten zieht, sodass er mich ansehen kann. »Lawry!«

»Ja, my Lord?«, frage ich kichernd.

Es sieht so aus, als würde er versuchen, mich streng anzusehen, aber sein lächelnder Mund verrät ihn. Damit macht er ein so eigenartiges Gesicht, dass ich gleich wieder lachen muss. Jedenfalls bis Mikail meinen Kopf zu sich dreht und mich küsst.

Er presst seine Lippen fest auf meine und erstickt den überraschten Laut, der mir entkommt, als sich seine Zunge in meinen Mund drängt. Ich muss irgendetwas falsch machen, vielleicht weil er mich überrascht hat oder weil ich den Kopf so weit nach hinten lehne, aber ich schaffe es nicht einzuatmen. Etwas panisch packe ich Mikails Handgelenk, aber er lässt sich Zeit, sodass ich völlig außer Atem bin, als er mich schließlich erlöst. Und nach seinem Grinsen zu urteilen, scheint er es genau darauf abgezielt zu haben. Es gibt mir das Gefühl, als hätte ich gegen ihn verloren und mir fällt nichts ein, außer ihn dämlich anzustarren. Und so verpasse ich meine Gelegenheit, während Mikail sich wieder meinen Haaren widmet.

Es scheint für ihn keine große Sache zu sein, so als wäre es nichts Außergewöhnliches. Ich weiß nicht viel über das Leben von Adligen, außer dem, was ich ab und zu in der Zeitung lese, und ich weiß nicht, wie viel davon wahr ist. Immerhin schreibt die Zeitung auch viel Unsinn über mich. Aber ich weiß, dass Adlige normalerweise jung heiraten, weil es weniger um

Liebe und mehr um Politik geht, und bei einem so mächtigen Haus hat Mikail bestimmt zumindest eine Verlobte.

Mir gefällt das Gefühl nicht, dass dieser Gedanke in mir auslöst, und ich denke schnell über etwas anderes nach. Immerhin ist es nicht so, dass mich das betrifft. Wir werden morgen wieder in Libera sein und dann werden wir uns wahrscheinlich nicht mehr sehen. Der Gedanke ist nicht viel besser als der davor, aber er bringt mich plötzlich auf etwas. »Deine Familie ist ziemlich wichtig, oder?«

Mikails Hände halten kurz inne, als wäre er überrascht über meine Worte. »Ja.«

»Und reich?«

»Das auch. Worauf willst du hinaus?«

»Sollte es nicht einfach für euch sein, die Heilige zu treffen? Besonders, wenn deine kleine Schwester schwerkrank ist?« Ganz egal wie schwerkrank sie ist, wenn sie aus einer so mächtigen Familie stammt, hat die Kirche keinen Grund, ihr die Heilung zu verwehren. Aber ich wusste noch nicht einmal davon.

»Der Teil des Tempels, in dem die Heilige residiert, ist abgeschottet vom Rest und man kommt ohne guten Grund nicht hinein. Und sie kommt nur selten heraus.« Seine Stimme ist plötzlich um einiges härter und er hat recht. Ich habe persönlich dafür gesorgt, dass es so gut wie unmöglich ist, mich zu treffen.

»Natürlich haben wir formal um ihre Hilfe gebeten, aber zu dem Zeitpunkt war sie in schlechter Verfassung und einer der Priester ist stattdessen gekommen, um Annie zu untersuchen. Er sagte, dass er die Heilige über ihren Zustand informiert und sie sich bei uns melden würde. Ein paar Wochen später kam ein Brief von ihr, in dem sie uns mitteilte, dass es unmöglich ist, Annie zu heilen.«

Die Kirche tut also ab und zu so, als wäre sie ich. Das überrascht mich nicht, aber es ist ein bisschen zu viel Vorsicht, um meinem Ruf nicht zu schaden. »Dann ist sie nicht einmal aufgetaucht, um sie selbst zu untersuchen?«

»Nein, deswegen versuche ich ja, die Heilige zu treffen. Ich will sie bitten, sich Annie wenigstens anzusehen.«

»Und der einzige Weg ist, sich fast umbringen zu lassen?« Ich weiß, es ist schwer mich zu treffen, aber für hochrangige Adlige wie ihn gibt es Wege.

»Vielleicht nicht, aber Annie hat nicht mehr viel Zeit und ich konnte nicht länger auf einen Glücksfall hoffen.«

Ich sehe auf meine Hände hinab. Wie er sich wohl fühlen würde, wenn er wüsste, dass er die Heilige die ganze Zeit vor sich hat? Wir hätten uns diese Reise sparen können, wenn ich einfach seine Schwester geheilt hätte. Sie leidet wahrscheinlich Schmerzen. Er würde mich verabscheuen.

Ich glaube nicht, dass die Kirche mich von Annie ferngehalten hat, nur um ein bisschen Erz in die Finger zu kriegen, also will sie offenbar nicht, dass ich Annie heile. Wenn ich also nichts tue, wird Mikail nie herausfinden, wer ich bin.

»Lawry?«

Ich schrecke bei dem Klang seiner Stimme hoch. »Ja? Bist du fertig?«

»Schon seit einer Weile, um ehrlich zu sein«, sagt er, jetzt wieder mit sanfter Stimme, und als ich den Kopf drehe, lächelt er mich warmherzig an.

Ich beiße mir auf die Lippe und senke den Blick.

»Machst du dir Sorgen? Es ist nicht deine Schuld.«

Ich balle die Fäuste. »Ich, ähm, ich hab auch eine kleine Schwester«, platze ich heraus, nur um mir dann auf die Lippe zu beißen.

Mikails Augen weiten sich.

»Das -, ich meine, sie ist gesund, aber ...« Ich breche ab, als er lächelt.

»Das ist gut.«

Ich sehe wieder zu Boden. Das hatte ich nicht sagen wollen. Aber er hat mich schon einmal zurückgewiesen, als ich angeboten habe, seine Schwester zu heilen. Ich hole tief Luft und konzentriere mich darauf, eine ruhige Miene aufzusetzen. »Aber wieso verlässt du dich so auf die Heilige? Es hört sich für mich so an, als würde sie sich gar nicht für deine Schwester interessieren. Vielleicht kann sie sie einfach nicht heilen und zieht dich über den Tisch.«

»Das glaube ich nicht.« Seine Stimme klingt wieder angespannt.

Ich stehe auf und drehe mich zu ihm um. »Wieso? Weil sie die Heilige ist? Du weißt, dass ich ohne Probleme in die Felswurzeln komme, aber ich trage kein Stück Erz bei mir. Wieso glaubst du, ist das so?«

Seine Züge werden steinern und er sieht mich an, als wolle er nicht, dass ich weiterspreche.

Aber ich tue es trotzdem. »Das Erz hat seine Grenzen und wenn es für mich nutzlos ist, hilft es der Heiligen erst recht nicht.«

Einen Moment lang sieht er mich stumm an. Dann senkt er den Blick. »Ich habe dir doch gesagt, worum es hier geht.«

»Ja, aber du hast keine Garantie, dass du die Heilige überhaupt triffst, geschweige denn, dass sie dir hilft.«

»Ich finde einen Weg! Und selbst wenn sie mir nicht helfen kann, ist das nicht ihre Schuld.«

»Wieso verteidigst du sie so?«

»Weil ich es bin, der Hilfe von ihr will. Ich kann sie nicht zwingen, mir zu helfen. Komplizierte Heilungen wie Annies haben einen Preis und ich weiß, dass es der Heiligen Schmerzen bereitet, wenn sie viel von ihrer Kraft benutzen muss. Das kann ich nicht verlangen.«

»Aber es geht um das Leben deiner Schwester! Die Heilige wird nicht sterben.«

»Es reicht, Lawry!« Er hebt eine Hand, um mich vom Sprechen abzuhalten. »Du hast kein Recht, so über sie zu reden!«

Ich verdrehe die Augen. »Natürlich, möge die göttliche Strafe mich treffen!«

Mikail schüttelt den Kopf und fährt sich mit einer Hand durchs Haar. »Ich verstehe es nicht. Wieso hasst du die Heilige so sehr?«

»Hab ich doch gesagt. Ich traue niemandem, der sich solche Mühe gibt, selbstlos zu sein. Oder macht es Sinn für dich, dass die angeblich beste Heilerin unserer Zeit einen schwachen Körper hat? Sie simuliert bestimmt nur, um sich vor ihrer Arbeit zu drücken, um wer-weiß-schon-was zu tun. Deine Schwester ist ihr egal.«

»Im Gegensatz zu dir, nehme ich an.« Der Klang seiner Stimme lässt mich zusammenzucken. Ich wollte das Gespräch auf mich bringen, aber etwas stimmt nicht. Er sieht mich an und seine Augen glühen so vor Wut, dass es mir die Kehle zuschnürt. »Denkst du, ich weiß nicht, was du versuchst?! Was ich tue oder lasse, geht dich nichts an, und ich werde dich nicht noch einmal anheuern, ganz egal wie sehr du die Heilige beleidigst, hast du das verstanden, Lawrence?!«

Mikails Worte hallen in meinem Kopf wider und ich stehe da wie festgefroren. Er wird mich nicht noch einmal anheuern? Anheuern? Ich beiße die Zähne zusammen.

Dann zwinge ich ein Lächeln auf mein Gesicht. »Eine Schande«, sage ich, während ich meine Maske aus meinem Schatten ziehe. »Ich hätte ein Vermögen machen können.«

»Ist Geld alles, woran du denken kannst?«, faucht Mikail.

»Natürlich. Ich bin Söldnerin«, sage ich wieder mit meiner durch die Maske veränderten Stimme. Dann greife ich nach hinten, um meinen Pferdeschwanz zu binden. »Und wo wir gerade davon sprechen, wir sollten zurück zu den anderen gehen. Wir haben schon zu viel Zeit hier verschwendet.« Während ich spreche, halte ich nach der Präsenz der Ritter Ausschau, um zu sehen, ob sie uns bereits suchen. Aber was ich finde, ist nicht ganz das, was ich erwartet habe.

»Ist das dein Ernst?!«

Ich lache auf. »Oh ja. Deine Freunde wissen wirklich, wie man sich in Gefahr bringt.«

Mikail sieht mich verwirrt an. »Wovon sprichst du?«

Ich lege den Kopf schief. »Banditen.«

XIII.

Mikail starrt mich für eine Sekunde mit Entsetzen an, dann spüre ich, wie seine Aura ansteigt, und er stürmt in den Wald.

Ich sehe ihm hinterher und für einen Moment ist es das Einzige, was ich tun kann. Denn ich muss mich davon abhalten, ihn festzuhalten. Ich sehe auf meine Hände hinab und schüttle den Kopf. Es stimmt, ich bin Söldnerin. Ich tue nur Dinge, für die ich bezahlt werde. Solange ich Lawrence bin, mache ich nichts aus gutem Willen allein. Ich balle die Fäuste. Dann folge ich Mikail.

Es ist einfach, ihn mit Schattenmagie einzuholen, und ich erreiche die Ritter vor ihm. Allerdings kann ich keine Kampfgeräusche hören. Ich kann eindeutig die Präsenz von zehn weiteren Menschen spüren, aber keine von ihnen strahlt eine starke Energie aus, wie es in einem Kampf wäre.

»Es sieht so aus, als hättest du dich getäuscht«, sagt Mikail, als er bei mir ankommt. »Es sind keine Banditen, es ist eine andere Gruppe.«

Ich schnaube. »Sei dir da nicht so sicher.«

Mikail schüttelt den Kopf und geht an mir vorbei. »Nicht jeder Mensch ist verdorben. Du musst aufhören, in allen das Schlimmste zu sehen.«

Ich balle die Fäuste. Ich habe auf der ganzen Reise einen guten Job gemacht, mehr als gut, aber plötzlich ist alles, was ich sage, falsch?! Wenn das so ist, sollte ich vielleicht gar nichts mehr sagen und nur noch etwas tun, wenn er es sagt. Ich wette, es würde nicht lange dauern, bis er mich um meine Hilfe anfleht. Ich verschränke die Arme vor der Brust, während ich Mikail in einem Abstand folge.

»Mikail!« Dalton, der auf einem umgestürzten Baum gesessen und sich intensiv mit einem Mann aus der anderen Gruppe unterhalten hat, springt auf die Füße. »Du wirst es nicht glauben, aber Alfred und seine Gruppe sind auch auf dem Weg zu den Felswurzeln.«

Was für ein Zufall, denke ich, während ich meinen Blick über die Gruppe schweifen lasse. Fünf Aura-Träger und fünf Magier. Die Aura-Träger sitzen oder stehen alle in der Nähe der Ritter, während die Magier in einem Abstand einen Kreis um uns bilden, aber was ich nicht verstehe, ist, wieso sie noch nicht angegriffen haben. Es ist fast so, als hätten sie darauf gewartet, dass Mikail und ich zurückkommen.

Von den fünf Magiern, sind drei Elementarmagier, einer ist Heiler und der letzte ist ein weißer Magier. Entgegen dem, was der Name impliziert, benutzen weiße Magier keine Lichtmagie oder nur gute Magie. Anders als schwarze Magier, die mit dem Stigma, böse zu sein, behaftet sind. Weiß steht einfach für unbestimmt, wie ein weißes Papier, da sie eine Begabung dafür haben, ihr Mana roh zu benutzen. Daher ist es schwer zu sagen, welche Form es annimmt. Sie können theoretisch jedes Element benutzen, dass ein Elementarmagier benutzen kann, allerdings niemals im selben Ausmaß. Die meisten spezialisieren sich deshalb darauf, ihre eigene Magie zu kreieren. Einige können mit dem Mana anderer herumspielen, andere manipulieren Raum und Zeit, aber die meisten sind Forscher oder Handwerker, die verzauberte Gegenstände herstellen.

Das Gefährlichste an einem weißen Magier ist, dass man nicht weiß, wie er seine Magie benutzt, aber sie sind in der Regel nicht sehr stark. Es gibt keine erprobten Methoden, stärker zu werden, da es für jeden weißen Magier individuell anders ist. Gleichzeitig haben sie aber auch die wenigsten Begrenzungen und das größte Potenzial.

In diesem Fall ist die größte Bedrohung jedoch die Feuermagierin, die hinter dem Mann steht, den Dalton als Alfred vorgestellt hat. Er scheint jedoch trotzdem der Anführer zu sein, obwohl er gerade mal Rang B sein dürfte.

»Schönen guten Tag. Mein Name ist Alfred.« Der Mann geht nun auf Mikail zu und hält ihm seine Hand hin. Und Mikail streckt seine aus, um einzuschlagen.

Ich warte darauf, dass sich ihre Schatten verbinden, kurz bevor sich ihre Hände berühren. Dann betrete ich Mikails Schatten und tauche zwischen den beiden auf. »Überraschung!«, flöte ich, während ich Alfred die Klinge meines Schwerts in den Hals ramme. »Nicht jeder von uns ist ein Idiot.«

Alfred gurgelt, bevor er sein Leben verliert und zu

Boden sackt, ohne Mikail berührt zu haben.

»Was tust du denn?!«, brüllt Mikail und es ist das erste Mal, dass ich höre, dass er seine Stimme hebt. Aber es bleibt keine Zeit zu antworten, denn Alfreds neun Gefährten treten in Aktion.

Ich kann den Anstieg in Mana und Aura spüren. Aber bevor einer von ihnen auch nur daran denken kann, einen Zauber zu wirken, lasse ich eine blendende Lichtkugel über uns aufblitzen und teleportiere mich hinter den weißen Magier. Er ist tot, noch bevor er begreifen kann, was los ist. Gleichzeitig lasse ich die Feuermagierin in dem Schatten des Baumes hinter ihr versinken und während sie um ihr Gleichgewicht kämpft, werfe ich ihr ein Messer ins Auge.

Damit bleiben nur noch zwei Elementarmagier und ein Heiler. Die Aura-Träger sind unterdessen mit den Rittern beschäftigt.

Ich weiche einem Eispfeil aus, der von hinten auf mich zugeschossen kommt. Er ist nicht besonders schnell und die Magierin, die ihn auf mich geschossen hat, hat sich nicht einmal die Mühe gemacht, sein Mana zu verbergen. Offenbar um mich abzulenken, damit sie meine Füße einfrieren kann, allerdings ist sie so darauf konzentriert, dass sie ihre Verteidigung nicht rechtzeitig hochzieht. Sie strauchelt zurück, als ich mit dem Schwert auf ihre Kehle ziele und entkommt mir knapp, indem sie zu Boden fällt.

Ich drehe mein Schwert in der Hand und steche einmal nach unten, als ich über sie hinwegspringe, wobei ich ihre Kehle doch noch erwische.

Der andere ist ein Erdmagier und er versucht tatsächlich, mich zu ignorieren und stattdessen die Ritter anzugreifen. Das macht es mir einfach, ihm von hinten das Herz zu durchbohren.

Der Heiler ist meine Mühe nicht einmal wert, denn ich kann ihn einfach mit meiner Paralyse überwältigen.

Währenddessen sind die Ritter nicht sehr weit gekommen. Offenbar hat sie der plötzliche Kampf so überrumpelt, dass sie in die Defensive gegangen sind. Sogar Mikail sieht überfordert aus.

Ich stürze mich auf einen Mann, der es geschafft hat, Kuma zu Boden zu drücken.

Er schafft es, mein Schwert zu blocken, aber mein Anblick versetzt ihn in Panik. Während er mein Schwert von sich hält, sieht er sich kurz um und als er die Leichen seiner Kameraden sieht, wird er kreidebleich. »Verfluchter Mist! Tötet sie!«, brüllt er, offenbar nicht schlau genug, um zu erkennen, dass Rückzug ihre beste Chance ist. Zugegeben, seine Aura ist ganz anständig und seine Schwertführung ist ebenfalls nicht schlecht.

Ich kann ihn nicht in den Schatten ziehen oder schnell genug mit Mana überwältigen, und es verletzt meinen Stolz, das zuzugeben, aber allein mit meinem Schwert, kann ich ihn nicht schnell genug besiegen. Also lasse ich eine kleine Lichtkugel direkt vor seinen Augen aufblitzen und als er geblendet die Arme hochreißt und zurücktaumelt, schlitze ich ihm die Beine auf, was ihn zu Boden bringt. Dort gebe ich ihm den Rest.

Immerhin einen Gefallen hat er mir getan, denn durch seine Worte scheinen die Ritter endlich begriffen zu haben, worum es hier geht, denn die letzten drei Aura-Träger liegen nun ebenfalls am Boden. »Hat ja lange genug gedauert«, sage ich verächtlich, während ich mich und meine Schwerter säubere und letztere wieder in meinem Schatten verstaue.

Dann ertönt ein dumpfes Klong, als Mikails Schwert mit Wucht zu Boden geschleudert wird und im nächsten Moment steht er vor mir und packt mich am Kragen. »Hast du den Verstand verloren?!«, brüllt er, wobei er mich auf die Zehenspitzen zerrt. »Willst du uns alle zu Mördern machen?!«

Ich stoße ein Zischen aus und buffe meinen Arm. Dann ramme ich ihm meine Faust in den Bauch, so fest, dass er zurückstolpert und hustend in die Knie geht. Aber bevor er sich wieder sammeln kann, befördere ich ihn mit einem Schlag ins Gesicht zu Boden. »Was für eine unverschämte Art, Danke zu sagen!«, sage ich, während er sich am Boden krümmt.

»Was zum Teufel soll das?!«

Es ist nicht Dalton, der sich mir in den Weg stellt, sondern Lomin. Er geht vor Mikail in die Knie, wie um ihn vor mir zu schützen, und ich hätte ihm am liebsten auch einen Schlag verpasst. Aber ich halte mich zurück und schaue mich stattdessen nach Alfreds Leiche um. Er liegt nicht weit von uns und ich gehe neben ihm in die Knie und ziehe ihm einen Ring vom Finger der Hand, die er Mikail angeboten hat.

»Wisst ihr, was das ist?«, frage ich und halte den Ring hoch. »Es heißt Assassinenring. Er kann mit Gift gefüllt werden, das über diesen kleinen Dorn hier austritt. Will jemand raten, was passiert, wenn man die Hand eines Mannes schüttelt, der so einen Ring trägt?« Ich kehre zu Mikail zurück und gehe neben ihm in die Hocke. »Man stirbt als naiver Trottel.« Ich lege den Ring vor seinem Gesicht ins Gras.

Mikail starrt den Ring mit zusammengepressten Zähnen an, obwohl sein Kiefer dabei ist anzuschwellen und ihm Blut aus der aufgeplatzten Lippe läuft.

»Aber wieso sollten diese Männer uns umbringen wollen?«, fragt Lomin, der immer noch neben Mikail kniet. »Wir kennen sie überhaupt nicht.«

Ich richte mich mit einem freudlosen Lachen wieder auf. »Wenn es Banditen interessieren würde, wen sie ausrauben, wären sie keine Banditen. Oder dachtet ihr, dass sie sich euch höflich vorstellen.« Ich werfe Mikail einen abfälligen Blick zu, der sich langsam hochstützt. »Lawrence, ich -«

»Spars dir«, sage ich und gehe an ihm vorbei. »Ist jemand von euch verletzt?«, frage ich dann an die anderen vier gewandt, die das Ganze nur stumm und mit blassen Gesichtern beobachtet haben. Keiner von ihnen ist ernsthaft verletzt, aber ich wirke trotzdem einen heilenden Flächenzauber.

»Macht nicht solche Gesichter, der Unterschied zwischen einem Menschen und einem Monster ist nicht groß.«

»Wie kannst du das sagen?«, fragt Jake mit hohler

Stimme. Er hält immer noch sein Schwert in der Hand und der blutigen Klinge nach zu schließen, hat er einen der Männer getötet.

»Es gibt einige von diesen Banditen hier.« Ich nicke mit dem Kopf zu den Leichen. »Sie überfallen nur Gruppen, die aus dem Wald kommen, und nie die, die hineingehen. Einfach, weil man den Wald normalerweise erschöpft und mit Beute verlässt. Wenn du ein schlechtes Gewissen hast, sagt dir einfach, dass du der nächsten Gruppe das Leben gerettet hast.« Ich gehe erneut neben Alfred in die Hocke und betrachte ihn. Alles, was ich sage, stimmt, aber etwas an diesen Banditen ist eigenartig. Ihre Vorgehensweise, aber auch ihre Kleidung und ihr Equipment.

Ich stehe wieder auf. »Vergiss das wieder. Das sind Auftragsmörder.«

»Was?!«

»Ihre Kleidung ist sauber und neu, ihr Equipment ist gut, also verdienen sie viel Geld, mit dem, was sie machen und trotzdem greifen sie eine Gruppe an, die anscheinend kein Gepäck dabei hat? Noch dazu haben sie gewartet, bis der Boss wieder da ist, um ihm ganz persönlich die Hand zu schütteln.« Ich richte meinen Blick auf Mikail, der immer noch auf dem Boden sitzt.

Er starrt mich entgeistert an. Dann schüttelt er den Kopf. »Nein. Du musst dich irren. Wieso sollte jemand diese Leute anheuern?«

Ich verziehe das Gesicht. »Weil dieser Jemand dich tot sehen will, du Genie. Aber hey, ich sollte nicht immer das Schlimmste in allen sehen. Vielleicht wurden sie angeheuert, um dir ein Stärkungselixier zu verabreichen, damit du gesund und munter bleibst.«

»Das meinte ich nicht -«

»Wie auch immer, wir sollten weiter reiten.« Ich schnippe mit den Fingern und lasse eine helle Lichtkugel aufblitzen. Als sie wieder verschwindet, sind die Leichen ebenfalls weg. Dann klatsche ich in die Hände. »Hopp, hopp.«

Wir reiten den Rest des Tages ohne längere Unterbrechungen, trotz Hitze und Erschöpfung und der Tatsache, dass wir nun zehn herrenlose Pferde haben. Offenbar haben die Ritter das plötzliche Bedürfnis, so schnell wie möglich nach Libera zurückzukehren. Sie sind alle schwer betroffen, so als wäre das ihre erste Konfrontation mit dem Tod. Aber Mikail war ganz offensichtlich das Ziel. Immerhin konnten sie nicht wissen, wer ich bin. Und selbst wenn, niemand würde mir solche Schwächlinge auf den Hals hetzen.

Als die Nacht hereinbricht, haben wir den Wald verlassen und rasten auf einem kleinen Hügel, von dem aus man in der Ferne bereits die Lichter der Stadt sehen kann. Es sollte nicht mehr als vier Stunden dauern, sie zu erreichen, was bedeutet, dass wir morgen Vormittag dort ankommen werden.

»Die Gilde kann die Pferde nehmen, also müsst ihr euch darum keine Sorgen machen. Wir müssen sowieso dort hin, um unser Geschäftsverhältnis zu beenden«, erkläre ich mit einem Blick auf die Pferde, die allesamt so erschöpft sind, dass wir uns wohl keine Sorgen darum machen müssen, dass sie versuchen wegzulaufen. »Es sei denn natürlich ihr erhebt Anspruch auf die Pferde, aber dann müsstet ihr euch mit mir streiten, denn so viele Pferde heißen eine Menge Gratis-Alkohol. Hehe.« Ich drehe mich schwungvoll zu den Rittern um, die alle stumm beieinander hocken.

»Macht es dir nichts aus?«, fragt Jake mit kraftloser Stimme. »Du hast vorhin sieben Menschen getötet.«

»Du sagst das so, als hätten wir auf dieser Reise nicht jeden Tag getötet«, erwidere ich, während ich auf ihn zugehe.

»Aber das ist etwas anderes, das waren Monster.«

»Und deshalb haben sie kein Recht zu leben?«

Jake sieht mich so verdutzt an, als hätte er noch nie darüber nachgedacht.

Ich setze mich neben ihm auf den Boden. »Wenn du eine Unterscheidung haben willst, dann die, dass Monster töten, um sich oder ihr Revier zu verteidigen oder um sich zu ernähren. Menschen tun es wegen Geld, Gier oder anderer unehrenhafter Verlangen. Und ich werde ganz bestimmt nicht sterben, nur um jemand anderem die Taschen zu füllen.«

Er starrt auf seine Hände, die einen Grashalm in den Fingern drehen, und denkt einen Moment darüber nach. Dann schüttelt er den Kopf. »Du lässt es so klingen, als wären Menschen grundsätzlich schlecht.«

Ich öffne schon den Mund, um ihm zu widersprechen, überlege es mir dann aber anders. Es ist nicht so, dass ich mich nicht daran erinnere, wie sich das anfühlt.

Ich reiße ebenfalls einen Grashalm aus und betrachte ihn, als könnte er wertvoll sein. »Als ich das erste Mal jemanden getötet habe, war ich dreizehn.« Aus dem Augenwinkel sehe ich, wie Jake den Kopf herumreißt, um mich anzusehen. Auch die anderen sehen mich jetzt an, aber ich halte meine Augen auf den Grashalm gerichtet. »Er wollte mich im Schlaf erstechen und ich habe nur überlebt, weil er versucht hat, mich vorher noch zu vergewaltigen. Ich finde, jemand wie er ist besser tot. Bis heute habe ich das nicht einmal bereut, und das werde ich nie. Jeder, der versucht, mich zu töten, hat kein Recht, Gnade von mir zu erwarten.« Ich schnippe den Grashalm in die Luft und sehe dann zu Jake.

Er starrt mich immer noch an, auch wenn ich seinen Gesichtsausdruck nicht sehr gut erkennen kann. Da wir nicht mehr im Wald sind, sind der Mond und die Sterne hell genug, um gerade so viel sehen zu können, dass ein Nachtsicht-Buff überflüssig ist. Und Jakes Reaktion ist mir nicht wichtig genug, um das zu ändern.

»Das ist grauenvoll«, sagt Jake und seine Stimme klingt um einiges lebhafter als zuvor. »Es muss schwer für dich gewesen sein. Im Vergleich dazu müssen wir dir wie Weicheier vorkommen.«

»Ich würde niemals jemanden für ein Weichei halten, weil ihm der Tod eines anderen nicht egal ist«, sage ich und höre, wie Jake der Atem stockt. »Ihr seid eher wie eine Gruppe kleiner, naiver Enten, die immer noch dem Arsch ihrer Mutter hinterher gucken.«

»Eh …« Jake atmet aus und ich kann die Resignation darin förmlich hören. »Was ich sagen wollte, ist, dass es dir bestimmt nicht leicht gefallen ist, uns das zu erzählen, also danke.«

»Mir ist es vorher gar nicht aufgefallen, aber du bist ein beeindruckender Mann, Jake.«

Er zuckt bei meinen Worten leicht zusammen und beginnt unruhig herumzurücken. »W-Was? Findest du?«

»Mh-hm«, mache ich und lehne mich zu ihm hinüber, sodass mein Gesicht vor seinem ist. »Nach allem, was wir zusammen durchgemacht haben, glaubst du mir immer noch jedes Wort.«

Es dauert ein paar Sekunden, bis die Bedeutung meiner Worte bei ihm ankommt. »Was?!«

Ich lehne mich lachend wieder zurück. »Ein Entchen wie du wäre schon fünfmal vom Fuchs gefressen worden.«

»Ernsthaft?! Wie kannst du dich in dieser Situation über mich lustig machen?«, braust Jake auf.

»Ich wollte dich nur aufmuntern«, verteidige ich mich und stehe dann auf, um mich zu strecken.

»Und das soll ich glauben?!«

»Warum nicht? Gut gelaunte Kunden geben mehr Geld.«

»Wir geben dir doch schon das ganze Geld!«

»Tatsächlich?«, frage ich in gespielter Überraschung und Jake stöhnt frustriert auf.

»Wie auch immer, ich werd jetzt ein bisschen schlafen«, flöte ich und hebe eine Hand als Gutenachtgruß, bevor ich den Hügel hinabsteige, um mir einen Schlafplatz zu suchen.

Das Gras am Fuß des Hügels ist weich und es ist warm genug, um sich einfach hinzulegen. Aber ich knie kaum auf dem Boden, als jemand neben mir stehen bleibt. »Kann ich kurz mit dir sprechen?«

Ich sehe nicht auf und tue so, als würde ich das Gras auf seine Weichheit testen. »Wer fängt ein Gespräch mit jemandem an, der schlafen möchte«, erwidere ich kühl, aber es überrascht mich nicht, dass das Mikail nicht vertreibt.

»Es tut mir leid, dass ich dich vorhin angebrüllt habe. Du hast mir das Leben gerettet und dafür sollte -«

»Dafür bezahlst du mich«, unterbreche ich ihn. »Ich brauche weder deinen Dank noch deine Entschuldigung.«

Daraufhin ist er still.

Ich halte den Atem an, um auch die kleinste Reaktion nicht zu verpassen, und schließlich wendet er sich ab und geht. Ich balle die Fäuste. »Eins noch«, sage ich laut genug, sodass er innehält. »Du kannst mich anbrüllen so viel du willst, aber wenn du mich noch einmal anfasst, sind ein paar Faustschläge deine geringste Sorge, klar?«

Auch darauf sagt er nichts. Er steht nur einen Moment da, bevor er weitergeht, als hätte ich nichts gesagt.

Ich starre wütend seinen Rücken an. War es nötig mir zu folgen, um mir die Laune zu verderben?! Wie soll ich jetzt schlafen?!

XIV.

Wir erreichen die Söldnergilde noch vor Mittag, was nicht heißen soll, dass die Söldnerschenke um diese Zeit leer ist. Mehrere Köpfe drehen sich in unsere Richtung, als ich die Tür geräuschvoll aufstoße. »Ich bin wieder da!«, rufe ich, während ich mit ausgebreiteten Armen in den Raum gelaufen komme.

Die Antwort darauf ist ein allgemeines Stöhnen und Murren und die meisten drehen ihren Kopf weg.

»Hey Lawry. Du bist früh wieder da«, sagt Dorran, der hinter dem Tresen steht und Gläser putzt.

»Hast du mich vermisst?«, frage ich und lehne mich über den Tresen.

»Kein bisschen.«

Ich lege mir eine Hand an die Wange. »Du brichst mir das Herz.«

Dorran schnaubt. »Wär mir neu, dass ein Klumpen Metall brechen kann.«

»Oho, willst du damit sagen, ich habe ein Herz aus Gold?«, flöte ich geschmeichelt, aber Dorran schüttelt den Kopf. »Einen Magen aus Gold vielleicht, bei der Menge Geld, die du verschlingst.«

»Wenn du dir solche Sorgen um dein Geld machst, sollte ich die zehn Pferde, die ich dir mitgebracht habe, vielleicht jemand anderem verkaufen?«

Dorran hält inne. »Zehn Pferde?«

»Mh-hm. Ein paar freundliche Banditen haben sie

243

uns überlassen.« Ich lehne mich etwas weiter über den Tresen und spreche mit leiserer Stimme weiter. »Die schwierige Sorte.«

Dorran zieht die buschigen Brauen zusammen, als er versteht, dass er vorsichtig mit den Pferden umgehen muss, da sie Leuten gehört haben, die von einer dritten Partei angeheuert wurden. »Weißt du wer?«

Ich lehne mich wieder zurück und zucke mit den Schultern. »Nö, ist nicht mein Problem. Der Vertrag.« Letzteres ist an seine Nebentätigkeit als Gildenverwalter gerichtet und Dorran runzelt die Stirn, wendet sich jedoch ab, um unseren Vertrag zu holen.

»Und ich dachte, dass du diese Gelegenheit ausnutzen würdest, um noch mehr Geld in die Finger zu bekommen«, sagt er, als er das Stück Papier vor mir platziert und mir eine Feder reicht.

»Hm, das würde ich, aber mein nun-nicht-mehr Boss hat deutlich gemacht, dass er mich nicht noch einmal anheuern möchte. Es ist zu schade.« Ich kritzle hastig meine Unterschrift auf das Papier, bevor ich mich zu Mikail umdrehe. Er sieht so aus, als wolle er etwas sagen, aber ich drücke ihm die Feder in die Hand und deute auf den Vertrag. »Unterschreib das.«

Er schließt den Mund wieder und tritt an den Tresen.

»Stimmt das?«, fragt Dorran wie ein neugieriges Waschweib. »Lawry ist unangenehm und nervig wie schlecht sitzende Unterwäsche, aber sie macht ihren Job. Hat sie etwas angestellt?«

Ich schlage mit der flachen Hand auf die Holzplatte

des Tresens. »Wen nennst du hier schlecht sitzende Unterwäsche?«

»Ich sag ja nur. Es ist selten, dass ein Kunde unzufrieden mit deiner Arbeit ist. Du bist unsere beste Söldnerin.«

»Oho, jetzt versuchst du es mit einem Kompliment?«

Dorran schüttelt seinen Kopf. »Ich glaube an die Gerechtigkeit Gottes. Jemand mit deinem Charakter muss mindestens so viel Talent haben wie du.«

Ich seufze theatralisch. »Ich fühle mich so ausgenutzt. Vielleicht wüsste man mich in einer anderen Gilde mehr zu schätzen.«

Dorran tippt mit einem Finger auf den Tresen. »Das ist genau das, was ich meine.«

Ich lache vergnügt auf und strecke dann meine Hand Mikail entgegen. »Mein Geld.«

Er zögert einen Moment, löst dann aber einen kleinen Lederbeutel von seinem Gürtel. Ich habe den Rittern am Morgen alle ihre Sachen, die ich in ihren Schatten untergebracht habe, wieder gegeben und so wie es scheint, hat Mikail das Geld bereits für mich abgezählt. Trotzdem werfe ich einen kurzen Blick in den Beutel. »Wunderbar«, sage ich und lasse ihn in meinem Schatten verschwinden. Dann klopfe ich mit der anderen Hand auf den Tresen. »Die Pferde stehen draußen. Ich überlass das dir, okay?«, sage ich, warte jedoch nicht auf seine Antwort, als ich mich auf den Weg nach draußen mache.

Dorran seufzt. »Natürlich.«

Ich hebe eine Hand zum Abschied.

»Hey! Willst du dich nicht auch von uns verabschieden?«, ruft Jake mir hinterher und ich bleibe stehen, um über meine Schulter zu sehen. »Gibst du mir Geld dafür?«

»Du versuchst absichtlich, unverschämt zu sein, oder?«

Ich lache und gehe weiter. »Sucht euch einen anderen Entenarsch zum Hinterherdackeln.«

»Lawrence.«

Ich bleibe erneut stehen, aber diesmal drehe ich mich nicht um. Und es dauert eine ganze Weile, bis er endlich weiterspricht. »Danke.«

Ich balle die Fäuste. Warum glaubt er immer noch, dass ich einen Dank von ihm hören will?! Aber ich sage nichts und verlasse die Schenke.

Kaum bin ich draußen, betrete ich einen Schatten und teleportiere mich ein gutes Stück von der Gilde weg. Ich wiederhole das, bis ich in einem anderen Stadtteil in einer verlassenen Gegend bin, wo ich auf den nächstbesten Baum klettere. Dann ziehe ich ein Stück Papier, ein Brett und eine Feder hervor und schreibe einen Brief.

Wie gewöhnlich brauche ich mehrere Anläufe und fast zwei Stunden, und habe am Ende doch nur einige wenige Zeilen verfasst. Ich stecke den Brief sorgfältig, aber mit einem Seufzen in einen Umschlag und versiegle ihn mit dem Siegelring der Heiligen. Das Siegel zeigt eine Sonne, in deren Mitte sich eine Frau mit einem Heiligenschein befindet. Es ist ein bisschen zu heilig für meinen Geschmack, aber von allen Gegenständen, die ich als Heilige besitze, ist er einer der praktischsten. Denn jeder Brief, den ich mit diesem Ring versiegle, kann nur vom Empfänger geöffnet werden.

Als ich fertig bin, springe ich in den Schatten des Baumes und reise auf dieselbe Weise wie zuvor, in einen anderen Stadtteil. Diesmal ist es das Händlerviertel, in dem wohlhabendere Bürger leben und sich mehrere Geschäfte in den unteren Teilen der Häuser an den Straßen entlang reihen.

Es ist nun früher Nachmittag und um diese Zeit sind die Straßen belebt und die Geschäfte gut besucht. Das macht es schwierig, sich unauffällig zu bewegen, vor allem, wenn man wie ich alles andere als unauffällig gekleidet ist.

Mithilfe von Schattenmagie teleportiere ich mich von einer Seitengasse in die nächste, ohne dabei von jemandem gesehen zu werden, bis ich in einer Gasse neben einem Schuhgeschäft ende. Ich stelle mich mit dem Rücken gegen die Wand und sehe vorsichtig durch eins der Fenster.

Eine Frau steht hinter dem Tresen im Innern und unterhält sich mit einer Kundin. Die Frau hat ihre braunen Haare ordentlich im Nacken zusammengebunden und das Kleid, das sie trägt, ist schlicht und geschäftsmäßig. Auf den ersten Blick könnte man sie als streng bezeichnen, aber das Lächeln auf ihrem Gesicht ist warm und freundlich, während sie sich mit der jungen Frau unterhält, die offenbar hier ist, um ihrer kleinen Tochter Schuhe zu kaufen. Es scheint sie haben sich bereits ein Paar herausgesucht, denn es steht ein Paket auf dem Tresen, dass mit einer hübschen, blauen Schleife verziert ist.

Ich warte, bis die beiden den Laden wieder verlassen haben und nachdem ich mich vergewissert habe, dass sie die einzigen Kunden waren, teleportiere ich mich ins Innere.

Die Frau hinterm Tresen ist mit der Kasse beschäftigt und bemerkt mich nicht und ich beobachte sie einen Moment mit klopfendem Herzen. Dann räuspere ich mich. »Ich denke, es ist Zeit den Laden für eine Weile zu schließen, Baronin.«

Ihr Kopf schnellt nach oben und als sie mich sieht, weiten sich ihre Augen. Jetzt kann ich auch die Blässe und Erschöpfung in ihren Zügen sehen und die dunklen Ringe unter ihren Augen, die sie versucht hat, zu überschminken.

Sie starrt mich einen Moment lang an, als wäre ich ein Geist, bevor sie um den Tresen herum und an mir vorbeieilt, um die Eingangstür zu verschließen. Dann wirbelt sie zu mir herum. »Schickt Lori Euch? Geht es ihr gut?« Sie schluchzt die Worte beinah.

Ich schlucke den Kloß in meinem Hals hinunter und hebe gelassen die Hände. »Natürlich geht es ihr gut. Sie ist die Heilige.«

Wut blitzt in ihren Augen auf und ich muss mich zusammenreißen, um nicht einen Schritt rückwärts zu machen. »*Meine Tochter* ist vor zwei Wochen nach einer Heilung ohnmächtig geworden und es ist mir nicht erlaubt, sie zu sehen!«

»Ich weiß«, erwidere ich und hoffe, dass sie das Zittern in meiner Stimme überhört. Ich beende meine Missionen immer mit einem Besuch bei meiner Familie, und obwohl ich mich darauf immer am meisten freue, fürchte ich mich gleichzeitig mehr davor als vor jedem Monster. »Deswegen bin ich hier und ich habe einen Brief für Euch.« Ich ziehe den Brief hervor und wedle damit herum.

Meine Mutter atmet geräuschvoll aus, als sie den Brief betrachtet, als hätte sie nur darauf gewartet, und streckt die Hand danach aus. Sie hat ihn in kaum einer Sekunde geöffnet und auseinander gefaltet. Ihre Züge entspannen sich etwas, während ihre Augen über die Zeilen huschen und ein schwaches Lächeln formt sich auf ihren Lippen. Gleichzeitig steigen ihr Tränen in die Augen und ich gehe im Kopf durch, was ich geschrieben habe und ob ich nicht noch mehr hätte schreiben sollen.

»Lasst uns nach oben gehen«, sagt sie schließlich mit tonloser Stimme und geht ein weiteres Mal an mir vorbei, diesmal, um ins Hinterzimmer des Ladens zu gehen, in dem mein Vater arbeitet und sich eine Treppe hinauf ins Haus befindet. Es hat eine Weile gedauert, bis ich genug Geld verdient hatte, um dieses Haus zu kaufen, aber es ist viel besser als das verfallene Häuschen am Stadtrand, in dem sie vorher gewohnt haben. Es erfüllt mich jedes Mal mit Zufriedenheit, wenn ich hier bin.

Ich folge meiner Mutter ins Hinterzimmer und beobachte, wie mein Vater von seiner Werkbank aufspringt, als er mich sieht, um mich ebenfalls nach mir zu fragen, bevor er den Brief liest. Dann gehen wir gemeinsam nach oben.

Obwohl sie nicht wissen, wer ich bin, kriege ich immer eine Tasse Tee und etwas zu essen, wenn ich zu Besuch komme. Auch wenn das wohl hauptsächlich dem Zweck dient, mich nach mir auszufragen. Und dieses Haus hat genug Zimmer, um eines als Salon für Gäste einzurichten, auch wenn es klein ist. Aber es hat ein bequemes Sofa und ein paar Topfpflanzen als Dekoration.

»Es geht ihr wirklich gut«, sage ich, während ich genüsslich den Duft des Holunderblütentees einatme. Meine Mutter kann den besten Tee zubereiten. Normalerweise mag ich heißes Kräuterwasser nicht, aber es schmeckt anders, wenn meine Mutter es macht. »Sie hatte auf jeden Fall Redebedarf. Muss langweilig sein, so lang in einem Zimmer herumzuhocken. Sie hat von irgendeinem Buch erzählt, das sie gelesen hat.«

»Was für ein Buch?«, fragt meine Mutter sofort. Sie sitzt mit meinem Vater gegenüber von mir und hält seine Hand und beide sehen mich erwartungsvoll an.

Ich zucke mit den Schultern. »Keine Ahnung, hab nicht zugehört.«

Aus der Erwartung wird Empörung, als wäre es ein Kapitalverbrechen, nicht zuzuhören, wenn ihre Tochter redet. Ich muss schmunzeln, denn ich weiß, dass sie bei ihrem nächsten Besuch im Tempel nach diesem Buch fragen werden.

»Viel wichtiger ist das hier«, sage ich und lege den kleinen Lederbeutel, mit dem Geld, den ich von Mikail erhalten habe, auf den Tisch. »Und sie hat gesagt, dass ihr es ruhig nehmen sollt, um es zu verprassen. Oder so ähnlich.«

Seit ich Söldnerin geworden bin, gebe ich meinen Eltern das Geld, dass ich dabei verdiene und erzähle ihnen, dass es von der Kirche für meine Mühen bezahlt wird und jedes einzelne Mal, nehmen sie es äußerst widerwillig.

»Wie können wir irgendetwas verprassen, wenn wir nicht wissen, wie es Lorelai geht?«, sagt mein Vater kopfschüttelnd.

Mir ist erst nach einer Weile klar geworden, dass das, was ihnen Probleme bereitet, die Tatsache ist, dass sie immer nur dann Geld kriegen, wenn die Heilige so krank ist, dass sie für einige Tage ihr Zimmer nicht verlässt. Und das ist auch der Grund, aus dem ich ihnen nicht sagen kann, woher das Geld wirklich kommt. Meine Eltern haben schon einmal versucht, mit mir wegzulaufen, und danach durfte ich sie für Jahre nicht mehr sehen.

»Es geht ihr gut«, sage ich erneut. »Und sie war ziemlich aufgeregt, als sie mir das gegeben hat. Es ist ein bisschen mehr als sonst und sie war sehr stolz auf sich. Sie hat gesagt, dass ihr euch alle mit Geschenken überhäufen sollt und dass ihr ihr davon erzählen sollt, wenn ihr sie besuchen kommt.« Darauf reagieren sie und ich lächle hinter meiner Maske. »Sie hat gesagt, ihr sollt Luci und der Baronin einen Haufen neue Kleider kaufen und einen schicken neuen Gehrock für den Baron, und gutes Essen.«

Meine Eltern tauschen einen Blick. Luci zu erwähnen hilft ungemein dabei, sie zu überreden, das Geld zu nehmen, denn sie wollen für sie genauso das Beste wie für mich. Und wenn man vom Teufel spricht.

Meine kleine Schwester hat schon jetzt eine stärkere Präsenz als meine Eltern, was daran liegt, dass wir das Geld haben, um einen Lehrer zu bezahlen. Sie hat eine Affinität zu Wassermagie, genau wie meine Mutter. Affinitäten können vererbt werden, aber es muss nicht passieren, wie mein Fall zeigt, denn mein Vater ist ebenfalls kein Heiler, sondern, wie die meisten Männer, Aura-Träger.

Meine Schwester betritt den Raum und sieht von unseren Eltern zu mir. Sie trägt ein hübsches, blaues Sommerkleid mit einer kleinen weißen Schleife am Ausschnitt und die Haare hochgesteckt. Sie ist erst fünfzehn, aber sie wirkt bereits sehr erwachsen. Anders als unsere Eltern verzieht sie kaum eine Miene als sie mich sieht, noch fragt sie nach mir. Aber das hat einen anderen Grund.

»Hallo Lawrence«, sagt sie und schließt die Tür hinter sich. »Schickt meine Schwester dich?«

»Mh-hm«, mache ich und stelle meine Tasse auf dem Tisch ab. »Willst du ihren Brief auch lesen?«

»Nein.« Ihre Antwort kommt sofort und mit einem kühlen Unterton. »Ich will nur wissen, wieso das so lange gedauert hat.«

»Oho, meine Schuld fürchte ich«, flöte ich und halte mir eine Hand vor den Mund, während Luci sich neben mich setzt.

»Hattest du einen anderen Auftrag?« Neugier leuchtet in ihren Augen auf und mir wird warm ums Herz.

Seit dem Vorfall, als meine Eltern versucht haben, mit mir wegzulaufen, darf ich sie nicht mehr besuchen kommen und seit dem habe ich keinen Kontakt mehr zu Luci. Denn obwohl ich ihr regelmäßig Briefe schreibe und Geschenke schicke, kommt sie mich nie besuchen oder antwortet gar. Aber sie ist die Einzige in meiner Familie, die sich für Lawrence interessiert. »Die Felswurzeln im Osten. Hab ein paar jungen Abenteurern geholfen hineinzukommen.«

Lucis Augen weiten sich. »Die Felswurzeln? Sind die nicht sehr gefährlich?«

»Das kommt drauf an, wer hineingeht.«

»Und waren die Abenteurer sehr stark?«

»Nah«, mache ich und ziehe die Schultern hoch. »Es war eine Gruppe junger Männer und als sie mich angeheuert haben, sagten sie: Wir beschützen dich! Aber rate, wer wen beschützen musste.« Ich verstelle meine Stimme, als ich die Ritter imitiere und Luci kichert. »Gegen welche Monster habt ihr gekämpft?«

»Zuerst gegen Gnawks, dann Oger und Wyvern und dann -«

»Das reicht jetzt!«, meine Mutter unterbricht mich mit scharfer Stimme. Sie mag es nicht, wenn ich mit

Luci über Monster und das Jagen rede. »Ihr wisst, dass wir Euch sehr dankbar sind, dass Ihr uns in diesen Situationen helft, mit Lorelai in Kontakt zu bleiben. Aber ich habe Euch schon einmal gesagt, dass ich nicht will, dass Ihr Luci Angst macht!«

Meine Mutter ist überfürsorglich, wenn es um Luci geht, und empfindlich, wenn ich von meinen Aufträgen erzähle. Das ist einer der Gründe, weshalb sie auf Förmlichkeit besteht, obwohl Lawrence keinen Rang hat.

»Monster sind nur furchteinflößend, wenn man nicht weiß, wie man mit ihnen umgehen muss.«

Meine Mutter sieht mich nur weiterhin streng an.

Ich weiß, dass das bedeutet, dass ich keine Widerworte geben soll. »Wie Ihr wünscht, Baronin. Ich werde Luci nur von den harmlosen Dingen erzählen.«

Neben mir macht Luci ein beleidigtes Gesicht und sieht mich enttäuscht an. Daraufhin klopfe ich mit meinem Mittel- und Zeigefinger leise auf das Polster neben mir, sodass Luci auf meine Hand schaut und meine gekreuzten Finger sieht. Ihre Augen blitzen kurz auf, aber sie ist schlau genug, vor unseren Eltern keine Miene zu verziehen.

Den Rest des Tages verbringe ich bei meiner Familie, verabschiede mich aber, als es dunkel wird. Meine Eltern sind sehr höflich, aber ich merke, dass sie nicht wissen, wie sie mit mir umgehen sollen, wenn ich Lawrence bin.

Es ist nun sehr viel einfacher, ungesehen durch die

Straßen zu gehen, aber ich kehre noch nicht sofort zum Tempel zurück. Stattdessen verlasse ich die Stadt und folge dem Fluss, bis ich zu einem kleinen Steinbruch komme, wo es eine Höhle gibt, in der mich niemand sehen wird. Dort angekommen, ziehe ich Alfreds Leiche aus meinem Schatten.

Ich kann nichts Lebendes in meinem Schatten transportieren, aber eine Leiche wird darin konserviert. Das ermöglicht es mir, Menschen wiederzubeleben, die schon eine Weile tot sind. Auch wenn ich es für eine Verschwendung halte, jemanden wie Alfred wiederzubeleben. Immerhin hat er nur eine Wunde am Hals und ich bin deutlich ausgeruhter, als bei Dalton, sodass ich nicht in Ohnmacht falle.

Meine Wunden sind kaum verheilt, als Alfred nach Luft ringt und sich mit beiden Händen an die Kehle fasst. Er hustet und japst, während er sich aufrappelt.

»Hast du es jetzt?«, frage ich schließlich, nachdem Alfred sich etwas beruhigt hat, mich aber nicht bemerkt.

Er zuckt zusammen, noch bevor er mich neben sich an der Wand gelehnt sitzen sieht. Eine Sekunde starrt er mich an, dann macht sich Panik auf seinem Gesicht breit und er krabbelt rückwärts, bis er mit dem Rücken gegen die Wand gegenüber stößt. »W-Was ist das?!«, stammelt er mit heiserer Stimme. »Wo bin ich? Ich -, ich bin tot?«

»Nicht mehr«, erwidere ich erschöpft. »Dank mir.«

»Was?« Er fasst sich erneut an den Hals. »Du hast mich umgebracht!«

»Dein Gedächtnis ist intakt. Gut.«

Er blinzelt. »Ich versteh das nicht, wie kann ich hier sein?«

»Keine Komplimente. Ich brauche keine Komplimente von Abschaum.« Ich mache eine wegwerfende Handbewegung.

»Sch-Schwarze Magie?«

»Nein!« Ich stöhne genervt auf. »Hätte ich Nekromantie benutzt, wärst du weder in der Lage, dich zu bewegen, noch dich an dein Leben zu erinnern, und für mich völlig nutzlos.«

Alfred sieht an sich hinunter und tastet dann seinen Körper ab, wie um zu sehen, ob noch alles dran ist.

Ich verdrehe die Augen, warte aber geduldig, bis er fertig ist.

»Du willst Informationen über meinen Auftraggeber«, sagt er schließlich und seine Stimme klingt etwas ruhiger als zuvor.

»Jemand mit Verstand. Das macht es einfacher.«

Er verzieht keine Miene. »Welche Garantie habe ich, dass du mich nicht noch einmal tötest, nachdem ich dir gesagt habe, was ich weiß?«

»Gar keine«, erwidere ich und platziere beiläufig einen Arm auf meinem Knie. »Aber reden wirst du trotzdem. Ich sehe vielleicht zart und lieblich aus, aber ich bin es sicher nicht. So etwas wie grausam gibt es in meinem Vokabular nicht, wenn es um mein Leben geht.«

»Dein Leben? Dein Leben interessiert mich nicht! Ich dachte, du bist bloß eine Söldnerin, die für diesen

Mikail arbeitet.«

Also ich war tatsächlich nicht das Ziel. Es überrascht mich zwar nicht, aber es ist dennoch eine Erleichterung zu hören. Man kann nie vorsichtig genug sein. »Richtig und jetzt gib mir die genaue Beschreibung für dein Ziel, die Höhe der Bezahlung und alles, was du sonst noch über deinen Auftraggeber weißt.«

Er seufzt. »Dein Boss war unser einziges Ziel. Ihn sollten wir auf jeden Fall töten, die anderen waren kein Muss. Wir sollten es wie n Überfall von Banditen aussehen lassen und hätten alles behalten dürfen, nur das Erz nicht.«

Das erklärt, wieso sie auf uns gewartet haben, anstatt die Ritter zu töten, während wir weg waren. Sie wollten sichergehen, dass Mikail nicht entkommt.

»Wir wurden vor n paar Wochen im Pub angequatscht. Da waren wir gerade von nem anderen Auftrag zurück und der Kerl hat uns 50 Goldstücke gezahlt, nur damit wir zuhören. Er hat gesagt, unser Ziel ist ein Dummkopf, der nichts von der Welt weiß, und wahrscheinlich schon vorher stirbt. Aber wir sollten im Wald warten, falls er doch zurückkommt und ihm den Rest geben.«

Das klingt nach jemandem mit Geld, der außerdem weiß, wer Mikail ist. Allerdings nehme ich an, dass sich Mikails Bekanntschaften auf Menschen mit Geld beschränken.

»Beschreibung?«, frage ich.

»Ein älterer Mann, Aura-Träger, sehr schwach. Aber er hatte noch einen Leibwächter dabei, der versucht hat, seine Aura zu verbergen. Groß und breit und ich glaub, er hatte eine Rüstung unter seinem Umhang an. Der andere hatte auch einen Umhang an, von guter Qualität und er hat so komisch gesprochen. N Adliger mit ner feinen Schnauze.« Er schnaubt leise, spricht aber nicht weiter.

»Ist das alles?«, frage ich reichlich enttäuscht. Ich hatte auf irgendwelche Details gehofft, etwas, das mir beim Identifizieren hilft. »Irgendwas, das dir in Erinnerung geblieben ist, wie eine Narbe oder ein Leberfleck? Oder vielleicht etwas, das er getragen hat? Ein Ring? Eine Kette? Eine Stickerei auf dem Umhang?«

Alfred zuckt mit den Schultern. »Ist nicht so, dass unsere Kunden gern erkannt werden. Er hat sich oft geräuspert, wenn das hilft. Aber er hatte Handschuhe an und es war nicht besonders hell im Pub. Die meisten verhüllen sich, wenn sie mit uns Geschäfte machen, und ich frag nicht nach. Bringt nur Probleme. Wenn ich du wäre, würde ich mich da auch raushalten. Mit Adligen hat man am besten so wenig wie möglich zu tun.«

Ich verziehe das Gesicht. Das weiß ich. Ich weiß auch, dass das im Grunde nichts mit mir zu tun hat, also kann es mir egal sein, ob er mir etwas verschweigt oder nicht. »Welcher Pub?«

»*Die Beschämte Lady.* In der Nähe vom Südtor.«

»Und die Bezahlung?«

»500 Goldstücke. Für jeden von uns und im Voraus. Wir hätten noch mehr bekommen, wenn wir den Job erledigt und das Erz zu ihm gebracht hätten.«

»Wo solltet ihr ihn treffen?«

»Er wollte uns ne Nachricht schicken, wenns getan ist.«

Ich schnaube. »Er hat euch 5000 Goldstücke bezahlt und das war noch nicht einmal alles?«

»Ne Menge Kohle, oder? Wette, das ist mehr, als du für deinen Job gekriegt hast.«

»Das kann man so oder so sehen. Immerhin habe ich etwas von meinem Geld.« Ich stehe auf. Ich fühle mich immer noch geschwächt, aber ich schaffe es, mithilfe von Buffs aufzustehen, ohne dabei zu straucheln.

Alfred, der sich im Laufe unserer Unterhaltung entspannt hat, richtet sich kerzengerade auf. »Ich hab dir alles gesagt, was ich weiß, und ich werde die Stadt verlassen und niemandem etwas hierüber verraten.«

»Und das soll ich dir glauben?«

Er wird blass und seine Augen huschen zum Ausgang der Höhle, als würde er abschätzen, wie schnell er dort hingelangen könnte.

»Außerdem würdest du nur weiter Leute ermorden, um dir die Taschen vollzustopfen. Gerade du solltest verstehen, wieso ich das tun muss.«

In seiner Panik versucht Alfred einfach loszulaufen, aber er kann keinen Schritt machen, bevor ihn meine Paralyse trifft. Ich brauche ein ganzes Bisschen von meinem Mana, um seine Aura zu überwältigen, aber ich will es schnell hinter mich bringen.

Ich ziehe mein Schwert. »Es ist nichts Persönliches, nur rein geschäftlich.«

XV.

Ich stöhne erschöpft, als ich endlich den geschlossenen Teil des Tempels betrete, wo der Hohepriester residiert und wichtige Gäste empfängt. Er hat mich sofort zu sich bestellt, nachdem er gehört hat, dass ich mein Zimmer verlassen habe. Obwohl man meinen würde, dass es unhöflich ist, eine schwächliche Person, die nach zwei Wochen endlich wieder das Zimmer verlässt, zu sich zu rufen. Aber es geht ja gerade darum, mich dazu zu zwingen, mich im Tempel sehen zu lassen, sodass die Priester und Nonnen die Nachricht verbreiten können.

Schon auf dem Weg hierher, wurde ich zig Mal aufgehalten, weil mir irgendjemand seine Freude darüber verkünden wollte, mich wohlauf zu sehen. Damit hat mich der Weg doppelt so viel Zeit gekostet. Außerdem muss ich trotz der Hitze meinen Schleier und ein langärmliges Kleid tragen! Immerhin sind die Innenräume mit verzauberten Gegenständen versehen, die die Luft kühl halten, sonst hätte ich eine Ausrede, gleich noch einmal in Ohnmacht zu fallen. Mit all den Debuffs, die ich auf mich wirke, ist die Hitze weit weniger erträglich als in einer schwarzen Lederrüstung.

»Lorelai, es freut mich zu sehen, dass du wieder wohlauf bist.« Der Hohepriester sieht von seinem Schreibtisch auf, als ich sein Büro betrete. Es ist ein großer Raum mit hohen Fenstern, der entfernt an eine Kapelle erinnert, wobei der Schreibtisch zufällig an der Stelle steht, wo der Altar wäre. »Ich hoffe, deine Pause war erholsam?« Er lächelt mich an, aber seine Augen lächeln nicht mit.

»Sehr«, erwidere ich in einem aufgesetzt freundlichen Tonfall, während ich an seinen Schreibtisch trete. »Ich habe die Zeit hauptsächlich mit lesen verbracht. Ein Buch mit dem Titel ,Alte Säcke und wie man sie loswird', aber ich sollte es wegwerfen. Es taugt nichts.«

Die Stirn des Hohepriesters wird noch runzliger, als sie ohnehin schon ist.

»Charmant wie immer«, meldet sich nun die zweite Präsenz in diesem Raum zu Wort, die ich hoffnungsvoll ignoriere. Stattdessen setze ich mich auf den Stuhl, den Luke hinter mir platziert. »Wieso wurde ich hergerufen, nachdem ich mich gerade erst erholt habe? Doch nicht wegen einer Nichtigkeit, die sich zufällig in Eurem Büro befindet?«

Besagte Nichtigkeit lässt ein Schnauben hören, aber der Hohepriester wirft mir einen strengen Blick zu. »Ich gestatte dir viele Freiheiten, Lorelai, aber deine Pausen sind in den letzten Jahren zu zahlreich geworden und so langsam beginnt man sich zu fragen, wie die von Gott Erwählte solch ein schweres Schicksal erleiden kann.«

Mit ,man' meint er all diejenigen, die versuchen, einen Nutzen aus mir zu ziehen, was nicht zuletzt ihn selbst beinhaltet. Denn ich weiß, dass die überwiegende Mehrheit mich beinahe wie eine Göttin verehrt und überhaupt nichts infrage stellt. »Habt Ihr Euch mit ein paar anderen Faulenzern zusammengetan, um einem kranken Mädchen Arbeit aufzudrücken, anstatt Euren Allerwertesten aus Eurem Sessel zu schwingen und selbst etwas zu tun?«

Er tippt ungeduldig mit dem Finger auf seinen Schreibtisch, um seine Missbilligung auszudrücken, als ob das einen Einfluss auf mich hätte. Noch vor einigen Jahren hätte ich wohl Prügel dafür bekommen, aber indem er mir Luke als Wache zugeteilt hat, hat er sich ins eigene Fleisch geschnitten. Nicht, dass ich jetzt noch irgendwem erlauben würde, Hand an mich zu legen.

»Seine Majestät hat diese Bedenken geäußert«, sagt er mit einem bedeutungsvollen Blick, als sollte mir das Angst einjagen.

Ich werfe dem Mann, der neben dem Schreibtisch steht zum ersten Mal einen Blick zu. »Sagt doch einfach Ja.«

Er knirscht mit den Zähnen. »Hütet Eure Zunge! Auch der Heiligen steht es nicht zu, Seine Majestät zu beleidigen.«

Ich halte mir in gespieltem Entsetzen die Hand über meinen Mund. »Seine Majestät beleidigen? Ich?« Ich beobachte mit großer Genugtuung, wie sich das für sein Alter viel zu jugendliche Gesicht verdüstert.

»Was würde die Welt sagen, wenn sie den wahren Charakter der Heiligen kennen würde?«

»Dass Ihr ein Lügner seid, natürlich. Jeder würde

der aufopferungsvollen und wunderschönen Heiligen eher glauben als einem verlogenen Albatros in einem Kleid.«

»Und ich bin mir sicher, die Welt wäre noch weitaus mehr geschockt, wenn sie wüsste, dass die Heilige ein Kleid von einer Magierrobe nicht zu unterscheiden vermag. Und mein Name ist Alba!«

Sein Name ist Alba Tressler, was mich immer an Albatros erinnert, außerdem hat er eine große Nase. Er ist der oberste Magier im Palast, da der Palast offenbar gerne rückgratlose Vögel anheuert, die alles und jeden für Macht verraten.

Es ist ein lustiger Umstand, dass ein Mann zum obersten Palastmagier geworden ist, da es mehr Frauen mit Mana geboren werden. Gleiches gilt umgekehrt für Aura, aber wie es der Zufall will, ist das Oberhaupt der königlichen Garde eine Frau.

Da ich bereits starke Aura-Trägerinnen und starke Magier getroffen habe, glaube ich nicht, dass Geschlechter eine große Rolle bei der Ausprägung beider Energien spielen, abgesehen davon, dass Mana häufiger bei Frauen vorkommt und Aura häufiger bei Männern.

Alba ist der Beweis dafür, obwohl er auf den ersten Blick durchaus als Frau durchgehen könnte. Selbst wenn man seine Magierrobe außer Acht lässt. Er hat ein sehr schmales Gesicht mit weichen Zügen und trägt seine Haare lang.

»Wie geschockt sie erst wäre, wenn sie wüsste, dass der angeblich stärkste Magier des Landes eine sehr viel jüngere Frau ständig für irgendwas um Hilfe fragen muss, weil er das Gehirn eines Vogels hat.«

»Und ich dachte, Ihr wärt zumindest in Eurer Tätigkeit als Magierin erwachsen. Es mag Dinge geben, die ich nicht weiß, weil sie außerhalb meines Bereichs liegen, aber dasselbe gilt für Euch. Ein Austausch liegt in unser beider Interesse, da es wohl kaum Magier gibt, die auf derselben Stufe stehen wie wir.«

»Wir stehen auf derselben Stufe? Seit wann?«

Alba verzieht gekränkt das Gesicht. »Selbst Ihr könnt nicht abstreiten, dass unser Mana in etwa auf demselben Level ist.«

Solange ich mein Halsband trage. Es ist ein Mana-Lager, das gleichzeitig meine Präsenz imitiert, und es ist immer wieder befriedigend zu sehen, dass Alba darauf hereinfällt. »Mag sein, aber Ihr seid schon ein alter Mann.«

»Ich bin noch keine vierzig!«, empört er sich.

»Und ich bin noch keine zwanzig. Was die Hälfte von vierzig ist, wenn mich nicht alles täuscht.« Mana ist eine Macht, die wächst, je mehr man sie meistert, deshalb werden Magier stärker, je älter sie werden.

»Das reicht jetzt, Kinder«, sagt der Hohepriester laut und Alba wirft mir nur noch einen eisigen Blick zu, bevor er sich räuspert. »Ich bin diesmal nicht hier, um mit Euch zu plaudern, sondern weil Seine Majestät mich schickt. Er wünscht, dass Ihr Euren Segen einigen auserwählten Individuen gewährt. Außerdem hat mich Ihre Hoheit Prinzessin Estella gebeten, Euch mitzuteilen, dass sie Euch sehen möchte.«

Ich rümpfe die Nase. »Wie überraschend. Ich muss schuften.«

»Es ist mit die größte Ehre, die jemand erhalten kann«, erwidert Alba, als hätten seine Schmeicheleien Bedeutung für mich.

»Wie groß kann sie schon sein, wenn Seine Majestät sie jedem gewährt. Er tut das nur, weil es ihn nichts kostet und ich die ganze Arbeit habe.« Meine Worte bringen mir strenge Blicke von beiden ein und ich verdrehe die Augen. »Wieso will Ihre Hoheit mich sehen?«

»Sie sagte, es ginge um eine persönliche Angelegenheit. Sie möchte Euch um etwas bitten. Es muss wichtig sein, da sie schon seit Wochen auf mich einredet.«

Wo er davon spricht, fällt mir ein, dass die Prinzessin mir einige Briefe geschrieben hat, ohne zu spezifizieren, weshalb sie mich sehen will, und ich bin nicht sehr erpicht darauf, eine Königliche zu treffen. Daher habe ich viel Zeit in der Gilde verbracht, in der Hoffnung auf einen Auftrag, wenn ich sowieso krank spielen muss. Leider ist die Prinzessin hartnäckig. Königliche glauben häufig, dass ich eine Art Privatdoktor für sie bin und vor einigen Jahren, als ich noch von jedem Adligen eingeschüchtert war, habe ich es nie gewagt, ihnen etwas zu verweigern. Ein paar von ihnen schreiben mir heute noch wegen einer Erkältung.

Estella ist die Tochter des Kronprinzen und hat außerdem einen älteren Bruder und weitere Verwandte, die in der Thronfolge vor ihr stehen. Bedauerlicherweise heißt das nicht, dass ich eine Bitte von Estella ohne Grund ablehnen kann.

»Habt Ihr eine Idee, worum es geht?«

Alba seufzt und betrachtet mich mit einem abwertenden Blick. »Wenn ich raten müsste, will sie sehen, ob sie sich mit Euch vergleichen kann.«

Ich runzle die Stirn. »In welcher Hinsicht?« Es gibt keine Heiler in der Königsfamilie. Sie haben kaum nennenswerte Aura-Träger, von Magiern ganz zu schweigen.

»Prinzessin Estella genießt in der Hauptstadt den Ruf, die schönste Blume der hohen Gesellschaft zu sein. Und doch sagt man, dass Ihr sie noch übertrefft, obwohl kaum einer je Euer Gesicht gesehen hat.«

Ich sehe Alba an und weiß nicht so recht, was für ein Gesicht ich machen soll. »Das ist doch ein Scherz, oder?«

Er zuckt mit den Schultern. »Ihr habt nach meiner Meinung gefragt, aber wie ich bereits gesagt habe, hat die Prinzessin mir nicht verraten, aus welchem Grund sie Euch zu sehen wünscht.«

Das wird ja immer besser. Als gäbe es nicht schon genug Königliche, die mir auf die Nerven gehen und jetzt auch noch wegen etwas derart Lächerlichem. »Wie viele Leute soll ich segnen?«

»Drei.«

Ich seufze. Das ist nicht allzu viel, aber anstrengend ist es trotzdem. »Dann wird Ihre Hoheit warten müssen. Es sei denn, Seine Majestät plant die Segnung für später?«

Alba schüttelt den Kopf. »Die Segnungen sollten letzte Woche stattfinden. Seine Majestät ist bereits äußerst ungehalten über die Verzögerung und er will, dass sie so schnell wie möglich durchgeführt werden.«

Wie ich es mir dachte. Dieses Land hat einen sehr anspruchsvollen König, aber immerhin ist er ein Mann, und das bedeutet, er hat eine Schwäche für mich. »Dann sagt ihm, dass er übermorgen eine Kutsche vorbeischicken soll.«

»Übermorgen?«, wiederholt Alba mit einem unzufriedenen Gesichtsausdruck. »Ihr scheint nicht zu verstehen, was ,so schnell wie möglich' bedeutet.«

»Und Ihr scheint nicht zu verstehen, dass ich einen Segen nicht mit einem Fingerschnippen vergeben kann. Es braucht Vorbereitung und wenn Seine Majestät ein Problem damit hat, soll er sich bei Gott beschweren.« Ich stehe auf. »Wenn das dann alles ist, entschuldigt mich.«

Alba seufzt und der Hohepriester wirft mir einen tadelnden Blick zu, aber keiner sagt etwas. Immerhin tue ich, was sie sagen und sie können schlecht jemand anderen fragen.

Neben Luke und Matthias sind diese beiden die Einzigen, die meinen wahren Charakter kennen, auch wenn sie nicht wissen, dass ich meine Krankheit vortäusche. Wahrscheinlich verdächtigen sie mich, dass ich meine Krankheit ab und an ausnutze, aber da beide darauf angewiesen sind, dass ich meine Arbeit mache, mischen sie sich nicht ein.

In Wahrheit brauche ich keine Vorbereitungszeit, um einen Segen zu vergeben, aber ich habe bereits andere Pläne für heute und morgen, denn meine Eltern kommen mich besuchen. Sie kommen immer, sobald Lawrence ihnen die Nachricht überbracht hat, dass es mir wieder gut geht.

Als meine Eltern haben sie das Privileg, den inneren Tempel zu betreten, und sie sind die einzigen Adligen mit der Erlaubnis, ohne Ankündigung in meine Residenz zu kommen. Und es ist das einzige Privileg, das sie besitzen.

Da es für den König undenkbar war, dass die Heilige eine gewöhnliche Bürgerliche ist, habe ich einen Titel bekommen, als ich offiziell zur Heiligen erklärt wurde und nur ich. Damit wurde meinen Eltern praktisch das Recht genommen, mich als ihre Tochter zu bezeichnen. Ich habe das zu diesem Zeitpunkt kaum verstanden, aber es hat nicht lange gedauert, bis ich wusste, dass meine Eltern einen Titel brauchen. Der König war diesbezüglich sehr widerwillig, aber nachdem ich ihm und der Königin einen ganz besonderen Segen verliehen habe, gewährte er meiner Familie schließlich den Titel eines Barons. Ohne Land oder Vermögen, aber mit dem Recht als Adlige eine höhere Stellung in der Gesellschaft einzunehmen, weshalb sie als meine Eltern anerkannt wurden, sodass die Kirche sie nicht mehr von mir fernhalten darf und sie unter dem Schutz des Königs stehen.

»Fühlt Ihr Euch unwohl, Eure Heiligkeit?« Luke mustert mich mit Sorge, als ich ein erschöpftes Seufzen ausstoße.

»Ich kann Kutschen nicht leiden«, brumme ich nur und sehe aus dem Fenster, an dem eine noble Villa nach der anderen vorbeizieht. Wir sind auf dem Weg zum Palast und natürlich kann ich als Heilige nicht auf einem Pferderücken reiten, sondern muss den Weg in einer langsamen und langweiligen Kutsche fahren.

Es ist bereits nach Mittag, da ich den ganzen Vormittag damit verbracht habe, mich für den Palast bereitzumachen. Zum einen muss ich wieder ein langes, weißes Kleid tragen und diesmal sogar noch den schweren, goldbestickten Mantel der Heiligen, der alles andere als angemessen für das Wetter ist.

Danach waren die Nonnen über Stunden damit beschäftigt meine Haare zu waschen, zu kämmen, mit Duftöl einzureiben und schließlich Goldfäden hinein zu flechten. Dabei sind meine Haare so schon schwer genug. Außerdem erinnerte mich das Haaremachen an etwas, das ich lieber vergessen möchte, und meine Laune wurde noch schlechter, als sie ohnehin schon war. Ich trage sowieso einen Schleier. Daran habe ich mich mittlerweile gewöhnt und ich habe nichts gegen ihn, da ich mich wenigstens ein bisschen dahinter verstecken kann. Er ist ebenfalls weiß, mit einer Spitze am Saum und obwohl er meine Sicht kaum einschränkt, verhüllt er mein Gesicht für alle, die weiter von mir entfernt stehen als ein paar Schritte. Aber jetzt ist er schon zweimal an meinem Diadem hängen geblieben.

Ich verabscheue diese Dekorationen und meide sie wenn möglich. Hauptsächlich, weil sie mich bestimmt zehn Kilo schwerer machen und dabei stehe ich in dem Ruf bescheiden zu sein.

Eine halbe Stunde später erreichen wir den Palast, wo ich von Alba und einer Gruppe Gardisten und Palastmagiern empfangen werde. Sie alle verbeugen sich, als Luke mir aus der Kutsche hilft.

»Wir sind von Eurer Anwesenheit geehrt, Eure Heiligkeit«, sagt Alba, immer noch mit gesenktem Kopf, und ich schneide ihm eine Grimasse. Er geht mir immer auf die Nerven, aber wenn er spricht, als hätte er den größten Respekt vor mir, würde ich ihn am liebsten treten.

Ich zwinge ein Lächeln auf mein Gesicht. »Ich danke Euch für den warmen Empfang, Lord Alba. Bitte erhebt Euch«, sage ich, wobei ich langsam und mit weicher Stimme spreche.

Alba richtet sich auf und sein verkrampftes Lächeln sagt mir, dass er die Situation genauso gut leiden kann wie ich. »Selbstverständlich. Ich hoffe, der Weg war für Eure Heiligkeit nicht zu mühsam.«

»Ganz und gar nicht«, erwidere ich. Das Einzige, was mühsam ist, ist hier in der Sonne herumzustehen und ich würde ihm gerne sagen, dass er aus dem Knick kommen soll.

»Dann folgt mir bitte.« Alba dreht sich um und

läuft auf das Haupttor zu, was ihm einen verärgerten Blick von Luke einbringt, da er sich kaum Mühe gibt, langsam zu gehen. Aber ich lasse mich davon nicht hetzen.

Eine Segnung im Palast erregt immer großes Aufsehen, nicht zuletzt, weil der König dafür sorgt, dass jeder davon hört. Das weiß ich, weil meinen Segnungen immer eine Menschenmenge beiwohnt, und das, obwohl sie nichts davon hat. Aber der König möchte zeigen, was er jenen gewährt, die in seiner Gunst stehen. Auch wenn er selbst rein gar nichts tut.

Alba führt uns in einen Empfangssaal, in dem das Königspaar uns bereits erwartet, zusammen mit drei Männern. Das müssen die drei sein, die ich segnen soll. Ich bin nicht überrascht, dass sie alle Männer sind. Von allen Segen, die ich auf Wunsch des Königs vergeben habe, sind die meisten für Männer. Das liegt daran, dass er es denen verspricht, die hohe und wichtige Positionen bekleiden oder politische Erfolge erbracht haben, und aus irgendeinem Grund gilt es unter Adligen als unschicklich, dass Frauen sich in die Politik einmischen. Außerdem scheint es auch nicht ungewöhnlich zu sein, ihr Mana und ganz besonders ihre Aura zu vernachlässigen. Ich kenne den Grund dafür nicht, mir ist nur aufgefallen, dass die meisten adligen Frauen keine besonders starke Präsenz haben und es nur selten Magier unter den Adligen gibt.

Natürlich gibt es Ausnahmen, wie zum Beispiel Adeliza Bertram, das Oberhaupt der Königlichen

Garde. Ich habe bisher noch keinen Mann mit mehr Aura gesehen. Sie schlägt selbst Luke.

Ich lege die Hände vor der Brust zusammen und senke den Kopf. »Ich grüße Eure Majestäten und bete für Euer Wohl.« Als Heilige muss ich mich vor niemandem verbeugen oder knicksen, stattdessen muss ich diese alberne Begrüßung benutzen, als würde ich gerade in diesem Moment beten.

»Ich danke Euch für Euer Kommen, Eure Heiligkeit. Ich hoffe, Ihr fühlt Euch besser.« Der König kommt auf mich zu und lächelt mich an, als wäre ich eine alte Freundin. Wobei man mich wohl mittlerweile als solche bezeichnen könnte, da ich mir redlich Mühe gegeben habe, von ihm gemocht zu werden.

Er ist schon gut über 60, sieht jedoch nicht älter aus als 40, was er vor allem mir zu verdanken hat. Da ich so viel Aufwand in ihn gesteckt habe, wäre es eine Verschwendung, wenn er stirbt und ich von vorn anfangen müsste.

»Ich danke Euch, Euer Majestät, es geht mir gut. Und ich bin froh, Euch bei so guter Gesundheit zu sehen.« Ich habe ein feines Gespür dafür, wie gut es jemandem geht, also wäre es heuchlerisch, ihn nach seiner Gesundheit zu fragen. Nicht zuletzt, da mein Segen dazu beiträgt, dass es ihm so gut geht.

Der König lacht warmherzig. »Das bin ich auch.«

Ich lächle und sehe dann an ihm vorbei zur Königin, die mit einem milden Lächeln neben ihm steht. Sie nickt mir zu, als sie meinen Blick bemerkt. Auf den ersten Blick mag sie zurückhaltend erscheinen, wie eine Frau, die im Schatten ihres Mannes steht, aber davon sollte man sich nicht täuschen lassen. Ich habe die Erfahrung gemacht, dass der König leicht nachgibt, wenn man die Königin auf seiner Seite hat.

Dann richte ich meinen Blick auf die drei Männer, die auf dem Boden knien. Es ist Teil der Prozedur, dass ich sie vor der Zeremonie begrüße, um auszuschließen, dass irgendwelche Komplikationen bei der Segnung auftreten. Sie sind alle Aura-Träger, was meine Möglichkeiten etwas einschränkt.

»Guten Tag, ich bin Lorelai Lumenos. Es freut mich, Eure Bekanntschaft zu machen.« Ich lächle, obwohl mein Gruß unerwidert bleibt. Man sollte meinen, dass Adlige, die so viel Wert auf Etikette und Anstand legen, wissen, wie unhöflich es ist, einen Gruß unerwidert zu lassen und stattdessen zu starren wie tote Fische. Aber es passiert so gut wie jedes Mal, sodass man glauben könnte, dass das die Art ist, die Heilige zu begrüßen.

Ich räuspere mich. »Ich hörte, Ihr habt außergewöhnliche Taten für das Königreich vollbracht und ich hoffe, Ihr empfangt meinen Segen als Zeichen der Wertschätzung und des Wohlwollens Gottes.« Natürlich ist es nicht mein Segen, sondern der Segen Gottes. Schließlich ist meine Gabe ein Geschenk Gottes.

Ich trete vor den Ersten der Männer und halte ihm meine Hand hin. »Bitte gebt mir Eure Hand.«

Er starrt mich an, als würde ich eine andere Sprache sprechen. »Meine ... Hand?«, stammelt er dann mit rauer Stimme.

»Ja, ich möchte mir Eure körperliche Verfassung ansehen und Euch vorbereiten, damit ihr den Segen empfangen könnt.« Bei Aura-Trägern ist es immer besser vorher ihren Aura-Fluss zu überprüfen und zu sehen wie empfindlich sie auf mein Mana reagieren. Das kann von Mensch zu Mensch unterschiedlich sein, weshalb ich meinen Segen entsprechend anpassen muss.

Der Mann starrt mich noch einen Moment lang an, dann hebt er zitternd seine Hand.

Ich widerstehe dem Drang, die Augen zu verdrehen. Ich kann diesen Teil nicht leiden. Schlimmer ist nur noch die Segnung selbst, bei der ich meine Hand auf die fettige und verschwitzte Stirn legen muss.

Ich halte die Hand des Mannes mit beiden Händen und schließe die Augen. Letzteres ist nicht nötig, aber ich ziehe es vor, keinen Blickkontakt zu halten. Dann läutere ich ihn und beseitige kleinere Unvollkommenheiten wie Narbengewebe oder unsauber verheilte Stellen. Er hat recht viele davon, also ist er wohl ein Soldat oder etwas Ähnliches, allerdings ist seine Aura nicht vergleichbar mit Lukes. Sogar Mikail hat mehr.

Anders als Magier verlieren Aura-Träger ab einem bestimmten Alter an Kraft, einfach weil ihr Körper schwächer wird. Aura macht den Körper stark und langlebig, aber sie ist eben doch sehr von ihm abhängig. Und auch eine gewaltige Menge an Aura nützt wenig, wenn der Körper ihr nicht standhalten kann.

Dieser Mann scheint um die 40 zu sein, womit er

sich als Aura-Träger in seiner Blüte befinden sollte. Die meisten erreichen ihren Höhepunkt mit 40 oder 50, aber ich kann mir nicht vorstellen, dass dieser Mann noch außergewöhnliche Stärke erreichen wird.

Als ich den Mann wieder loslasse, sieht er mich an und bedankt sich, als hätte er bereits seinen Segen erhalten.

Ich lächle mechanisch und wiederhole das Ganze bei den anderen beiden, um es schnell hinter mich zu bringen und mich läutern zu können. Danach stehen schon ein Stuhl und einige Erfrischungen für mich bereit, allerdings ist mir nur eine kurze Pause vergönnt, bevor es in den Thronsaal geht, in dem die Zeremonie stattfinden soll.

Die Segnung an sich dauert nur ein paar Minuten, aber der König hält eine lange und ausschweifende Rede über Moral und Gewissen und sein blühendes Königreich, sodass ich den Teil verpasse, in dem er erwähnt, wofür er die drei Männer ehrt. Vielleicht hat er das selbst vergessen.

Neben dem Königspaar ist auch der Kronprinz und seine Frau anwesend. Sie stehen mit einigen anderen Königlichen auf der linken Seite der Throne, gegenüber von mir und Luke. Ich kenne die meisten von ihnen zumindest flüchtig. Einige von meinen Besuchen im Palast, andere haben mich im Tempel besucht.

Die jüngeren Geschwister des Königs kamen, wann immer sie eine Verletzung hatten, allerdings haben ihre Besuche nachgelassen. Der Kronprinz erschien in dem Jahr, als er zum Thronfolger ernannt wurde und traditionsgemäß den Tempel besuchte, jedoch nur, um mich für eine flüchtige Begrüßung aufzusuchen. Und seine jüngere Schwester, Christina, hat mich vor ihrer Heirat besucht und sich lang und breit über ihr Schicksal als Prinzessin bei mir beschwert und getönt, wie gut ich es doch hätte, da ich nicht heiraten müsse.

Und dann ist da noch der jüngste Sohn des Königs, Eden. Er steht recht weit hinten, aber ich kann trotzdem sehen, dass er in meine Richtung schaut.

Ich verziehe angewidert das Gesicht. Niemand außer Luke steht nahe genug bei mir, um durch den Schleier sehen zu können, daher kann ich Grimassen schneiden so viel ich will. Und Edens Anblick allein verdirbt mir die Laune.

Ich nehme den Blick von ihm und bemerke dabei, dass er nicht der einzige Königliche ist, der mich ansieht. Eine junge Frau, die nahe beim Kronprinz steht, starrt mich geradezu nieder. Ich bin neugierige Blicke gewöhnt, aber das erscheint mir etwas mehr als bloße Neugier zu sein.

Ich würde schätzen, dass sie etwa in meinem Alter ist, etwas älter vielleicht und mit ihren roten Locken ist sie definitiv die Enkelin des Königs. Außerdem besitzt sie tatsächlich eine spürbare Menge an Mana mit einer Affinität für Feuer. Sie muss Prinzessin Estella sein und ich würde fast darauf wetten, dass sie versuchen wird, mich nach der Zeremonie abzufangen.

Ich seufze leise. Ich kann nicht schon wieder in

Ohnmacht fallen, aber ich werde einen stärkeren De-buff auf mich wirken, sodass mich der König umge-hend nach Hause schickt.

XVI.

Lärm und eine Menge Aura wecken mich. Es ist schon spät am Morgen, aber ich war noch nie ein Morgenmensch und genieße lange Morgen im Bett. Jedoch nicht, wenn sich ein Kampf in meinem Heim ereignet.

Ich wohne in einem Teil des Tempels, der weitläufig durch eine Mauer vom Rest des Tempels abgetrennt ist und gut bewacht wird. Nur einigen Nonnen ist es gestattet hinein- und hinauszugehen, um mir Essen zu bringen, mir beim Ankleiden zu helfen und um aufzuräumen oder sich um den Garten zu kümmern. Viel Hilfe brauche ich allerdings nicht, denn ich kann das Haus ganz einfach mit Zaubern sauber halten.

Von den Priestern haben außer dem Hohepriester nur sehr wenige Auserwählte Zutritt, und Luke ist der einzige Templer. Selbst die Wachen dürfen den Bereich nicht grundlos betreten.

Ich spüre ganz deutlich Lukes Aura von unten. Mein Wohnbereich befindet sich im ersten Stock, zu dem niemand außer Luke Zutritt hat, wenn ich schlafe. Unten sind Räume, um Gäste zu empfangen, und eine Kapelle.

Luke befindet sich in der Eingangshalle, zusammen mit einer anderen Person, die mein Mana in sich trägt. Ich stöhne laut und mühe mich aus dem Bett.

Luke und Matthias sind beide gezwungenermaßen loyal mir gegenüber, allerdings unterscheiden sie sich persönlich in so gut wie jeder Hinsicht voneinander. Ich kann nur raten, dass Matthias mal wieder versucht hat, sich mit irgendeiner Ausrede in mein Zimmer zu schleichen, denn Lukes Aura ist so stark, dass sie Matthias Mana völlig überdeckt.

Persönlich habe ich keinen Grund, Matthias zu helfen, aber ich habe Luke schon oft genug gesagt, dass ich ihn noch brauche. Außerdem kann ich es nicht leiden, geweckt zu werden. Es ist kaum zwei Tage her, dass ich im Palast war und nach einem derart nervtötenden Event, brauche ich mindestens eine Woche meine Ruhe, bevor ich bereit bin, weitere Ärgernisse zu ertragen.

Ich greife meinen Morgenmantel, um nicht nur in meinem Nachtgewand hinunterzugehen, aber ich beabsichtige, mich wieder hinzulegen, nachdem ich die beiden zur Schnecke gemacht habe.

Den Morgenmantel im Gehen anziehend und barfuß laufe ich die Marmorstufen in die Eingangshalle hinunter. Ich kann bereits Lukes tiefe und feindselige Stimme hören. »Luke!«, rufe ich, noch bevor ich unten angekommen bin. »Was soll dieser Aufstand?!« Ich erreiche den unteren Absatz und bleibe abrupt stehen.

Luke hat sein Schwert gezogen und hält es dem Mann an die Kehle, der vor ihm auf dem Boden kniet. Aber es ist nicht Matthias.

Luke schiebt sein Schwert zurück in seine Scheide,

sobald er mich sieht. »Verzeiht meine Nachlässigkeit, Eure Heiligkeit. Ich werde den Eindringling umgehend beseitigen.«

Ich bin froh, dass Luke den Kopf gesenkt hat und meinen Gesichtsausdruck nicht sehen kann. Oder Mikails. Tatsächlich wünschte ich, ich könnte Mikails Gesichtsausdruck ebenfalls nicht sehen.

Er starrt mich mit geweiteten Augen an, während sämtliche Farbe aus seinem Gesicht verschwindet, als hätte er einen Geist vor sich. Sein Mund klappt auf und ich kann nur raten, dass er versucht, meinen Namen zu sagen, denn es kommt kein Wort heraus.

Ich schließe die Augen, auch wenn es jetzt zu spät ist. Wieso habe ich nicht besser aufgepasst und sofort angenommen, dass es Matthias ist? Jetzt, wo ich wach bin, spüre ich auch die unterdrückten Präsenzen der anderen im Garten. Sie und nicht Matthias, der von Luke zusammengeschlagen wird, sind der Grund, warum einige Templer vor meiner Tür stehen.

Mikail gibt keinen Laut von sich, als Luke ihn am Kragen packt und aus der Halle schleift. Seine Augen sind starr auf mich gerichtet, als würde er nichts von dem, was um ihn herum passiert, wahrnehmen.

Ich beobachte, wie Luke ihn durch die Tür zerrt und die Stufen hinunter in den Garten wirft. »Es ist egal, aus welchem Haus Ihr stammt. Ihr habt kein Recht, hier zu sein. Verschwindet!«

Ich höre andere Stimmen neben Lukes. Lomins, Daltons, Jakes. Ich kneife die Augen zusammen. Dann wirke ich einige Debuffs auf mich und nehme die letzten Stufen hinunter. »Luke!«, rufe ich, während ich auf die Tür zugehe.

Luke wirft mir einen Blick über die Schulter zu und ich sehe Überraschung in seinen Augen aufblitzen. »Bitte bemüht Euch nicht, Eure Heiligkeit. Ich werde mich um alles kümmern.«

Aber ich trete hinaus in die Sonne und stelle mich neben ihn. »Wer sind diese Männer?«, frage ich mit einem Blick in den Garten.

Mikail liegt immer noch halb auf dem Boden und Dalton, Lomin und Jake knien bei ihm. Außerdem kann ich etwas weiter weg, etwa beim Tor, mehrere Präsenzen spüren und ich vermute, dass Kuma und Clover für eine Ablenkung gesorgt haben.

Fünf der Templer, die meine Residenz bewachen, umzingeln die Männer am Boden, aber sie stecken ihre Schwerter weg und verbeugen sich, als sie mich sehen.

»Nichts weiter als Eindringlinge, Eure Heiligkeit. Niemand, der es wert ist, Eure Ruhe zu stören«, sagt Luke, während er seinen Umhang auszieht und ihn mir um die Schultern legt. Der Umhang ist wie eine Uniform, auf dessen Rücken das Wappen der Heiligen gestickt ist, weshalb er ihn sogar an heißen Tagen pflichtbewusst trägt.

»Das haben sie schon«, erwidere ich. »Und da ich sowieso hier bin, kann ich mir auch anhören, was sie wollen.« Ich richte meinen Blick wieder auf Mikail, der sich während unserer Unterhaltung kein bisschen gerührt hat. Genauso wenig wie die anderen, die mich anstarren, wie mich alle Männer anstarren, die mich zum ersten Mal sehen. Jedenfalls fast.

Ich richte meinen Blick überrascht auf Lomin, der mich zwar mit Erstaunen ansieht, sich aber schnell wieder fasst und Mikails Schulter packt. Er rüttelt ihn leicht und flüstert ihm etwas zu.

Mikail blinzelt ein paar Mal und schafft es schließlich aus seiner Starre. Er steht auf, was auch die anderen beiden in Bewegung setzt. Dann öffnet er den Mund.

Ich packe Lukes Umhang, während ich darauf warte, was er sagen wird. Wird er so tun, als kennt er mich nicht? Er ist ein schrecklicher Schauspieler, aber es bleibt ihm praktisch keine Wahl.

»Verzeihung!« Mikails Stimme klingt atemlos und hohl, als er sich knapp vor mir verbeugt. Dann dreht er sich um und rennt davon.

Ich lasse Lukes Umhang los und starre ihm entgeistert hinterher.

»Diese Unverfrorenheit!«, knurrt Luke neben mir mit zusammengebissenen Zähnen.

Ich bemerke, die Schärfe in Lukes Stimme und ein Teil von mir weiß, dass er kurz davor ist, sein Schwert zu ziehen und Mikail hinterherzurennen. Aber der größte Teil von mir ist zu sehr damit beschäftigt, völlig verdattert Mikails Rücken anzustarren.

Und dann gibt es ein dumpfes Geräusch, dass sowohl Luke als auch mich aufschrecken lässt. »Bitte vergebt ihm, Eure Heiligkeit!«, ruft Lomin, nachdem er sich vor unsere Füße geworfen hat. »Er ist nicht ganz bei sich, wegen seiner Schwester.«

Ich blinzle und ermahne mich innerlich, mich zusammenzureißen.

»Wir wissen, dass Ihr bereits erklärt habt, dass es unmöglich ist, Annie zu helfen, aber wenn Ihr sie Euch wenigstens ansehen würdet. Nur ein einziges Mal.«

»Glaubt Ihr, es ist Euch gestattet, eine Bitte an Ihre Heiligkeit zu richten?!«, braust Luke auf, aber ich hebe eine Hand und er ist sofort still.

»Ich fürchte, ich kann Euch nicht folgen. Wer ist Annie?«

»Annabella Moraen. Ihr sagtet in Eurem Brief, dass Ihr auch mit dem Erz nicht in der Lage seid, sie zu heilen, aber ich flehe Euch an. Bitte untersucht sie!«

Ich setze ein verwirrtes Gesicht auf. Das Gesicht, das ich machen würde, hätten sie nicht durch Zufall Lawrence angeheuert, um ihnen bei ihrem Auftrag zu helfen. »Ihr sagt, ich habe Euch einen Brief geschrieben? Ich habe noch nie etwas von Annabella Moraen gehört und ich fürchte, über das Erz, von dem Ihr sprecht, weiß ich auch nichts.«

Lomin hebt den Kopf und starrt mich an. »Was? Aber wie…?«

»Luke, weißt du etwas darüber?«, frage ich und werfe ihm einen Blick zu, jedoch mehr, um zu überprüfen, ob er immer noch kurz davor ist, sein Schwert zu ziehen.

Aber seine Miene ist wieder um einiges kontrollierter, wenn auch nach wie vor düster. »Nein.«

»Aber das ist unmöglich!«, ruft Lomin mit einem gehetzten Blick in den Augen. »Schon vor Jahren, als es Annie noch einigermaßen gut ging, Ihr habt schon vor Jahren einen Brief geschrieben und erklärt, dass Ihr Annie nicht helfen könnt.«

»Hütet Eure Zunge!« Luke wirft Lomin einen warnenden Blick zu. »Ihre Heiligkeit würde niemals einen Patienten für unheilbar erklären, ohne ihn je untersucht zu haben.«

Lomin scheint Lukes Blick jedoch kaum wahrzunehmen. »Aber wenn Ihr keine Briefe geschrieben habt …« Er lässt den Satz in der Luft hängen, aber die Bedeutung ist eindeutig. »Bitte, ich flehe Euch an!« Er drückt seine Stirn wieder auf den Boden und Jake und Dalton, die sich mittlerweile wieder gefasst haben, tun es ihm nach. »Bitte untersucht Annie!«

Es ist mir schon im Wald durch den Kopf gegangen, aber als ich die drei vor mir auf dem Boden kauern sehe, frage ich mich erneut, was für eine starke Freundschaft sie mit Mikail teilen, dass sie so weit für ihn gehen. »Es gibt keinen Grund, sich so tief vor mir zu verbeugen«, sage ich mit ruhiger Stimme und warte darauf, dass sie ihre Köpfe heben. »Das Missverständnis haben wir zu verschulden. Ich bin es, die um Verzeihung bitten muss.« Ich neige den Kopf zu einer angedeuteten Verbeugung.

Drei verdutzte Augenpaare starren mich an.

»Eure Heiligkeit?« Sogar Luke sieht mich ungläubig an. »Aus welchem Grund auch immer, diese

Männer sind gewaltsam in Eure Residenz eingebrochen!«

»Ich weiß. Und ich hätte genau dasselbe getan, wenn es um Luci gehen würde.«

Daraufhin sagt Luke nichts mehr.

»Bereite eine Kutsche vor, damit wir sofort aufbrechen können«, sage ich, was Luke mit einer Verbeugung zur Kenntnis nimmt.

»S-Sofort?«, stammelt Lomin und ich sehe ihn überrascht an. »Es hörte sich an, als wäre es dringend. Oder ist jetzt ein schlechter Zeitpunkt?«

Er blinzelt und es scheint, dass er einen Moment braucht, um zu realisieren, was ich sage. Dann schüttelt er heftig den Kopf. »Ganz und gar nicht. Ich danke Euch, Eure Heiligkeit!«

Ich schenke ihm ein Lächeln. »Dann hoffe ich, dass Ihr mir noch einen Moment gewährt, um mich anzuziehen.«

Lomin blinzelt und sieht an mir herunter. Und dann, zum ersten Mal, steigt ihm Schamesröte ins Gesicht. »Natürlich. Bitte verzeiht uns unser Eindringen.«

Ich gestatte mir ein schwaches Grinsen, als alle drei erneut den Kopf senken. Dann mache ich kehrt und gehe in meine Gemächer zurück.

Ursprünglich wollte ich die Person finden, die in meinem Namen mit den Moraens korrespondiert hat, um ‚zufällig‘ von Annabellas Zustand zu erfahren. Aber wenn es so einfach wäre, denjenigen zu finden, wäre ich schon viel früher auf ihn gestoßen. Außerdem hat mich der Gedanke verunsichert, Mikail als Heilige gegenüberzutreten, was sich jetzt aber ebenfalls erledigt hat. Für den Moment entscheide ich aber, nicht darüber nachzudenken, ob diese Entwicklung wirklich zum Besseren ist.

Da es kein offizieller Besuch ist, verzichte ich auf meinen Schleier. Stattdessen ziehe ich einen Umhang mit einer Kapuze über ein dünnes weißes Sommerkleid und flechte meine Haare zu einem einfachen Zopf.

Ich bin kaum fertig, da klopft Luke an meine Tür, um mir mitzuteilen, dass die Kutsche bereit ist. Neben der offiziellen Kutsche mit dem Zeichen der Heiligen habe ich noch eine unauffälligere, die ich benutzen kann, wenn ich die Stadt besuchen will, was selten genug vorkommt. Im Grunde brauche ich sie nie, aber ich wollte keine Gefangene sein, die nur für offizielle Ereignisse den Tempel verlassen kann. Außerdem leihe ich sie ab und zu meinen Eltern.

Als ich nach unten komme, sind die Präsenzen von Kuma und Clover verschwunden und ich nehme an, dass sie Mikail gefolgt sind. Die anderen drei nehmen mit mir die Kutsche. Sie ist etwas kleiner als die offizielle Kutsche, aber dennoch groß genug für fünf Leute, auch wenn die drei Ritter sehr unbehaglich wirken. Ich frage mich, ob das an mir liegt oder an Luke, der sie ununterbrochen anstarrt, als wäre er bereit, sie jeden Moment aus der Kutsche zu werfen.

Schließlich räuspert sich Lomin. »Eure Heiligkeit, ich möchte Euch abermals um Entschuldigung bitten, wegen unseres Eindringens. Wir waren unsagbar respektlos Euch gegenüber.«

»Es ist in Ordnung. Auch wenn ich nach wie vor nicht verstehe, wie es zu dieser Situation kommen konnte. Ihr sagtet, ich hätte Briefe geschrieben, Sir …?«

»Lomin, Eure Heiligkeit.« Er senkt erneut den Kopf. »Ich muss erneut um Verzeihung bitten. Mein Name ist Lomin Lapelle, zweiter Sohn von Baron Lapelle.« Er beendet seine Worte mit einem Stoß in Daltons Rippen.

»D-Dalton Carsley. Sohn von Graf Carsley«, stammelt er daraufhin.

Ich richte meinen Blick auf Jake, der daraufhin hörbar schluckt. »Jake Alistair, Eure Heiligkeit.«

Ich runzle die Stirn. Alistair ist ein bedeutender Name im gesamten Königreich, da die Familie die Fraktion anführt, die seit Jahren versucht, die Kirche zu schwächen. Dabei bin ich ein beliebtes Ziel. Bisher waren sie nicht erfolgreich, aber allein die Tatsache, dass sie noch existieren, zeigt, wie mächtig sie sind.

»Alistair«, knurrt Luke und jetzt sieht er wirklich so aus, als wolle er Jake aus der Kutsche werfen.

»Das ist jetzt nicht wichtig«, sage ich, bevor er sich rühren kann. »Ihr wart dabei, mir von den Briefen zu erzählen, die Ihr von mir erhalten habt.« Ich richte meinen Blick wieder auf Lomin.

Der blinzelt ein wenig verdutzt, räuspert sich dann aber. »Annie hat eine angeborene Muskelkrankheit und in den letzten fünf Jahren hat sich ihr Zustand drastisch verschlechtert. Es muss vor drei oder vier Jahren gewesen sein, als Lord Moraen das erste Mal um Eure Hilfe gebeten hat. Damals wart Ihr jedoch in schlechter Verfassung, sodass ein Priester kam, um Annie zu untersuchen. Er sagte uns, dass er ihre Symptome an Euch weitergeben würde, dass er jedoch wenig Hoffnung hätte. Ein paar Tage später kam ein Brief von Euch, wie wir annahmen, in dem Ihr sagtet, dass Ihr nicht in der Lage wärt, Annie zu helfen.«

Ich mache ein nachdenkliches Gesicht, auch wenn ich all das schon weiß. Aber ich finde es interessant, wie Lomin von ‚uns' und ‚wir' spricht, als wäre er Teil der Moraen Familie. Dann hebe ich die Hand, an der ich den Siegelring der Heiligen trage. »War dieses Siegel auf dem Brief?«

Alle drei beugen sich vor, um den Ring zu betrachten. Dann schüttelt Lomin den Kopf. »Ich habe den Brief damals nicht gesehen, denn er war an den Marquis adressiert, aber Mikail hat mir den Brief gezeigt, den er gestern von Euch bekommen hat. Er trug das Siegel des Tempels.«

»Das ist mein persönliches Siegel. Wenn ich einen Brief schreibe, versiegle ich ihn immer mit diesem Siegel, aber ich gebe zu, dass ich nur sehr selten Briefe schreibe.« Ich schreibe für gewöhnlich nur meinen Eltern oder der Königsfamilie und letzterer nur, weil ich sie nicht ignorieren kann. Daher ist es wohl nicht überraschend, dass niemand weiß, dass ich ein eigenes Siegel benutze, auch wenn jeder das

Wappen der Heiligen kennt. Möglicherweise, weil es schon öfter vorgekommen ist, dass der Tempel Briefe in meinem Namen verschickt hat.

Ich schüttle den Kopf und senke die Hand wieder. »Der Priester, der Lady Annabella untersucht hat, muss eine so schwere Krankheit gefunden haben, dass er glaubte, es wäre zu viel für mich, sie zu heilen. Es war nicht richtig, aber er hat es wohl um meinetwillen getan.« Ich sehe betrübt auf meine Beine hinab. Ich hasse es, die Kirche in Schutz zu nehmen, aber ich kann es mir als Lorelai nicht leisten, mit Anschuldigungen um mich zu werfen. Vor allem, weil ich nicht verstehen kann, wieso die Kirche riskiert, Haus Moraen gegen sich aufzubringen. Es ist ein Wunder, dass sich noch nicht herumgesprochen hat, dass ich mich geweigert habe, ein junges Mädchen auch nur zu untersuchen. Oder möglicherweise hat es sich herumgesprochen, aber ich habe es nicht mitbekommen.

»Es ist nicht Eure Schuld!«, sagt Dalton plötzlich mit lauter und energischer Stimme. »Ihr wusstet von all dem nichts und jeder weiß, dass Ihr immer Euer Bestes gebt, um den Menschen zu helfen.«

Ich sehe ihn perplex an. Dann erst erinnere ich mich, was Dalton über mich gesagt hat, als wir auf dem Weg zu den Felswurzeln waren. Ich lächle. »Es ist nett, dass Ihr das sagt, aber wenn ich nicht so einen schwachen Eindruck machen würde, hätte ich Lady Annabella schon vor Jahren untersucht. Ich hätte bestimmt etwas tun können, um ihr zu helfen.« Ich verschränke meine Hände fest in meinem Schoß, um einen bedrückten Eindruck zu machen. Natürlich ist das alles nur falsche Bescheidenheit. In meinen Jahren als Heilige habe ich keine Krankheit gefunden, die ich nicht heilen konnte. Ich konnte es nicht immer problemlos und manchmal hat es eine Weile gedauert, bis ich einen Weg gefunden habe, aber ein menschlicher Körper ist ein menschlicher Körper, auch wenn er einen Fehler hat. Es geht nur darum, den Fehler zu beheben.

Ich räuspere mich, bevor die Ritter etwas sagen können, um mir Mut zuzusprechen. Ich kann es bereits in ihren Gesichtern sehen. »Es muss Lady Annabella sehr schlecht gehen, wenn Ihr mir noch einmal einen Brief geschrieben habt, obwohl Ihr dachtet, ich könnte sie nicht heilen.«

Die Ritter tauschen einen Blick. »Ihr habt recht«, sagt Lomin schließlich mit bedächtiger Stimme. »Aber es gibt noch einen Grund.«

Ich lege fragend den Kopf schief.

»Da Ihr nichts von den Briefen wusstet, nehme ich an, dass Ihr auch nichts von dem Auftrag wusstet, auf dem wir in Eurem Namen waren.«

Ich blinzle mit einem verwirrten Gesichtsausdruck. »Verzeihung, aber ich weiß nichts von einem Auftrag.«

Lomin seufzt tief. »Man sagte uns, dass das Erz aus den Felswurzeln Euch möglicherweise von Nutzen sein könnte und Ihr in der Lage wärt, Annie zu helfen, wenn Ihr es hättet. Also haben wir Euch welches besorgt.«

Ich schlage mir in gespieltem Schrecken die Hände vors Gesicht. »Aber ich hörte, nur die erfahrensten Krieger können die Felswurzeln überhaupt betreten!«

Lomin nickt, sieht aber plötzlich zu erschöpft aus, um mehr als das zu tun.

»Ich kann nicht glauben, dass Lawrence recht hatte«, sagt Jake und fährt sich stöhnend durchs Haar.

»Lawrence?«, frage ich und blinzle dümmlich.

»Eine Heilerin, die wir für den Auftrag angeheuert haben«, erklärt Jake. Er verzieht leicht das Gesicht und rollt mit den Augen, als er über mich nachdenkt. Aber es ist das erste Mal, dass er einigermaßen entspannt wirkt, seit wir in der Kutsche sitzen. »Sie ist ein Biest, aber ohne sie hätten wir es nie geschafft.«

»Dann ist Lawrence eine Frau? Und -, und ein Biest?«

»Ja, sie ist nicht ganz richtig im Kopf. Sie nennt sich Lawrence, weil sie den Bösewicht aus *Die Lichtbringerin* bewundert und sie liebt Geld über alles. Aber sie ist gut, in dem, was sie tut.« Jake spricht nun etwas hastig, als würde ihm einfallen, dass er Lawrence in Schwierigkeiten bringen könnte. Und er hat vielleicht Nerven mir ins Gesicht zu sagen, dass ich nicht ganz richtig im Kopf bin.

»Das hört sich nach einer sehr interessanten Frau an und Ihr sagtet, sie hätte mit etwas recht gehabt?«

Jake nickt, macht dabei aber ein verwirrtes Gesicht. »Ja, sie sagte, gleich nachdem wir ihr erzählt haben, für wen das Erz ist, dass Ihr wahrscheinlich nicht einmal wisst, was wir tun. Aber sie schien eine Abneigung gegen Euch zu hegen, daher haben wir dem keine Beachtung geschenkt.«

Ich lege mir nachdenklich eine Hand ans Kinn. Wenn ich damals erwartet hätte, die Ritter je als Heilige zu treffen, hätte ich meinen Mund gehalten. »Was genau hat sie gesagt?« Auf der anderen Seite ist der panische Ausdruck auf ihren Gesichtern, als ich das frage, es fast wert.

»Nun, das…«, stammelt Jake und sieht Hilfe suchend zu Lomin.

Dalton sieht derweil so aus, als wäre sein Kopf völlig leer gefegt.

»Sie hat der Kirche vorgeworfen, das Erz für sich haben zu wollen und es deswegen absichtlich vor Euch geheim zu halten«, sagt Lomin und auch er klingt etwas gehetzt. »Aber natürlich ist es nur Zufall, dass sie recht hatte.«

Ich mustere ihn nachdenklich. Wahrscheinlich ist er zu schlau, um das selbst zu glauben. Und offensichtlich hat Mikail ihnen nicht gesagt, was ich ihm am See über das Erz verraten habe. »Ich nehme an, sie kannte die Eigenschaften des Erzes.«

Lomin runzelt die Stirn. »Ja, ich denke, die Eigenschaften sind allgemein bekannt. Das macht es ja so wertvoll.«

Ich nicke. »Es hilft einem bei der Mana-Kanalisierung.«

»Richtig.« Lomin nickt ebenfalls, sieht mich jedoch misstrauisch an, die Frage, wieso ich etwas Offensichtliches feststelle, deutlich auf seinem Gesicht.

Ich lächle gezwungen und rutsche auf meinem Sitz herum. »Es ist nur so.« Ich räuspere mich und mache ein betretenes Gesicht. »Da Ihr so viel durchgemacht habt, um dieses Erz zu besorgen, fühle ich mich schrecklich, das zu sagen, aber mit dem Erz kann man zwar Mana kanalisieren, das hilft jedoch nur, wenn die eigene Mana-Kanalisierung schlechter ist als die des Erzes.« Ich beiße mir auf die Lippe, nachdem ich zu Ende gesprochen habe, jedoch nur, weil es mir schwerfällt, bei den völlig verdatterten Gesichtern der drei nicht zu lachen.

Ich hole einmal Luft, bevor ich weiterspreche. »Ich denke, dass Miss Lawrence vermutet hat, dass meine Kanalisierungsrate höher ist, als das, was das Erz einem ermöglicht.«

Lomin vergräbt stöhnend das Gesicht in den Händen.

»Ich kann nicht glauben, dass sie das nicht gesagt hat«, braust Jake auf.

»Vielleicht dachte sie, dass es euch trotzdem eine Möglichkeit verschafft, mich zu treffen, und das hat es, oder nicht?«, sage ich und hebe beschwichtigend die Hände.

»Hmpf«, macht Jake. »Ihr seid zu gut zu ihr, Eure Heiligkeit. Wenn Ihr wüsstet, was sie über Euch erzählt hat, würdet Ihr das nicht sagen.«

»Oh? Was hat sie über mich erzählt?« Ich sehe ihn mit gespielter Überraschung an und Jake zuckt zusammen, als wäre ihm erst jetzt aufgefallen, was er gesagt hat. Oder es liegt an Lukes Gesichtsausdruck.

»Nichts, das man ernst nehmen sollte. Immerhin kennt sie Eure Heiligkeit nicht einmal«, sagt er und ich sehe Schweißtröpfchen auf seiner Stirn, obwohl es in der Kutsche kühl ist. »Sie hat wohl gemerkt, dass es uns verärgert hat, wenn sie schlecht über Euch spricht und sie hat daran Gefallen gefunden. Sie ist nur jemand, der andere gern auf die Palme bringt.«

Oho, sieh an wer versucht, mich in Schutz zu nehmen. Ich schenke ihm ein wohlwollendes Lächeln, das ihn sofort erstarren lässt. »Ihr müsst Euch nicht derart für sie einsetzen. Es ist Ihr gutes Recht, Abneigungen zu hegen.«

Jake hat einen so dämlichen Ausdruck auf dem Gesicht, dass ich mich frage, ob er mir überhaupt zuhört, aber ich rede weiter: »Jeder Mensch hat seine eigenen Beweggründe und Geheimnisse, von denen niemand etwas weiß. Ich bin mir sicher, Miss Lawrence hat ihre Gründe, und es steht mir nicht zu, von jemandem zu erwarten, mich zu mögen, wenn dieser Jemand Gründe hat, es nicht zu tun.«

Die drei Ritter starren mich an, als hätte ich etwas unglaublich Weises gesagt. Dabei ist das eine Ansicht, die Lawrence mit Lorelai teilt, aber es macht eben so viel mehr Eindruck, wenn Lorelai es sagt.

»Welchen Grund könnte irgendjemand haben, Euch nicht zu mögen?«, platzt Dalton schließlich heraus. Er scheint der Typ zu sein, der laut wird, wenn er nervös ist.

»Es ist nett, dass Ihr das sagt, aber ich bin auch nur

ein Mensch. Es gibt durchaus Gründe, mich nicht zu mögen.« Ich mache ein betretenes Gesicht. »Ihr habt eine sehr gefährliche Reise hinter Euch, und das nur, weil ich nicht auf Eure Hilfegesuche reagiert habe. Alles, um die kleine Schwester Eures Freundes zu retten. Das ist sehr ehrenvoll.«

Jake und Dalton laufen daraufhin Rot an und sehen überaus geschmeichelt aus. Lomin dagegen nickt nur. Tatsächlich ist er die ganze Zeit schon völlig unbeeindruckt von mir, was mich auf einen Gedanken bringt. Ich richte meinen Blick fest auf Lomin. »Ihr müsst ihn wirklich sehr lieben.«

Lomin zuckt zusammen und sieht mich erschrocken an.

Ich lächle unschuldig zurück. »So eine wunderbare Freundschaft.«

XVII.

Weißer Kies knirscht unter meinen Füßen, als ich aus der Kutsche steige, die Augen auf das ebenso weiße Gebäude vor mir gerichtet. Es ist eine große Villa. Eine, die eine Auffahrt braucht, die so groß ist, dass zwei große Kutschen und ein Springbrunnen darauf Platz haben. Ich habe schon viele Villen gesehen, aber, vielleicht liegt es daran, dass es nur durch das Fenster einer Kutsche war, keine erschien mir so übermäßig groß. Es fällt mir schwer, mir vorzustellen, dass nur eine Familie in diesem Haus wohnen soll. Aber ein solches Haus hat wohl mehr Bedienstete als Familienmitglieder. Ich kann mir nicht einmal vorstellen, wie es ist, in so einem Haus zu leben und aufzuwachsen.

Während ich das denke, konzentriere ich mich unwillkürlich auf die Präsenzen der Menschen, die ich im Haus spüren kann, aber Mikails ist nicht dabei. Das Wissen erleichtert mich, aber ich frage mich, wo er ist.

»Geht es Euch gut?« Lukes sanfte Stimme reißt mich aus meinen Gedanken.

Ich nicke und lasse seinen Arm los, um den Rittern zu folgen. Lomin redet bereits auf den Butler an der Tür ein, was mich dazu verleitet, mir mit dem Folgen etwas Zeit zu lassen. Wegen meiner Debuffs ist das sowieso besser. Also gehe ich langsam und bewundere ausgiebig die Blumenbeete, die vor dem Anwesen angelegt sind, bevor ich noch langsamer die Treppen zur Eingangstür hinaufsteige.

Als ich oben ankomme, starrt mich der Butler einen Moment an, als könne er seinen Augen nicht trauen. Aber noch bevor ich ihn begrüßen kann, verbeugt er sich tief vor mir. »Es ist eine große Ehre, Eure Heiligkeit. Bitte, erlaubt mir, Euch umgehend zu Lady Annabella zu bringen.«

Ich nicke. »Natürlich, ich bitte darum.«

Der Butler wirbelt herum, noch bevor er sich ganz aufgerichtet hat und ich frage mich, ob es so schlimm um Annabella steht.

Natürlich liegt Annabellas Zimmer nicht in der Nähe der Eingangstür. Eine Villa zu besitzen verliert für mich plötzlich an Reiz, da ich nicht ewig durch mein Haus gehen will, um von einem Ort zum anderen zu kommen. Ich bin schon außer Atem, noch bevor wir das Zimmer erreicht haben, was sogar den Butler dazu bringt, langsamer zu gehen und mir besorgte Blicke zuzuwerfen. Immerhin gibt es kaum Treppen, die wir nehmen müssen, was ich erst Annabellas Muskelkrankheit zuschreibe, bis ich begreife, dass wir nicht auf dem Weg zu ihrem Zimmer sind. Denn wir verlassen das Haus und betreten den Garten.

Der Butler führt uns einen gepflasterten Weg entlang, der von Blumenbeeten gesäumt wird, und zu einem überdachten Pavillon führt, in dem ein Bett steht. Eine Frau sitzt auf einem Stuhl neben dem Bett und etwas abseits davon steht eine weitere Frau, deren Mana mir verrät, dass sie eine Heilerin ist.

»Madame!« Der Butler beginnt auf den letzten Metern, beinahe zu rennen.

Die Frau, die auf dem Stuhl sitzt, springt auf die Füße. »Was soll dieser Aufruhr, Elliot?«, fragt sie mit strenger Stimme, noch bevor die Ritter mir Platz machen und ich neben den Butler trete.

»Es ist Ihre Heiligkeit, Lady Lorelai!«, sagt der Butler mit atemloser Stimme, als hätte auch er Probleme auf dem Weg hierher gehabt.

Die Augen der Frau richten sich auf mich und werden groß. Sie sagt nichts und starrt mich einfach nur an.

Und ich starre zurück. Sie sieht aus wie Mikail. Jetzt verstehe ich, wieso er so ein hübsches Gesicht hat. Die feinen Züge, die schmale Nase, die großen Augen. Nur seine Augenbrauen sind etwas kräftiger und seine Kinnpartie kantiger. Seine Mutter ist eine sehr schöne Frau, die, wie ich feststelle, ebenfalls eine Affinität zu Lichtmagie hat, auch wenn sie kaum ausgeprägt ist, sowie bei den meisten adligen Frauen. Sie hält ein Buch in der Hand, das sie wohl Annabella vorgelesen hat.

Ich lege meine Hände vor der Brust zusammen und neige den Kopf. »Ich bin Lorelai Lumenos. Bitte verzeiht mein verspätetes Erscheinen.«

»Die Heilige?«, sagt sie, um einiges kraftloser als zuvor. »Aber wie...?«

»Wir werden Euch alles erklären, aber bitte lasst sie Annie untersuchen.« Lomin und die anderen beiden

Ritter verbeugen sich.

Lady Moraen sieht überfordert aus, aber sie nickt. »N-Natürlich«, sagt sie und tritt beiseite, damit ich auf ihrem Stuhl Platz nehmen kann.

Kaum sitze ich, tritt die Heilerin neben mich. »Ich bin Muriel Bauer, Eure Heiligkeit, und ich behandle Lady Annabella nun schon seit einigen Jahren«, sagt sie mit einer knappen Verbeugung. »Soweit ich es beurteilen kann, befindet sich my Ladys Körper in einem Kampf mit sich selbst. Aus irgendeinem Grund greift ihr Immunsystem ihre Muskeln an.«

Ich mustere Annabella, während ich ihr zuhöre und was sie sagt, erklärt, was ich sehe. Annabellas Körper ist unnatürlich dünn, mit einem eingefallenen Gesicht und brüchiger Haut. Nur dazuliegen und zu atmen scheint eine ungeheure Anstrengung für sie zu sein. Offenbar versagen ihre Körperfunktionen regelmäßig, denn ich kann Spuren von Muriels Mana in ihr spüren, die jedoch von Annabellas Aura verdrängt zu werden scheinen. Und ich entdecke noch mehr Mana, das nicht Muriels ist.

Es muss qualvoll sein und doch sind Annabellas Augen auf mich gerichtet, auch wenn ich mir nicht sicher bin, wie viel sie wahrnimmt, denn ihr Blick ist benebelt.

Ich lächle schwach. »Ich werde versuchen, Euch zu helfen«, sage ich leise und nehme vorsichtig ihre Hand in meine. Dann schließe ich die Augen und lasse eine kleine Menge meines Manas in ihren Körper fließen.

Es dauert eine ganze Weile, bis ich die Ursache finde, die jedoch so abwegig ist, dass ich sie noch ein paar Mal überprüfe, bevor ich die Augen wieder öffne. Vielleicht habe ich diese Heilung zu leicht genommen.

»Konntet Ihr die Ursache finden?« Lady Moraens Stimme klingt etwas höher als zuvor, ängstlich.

»Ja, aber es ist …« Ich lasse den Satz in der Luft hängen, als ich bemerke, dass noch jemand zu uns gestoßen ist. Er hält die Marquise im Arm, die das Buch aus der Hand gelegt hat und sich ihrerseits an ihn klammert. Aber ich hätte auch so gewusst, dass er das Oberhaupt der Moraen Familie ist. Denn auch bei ihm sehe ich eine Familienähnlichkeit, nur nicht zu Mikail. Übelkeit steigt in mir auf und ich bemühe mich, diese Gedanken zu verdrängen.

»Bitte, haltet Euch nicht mit Förmlichkeiten auf und sprecht weiter, Eure Heiligkeit«, sagt er, wohl in der Annahme, ich wäre in Sorge, weil ich ihn noch nicht begrüßt habe.

Ich belasse es dabei und nicke. »Lady Annabella besitzt neben ihrer Aura-Quelle auch eine Mana-Quelle.«

Auf meine Worte folgt ungläubiges Schweigen. Sogar Luke sieht mich an, als hätte ich etwas Abwegiges gesagt.

Lord Moraen fängt sich als Erster wieder. »Das ist völlig unmöglich!«

Ich nicke. »Das habe ich bisher auch gedacht, aber es ist der Grund, aus dem ihr Körper mit sich selbst kämpft. Aura baut sich schneller im Körper auf als Mana, weil es ihren Trägern beim Wachstum des Körpers, vor allem der Muskeln, hilft. Mana dagegen muss aktiv genutzt und gebildet werden und wächst nur sehr langsam. Deswegen hat sich ihr Zustand erst in den letzten Jahren verschlechtert. Ihr Mana versucht, ihre Aura auszutreiben, die in ihren Muskeln sitzt. Gleichzeitig stößt ihre Aura jegliches Mana ab, was es so schwierig macht, sie zu heilen.« Ich fahre mir nachdenklich über den Mund. Es ist nicht das erste Mal, dass ich jemanden behandle, der nicht an einer Krankheit leidet, sondern an einer Störung der Energie. Aber einen Energiefluss zu korrigieren ist eine Sache, ihn auszulöschen eine völlig andere. Normalerweise besitzt jeder Mensch nur eine Energiequelle, die überlebenswichtig ist, und es ist ein großes Tabu, die Energiequelle eines anderen zu zerstören.

»Was genau heißt das?« Lady Moraens Stimme zittert und der Marquis, der sie im Arm hält, reibt ihr beruhigend den Arm, aber auch er ist blass.

Ich sehe wieder auf Annabella hinab und sogar in ihrem Gesicht kann ich Sorge sehen, so als ob sie alles mitgehört hätte. Ich könnte sehr einfach die Aura in ihrem Körper überwältigen und ihre Körperfunktionen übernehmen, aber selbst wenn ich ihren Körper damit wieder herstellen könnte, wäre es nur temporär. Außerdem scheint ihre Aura bereits Teile ihres Körpers zu opfern, um das Mana abzuwehren, weshalb ich nicht unvorsichtig vorgehen kann. »Ich werde versuchen, ihre Aura-Quelle zu zerstören und die Aura aus ihrem Körper zu vertreiben«, sage ich schließlich.

»Aber wie soll das gehen? Ihre Aura ist in ihrem Körper verankert!«

»Wäre es nicht einfacher, ihr Mana auszutreiben?«, stimmt Lord Moraen seiner Frau zu.

Ich nicke und versuche, einen so gelassenen Eindruck wie möglich zu machen. »Das stimmt, es wäre einfacher ihr Mana auszutreiben, und wenn das Euer Wunsch ist, werde ich das tun. Aber Aura ist eine intuitive Kraft, die sich dem Körper entsprechend anpasst. Das macht sie einfach zu lenken, aber auf gewisse Weise auch eigenständig. In Lady Annabellas Fall befürchte ich, dass ihre Aura auch in Zukunft, Mana derart extrem abstoßen wird. Sämtliche Magie, die auf sie gewirkt wird, könnte heftige Reaktionen zur Folge haben. Heilungen, Buffs, vielleicht sogar verzauberte Gegenstände. Im schlimmsten Fall könnte ihre Aura sogar Teile des Körpers abstoßen, die mit Mana in Berührung gekommen sind.«

Lord und Lady Moraen tauschen einen Blick. »Ist es möglich, ihre Aura auszutreiben?«, fragt er schließlich.

Ich zögere etwas, obwohl es der Teil ist, dem ich zuversichtlich entgegensehe. Es ist aber auch der Teil, der für die Eltern am schwersten zu hören ist.

Der Hohepriester hat mir verboten, zu detailliert über meine Arbeit zu reden, um meine Kraft mysteriöser zu machen und zu verhindern, dass andere Heiler meine Methoden übernehmen. Was der Grund ist, weshalb ich jedem meiner Patienten haargenau erkläre, was ich tue. Außerdem gibt es bestimmte Entscheidungen, die zu treffen nicht an mir sind. »Es ist möglich«, sage ich bedächtig. »Es wird seine Zeit brauchen, aber Lady Annabella wird davon nichts merken. Ich werde sie in Schlaf versetzen, bevor ich sie von ihrer Aura trenne. Dann werde ich ihre Körperfunktionen übernehmen und jedes Körperteil, das mit Aura gestärkt ist, ersetzen.«

»E-Ersetzen?!«, stammelt die Marquise entgeistert und die Knöchel ihrer Finger, die den Arm ihres Mannes umklammern, sind schon ganz weiß.

Er scheint das jedoch nicht einmal zu bemerken, denn er sieht mich ebenso entsetzt an wie seine Frau.

»Ich werde es Stück für Stück und sehr vorsichtig machen, sodass ihr Leben nicht in Gefahr ist«, sage ich mit ruhiger Stimme und lege Annabellas Hand vorsichtig wieder auf dem Bett ab, damit ich aufstehen kann. »Ich weiß, dass es für Euch kaum Gewicht hat, nachdem ich so lange gebraucht habe, um herzukommen, aber bitte vertraut mir. Ich kann Lady Annabella heilen.« Ich verbeuge mich leicht. Und kaum habe ich das getan, höre ich schon Proteste der Ritter, aber sie verstummen sofort, als der Marquis eine Hand hebt. Seine Augen sind streng auf mich gerichtet, ein Blick, den ich nicht oft von einem Mann bekomme. Und weil es diese dunkelgelben Augen sind, erschaudere ich.

»Es ist mir egal, was in der Vergangenheit passiert

ist. Mich interessiert nur das Wohlergehen meiner Tochter. Seid Ihr sicher, dass Ihr sie heilen könnt?«

Ich erwidere seinen Blick so entschlossen wie ich kann. »Ich bin mir sicher. Aber auch mir können Fehler unterlaufen und wenn Euch meine Vorgehensweise zu unsicher ist, werde ich eine sicherere wählen. Allerdings glaube ich, dass dies der einzige Weg für Lady Annabella ist, wieder vollkommen gesund zu werden.«

Sein Blick verlässt mein Gesicht nicht, während ich spreche und auch nicht danach. Aber es ist seine Frau, die mir antwortet. »Tut es«, sagt sie und ihr Mann nickt, als hätten sie sich abgesprochen. Dabei klammern sie sich immer noch aneinander, als fürchteten sie sich.

»Ich danke Euch für Euer Vertrauen.« Ich schenke ihnen ein Lächeln und versuche, einen zuversichtlichen Eindruck zu machen, während ich einen schwachen Heilzauber auf sie wirke, der Verspannungen und Erschöpfung lindert. Dann beuge ich mich über Annabella und lege ihr meine Hand auf die Stirn.

Ihre Augen finden meine und ich glaube, dass ihr Blick etwas klarer ist als zuvor. Aber dann werden ihre Lider schwer und ihr Blick verliert sich, bevor sie einschläft.

Ich setze mich wieder auf den Stuhl, nehme ihre Hand und halte sie mit beiden Händen. Dann schließe ich meine Augen und suche nach dem Weltstrom.

Ich habe immer gefunden, dass Mana Aura mit seiner

Vielseitigkeit überlegen ist, und das denke ich noch. Aber es gibt eine Sache, um die ich Aura-Träger immer beneidet habe. Die Leichtigkeit, mit der sie ihre Energie einsetzen. Aura ist eine sehr viel gefügigere Kraft, die ihrem Träger in der Regel so einfach gehorcht wie der Körper.

Mana dagegen muss angeleitet werden. Anstatt intuitiv zu tun, was dem Magier vorschwebt, muss man ihm den Weg bereiten, wie Wasser, dem man eine Rinne graben muss, um es an den gewünschten Ort zu bringen. Und zum Graben benutzt man ausschließlich den Kopf.

Meiner dröhnt, als ich zu guter Letzt Annabellas Haut erneuert habe, wodurch der letzte Rest Aura aus ihrem Körper verschwunden ist. Sogar meine Augen wollen nicht scharf sehen, als ich sie öffne und etwas so Einfaches, wie einen Debuff lösen, sodass Annabella aufwachen kann, bereitet mir stechende Kopfschmerzen.

Dann spüre ich, wie sich die Hand, die ich immer noch festhalte, bewegt. Ich lege sie aufs Bett zurück und richte meinen Blick auf Annabellas Gesicht. »Wie geht es Euch?«, frage ich mit heiserer Stimme und immer noch ohne scharf sehen zu können. Aber ich lächle wie ein Profi.

Ich kann sehen, wie sie sich bewegt und dass sie um einiges besser aussieht als vorher. Und dann höre ich eine Stimme, die nicht viel kräftiger ist als meine eigene. »Gut.« Ein Schniefen folgt darauf, dass schon etwas mehr Kraft hat und mir Zuversicht gibt.

»Wunderbar«, nuschle ich, bevor sich Annabella plötzlich von mir entfernt, bis ich gegen etwas Weiches stoße.

»Ich habe Euch, Eure Heiligkeit«, höre ich Lukes leise Stimme und ich schließe meine Augen wieder, in der Hoffnung dem Schwindel entgegenzuwirken. »Sag ihnen, dass sie vorsichtig sein muss, bis ich sie noch einmal untersucht habe«, murmle ich.

»Natürlich.«

Ich werde in die Luft gehoben und ich spüre das tiefe Vibrieren in Lukes Brust, als er zu den Moraens spricht. Ich blinzle träge und sehe verschwommen, wie die Eltern neben dem Bett stehen und ihre Tochter im Arm halten. Und ich höre ihre Stimmen, die mir danken. Tatsächlich erhole ich mich sehr viel schneller, als ich offiziell sollte und ich muss meine Debuffs, die ich vorsichtshalber gelöst habe, erneuern. Ich tue so, als hätte ich das Bewusstsein verloren, was Luke dazu anleitet, mich sofort in den Tempel zurückzubringen. Aber als er den gepflasterten Weg zurück zum Haus hastet, öffne ich die Augen und hebe den Kopf ein wenig, um über seine Schulter zurück zum Pavillon zu sehen.

Den Rest des Weges tue ich so, als würde ich schlafen und noch bevor wir den Tempel erreicht haben, schlafe ich tatsächlich.

Ich wache am frühen Abend in meinem Bett wieder auf und obwohl ich mich von der mehrstündigen Heilung vollständig erholt habe, fühle ich mich elend. Er weiß es. Der Erbe einer der wichtigsten Familien des Landes weiß, dass ich eine Lügnerin bin. Ich habe seine Schwester geheilt, aber er weiß jetzt, dass ich das von Anfang an hätte tun können und wie sinnlos er sein Leben riskiert hat. Das ist nicht meine Schuld, immerhin habe ich ihm mehrmals gesagt, dass es eine hirnverbrannte Idee ist und ihm sogar angeboten seine Schwester zu heilen, aber er war wirklich wütend. Und ich habe ihn geschlagen.

Aber er ist ein verfluchter Moraen! Seinetwegen habe ich der Moraen Familie geholfen. Auch wenn *er* nicht dort war.

Ich wälze mich in meinem Bett herum, bis ich schließlich nicht mehr liegen kann. Ich lasse mir etwas zu essen bringen und verkünde dann, dass ich schlafen werde und nicht mehr gestört werden will. Dann ziehe ich mich um und mache mich auf den Weg in die Gilde.

Ich hasse es, wenn mir unangenehme Gedanken durch den Kopf gehen, die ich nicht loswerde, und es ist einfacher diese Gedanken zu vertreiben, wenn ich Lawrence bin. Hauptsächlich, weil Lawrence trinken kann. Und wie es der Zufall will, schuldet Dorran mir einen Gefallen.

»Gar nichts schulde ich dir.« Dorran schüttelt den Kopf und verschränkt die Arme vor der Brust.

Ich sitze an meinem Stammplatz am Tresen, mit einem fast leeren Krug vor mir. Ich hebe beide Hände mit gespreizten Fingern. »Zehn Pferde.«

»Zehn Pferde von einem Haufen Mörder, die ich

aus der Stadt schaffen musste, bevor jemand merkt, dass wir sie haben. Arbeit hast du mir gemacht!«

Ich kippe meine Hand, sodass ich den Zeigefinger auf ihn richten kann und greife mit der anderen wieder meinen Krug. »So ein Mist! Denkst du, ich weiß nichts von unseren Außenstellen? Du hättest sie sowieso weggebracht und es sind zehn verfluchte Pferde!«

Dorran rümpft die Nase. »Aufwand war es trotzdem.«

Ich rolle mit den Augen. »Ich kenne den Marktwert von einem Pferd. Soll ich dir deinen Gewinn vorrechnen?«

Er funkelt mich verärgert an und fährt sich schließlich über das stoppelige Kinn. »Weißt du, dass ich weniger Gewinn mache, wann immer du hier bist?« Er stellt einen zweiten Krug vor mir ab. »Und Gewinn hin oder her, gefährlich ist es trotzdem.«

Ich schnaube. »Wusste gar nicht, dass das plötzlich ne Gilde für Angsthasen ist.« Dann leere ich meinen ersten Krug.

»Deine letzten Kunden war n Haufen junger Adliger. Wer glaubst du versucht, denen den Garaus zu machen?«

Ich zucke mit den Schultern und trinke einen Schluck aus dem neuen Krug. »Nicht mein Problem. Aber ich mach denen den Garaus, wenn sie die Gilde ins Visier nehmen, also kein Grund, dir gleich in die Hose zu machen.« Ich tippe mir mit zwei Fingern gegen die Schläfe, bevor ich auf ihn deute und Dorran schüttelt den Kopf. »Deine Zuversicht möcht man haben.«

»Oh, ich wette, es gibt viel, das ich hab und du haben willst«, erwidere ich und lehne mich über den Tresen.

»Ne.«

Ich lege den Kopf schief. »Nicht so bescheiden.«

Anstatt zu antworten, deutet er mit dem Kopf auf etwas hinter mir.

Ich sehe über die Schulter zum Eingang. Um diese Zeit ist die Gildenschenke voll wie gewöhnlich, aber man sticht heraus, wenn man in einem schneeweißen Hemd und einer feinen Weste auftaucht. Selbst mit hochgekrempelten Ärmeln und aufgeknöpftem Kragen, schwer atmend und verschwitzt, als wäre er den ganzen Weg hergerannt, sieht er aus wie der Inbegriff von Wohlstand. Der Anblick führt mir vor Augen, dass er das letzte Mal, als er hier war, tatsächlich versucht hat, nicht aufzufallen.

Ich drehe mich wieder nach vorn. »Pft, wie viel Geld bezahlen Adlige für einen vermissten Welpen?«

»Finds raus«, erwidert Dorran, ohne den Blick von Mikail zu nehmen.

»Nah, das überlasse ich jemand anderem.«

Er sieht mich mit einem zweifelnden Blick an und er muss mir nicht sagen, dass Mikail auf mich zukommt. Er sagt es trotzdem. »Er will zu dir.«

»Dann sag ihm, dass ich nicht da bin!«

Dorran runzelt die Stirn, antworten muss er jedoch nicht mehr.

»Dafür dürfte es zu spät sein.« Mikail tritt neben mich und sieht mich von der Seite her scharf an. »Ich muss mit dir reden.«

»So ein Pech«, sage ich und trinke ein paar großzügige Schlucke. »Bin leider beschäftigt.«

»Bin ich auch«, sagt Dorran und nutzt den Moment, um abzuhauen, damit ich Mikail nicht auf ihn abwälzen kann.

Ich sehe ihm verärgert hinterher, als er sich einem anderen Gast am Tresen zuwendet, zweifellos um über Mikail und mich zu tratschen.

»Bitte«, sagt Mikail eindringlich.

Ich trinke noch einen Schluck und halte ihm dann zwei Finger vors Gesicht. »Zwei Arten von Leuten kriegen meine Zeit. Potenzielle Kunden und die, mit denen man gut trinken kann. Du bist nichts von beidem, also husch husch.« Ich lasse meine Finger sinken, um stattdessen eine scheuchende Geste mit der Hand zu machen. Aus dem Augenwinkel sehe ich, wie er meine Hand anstarrt.

»Ich bezahle dich«, sagt er dann und ich frage mich, ob er nicht weiß, was meine Handbewegung zu bedeuten hat.

»Ha! Du willst mich dafür bezahlen, dass ich meine Zeit verschwende? Das wird teuer.« Ich will nicht mit ihm reden, aber wir ziehen viel Aufmerksamkeit auf uns und ich will das Ganze nicht noch auffälliger machen, indem ich das Geld verschmähe, das ich so liebe.

»Wie viel?«

»100 Goldstücke«, sage ich ohne zu zögern. Er mag reich sein, aber er wird wohl kaum 100 Goldstücke mit sich herumtragen.

Um uns herum beginnt man ob der lächerlichen Summe zu tuscheln und ich trinke triumphierend noch einen Schluck, während ich Mikail einen Blick zuwerfe. Dann landet etwas Schweres vor mir auf dem Tresen.

»Das sind 1000«, sagt er und ich spucke fast mein Bier wieder aus. Ungläubig starre ich auf den dicken Lederbeutel vor mir, der so vollgestopft mit Gold ist, dass die Münzen oben herausquellen.

In der Schenke ist es plötzlich still.

Mikail legt eine Hand auf den Tresen und beugt sich zu mir vor. »Du weißt, wer ich bin«, flüstert er, sodass nur ich ihn hören kann. »Du kannst keine Summe nennen, die ich nicht bezahlen kann.«

Ich schlucke, ohne die Augen von dem Lederbeutel zu nehmen. Wo hat er den überhaupt herausgezogen?! Ich zwinge mich zu einem Lachen. »Nicht einmal ich hätte gedacht, dass jemand meine Gesellschaft so gernhaben könnte«, sage ich laut und lasse den Beutel in meinem Schatten verschwinden. Ich hätte nie gedacht, dass ich mal so ungern so viel Geld annehmen würde. Dann stehe ich auf und bedeute ihm mit einem Kopfnicken, mir zu folgen. Ich trinke im Gehen, achte aber auf die Blicke, die uns folgen.

Ich führe Mikail in ein Hinterzimmer und lasse mich auf einen der Stühle fallen. »Du hast vielleicht Nerven, in eine Gilde voll raffgieriger Söldner zu marschieren und mit deinem Geld herumzuwedeln«, brumme ich und lasse meine Stimme dabei etwas schwerer klingen, so als wäre ich leicht angetrunken. Mein Debuff gegen Alkoholtoleranz habe ich schon vor einer Weile gelöst.

»1000 Goldstücke sind nicht einmal annähernd genug für das Leben meiner Schwester«, sagt Mikail, der noch bei der Tür steht. Aber anstatt sich hinzusetzen, geht er vor mir auf die Knie. »Ich kann dir gar nicht sagen, wie dankbar ich bin.«

Ich packe den Griff meines Krugs fester. »Soll das n Witz sein?! Du wolltest nicht, dass ich deine Schwester heile und jetzt bedankst du dich bei mir?!«

Mikail rührt sich nicht. Er sieht mich nicht einmal an. »Alles, was ich gesagt habe, tut mir leid. Wenn ich gewusst hätte, wer du bist, hätte ich -«

»Hey, redest du mit mir oder dem Boden?! Und hör auf zu knien. Ich bin keine von diesen adligen Tussen, denen das gefällt«, schnauze ich, während ich abfällig auf ihn hinabsehe. Wie sehr sich sein Verhalten Lawrence gegenüber doch plötzlich geändert hat, nachdem er herausgefunden hat, wer ich bin.

Mikail hält inne, steht dann aber auf. »Ich verstehe, dass du wütend bist.« Sein Blick ist immer noch auf den Boden gerichtet und seine Miene verschlossen. Aber als ich nichts sage, sieht er mich schließlich an.

»Hast du alles gesagt, was du sagen willst?«, frage ich so gelangweilt wie möglich. »Sogar für 1000 Goldstücke ist das Zeitverschwendung.«

Mikails Brauen ziehen sich zusammen, aber sein

Blick rutscht wieder nach unten zum Boden. »Es tut mir leid.«

»Hast du schon gesagt.«

»Ich weiß, aber ich …« Er fährt sich mit der Hand übers Gesicht. »Ich weiß nicht, was ich sagen soll.«

»Auch gut.« Ich leere meinen Krug in einem Zug und stehe auf, um mich zu strecken. »Dann kann ich weiter trinken.« Ich gehe an ihm vorbei auf die Tür zu.

»Bitte Lady Lorelai.«

Ich stoppe in der Bewegung. Meinen Namen von seinen Lippen zu hören, ist, als würde ich plötzlich in eiskaltes Wasser getaucht. Ich balle die Fäuste und atme die angehaltene Luft aus. »Ich heiße Lawrence«, sage ich und meine Stimme klingt kein bisschen mehr so, als wäre ich betrunken. Ich sehe über meine Schulter. »Es passt nicht zu jemandem, der besessen von Namen ist, so einen Fehler zu machen. Und ich würde dir raten, ihn nicht noch einmal zu machen.«

Mikails Gesichtsausdruck ändert sich nicht, aber diesmal sieht er mich an. »Willst du wirklich so tun, als wüsste ich nicht, wer du bist?«

Ich starre ihn einen Moment an, aber als er nicht nachgibt, drehe ich mich schwungvoll um. »Weißt du es denn?«

Seine Augen schmälern sich misstrauisch. »Du bist Ihre Heiligkeit, Lorelai Lumenos«, sagt er und es jagt mir erneut einen Schauer über den Rücken.

»Was für ein schicker Titel«, sage ich, ohne mir etwas anmerken zu lassen, und gehe auf ihn zu. »Aber soweit ich weiß, hat die Heilige die letzten zwei Wochen, während wir auf dem Weg zu den Felswurzeln waren, im Bett verbracht und ist erst vor ein paar Tagen aus ihrem Zimmer gekrochen. Du wirst Ihre Heiligkeit doch keine Lügnerin nennen, oder?« Ich lehne mich zu ihm vor. »Du warst so böse, als ich das getan habe.«

Mikail blinzelt ein paar Mal, als hätte er Probleme meinen Blick zu erwidern, obwohl er meine Augen nicht sehen kann. Er öffnet den Mund, aber kein Wort kommt heraus.

Ich schnaube leise und lehne mich wieder zurück. »Vielleicht kümmerst du dich lieber um deine eigenen Probleme. Kennst du einen Pub mit dem Namen *Die Beschämte Lady*?«

»Einen Pub?«, wiederholt er und macht ein irritiertes Gesicht. »Wieso fragst du mich nach einem Pub?«

Mein Blick huscht an ihm hinunter und meine Frage kommt mir jetzt dämlich vor. Natürlich hat jemand wie er noch nie in seinem Leben einen Pub betreten und es wäre auch zu einfach gewesen, wenn er zufällig jemanden gekannt hätte, der diesen Pub besucht. Wenn ich ihm sage, dass die Auftragsmörder dort angeheuert wurden, würde ich ihm zutrauen, dort hinzugehen und sich töten zu lassen.

»Kennst du ihn?«

»Nein.«

»Sehr gut. Dann kannst du mich dort auch nicht beim Trinken stören«, sage ich und drehe mich wieder zur Tür, halte dann aber noch einmal inne. »Oh

und wenn ich du wäre, würde ich nicht mehr hier auftauchen. Nicht alle meine Kollegen sind so nett wie
ich.«

XVIII.

Mehrere Augenpaare liegen auf mir, als ich den Schankraum allein betrete, aber ich ignoriere sie und gehe zum Tresen, um dort meinen leeren Krug abzustellen. »Ich muss das wohl nicht sagen, aber …«, beginne ich und halte den Krug fest, als Dorran ihn entgegennehmen will. »… ich würde die Finger von diesem Welpen lassen.«

Dorran sieht mich etwas überrascht an, bevor seine Augen zu den Hinterzimmern huschen. Dann nickt er und ich weiß, dass er dafür sorgen wird, dass niemand versuchen wird, Mikail aufzuhalten, wenn er aus dem Hinterzimmer kommt. Ich weiß nicht, was passiert, wenn man sich mit der Moraen Familie anlegt, aber ich will mir keine neue Gilde suchen müssen.

Ich lasse den Krug los und verlasse das Gebäude. Ich könnte hier nicht mehr in Ruhe trinken, selbst wenn Mikail ohne weiteres aufgibt. Aber in den Tempel zurück will ich auch nicht. Da ich offiziell schlafe, habe ich bis morgen früh Zeit zu tun, was immer ich will und so beschließe ich, dass es keine schlechte Idee ist, der *Beschämten Lady* einen Besuch abzustatten.

Der Pub ist nicht schwer zu finden. Nicht, weil er einfach zu sehen ist. Der Eingang liegt in einer Seitengasse und man würde wohl kaum zufällig darüber stolpern. Aber im Innern befinden sich einige starke Mana- und Aura-Präsenzen. Ich habe mir schon gedacht, dass Alfred und seine Gruppe nicht zufällig angeheuert wurden. Es ist einer der Orte, an denen man die Sorte menschlichen Abfalls findet, der alles für Geld tut, und den nur jemand aufsucht, der selbst nur wenig Geld hat oder zum ersten Mal jemanden ermorden lassen will. In Mikails Fall tippe ich auf Letzteres, und das wiederum erhöht meine Chancen, den Täter zu finden.

Es ist mir schleierhaft, wie man jemandem nach dem Leben trachten kann und sich dann nicht einmal die Mühe macht, einen Profi anzuheuern. Es gibt nichts Dümmeres, als nachlässig und unvorsichtig beim Töten zu sein. Nicht, dass es mich wirklich interessiert, wer versucht, Mikail zu töten. Ich bin nur hier, weil ich nichts Besseres zu tun habe und weil mir der Sinn nach Ärger steht.

Als ich die Tür zum Pub aufstoße, weht mir der Gestank von abgestandenem Bier und Schweiß entgegen, was in mir sofort den Drang erweckt, einen Läuterungszauber zu wirken. Aber ich halte mich zurück.

Der Schankraum ist nicht sehr groß und dazu noch recht schäbig, trotzdem ist er gut gefüllt. Überwiegend mit Männern von der zwielichtigen Sorte. Aber keiner von ihnen ist mehr als ein Straßengauner, denn die starken Präsenzen spüre ich nur hinter der Tür, auf der anderen Seite des Raumes, neben dem Tresen.

Ich gehe auf einen freien Stuhl am Tresen zu und ignoriere die Aufmerksamkeit, die mein Eintreten auf sich zieht. Allerdings wird dieser Versuch von einem Idioten vereitelt, der sich mir in den Weg stellt. Es ist ein großer, fleischiger Mann, der wohl zu fett für ein Hemd ist und nur eine abgetragene Weste trägt, auf der sich große Schweißflecken unter den Achseln abzeichnen.

»Du stehst mir im Weg«, sage ich mit gerümpfter Nase und aller Freundlichkeit, die ich aufbringen kann.

Der Mann grinst mich dämlich an. »Wo willstn hin?«

»Auf den Stuhl hinter dir«, erwidere ich knapp und deute mit dem Finger darauf.

Er schüttelt den Kopf. »Biste dir da sicher?«

»Oh ja. Du gehst mir aus dem Weg, ich setze mich hin und habe eine nette Unterhaltung mit dem Wirt. Oder du bleibst stehen, ich breche dir die Kniescheibe, benutze dich als Fußabtreter und setze mich dann hin und habe eine nette Unterhaltung mit dem Wirt. Es ist deine Entscheidung.« Ich breite die Arme zur Seite aus, mit den Handflächen nach oben.

Das Grinsen in seinem Gesicht wird breiter und entblößt eine Reihe gelber Zähne, als er zu lachen beginnt.

Ich verdrehe die Augen. Dann verpasse ich ihm einen schnellen und kräftigen Tritt und es gibt ein hässliches Krachen, als sein linkes Knie unter meiner Schuhsohle zerschmettert wird.

Der Mann brüllt vor Schmerz und beugt sich vornüber, woraufhin er meine Faust ins Gesicht bekommt und bewusstlos zu Boden stürzt. Sein gewaltiger Körper sorgt für einen lauten Aufprall, der noch lauter ist, da plötzlich Ruhe im Schankraum herrscht.

»Widerlich«, sage ich nur, während ich meine Hand läutere, und laufe dann über den Bewusstlosen hinweg, um mich an den Tresen zu setzen. »Ich hoffe, dein Bier schmeckt nicht so fürchterlich, wie es hier stinkt«, sage ich zum Wirt, der mich nicht gerade wohlwollend mustert. Und dann huscht sein Blick auf etwas hinter mir.

»Hey! Mädchen!«

Ich seufze und tue so, als hätte ich das nicht gehört.

»Hältst dich wohl für taff, hm?«

Ich spüre drei schwache Aura-Präsenzen, die sich mir nähern. Das ist die Mühe nicht mal wert.

Sie bleiben hinter mir stehen und aus dem Augenwinkel kann ich sehen, wie einer von ihnen die Hand nach mir ausstreckt.

»Das würde ich lassen«, sage ich noch, aber natürlich hört er nicht auf mich. Seine Finger berühren kaum meine Schulter, als ich mein Mana in seinen Arm fließen lasse und ihm sämtliche Knochen in seiner Hand breche. Auch er beginnt zu schreien.

»Heißt dieser Laden *Die Beschämte Lady,* weil jede Frau, die herkommt, beschämt von der Dummheit jedes einzelnen Mannes hier ist?«, frage ich.

Der Wirt schluckt. Er sieht über mich hinweg und macht eine Kopfbewegung zu den Männern hinter mir, um ihnen zu bedeuten, mich nicht weiter zu belästigen. Er ist demnach nicht nur schlau genug, um zu erkennen, dass ich seinen gesamten Pub plattmachen könnte, er hat hier auch etwas zu sagen.

Er zapft einen Krug Bier aus einem Fass hinter sich und stellt ihn vor mir ab.

»Kennst du einen Mann namens Alfred?«, frage ich, ohne dem Krug Beachtung zu schenken.

»Männer kommen und gehen hier, Miss«, brummt er.

»Oh, so viel ich weiß, ist er ein Stammgast. Die Sorte, die nicht in diesem schäbigen, kleinen Raum herumsitzt.« Ich sehe bedeutungsvoll zu der Tür neben dem Tresen.

Seine Augen schmälern sich für einen kurzen Moment, aber dann schüttelt er den Kopf. »Keine Ahnung, wovon du sprichst. Ich kenne keinen Alfred. Das macht 20 Kupfer.« Er deutet mit dem Kinn auf den Bierkrug.

»Keine Ahnung, hm?« Ich schiebe den Krug beiseite und lehne mich über den Tresen. »Dann sollte ich dir wohl etwas geben, was deiner Erinnerung auf die Sprünge hilft.« Ich tauche eine Hand in den Schatten, den ich zwischen mir und dem Tresen erzeuge, und ziehe Alfreds Leiche hervor. Nur ein Stück, sodass der Wirt sein Gesicht sehen kann. Und das kann er.

Er wäre wohl mit einem Schrei zurückgesprungen, wenn ich ihn nicht paralysiert hätte, aber ich habe nicht vor, die anderen Alfreds aus dem Hinterzimmer zu alarmieren. Noch nicht. »Eine heftige Reaktion für jemanden, der nichts weiß.« Ich lasse Alfred wieder in meinem Schatten verschwinden und schnippe mit den Fingern, um den Wirt von seiner Paralyse zu erlösen.

Er keucht daraufhin, als hätte er unter meiner Paralyse nicht atmen können, was nicht der Fall ist. Oder wenn, dann lag es nicht an meiner Magie. »Warte ... diese Maske, du bist doch nicht ...?!«, stammelt er, aber ich unterbreche ihn. »Alfred hat sich das falsche Ziel herausgesucht und ich möchte wissen, wer ihn angeheuert hat.«

Der Wirt schüttelt den Kopf. »Das weiß ich nicht«, sagt er immer noch schwer atmend.

Ich hebe drohend die Hand, Daumen und Mittelfinger beieinander, als würde ich gleich noch einmal mit den Fingern schnippen.

»Ich weiß es wirklich nicht!«, sagt der Wirt und hebt in einer abwehrenden Geste die Hände. »Ich kann mich an die Männer erinnern, aber sie trugen Umhänge. Es waren ein paar Adlige und Alfred hat getönt, dass er richtig Kohle macht. Aber niemand hier fragt nach irgendwelchen Namen.«

Ich sage nichts, halte aber weiterhin meine Finger hoch.

Der Wirt blinzelt heftig und ein Schweißfilm bildet sich auf seiner Stirn, während er angestrengt nachdenkt. »Der Kleine hatte so ein Taschentuch. Er hat es sich die ganze Zeit vors Gesicht gehalten. Es war weiß und es war so ein Zeichen drauf. Ein T.«

»Das nennt man Initialen. Man findet so gut wie keinen Adligen, der nicht ein solches Taschentuch besitzt und es gehören mindestens zwei Buchstaben dazu.« Nicht, dass diese Information nicht nützlich ist. Sogar ich finde den Gestank in diesem Pub abstoßend und ich bin an diese Orte gewöhnt. Es überrascht mich nicht, dass jemand, der sein Leben in einer Villa verbringt, unbedacht ein Taschentuch hervorzieht, um seine Nase zu bedecken.

»Es waren keine Initialen. Es war nur ein Buchstabe. Ein T mit einem Kreis darum«, widerspricht der Wirt und ich runzle die Stirn. Es gibt auch Adlige, die ihr Familienwappen auf ein Taschentuch sticken, aber ich kann mir nicht vorstellen, dass jemand so blöd wäre. Und Wappen zeigen üblicherweise Symbole und keine Buchstaben. Es klingt eher nach einer Markierung, wie ein Händler sie benutzen würde. Aber kein Adliger würde ein Taschentuch besitzen, dass das Zeichen eines Händlers trägt. Es sei denn, der Adlige war nicht selbst hier.

Ich weiß nicht, wieso mir der Gedanke nicht früher gekommen ist, aber Adlige kommandieren gern andere herum. Ich dachte, in einer Angelegenheit wie dieser, würde jeder so diskret wie möglich sein, aber kein Adliger würde je einen Ort wie diesen betreten, noch würde er sich hier sehen lassen wollen. Er würde einen Diener schicken, einen Vertrauten.

Trotz der Gedanken, die mir durch den Kopf schwirren, nehme ich meine Hand nicht herunter und sehe den Wirt unbeirrt an.

»Er war schon ein älterer Mann, würde ich sagen. Er hatte eine raue Stimme und hat sich oft geräuspert. Der andere war ein großer Kerl mit einem Schwert.

Eine Wache, aber an mehr erinnere ich mich nicht. Er hat nicht gesprochen und ich hab nicht auf ihn geachtet. Mehr weiß ich wirklich nicht.«

Ich lasse meine Hand sinken. »Das war doch eine nette Unterhaltung, oder nicht?« Ich lehne mich zurück und nehme zum ersten Mal meinen Krug zur Kenntnis. Das Bier ist schwer und bitter im Geschmack, aber nicht so schlecht, wie ich erwartet habe. Ich halte meine Hand über den Tresen und lasse ein paar Geldstücke auf die hölzerne Platte fallen. »Und jetzt entschuldige mich, ich muss noch den Ärger finden, wegen dem ich gekommen bin.« Ich leere den Krug in schnellen Zügen und stelle ihn auf den Tresen zurück, bevor ich mich auf den Weg zu der Tür neben dem Tresen mache. Ich weiß nicht, ob sie verschlossen ist, aber ich gebe ihr einen so festen Tritt, dass es sie aus den Angeln reißt. Damit ist mir die Aufmerksamkeit im Innern sicher.

»Hallo auch!«, flöte ich und breite herzlich die Arme aus. »Ich hab gehört, in diesem Raum befindet sich der größte Abfall der Stadt. Dabei liegt mir ein sauberes Umfeld doch so am Herzen.«

Ich bin noch damit beschäftigt meine Post nach Wichtigkeit zu sortieren, eine Tätigkeit, die mittlerweile zu meinem Morgen gehört, da ich ständig einen Haufen Post bekomme, als Luke an die Tür klopft.

»Verzeiht die Störung, Eure Heiligkeit«, ertönt seine Stimme von draußen.

»Komm herein«, sage ich, da ich sowieso seine

Hilfe brauche, um den Haufen an Fanpost loszuwerden.

Luke betritt mein Arbeitszimmer. »Prinzessin Estella ist hier.«

Ich halte beim Sortieren inne und sehe ihn verdutzt an. »Was?«

»Prinzessin Estella steht vor dem Eingangstor und bittet darum, zu Euch gelassen zu werden. Soll ich sie wegschicken?«

So wie ich Luke kenne, würde er das glatt tun. Ich stöhne. Ich bin nicht in der Stimmung, mich mit einer verzogenen Prinzessin herumzuschlagen, aber das wäre noch das kleinere Übel, verglichen damit, sich mit einer beleidigten Prinzessin herumzuschlagen. »Nein, lass sie herein. Ich kann ein paar Minuten für sie entbehren.«

Luke neigt den Kopf.

Ich lege die Briefe aus der Hand und stehe auf. Wenn Alba recht hat und Estella hier ist, um meine Schönheit mit ihrer zu vergleichen, muss ich auf jeden Fall verhindern, dass sie mein Gesicht sieht. Denn wenn sie tatsächlich wegen einer Lächerlichkeit meine Zeit verschwendet, werde ich ihr ganz bestimmt nicht geben, was sie will.

Ich muss mich sowieso umziehen, da ich immer noch mein Nachtgewand trage. Da ich die meiste Zeit allein verbringe, kümmert es niemanden, was ich trage und mein Nachthemd unterscheidet sich nicht groß von den Kleidern, die die Heilige trägt. Es ist weiß und lang und nur etwas dünner und kurzärmlig.

Ich brauche nicht lange, um mich umzuziehen. Meine Auswahl ist ja nicht besonders groß und da mich eine Königliche besucht, ziehe ich über meine weiße Kleidung den schweren Mantel der Heiligen. Ich kann auch den Schleier damit begründen, dass ich einen so hohen Besuch empfange oder damit, dass ich noch erschöpft von der gestrigen Heilung bin.

Prinzessin Estella wartet bereits in dem Raum, in dem ich für gewöhnlich Gäste empfange, und jemand hat sogar eine Tasse Tee vor ihr auf den Tisch gestellt. Aber sie schmeißt sie beinahe um, als sie von der gepolsterten Bank aufspringt, kaum dass Luke die Tür für mich geöffnet hat.

»Eure Heiligkeit, bitte verzeiht meinen aufdringlichen Besuch.« Ihre Stimme ist laut und voller Aufregung. Ich kann Menschen nicht leiden, die morgens laut und voller Aufregung sind.

»Guten Morgen, Euer Hoheit. Ich bin sicher, Ihr habt -« Ich breche ab, als ich husten muss, und Luke ist sofort an meiner Seite, um mir in den gepolsterten Lehnstuhl gegenüber von Estella zu helfen. Ich habe meine Debuffs verstärkt, um glaubwürdig zu erscheinen und einen Grund zu haben, Estella so schnell wie möglich wieder hinauszuwerfen.

Sie macht jetzt schon ein besorgtes Gesicht, was mich fast überrascht.

»Bitte, sagt, weshalb Ihr hier seid. Es muss sehr wichtig sein«, sage ich, sobald ich sitze und nicht mehr husten muss. Und wehe ihr, sie kommt mit einem vorgeschobenen Grund. Sie scheint jedoch weder enttäuscht über meinen Schleier zu sein noch großes Interesse daran zu haben.

»Ihr scheint in schlechter Verfassung zu sein. Geht es Euch nicht gut?«, fragt Estella, anstatt mir zu antworten.

»Es ist nichts Ernstes. Bitte, sprecht.« Ich hebe auffordernd eine Hand und Estella setzt sich wieder. »Ich bin hier, um Euch darum zu bitten, Euch eine kranke Person anzusehen. Sie ist noch sehr jung und doch liegt sie schon im Sterben. Ich bitte Euch nur darum, sie wenigstens zu untersuchen.«

Sie ist nicht hier, um mein Gesicht zu sehen? Das ist eine Erleichterung, aber es scheint plötzlich eine Menge junger Leute zu geben, die dem Tode nahe sind. »Ihr wollt, dass ich jemanden heile?«, frage ich mit einem starken Déjà-vu.

Estella schüttelt den Kopf. »Alles, worum ich Euch bitte, ist, diese Person zu untersuchen. Persönlich.« Sie betont besonders das letzte Wort und sieht mich fast schon streng an.

»Um wen geht es?«

»Annabella Moraen«, sagt Estella und ich hätte beinahe gelacht. Allerdings überrascht es mich nicht, dass die Nachricht noch nicht die Runde gemacht hat. Es ist gerade mal einen Tag her und ich bin mir sicher, die Moraens haben Besseres zu tun, als Klatsch über ihre genesene Tochter zu verbreiten. Aber ich frage mich, wie Estella zu ihnen steht, wenn sie sich so viel Mühe gibt, nur um mich für sie um Hilfe zu bitten. »Ich denke nicht, dass es für mich noch einen

326

Grund gibt, Lady Annabella zu untersuchen«, beginne ich mit ruhiger Stimme.

»Ich weiß, dass Ihr bereits gesagt habt, dass Ihr nichts für sie tun könnt, aber wie könnt Ihr sicher sein, wenn Ihr sie noch nicht einmal persönlich untersucht habt?«, fährt Estella fort und sie redet so schnell, dass ich nicht dazu komme, das zu beenden, was ich sagen wollte. »Ich bin sicher, Ihr hattet Eure Gründe und ich weiß, dass Ihr nicht bei bester Gesundheit seid. Es ist anmaßend von mir, aber Annabella ist sechzehn Jahre alt und denkt Ihr nicht, dass es Eure Zeit wert ist, sie einem jungen Mädchen zu schenken, das dabei ist zu sterben?«

»Euer Hoheit.« Ich hebe eine Hand, um sie zu unterbrechen, aber das scheint sie nur dazu zu motivieren, noch schneller zu reden.

»Ich verlange ja nicht einmal, dass Ihr sie heilt! Ich will lediglich, dass Ihr sie Euch ansieht. Es ist nur ein kurzer Besuch. Ich weiß, dass Ihr beschäftigt seid und Eure Gesundheit Euch zu schaffen macht, aber ich flehe Euch an, Euch nur einen Moment Zeit für sie zu nehmen.«

»Ihr habt mich missverstanden.«

»Ich kann Euch auch bezahlen! Wenn es irgendetwas gibt, das Ihr wollt, werde ich es Euch besorgen.«

»Ich habe Lady Annabella bereits geheilt!«, sage ich und hebe die Stimme etwas, was mich prompt zum Husten bringt.

Estella blinzelt verdutzt. »Verzeihung, was sagtet Ihr?«

»Ich habe Lady Annabella gestern einen Besuch abgestattet, um sie zu untersuchen, und es war mir möglich, sie zu heilen.«

Sie starrt mich immer noch an, als würde sie nicht verstehen, was ich sage. »Aber …«

»Es gab ein Missverständnis auf unserer Seite und ich bedauere sehr, wie Lady Annabella deswegen gelitten hat. Ich werde sie in den nächsten Tagen noch einmal untersuchen, aber ich bin zuversichtlich, dass sie von jetzt an ein normales Leben führen kann.«

Estella starrt mich noch einen Moment lang mit leicht geöffnetem Mund an, dann färben sich ihre Wangen rosa. »Das -, das wusste ich nicht.«

»Nun, es war erst gestern. Und ich bin sicher, Lady Annabella und ihre Familie wissen es zu schätzen, wie sehr Ihr Euch für sie einsetzt. Ich weiß, dass Ihr mir schon mehrere Briefe geschrieben habt und es tut mir leid, dass ich bis jetzt nicht die Möglichkeit hatte, Euch zu empfangen.« Wenn sie einfach geschrieben hätte, dass es um Annabella geht, hätte mir das einige Mühe erspart. Dass sie es nicht getan hat, liegt wohl daran, dass sie dachte, ich würde sofort ablehnen, da ich das angeblich bereits getan hatte.

Estella sieht auf ihre Knie hinab. »Nun, Annabellas älterer Bruder und ich stehen uns sehr nah und ich konnte nicht länger zusehen, wie er sich quält.«

Ich versteife mich unwillkürlich und frage mich, ob Annabella noch einen älteren Bruder hat, aber Estellas nächste Worte beantworten diese Frage. »Als er sich zu diesem gefährlichen Auftrag aufgemacht hat, dachte ich schon, ich sehe ihn nie wieder, aber er hat es offenbar geschafft.« Ein schwaches Lächeln umspielt ihre Lippen, aber sie wirkt beinahe enttäuscht auf mich.

»Das hat er«, sage ich und bin froh, dass meine Stimme ohnehin rau klingt. »Ich habe ihn nur flüchtig kennengelernt, aber er scheint seine Schwester sehr zu lieben.«

Estella nickt. »So sehr, dass er sie vor sein eigenes Leben stellt. Er muss Euch unglaublich dankbar sein.« Als sie den Blick wieder hebt, um mich anzusehen, liegt plötzlich eine gewisse Schärfe darin, als würde sie mir einen Vorwurf machen.

»Es ist meine Aufgabe zu helfen, wo ich kann. Ich bedaure nur, dass ich nicht früher helfen konnte«, erwidere ich und huste erneut.

Estella versteht den Hinweis und steht auf. »Bitte verzeiht mir, dass ich Euch gestört habe. Zumal sich mein Besuch als überflüssig herausgestellt hat.«

»Das ist in Ordnung. Ihr hattet gute Absichten.«

Sie nickt, auch wenn meine Worte sie nicht sonderlich zu beeindrucken scheinen. »Ich werde Euch nicht weiter stören und hoffe, dass Ihr Euch schnell erholt. Auch ich bin Euch dankbar, dass Ihr Annies Leben gerettet habt.« Sie neigt respektvoll den Kopf und verlässt den Raum.

Ich sehe ihr hinterher, bis die Tür hinter ihr ins Schloss fällt. Ich verstehe nicht, wieso sie sich bei mir bedankt hat. Es ist fast so, als wollte sie mir nur zeigen, dass sie Annabella nah genug steht, um sie mit ihrem Kosenamen anzureden. »Ich mag sie nicht!«

»Sprecht Ihr von Prinzessin Estella?«, fragt Luke.

Ich verschränke die Arme vor der Brust. »Ich mag sie nicht!«

Nach Prinzessin Estellas Besuch verbreitet sich die Nachricht über Annabellas Heilung, etwas, das ich normalerweise nicht so schnell mitbekommen würde, aber schon am nächsten Morgen erhalte ich doppelt so viele Briefe wie gewöhnlich. Die meisten sind Dankschreiben von Adligen, die sich kaum um Annabella und viel mehr um Komplimente an mich drehen, sodass ich sie alle von Luke entfernen lasse.

Nur das des Königs lese ich, ein obligatorisches Schreiben von wenigen Zeilen, und das von Marquis Moraen. An der Art, wie sich der Marquis ausdrückt, kann ich erkennen, was für einen beherrschten Charakter er hat, dennoch ist der Ausdruck seines Dankes geradezu überschwänglich und der Teil, in dem er um eine Audienz bei mir bittet, entschuldigend. Dabei war es mein Wunsch, Annabella noch einmal zu untersuchen.

Ich schreibe sofort eine Antwort und lade sie für den späten Nachmittag in meine Residenz ein. Danach versiegle ich den Brief mit meinem Ring und übergebe ihn Luke, mit dem Auftrag, ihn persönlich zu überbringen. Die späte Uhrzeit habe ich vor allem gewählt, um den Marquis nicht zu überfallen, denn ich bin mir sicher, dass er, obwohl der Termin nur ein

Vorschlag ist, auf jeden Fall kommen wird. Aber wie sich herausstellt, werde auch ich bis dahin beschäftigt sein, denn der Hohepriester verlangt nach mir.

Eine Nonne informiert mich darüber, kaum dass Luke weg ist und natürlich warte ich, bis er wieder da ist. Meinetwegen hätte er sich ruhig Zeit lassen können, aber wie immer, wenn ich Luke wegschicke, erfüllt er seine Aufgabe mit der höchsten menschenmöglichen Geschwindigkeit und kommt zu mir zurück. Außerdem hat er eine Antwort von Marquis Moraen dabei, in der er mir zusichert, am Nachmittag zu kommen.

Dann erst mache ich mich auf den Weg zur Residenz des Hohepriesters, der bei meiner Ankunft bereits die doppelte Anzahl von Falten wie gewöhnlich auf der Stirn hat.

»Ist es wahr, dass du Annabella Moraen geheilt hast?!«, fragt er recht unwirsch, kaum dass Luke die Tür hinter mir geschlossen hat. Er sitzt nicht wie üblich an seinem Schreibtisch, sondern steht dahinter vor dem Fenster, als hätte er bis eben hinausgesehen.

»Ihr sagt das, als wäre es etwas Schlechtes«, erwidere ich müde und lasse mich auf den Stuhl fallen, den Luke umgehend für mich bereitstellt. Ich wirke immer noch stärkere Debuffs auf mich, damit der Hohepriester mich schneller entlässt, allerdings macht es die Zeit, in der ich mich mit ihm herumschlagen muss, um so mühsamer.

»Es geht mir nicht darum, dass du sie geheilt hast, sondern darum, wie du vorgegangen bist.« Er dreht sich zu mir um und sieht mich streng an. »Lady Annabella hatte eine sehr schwere und unidentifizierte Krankheit und die Kirche hat entschieden, dass es in deinem Zustand ein zu großes Risiko für dich wäre, sie zu heilen. Wir wollten dich schützen, Lorelai, aber jetzt sieht es so aus, als hätten wir Lady Annabella eine Heilung verweigert.«

»Das habt ihr«, erwidere ich ungeniert.

Der Hohepriester wirft mir einen eisigen Blick zu. »Es ging um deinen Schutz! Wie oft habe ich dir gesagt, dass du es dir nicht zu Kopf steigen lassen sollst, wenn Gott dir seine Gnade gewährt! Wenn es schiefgegangen wäre! Marquis Moraen ist ein mächtiger Mann und das Oberhaupt einer der einflussreichsten Familien des Landes. Kannst du dir vorstellen, welche Konsequenzen es gehabt hätte, wenn du seiner Tochter geschadet hättest?! Ganz zu schweigen davon, dass du eine Gruppe junger Männer, die in deine Residenz eingebrochen sind, beim Wort genommen hast und mit ihnen mitgegangen bist, ohne irgendetwas infrage zu stellen! Ist dir nicht in den Sinn gekommen, dass das eine Falle hätte sein können?!«

Ich kenne diese Situationen nur allzu gut, auch wenn es eine Weile gedauert hat, bis ich verstanden habe, worum es dabei geht. Nämlich nicht darum, dass ich einen Fehler gemacht habe, sondern darum, die Schuld des Hohepriesters zu verschleiern. Er war schon immer ein sehr ambitionierter Mann, vielleicht weil es ihm als Sohn der Berk Familie nicht möglich gewesen ist, Graf Berk zu werden und das, obwohl er der Erstgeborene ist. Ich kenne die Geschichte dahinter nicht, aber die meisten Männer, die mit einer Affinität für Lichtmagie geboren werden und aus einem Adelshaus stammen, werden Priester.

»Es ging Euch um meinen Schutz?«, frage ich mit verächtlicher Stimme und einem Grinsen auf dem Gesicht, von dem ich hoffe, dass er es durch meinen Schleier hindurch sehen kann. »Wie rührend, dabei scheint es Euch sehr viel schlechter zu gehen als mir.«

Das runzlige Gesicht des Hohepriesters verzieht sich vor Wut. »Diese Arroganz! Wie kann die von Gott Erwählte solch schändliches Benehmen an den Tag legen?!«

»Solltet Ihr Euch diese Frage nicht selbst stellen? Wie kommt ein Hohepriester dazu, Briefe zu fälschen und sich als ein anderer auszugeben?«

»Meine erste und vorrangige Pflicht ist es, über die von Gott Erwählte zu wachen und sie zu beschützen. Alles, was ich getan habe, diente deinem Schutz!«

»Pft«, mache ich und wedle abwehrend mit meiner Hand. »Ihr müsst Euch schon ein bisschen mehr anstrengen, wenn Ihr wollt, dass der Marquis Euch glaubt. Und wenn Ihr solche Angst vor ihm habt, würde ich Euch raten, ihn aus Euren politischen Spielchen herauszuhalten.«

Röte steigt in seine Wangen und auf seiner Schläfe tritt eine Ader hervor. »Hüte deine Zunge! Ich werde derartige Anschuldigungen nicht dulden!«

»Von welchen Anschuldigungen sprecht Ihr? Die müssen mir glatt entgangen sein.«

Wäre es möglich, würde ihm wohl Dampf aus den Ohren kommen. Ein derartiger Ausbruch ist selten für ihn. Er muss demnach sehr besorgt sein.

Ich stehe auf, bevor er mich erneut anbrüllen kann. »Eure politischen Bestrebungen interessieren mich nicht, aber haltet mich da heraus. Und jetzt entschuldigt mich. Ich habe mich noch immer nicht vollständig erholt.« Ich warte nicht auf seine Erlaubnis, sondern verlasse das Büro. Er kann es sich nicht leisten, mir zu folgen oder in irgendeiner Weise verlauten lassen, dass er und ich nicht gut miteinander auskommen. Nicht nachdem er allen weisgemacht hat, ich wäre wie eine Tochter für ihn.

»Bitte seid vorsichtig, Eure Heiligkeit. Ihr habt ihn gereizt«, sagt Luke, sobald wir die Residenz verlassen haben und den äußeren Tempel betreten.

»Habe ich das?«, frage ich unwirsch. Es ist selten, dass Luke etwas infrage stellt, das ich tue, aber am Ende ist er immer noch ein Mann der Kirche.

»Ich bin mir nicht sicher«, erwidert Luke mit ruhiger Stimme, aber sein Daumen reibt den Knauf seines Schwerts, so wie er es immer tut, wenn ihm etwas Sorgen macht.

»Ich bin mir sicher«, sage ich mit fester Stimme. »Dass er niemals riskiert hätte, den Marquis zu beleidigen, nur um mich zu schützen. Es ist fast so, als wollte er, dass Lady Annabella stirbt.« Auch wenn ich nicht verstehe, wie die Kirche davon profitieren würde. Ich weiß nicht viel über Politik, aber so wie ich es sehe, würde es der Kirche weit mehr bringen, wenn der Marquis ihr etwas schuldet. Eine Gelegenheit, die sie sich mit ihrem Verhalten nehmen ließen, denn jetzt bin ich es, der der Marquis dankbar ist.

Luke antwortet nicht und ich konzentriere mich auf das Tempelgelände, um mir die Route zurück zu meiner Residenz herauszusuchen, bei der ich auf so wenig Menschen wie möglich treffe. Meine Wahl fällt auf den Weg durch den Park, auf dem ich nur einen einzigen Mann ganz allein auf einer Bank sitzen sehe.

XIX.

Zuerst schenke ich dem Mann keine Beachtung und beabsichtige, an ihm vorbeizugehen, in der Hoffnung, dass er weiterhin zu Boden starrt und mich nicht bemerkt. Aber als ich die Bank erreiche, stelle ich überrascht fest, dass ich diesen dunkelblonden Haarschopf kenne. Und in meiner Dummheit halte ich inne, was seine Aufmerksamkeit erregt.

»Eure Heiligkeit!« Er springt auf die Füße.

»Guten Tag, Sir Jake«, sage ich und lenke meine Schritte auf ihn zu. Da unser Kennenlernen offiziell erst zwei Tage her ist, kann ich nicht so tun, als würde ich ihn nicht erkennen.

»Guten Tag, ich, ähm, hätte nicht gedacht, Euch über den Weg zu laufen.« Er sieht mich so verwirrt an, als hätte er mein Auftauchen nie für möglich gehalten. Wahrscheinlich, weil er und die anderen zuvor so sehr darauf gehofft haben, mich zu treffen.

»Ich hatte etwas mit Seiner Eminenz zu besprechen und bin gerade auf dem Weg zurück. Was führt Euch her?« Wenn ich schon mit ihm reden muss, kann ich auch gleich herausfinden, wieso ein Alistair auf dem Tempelgelände herumsitzt.

»Oh, ich habe nur einen Ort zum Nachdenken gesucht und niemand würde mich hier vermuten, also …«

»Gibt es etwas, worüber Ihr sprechen wollt?«

336

Jake sieht mich mit großen Augen an. »Mit -, mit Euch?«

Ich lächle. »Es ist meine Aufgabe, Menschen zu helfen, und ich halte Probleme der Seele für nicht weniger schwerwiegend als solche des Körpers. Auch wenn ich zugeben muss, dass ich nicht viel Erfahrung damit habe.«

Jake starrt mich nach wie vor an, jetzt offenbar völlig sprachlos.

»Aber wenn Ihr lieber allein sein wollt, werde ich Euch nicht weiter stören.«

»Nein!«, sagt er hastig und hebt die Hände, als wolle er mich aufhalten. »Ich meine, Ihr habt mich überrascht.«

»Oh?«

»Es ist nicht wichtig genug, um Eure Zeit damit zu verschwenden.«

»Ganz im Gegenteil. Wenn ich Euch helfen kann, tue ich etwas sehr viel Sinnvolleres als allein in meinen Gemächern.« Ich lasse mich auf der Bank nieder und seufze erschöpft.

»Fühlt Ihr Euch nicht wohl?« Jake mustert mich besorgt.

»Oh, doch. Ich bin nur etwas erschöpft.« Es ist offensichtlich mehr als das, aber indem ich es herunterspiele, wirkt es nur glaubwürdiger.

Jake setzt sich neben mich und ich bedeute Luke, der Jake höchst misstrauisch beobachtet, uns etwas Freiraum zu geben. Dann schlage ich meinen Schleier zurück.

Jakes Augen weiten sich und er starrt mich an, als sehe er mich zum ersten Mal.

Ich lächle ihn nur dümmlich an. »Es ist eigenartig, mit jemandem zu sprechen, der einen Schleier vor dem Gesicht trägt, oder nicht?«

»Oh, uh, mh-hm«, macht Jake, ohne mit dem Starren aufzuhören. Aber schließlich räuspert er sich. »Seid Ihr sicher, dass Ihr Euch meine Probleme anhören wollt? Es ist wirklich nichts Wichtiges.«

»Aber wenn es unwichtig wäre, würdet Ihr wohl kaum so verloren hier herumsitzen«, erwidere ich immer noch lächelnd und frage mich, warum er sich so ziert. Wenn er schon weiß, dass meine Zeit wertvoll ist, sollte er lieber mit der Sprache herausrücken, sodass ich weitergehen kann.

Jake kratzt sich am Hinterkopf und sieht zu Boden. »Es ist ...«, beginnt er, bricht dann aber ab, um sich zu räuspern. »Es geht um meine -, es geht um eine Frau.«

Eine was?!

»Sie ist -, war jemand, der mir sehr nahestand, und ich dachte, das würde so bleiben.« Er starrt wehmütig ins Leere und ich wünschte mir, ich wäre einfach an ihm vorbeigegangen. Oder hätte zumindest nicht darauf bestanden, mit ihm zu sprechen. Aber nach seinen Worten, dass ihn niemand hier vermuten würde, habe ich angenommen, dass er von seiner Familie spricht und er ihr aus dem Weg gehen möchte. Was bedeuten würde, dass es ein Problem in der Familie gibt und ein Problem in der Alistair Familie ist von Interesse für mich. Jakes Frauenprobleme nicht.

»Sie ist aus einer guten Familie und mein Vater mag sie, es gab keine Probleme. Aber während ich weg war, hat sie sich mit einem anderen Mann verlobt.«

Ich kann mir nicht vorstellen, dass ihre Beziehung besonders innig war, wenn sie ihn verlassen hat, während er auf einer lebensgefährlichen Mission war, und er sich von ein paar hübschen Kellnerinnen so einfach hat ablenken lassen, dass sie ihn gleich zweimal ausgeraubt haben. »So ein Pech«, sage ich und wünschte, ich könnte ihm sagen, wie egal mir das ist.

Jake blinzelt und richtet seinen Blick verdutzt auf mich.

»Für sie, meine ich«, füge ich schnell hinzu. »Es ist Pech für sie.«

Er sieht mich an, als hätte ich etwas völlig Abwegiges gesagt. Dann seufzt er. »Ich glaube nicht, dass sie einen großen Verlust verspürt. Ich habe sie zu oft vernachlässigt und dann bin ich einfach verschwunden, um Mikail zu helfen.« Er schüttelt den Kopf.

»Hm …« Ich tippe mir mit einem Finger gegen die Wange und tue so, als würde ich nachdenken. Wenn ich wieder so klinge, als würden mich seine Probleme kein Stück interessieren, wird er vielleicht misstrauisch. »Ihr seid auf eine gefährliche Reise gegangen und habt Euer Leben riskiert, um Eurem Freund zu helfen, seine kranke Schwester zu heilen. Wenn das die Hingabe ist, die Ihr einem Freund schenkt, was würdet Ihr für die Frau tun, die Ihr liebt? Wenn sie das nicht bedacht hat, ist es ihr Verlust, oder nicht?«

Jake starrt mich mit geweiteten Augen an, während er langsam immer röter wird.

Das war einfach.

»Oh, hm, ich denke, Ihr überschätzt mich. Das war alles Lawrence«, stammelt Jake dann und räuspert sich unbeholfen.

»Miss Lawrence ist eine Söldnerin, die ihr für Geld angeheuert habt, nicht wahr? Aber was hattet Ihr davon?«

Er öffnet den Mund, aber es scheint ihm nichts einzufallen.

»Es geht nicht darum, was Ihr nicht tun konntet, sondern darum, was Ihr bereit wart zu tun. Und so wie ich das sehe, habt Ihr alles, was in Euer Macht steht, getan, um Eurem Freund und seiner Schwester zu helfen. Das ist keine Selbstverständlichkeit.«

Jakes Wangen sind immer noch gerötet und er weicht meinem Blick aus. »Ihr schmeichelt mir.«

»Das war meine Absicht«, erwidere ich in fröhlichem Tonfall.

»Danke.« Er schenkt mir seinerseits ein Grinsen. »Ich fühle mich viel besser.«

»Sehr gut«, sage ich und mühe mich von der Bank hoch, was Luke sofort dazu antreibt, mir zu Hilfe zu eilen, damit Jake es nicht kann. »Dann werde ich Euch nicht weiter stören.«

»Ah, Eure Heiligkeit?«

»Ja?«

Jake wirft Luke einen unsicheren Blick zu, bevor er

wieder mich ansieht. »Es wäre alles sinnlos gewesen, wenn Ihr Annie nicht geheilt hättet.«

»Das ist meine Aufgabe«, antworte ich mit einem schwachen Lächeln und ziehe meinen Schleier wieder über mein Gesicht. Ich habe den Ruf wegen meines schwächlichen Körpers einen starken Minderwertigkeitskomplex zu haben, weshalb ich so tun muss, als würde ich mich insgeheim nicht über das Kompliment freuen. Und seinem mitleidigen Ausdruck nach zu schließen, funktioniert es.

Ich verabschiede mich von Jake und kehre in meine Residenz zurück, wobei mir ein Blick auf die Uhr verrät, dass mir nur noch etwas mehr als eine Stunde bleibt, bis zu meiner Verabredung mit dem Marquis und Annabella.

Ich frage mich, ob Mikail ebenfalls kommen wird. Es geht nur um eine Untersuchung seiner Schwester und offiziell hat er mich nur einmal kurz gesehen, an dem Morgen, an dem er in meine Residenz eingebrochen ist. Ich frage mich immer noch, was ihm durch den Kopf gegangen ist, dass er davongerannt ist. Eine lächerliche Vorstellung, wenn man bedenkt, dass er Hals über Kopf losgezogen ist, um zu den Felswurzeln zu reisen, was ihn und seine Freunde beinahe das Leben gekostet hätte. Ich sollte das wohl als Kompliment sehen. Aber das tue ich nicht, und es wäre mir lieber, wenn er den Besuch seiner Schwester bei mir nicht dazu benutzt, um sich bei mir zu entschuldigen.

Ich verbringe die Zeit bis zu dem Treffen in meinem Arbeitszimmer, in dem ich all meine Bücher aufbewahre und einige verzauberte Gegenstände, an denen ich herumexperimentiere. Aber ich bringe es nicht fertig, mich auf etwas zu konzentrieren, und als Luke schließlich an die Tür klopft, um mir die Ankunft einer Kutsche mitzuteilen, stehe ich bereits am Fenster.

Der Marquis steigt als erster aus, gut zu erkennen an den braunen Haaren, die er als einziger in der Familie besitzt. Danach steigt die Marquise aus, die ein hübsches, grünes Sommerkleid trägt und ihren Mann fröhlich anlächelt. Beide warten und sehen zur Kutsche.

Mikail lächelt nicht, als er aus der Kutsche steigt. Selbst von hier aus kann ich die Anspannung in seinem Gesicht sehen oder vielleicht bilde ich mir nur ein, sie zu sehen, weil ich weiß, dass sie da ist. Er trägt ein strahlend weißes Hemd und eine feine Weste mit grünen Stickereien. Seine Augen huschen an dem Gebäude hinauf und ich war noch nie so froh darüber, dass die Fenster so verzaubert sind, dass man nur von innen hindurchschauen kann. Und so übergeht sein Blick mich, ehe er sich umdreht, um seiner Schwester aus der Kutsche zu helfen.

Annabella trägt ein geblümtes Kleid und ihre Haare fallen ihr in goldenen Wellen über den Rücken. Nur die vorderen Strähnen sind zurückgeflochten worden und ich frage mich unwillkürlich, ob das Mikails Arbeit ist. Jedenfalls sieht diese Annabella, der, die ich im Anwesen der Moraens gesehen habe, kaum ähnlich. Ihr Gesicht ist voller und ihre Wangen sind rosig, während sie aufgeregt auf ihren Bruder einredet. Man würde nicht glauben, dass sie noch vor zwei Tagen kaum genug Kraft hatte, um zu atmen.

»Eure Heiligkeit?« Luke tritt neben mich, während ich der Familie dabei zusehe, wie sie von einer Nonne ins Innere geführt werden. »Soll ich sie bitten, ein anderes Mal wiederzukommen?«

Ich blinzle und nehme meinen Blick vom Fenster. »Ich habe sie eingeladen, Luke«, sage ich und wende mich der Tür zu. Im Gehen greife ich meinen Schleier, den ich achtlos auf den Schreibtisch geworfen habe, und bedecke mich damit. Dann gehe ich hinunter zum Gästeraum.

Ich empfange selten Gäste und noch seltener mehr als einen, daher ist der Gästeraum nicht besonders groß und nur sehr spärlich eingerichtet. Auf der gepolsterten Bank haben geradeso vier Leute Platz. Nicht, dass einer von ihnen sitzen würde, als ich den Raum betrete.

Da es sich um eine mächtige Familie handelt, lege ich die Hände zusammen und neige den Kopf. »Ich grüße Euch und bete für Euer Wohl.«

»Ich danke Euch, Eure Heiligkeit«, erwidert der Marquis, während er sich vor mir verbeugt. Sie alle tun das.

Ich hebe den Kopf mit einem Lächeln. »Wir hatten das letzte Mal nicht die Gelegenheit dazu, uns einander vorzustellen, aber ich bin Lorelai Lumenos. Es freut mich, Eure Bekanntschaft zu machen.«

»Kaiden Moraen, zu Euren Diensten. Und das ist meine Frau Isadora.« Er deutet auf die Marquise, die daraufhin vor mir knickst.

»Ich kann Euch nicht sagen, wie dankbar ich bin, Eure Heiligkeit.«

»Meine Tochter Annabella kennt Ihr bereits und meinen Sohn Mikail …« Seine Stimme klingt etwas gepresst, als er Mikail vorstellt, aber ich tue so, als hätte ich das nicht gehört. »Natürlich. Ich danke Euch für Euer Kommen, auch wenn ich fürchte, dass ich Euch nicht viel bieten kann. Bitte entschuldigt.«

»Aber nicht doch.« Der Marquis schüttelt den Kopf und es ist eigenartig, einen so ruhigen Blick in diesen gelb-braunen Augen zu sehen. »Es gibt nichts, wofür Ihr Euch entschuldigen müsst. Wir sind dankbar, dass Ihr Euch Zeit für uns nehmt.«

Ich zögere, darauf zu antworten, da es so lange gedauert hat, bis ich Zeit für sie hatte und mustere den Marquis. Ich kann noch immer die Ähnlichkeit zu seinem Bruder sehen, aber sein Verhalten ist völlig anders. Und jetzt, wo ich genauer hinsehe, stelle ich fest, dass seine Augenbrauen dieselbe Form haben wie Mikails. Aber das ist so ziemlich die einzige Ähnlichkeit, die ich zwischen Vater und Sohn sehen kann, sodass ich von Mikails Aussehen allein wohl nie darauf gekommen wäre, dass er ein Moraen ist.

Anders ist es bei Annabella. Sie sieht ihrer Mutter zwar auch ähnlich, aber nicht so sehr wie Mikail. Ihre Haare sind dunkler, ihr Gesicht runder und ich kann die Züge ihres Vaters darin erkennen.

»Wo wir davon sprechen«, sage ich und gehe auf Annabella zu, die mich mit großen Augen anstarrt. »Es freut mich zu sehen, dass es Euch besser geht, Lady Annabella.«

»J-Ja!«, antwortet sie recht energisch. »Ich verdanke es nur Euch, Eure Heiligkeit!«

»Ihr wart es, die all die Jahre durchgehalten hat. Ich war von Eurer Stärke sehr beeindruckt und ich kann mich nur noch einmal dafür entschuldigen, dass ich Euch nicht früher geholfen habe.«

»Oh nein! Ich weiß, dass Ihr nichts dafür konntet.« Sie schüttelt so heftig den Kopf, dass sich ein paar Haare aus ihren Zöpfen lösen.

»Nun, ich möchte es wenigstens jetzt richtig machen«, sage ich und halte ihr meine Hand hin. »Erlaubt mir, Euch noch einmal zu untersuchen, um sicherzustellen, dass Eure Krankheit vollständig verschwunden ist.«

Annabella nickt, auch wenn sie plötzlich verunsichert wirkt. Sie reicht mir ihre Hand, nur um dann zusammenzuzucken, als sie meine berührt. »Eure Hand ist ganz kalt! Geht es Euch nicht gut?«

Ich sehe sie verdutzt an. Immerhin ist sie die Patientin und nicht ich. »Oh, es ist nichts. Ich habe des Öfteren kalte Hände. Bitte verzeiht, wenn es Euch unangenehm ist.«

Annabella macht ein Gesicht, als versuche, sie meins durch den Schleier hindurch besser zu erkennen, und ich sehe aus dem Augenwinkel, wie der Marquis und die Marquise mich mit Sorge ansehen.

Mikail dagegen, der direkt neben Annabella steht, bohrt mit seinem Blick geradezu ein Loch in meinen Kopf. Er weiß als Einziger, dass ich nicht wirklich krank bin, also geht ihm gerade vermutlich durch den Kopf, was für eine Lügnerin ich doch bin.

»Es stört mich überhaupt nicht!«, erklärt Annabella dann und nimmt meine Hand entschlossen mit ihren beiden, so als wollte sie mich wärmen.

Ich lächle nur und schließe dann die Augen, um mit der Untersuchung zu beginnen. Schon zuvor habe ich kein bisschen Aura von Annabella gespürt und auch als ich ihren gesamten Körper danach absuche, kann ich nichts davon finden. Aber ich überprüfe dennoch ihre Verbindung zum Weltstrom, um sicherzugehen. »Habt Ihr nach der Heilung irgendwelche Beschwerden gehabt? Körperliche oder energiebedingte?«, frage ich schließlich immer noch mit geschlossenen Augen.

»Nein, es ging mir nie besser«, antwortet Annabella sofort.

Ich öffne die Augen. »Habt Ihr versucht, Euer Mana zu benutzen?«

Jetzt sieht sie mich etwas verunsichert an und schüttelt den Kopf. Es ist unter adligen Frauen nicht üblich, ihre Energie zu kultivieren, aber Annabella ist außerdem in dem Glauben aufgewachsen, eine Aura-Trägerin zu sein. Auch wenn es wohl kaum einen Unterschied macht, wenn sie ihre Energie nicht benutzt.

»Nun, wenn Ihr es tut und Ihr auf ein Problem stoßt, könnt Ihr mich jederzeit um Rat fragen.« Ich ziehe ein Silberplättchen von der Größe einer Münze aus meinem Ärmel. Das Siegel der Heiligen ist in es eingraviert, aber es ist kaum dicker als ein Blatt Papier. »Um sicherzugehen, dass ich diesmal davon weiß, nehmt das. Zerbrecht es, bevor Ihr mir eine Nachricht zukommen lasst. Es ist mit meinem Mana gefüllt und ich werde wissen, dass Ihr versucht, mit mir in Kontakt zu treten, selbst wenn Eure Nachricht mich nicht erreicht.« Ich lege das Silberplättchen in Annabellas Hand und sie hält es so vorsichtig, als könnte es jeden Moment von allein zerbrechen.

»Es ist stabiler, als es aussieht«, sage ich amüsiert. »Und ich konnte weder in Eurem Körper noch in Eurem Mana ein Problem finden, also bin ich zuversichtlich, dass Ihr es nicht brauchen werdet.«

»Oh, vielen Dank, Eure Heiligkeit!«

Ich schüttle den Kopf. »Das ist das Mindeste, das ich tun kann.«

Der Marquis räuspert sich. Aber als ich ihn ansehe, ist sein Blick auf Mikail gerichtet und er ist recht tadelnd.

Meine Augen huschen zu Mikail, der mich nach wie vor ansieht, fast so als hätte er seinen Vater nicht gehört. Aber als er meinen Blick bemerkt, schluckt er und verbeugt sich dann vor mir. »Ich möchte mich persönlich für Eure Hilfe bedanken. Vor allem, nachdem ich auf so unhöfliche Weise in Eure Residenz eingebrochen bin. Dafür bitte ich vielmals um Verzeihung, Eure, äh, Eure Heiligkeit.«

Ich wusste, dass er ein schlechter Schauspieler ist,

aber er bringt es kaum über sich, mich mit meinem Titel anzureden. »Natürlich. Ihr wart sehr verzweifelt und wer weiß, was passiert wäre, wenn Ihr es nicht getan hättet. Ich bin Euch nicht böse.«

Mikail zuckt zusammen, als hätte er keine Antwort erwartet, und hebt den Kopf.

Aber ich richte meinen Blick wieder auf den Marquis. »Ich bin mir sicher, Ihr habt noch einige Fragen darüber, wie es so weit kommen konnte. Ich werde mein Bestes geben, sie zu beantworten«, sage ich und deute auf die gepolsterte Bank, um sie aufzufordern, Platz zu nehmen.

Nachdem die Familie sich gesetzt hat, setze auch ich mich mit Erleichterung auf den Lehnstuhl gegenüber. Ich wirke immer noch stärkere Debuffs auf mich als sonst, weshalb sogar stehen anstrengend für mich ist.

»Ich bin Euch dankbar, dass Ihr meinem Sohn vergebt. Es ist normalerweise nicht seine Art, so rücksichtslos und unbedacht zu handeln«, sagt der Marquis, als wir alle sitzen. »Auch wenn er all das für Annabella getan hat, Ihr konntet das nicht wissen. Ich hätte es Euch nicht vorwerfen können, wenn Ihr ihn und seine Freunde gewaltsam entfernt hättet.« Seine Worte klingen eindeutig, aber seinem intensiven Blick nach zu urteilen, geht es ihm nicht nur darum seinen Dank auszudrücken. Es sollte mich wohl nicht überraschen, dass ein Mann wie er weiß, dass ich häufiger Einbrecher habe, als man meinen würde und das ist nicht die Sorte, die um meine Hilfe bittet. Und natürlich fragt er sich, wieso ich so umstandslos mit den Rittern mitgegangen bin, wenn ich doch nichts von Annabella wusste.

»Normalerweise hätte ich das auch«, sage ich und richte meinen Blick auf Mikail, der recht unbehaglich zwischen mir und seinen Händen in seinem Schoß hin und her schaut. »Aber es kam mir eigenartig vor, dass jemand, der sich so viel Mühe gegeben hat, in meine Residenz einzubrechen, davonrennt, ohne überhaupt etwas getan zu haben, das die Mühe wert wäre.«

Mikail blinzelt und errötet. Er sieht mich an, als hätte er völlig vergessen, dass das passiert ist.

Ich hebe eine Hand vor meinen Mund und gestatte mir ein leises Kichern. »Außerdem haben sich seine Freunde so sehr für ihn eingesetzt, dass ich ihnen geglaubt habe. Und für den Fall, dass ich mich geirrt hätte, habe ich immer noch Luke.« Ich deute auf meinen Leibwächter, der stoisch wie eh und je neben meinem Stuhl steht. Er war schon immer ein sehr ernster Mensch und als ich einmal erwähnt habe, dass er, da er kaum etwas zu tun hat, die Zeit auch nutzen kann, um der stärkste Aura-Träger des Landes zu werden, hat er sich das zu Herzen genommen. Nur Adeliza Bertram wäre vielleicht in der Lage gewaltsam in mein Haus einzubrechen.

»Ich verstehe.« Lord Moraen nickt. Seine Aura ist stark ausgeprägt, aber jetzt schon schwächer als die seines Sohnes. Auch wenn das keinen Unterschied macht, da auch Mikail Lukes Aura nicht spüren dürfte.

»Und was die Briefe anbelangt, es scheint als hätte der Priester, der Lady Annabella damals untersucht hat, berichtet, dass sie eine Krankheit hat, die selbst ich nicht heilen kann. Seine Eminenz war sich dessen nicht sicher, aber er fürchtete sich vor den Folgen für mich, wenn ich versuchen würde, Lady Annabella zu heilen.« Ich senke den Kopf ein wenig, halte die Augen aber auf den Marquis gerichtet. »Ich weiß, dass das keine Entschuldigung ist, aber ich hoffe, Ihr könnt fürs Erste darüber hinwegsehen.«

Er sieht mich einen Moment an und wirft dann seiner Frau einen Blick zu. »Natürlich. Alles, was für uns zählt, ist, dass es Annabella wieder gutgeht und wir wissen, dass Ihr Euer Möglichstes getan habt. Wir stehen in Eurer Schuld.«

Ich schüttle den Kopf. »Niemand verdient ein so schweres Schicksal wie jenes, das das Leben Eurer Tochter bedroht hat und es ist nicht der Wille des Gottes, dem ich diene. Vielmehr ist es ein Fehler der Natur und es ist meine Aufgabe, diese Fehler zu beheben. Es wäre nicht richtig, einen Nutzen daraus zu ziehen.«

»Das verstehe ich natürlich«, erwidert er und es hört sich stark danach an, als würde ein Aber folgen.

»Dann fragt Euch das: Wenn Ihr morgen ein junges Mädchen wie Lady Annabella treffen würdet, schwerkrank und dem Tode nahe und nur Ihr könntet Ihr helfen, würdet Ihr etwas dafür verlangen?«

Er legt die Stirn in Falten, so wie Mikail es tut,

wenn er misstrauisch ist. »Ihr seid sehr verständnisvoll, was unsere Situation angeht.«

»Weil ich es durchaus nachvollziehen kann. Meine kleine Schwester ist im selben Alter wie Lady Annabella.«

Das bringt ihn für eine Weile zum Schweigen. Dann greift die Marquise seine Hand und er schüttelt den Kopf. »Natürlich, bitte verzeiht mir.«

Ich lächle. In Wahrheit hat das meinerseits wenig mit Gutmütigkeit zu tun und mehr damit, dass das Wohlwollen eines Adligen genauso lästig ist wie seine Abneigung. Als Heilige kann ich keine Bezahlungen annehmen und Geschenke wären nichts anderes als ein offensichtlicher Weg, diesen Grundsatz zu umgehen. Und wenn ich einmal damit anfange, Geschenke anzunehmen, wird es hier alsbald nur so von Adligen wimmeln, die versuchen, mich für ihre politischen Spielchen zu benutzen.

Meine Einstellung führt zumeist zu Misstrauen, da diejenigen, die sich fühlen, als stünden sie in meiner Schuld, sich nicht von diesem Gefühl freikaufen können. Aber es liegt auch nicht in meinem Interesse, mich mit den Moraens gut zu stellen. Auch wenn weder der Marquis noch die Marquise unzufrieden auf mich wirken. Der Einzige, der sich unwohl fühlt, ist Mikail, der mich ununterbrochen anstarrt, ohne ein Wort zu mir zu sagen.

Nachdem die Moraens gegangen sind, fühle ich mich erschöpft, und das hat nichts mit meinen Debuffs zu tun. Es ist, als hätte ich mich ungeheuer angestrengt, dabei gab es bei dem Gespräch nichts, das außergewöhnliche Anstrengung erfordert hätte. Es ist rein gar nichts passiert.

Ich sitze wieder in meinem Arbeitszimmer, aber nur um einen Grund zu haben, Luke zu sagen, dass ich in Ruhe gelassen werden will. Ich sitze an meinem Schreibtisch, mit dem Kopf auf der Tischplatte und suche nach der Motivation, irgendetwas zu tun. Normalerweise genieße ich es allein zu sein, besonders nachdem ich heute mit so vielen Leuten zu tun hatte. Vielleicht sollte ich wieder die Gilde besuchen und mich betrinken. Das hilft immer, wenn ich schlechte Laune habe und diesmal wird Mikail bestimmt nicht auftauchen, um meinen Abend zu ruinieren. Nicht, nachdem ich so kalt zu ihm war. Es sah vorhin nicht so aus, als wäre er wütend auf mich, aber wahrscheinlich war er verwirrt von meinem Verhalten. Ich bin froh, dass er kaum mit mir gesprochen hat. Es fühlt sich eigenartig an, wenn ich die Heilige spiele, aber es geht nicht anders.

Und dann spüre ich plötzlich eine Präsenz, die mich den Kopf heben lässt. Ich kann Luke im Garten spüren, sowohl seine Aura als auch mein Mana. Aber etwas weiter weg, nähert sich eine weitere Person mit meinem Mana, nur dass diese sonst keine Präsenz hat.

Matthias kann es nicht sein, denn er hat keinen Grund, seine Präsenz vor mir zu verbergen, und er würde durch das Eingangstor zu meiner Residenz kommen, nicht von irgendwo, wo man nur hereinkommt, wenn man über die Mauer klettert. Außerdem ist die Menge an meinem Mana, die Matthias in sich trägt, sehr viel geringer, als die, die ich fühle. Und das kann nur eins bedeuten.

Ich stehe auf und benutze meine Schattenmagie, um heimlich die Residenz zu verlassen und die Stelle aufzusuchen, wo ich mein Mana spüre. Und dort entdecke ich Mikail, der sich hinter einer Hecke versteckt und meine Residenz aus der Ferne beobachtet. Er ist so darauf konzentriert, dass er mich, die hinter ihm auftaucht, nicht bemerkt.

»Einmal in meine Residenz einzubrechen zählt bereits als schweres Verbrechen, aber gleich zweimal?«

Meine Worte lassen Mikail herumwirbeln und zurückstolpern, und er landet schließlich, halb in der Hecke, auf dem Hosenboden.

Ich mustere ihn mit verschränkten Armen und es erfordert all meine Selbstbeherrschung nicht zu lachen. Ich hätte meinen Schleier mitnehmen sollen.

»Wie?« Mikail wirft einen Blick über die Schulter zu meiner Residenz. »Woher wusstest du, dass ich hier bin?«

Jetzt, wo er es sagt, bemerke ich, dass ich selbst jetzt, wo ich direkt vor ihm stehe, nichts von seiner Aura spüre. Kein Wunder, dass er es das erste Mal bis ins Haus geschafft hat. »Ihr seid nicht der Erste, der einen Verdecker benutzt, um hier hereinzukommen.« Allerdings ist er der Erste, der es versucht und das Pech hat, mein Mana in sich zu tragen. Verzauberte

Gegenstände, die die eigene Präsenz verbergen, auch Verdecker genannt, verhüllen die Energie des Trägers, indem sie sie mit ihrem Mana umschließen, das verhindert, dass die Energie nach außen strahlt. Jedenfalls so lange man seine Energie nicht benutzt. Allerdings bin ich mir nicht sicher, ob sie nur eine Energie verbergen können oder ob ich das Mana in Mikail spüren kann, weil es meins ist.

Mikail starrt mich einen Moment an, dann richtet er sich auf und klopft seine Hose ab, dabei hat sein Hemd sehr viel mehr unter dem Sturz in die Hecke gelitten. Außerdem hat sich ein kleiner, abgebrochener Zweig in seinen Haaren verheddert. Ohne nachzudenken strecke ich die Hand danach aus.

Mikail erstarrt.

Und ich kann mich gerade noch davon abhalten, es ihm nachzutun. Ich tue so, als wäre nichts dabei, zupfe ihm den Zweig aus den Haaren und verschränke dann meine Hände hinterm Rücken, damit sie nicht noch einmal auf dumme Ideen kommen. »Nun?«, frage ich mit meinem besten Lächeln. »Was ist so wichtig, dass Ihr, so kurz nach Eurem Besuch, in meine Residenz einbrecht?«

Mikails Brauen ziehen sich zusammen. Dann sieht er sich um. »Es hört uns niemand zu, oder?«

»Ich habe niemandem gesagt, dass Ihr hier seid und es wäre besser, wenn Ihr geht, bevor Luke Euch sieht. Nachsicht ist keine seiner Stärken.«

»Wieso tust du das?«

»Was meint Ihr?«, frage ich und lächle unschuldig

weiter.

Er sieht mich einen Moment an, dann fährt er sich mit einer Hand übers Gesicht. »Bitte, hör auf mich so anzulächeln. Das ist so falsch.«

Ich balle die Fäuste. »Ich verstehe nicht -«

Mikail atmet geräuschvoll ein und hebt den Kopf. Aber mehr als das bringt mich sein wütender Blick zum Schweigen. »Ich verstehe. Ich werde dich nicht mehr belästigen.« Er wendet sich von mir ab, noch bevor ich etwas dazu sagen kann, und stampft davon.

Meine Sicht auf seinen Rücken verschwimmt und ich wende mich ebenfalls ab. Es ist gut, dass er nicht wieder versuchen wird, mit mir zu reden. Er ist so ein schlechter Schauspieler, dass er es bestimmt auch mit dem Fluch schafft, mich zu verraten. Und das darf nicht passieren!

Ich kehre ins Haus zurück, aber ich gehe nicht wieder in mein Arbeitszimmer. Stattdessen verbringe ich den Rest des Tages in meinem Schlafzimmer und verkrieche mich in meinem Bett.

XX.

Am nächsten Tag erhalte ich einen Brief von Annabella Moraen, in dem sie schreibt, dass sie wissen
möchte, ob ihr Brief bei mir angekommen ist und um
eine Antwort bittet. Darauf folgt ein weiterer Brief, in
dem sie ihre Erleichterung ausdrückt und mir mitteilt,
dass sie versucht hat, ihr Mana zu benutzen.

Ich konnte keine Affinität bei ihr feststellen, was
bedeutet, dass sie das Potenzial einer weißen Magierin besitzt, auch wenn sie aufgrund ihres späten Starts
einen großen Nachteil hat. Ich gebe ihr ein paar Tipps
zur Mana-Kultivierung sowie ein paar Beispiele, wie
sie ihr Mana einsetzen kann, um herauszufinden, wie
sie es in der Zukunft am besten einsetzt. Ich gehe
weiter ins Detail, als weitere Briefe mit Fragen ein-
treffen, die immer öfter auch mich betreffen.

Normalerweise bin ich vorsichtig damit, etwas über
mich preiszugeben, aber Annabellas Fragen sind
harmlos und drehen sich um Dinge wie meine Lieb-
lingsfarbe, Essen, das ich mag, oder Bücher, die ich
ihr empfehlen würde.

So vergehen einige ruhige Tage, bis es wieder Zeit
für die Heilung ist.

Im Grunde halte ich die Heilungen für eine gute
Idee. Denn sie geben nicht nur Bürgern die Möglichkeit, geheilt zu werden, ohne dafür bezahlen zu müssen, sie halten mir auch diejenigen mit Einfluss vom

Leib, die versuchen, eine Erkältung auszunutzen, um mich zu besuchen. Und da ich nur einen gewöhnlichen Heilzauber wirke, der sich lediglich in seiner Größe von anderen unterscheidet, ist es auch nicht allzu anstrengend.

Vom Tempel aus dauert es mit der Kutsche nur etwa zehn Minuten bis zu dem Platz der Heiligen, auf dem die Heilungen stattfinden, allerdings brauchen wir dreimal so lange, um durch die Menge jubelnder Menschen zu kommen.

Obwohl die Heilungen ein regelmäßiges Ereignis sind, werde ich jedes Mal von einer Gruppe Templer begleitet, die alle Hände voll damit zu tun haben, die Menschen von meiner Kutsche fernzuhalten. Denn es kommen nicht nur Kranke zu den Heilungen, da es praktisch die einzige Möglichkeit ist, einen Blick auf mich zu erhaschen. Aber solange es nur ein Blick ist, stört es mich nicht.

Während ich in der Kutsche sitze, schließe ich die Augen und konzentriere mich auf die verschiedenen Präsenzen um mich herum, für den Fall, dass ich etwas Außergewöhnliches spüre. Es ist immer sehr anstrengend, da sich so viele Menschen auf einem Haufen befinden, auch wenn dieses Mal vergleichsweise eher wenige hier sind. Im Sommer, ganz besonders an heißen Tagen, ist der Auflauf geringer als im Winter, wenn viele erkranken und manchmal an die tausend Menschen erscheinen.

Schließlich erreichen wir die Mitte des Platzes und Luke öffnet die Tür zur Kutsche, um mir hinaus zu helfen. Der Jubel wird lauter, als ich auf das steinerne Podest steige, um dann zu versiegen, als ich oben stehe, vor der großen Statue meiner Namensschwester, die dort mit ausgebreiteten Armen steht, als würde sie selbst die Heilung durchführen.

Das ist der Teil, der mich immer am meisten nervt. Denn nicht nur, muss ich hier oben stehen, wie auf dem Präsentierteller, es wird auch jedes Mal erwartet, dass ich etwas sage, bevor ich mit der Heilung beginne.

Eine Weile lang hat es mir immer Kopfschmerzen bereitet, schließlich kann ich nicht so etwas sagen wie: ‚Danke für euer Kommen‘ oder ‚Ich freue mich, dass ihr so zahlreich erschienen seid‘ und ich kann auch nicht jeden Monat eine Rede halten, um den Leuten von einer Moral zu predigen, an die ich mich selbst nicht halte. Und jedes Mal dasselbe sagen geht auch nicht, ohne dabei halbherzig zu klingen. Daher improvisiere ich meistens, sodass ich nur im Kontext dasselbe sage.

Ich lege die Hände vor der Brust zusammen und senke den Kopf. Immerhin muss ich mir nicht jedes Mal einen neuen Gruß ausdenken. »Ich grüße euch und bete für das Wohl eines jeden von euch.« Meine Stimme schallt über den Platz, verstärkt durch einen Buff, den ich auf mich wirke. »Denn Gott ist barmherzig und möchte durch mich die Last erleichtern, die auf uns allen liegt. Ich kann nicht viel geben, aber -« Ich breche ab und blinzle verwirrt, als ich einen plötzlichen und sehr starken Anstieg an Mana spüre.

Die Tatsache, dass die Präsenz, die das Mana ausstrahlt, bis jetzt vor mir verborgen war, versetzt mich kurz in Alarmbereitschaft, bis ich feststelle, dass es sich um Lichtmagie handelt. Ein Flächenheilzauber, um genau zu sein. Die Art, die ich vorhatte, in wenigen Sekunden zu wirken.

Natürlich bin ich nicht die Einzige, der das auffällt, und da ich gerade dabei war zu sprechen, ist auch keinem entgangen, dass ich nicht die Zauberin war.

»Was ist passiert, Eure Heiligkeit?« Luke steht sofort neben mir, die Hand auf dem Schwertknauf.

Ich muss ihn nicht ansehen, um zu wissen, dass sein Blick auf dieselbe Person gerichtet ist wie meiner. Eine junge Frau in einer langen, weißen Robe, die nun auf das Podest zu uns heraufsteigt. Und bei ihr ist der Hohepriester. Anders als sie, trägt er keinen Verdecker, allerdings ist sein Mana nicht außergewöhnlich genug, um herauszustechen. Seine Augen sind streng auf mich gerichtet, mehr noch, er sieht mich beinahe drohend an.

Ich lege eine Hand auf Lukes Arm, der sich schützend vor mich gestellt hat, sodass ich die junge Frau betrachten kann.

Das Gesicht unter ihrer weißen Kapuze ist schön und sie hat lange, blonde Haare, die ihr über die Schultern fallen und im Sonnenlicht golden glänzen. Sie sieht ein wenig erschöpft aus, was ich darauf zurückführe, dass ihr Mana, auf das ich einen kurzen Blick erhaschen konnte, als sie den Zauber gewirkt hat, stark gesunken ist. Außerdem trägt sie etwas auf dem Kopf, das ihr bei dem Zauber geholfen hat. Erz aus den Felswurzeln, wenn ich raten müsste.

Flächenzauber dieser Größe brauchen nicht nur viel Mana, sie können auch sehr anstrengend werden, wenn die eigene Kanalisierungsrate nicht hoch genug ist. Denn je länger es dauert das Mana für den Zauber zu stellen, desto länger muss man ihn aufrechterhalten, was dazu führen kann, dass der Zauber allein mehr kostet als die Heilung. Aus diesem Grund ist der Manaverbrauch bei Magiergruppen, die ihr Mana für einen Zauber zusammenlegen, sehr viel höher. Gleiches gilt für Magier, die sich auf Mana-Lager verlassen, verzauberte Gegenstände, in denen man Mana lagern kann.

Ich kann kein Mana-Lager bei der Frau finden, was bedeutet, dass sie selbst einen recht großen Mana-Pool besitzt. Allerdings kann sie nicht viel praktische Erfahrung besitzen, wenn sie zur Kanalisierung Erz braucht.

Sie mustert mich mit einem herablassenden Blick und ein beinahe mitleidiges Grinsen umspielt ihre Lippen, bevor sie sich an die Menge wendet. »Ihr guten Menschen von Libera, man hat euch getäuscht!«, sagt sie, wobei sie ebenfalls ihre Stimme verstärkt. »Mein Name ist Leandra Ephillis und ich bin die wahre Heilige.«

Ihre Worte sorgen für Lärm aus der Menge, aber ich beachte das kaum und starre die Frau verwundert an. Ich würde lachen, aber ich hänge immer noch an dem Gedanken fest, dass jemand versucht, meinen Titel als Heilige zu bekommen. Und das mithilfe von Felswurzel-Erz.

»Was soll dieser lächerliche Auftritt, Eure Eminenz?!«, knurrt Luke und ich spüre, wie die Aura um ihn herum wächst.

Aber bevor der Hohepriester etwas sagen kann, trete ich vor. »Es ist in Ordnung, Luke.« Ich stelle mich vor Leandra, die mich mit einem entschlossenen Blick ansieht, als wolle sie sagen, dass sie für alles gewappnet ist. Und der Gedanke, dass sie in vollem Ernst zu glauben scheint, dass ich um diese Position kämpfen werde, bringt mich beinahe zum Lachen.

Ich gehe vor ihr auf die Knie. »Ich habe auf Euch gewartet«, sage ich mit verstärkter Stimme, sodass alle auf dem Platz mich hören können. »Mein Körper ist zu schwach, um Gottes Macht standzuhalten und ich erwartete den Tag, an dem seine wahre Erwählte bereit ist, ihren Platz einzunehmen. Es ist die größte Ehre, Euch endlich gegenüberzustehen.«

Einen Moment ist es still. Dann bricht das Chaos aus.

Eine Stunde später befinde ich mich im Palast in einem Besprechungszimmer und beobachte, wie unser äußerst aufgebrachter König ins Zimmer gestürmt kommt. Selbst die Königin, die bereits vor ein paar Minuten eingetroffen ist, macht ein ungewöhnlich ernstes Gesicht.

»Erklärt mir diesen Unsinn, Hohepriester!«, ruft

König Ronan, kaum dass die Tür hinter ihm geschlossen wurde.

»Es ist, wie Euer Majestät es sicherlich schon erfahren hat«, erwidert der Hohepriester, wobei er mir jedoch einen verunsicherten Blick zuwirft. So als hätte selbst er nicht erwartet, dass ich meine Position so ohne weiteres aufgebe.

Es war eine Kurzschlussreaktion meinerseits, die ich zwar nicht bereue, aber ich begreife erst jetzt so richtig, dass der Hohepriester entschieden hat, mich loszuwerden. Die Frage ist nur, ob unser letztes Gespräch der Grund dafür ist oder nur der Tropfen, der das Fass zum Überlaufen gebracht hat. Da er so schnell Ersatz für mich gefunden hat, vermute ich Letzteres.

»Leandra Ephillis ist die wahre Heilige.«

Daraufhin legt Leandra mutig die Hände vor der Brust zusammen und sagt: »Ich grüße Eure Majestäten und bete für Euer Wohl.«

Der König schnalzt mit der Zunge und lässt sich auf den Lehnstuhl neben der Königin fallen. »Ephillis? Und wieso sollte ich glauben, dass die Tochter von einem Landei wie Viscount Ephillis in Wahrheit die Heilige ist?!«

»Es ist lächerlich«, sagt auch Alba, der rechts neben dem Stuhl des Königs steht. »Lady Lorelai wurde von der Kirche aufgenommen, als sie noch ein Baby war, und jetzt, neunzehn Jahre später, wollt Ihr uns erzählen, dass all das ein Missverständnis ist?!«

Aber bevor der Hohepriester eine Antwort stammeln kann, sinke ich auf die Knie. »Euer Majestät, bitte erlaubt mir zu sprechen.«

Es ist einen Moment still, während ich sämtliche Blicke auf mir spüren kann.

Mir wurde einmal beigebracht, wie man knickst, da ich es aber schon ewig nicht mehr gemacht habe, bin ich etwas aus der Übung. Nicht, dass es bei meinem langen Gewand eine Rolle spielt, zumal die Anwesenden mehr damit beschäftigt zu sein scheinen, sich zu wundern, dass ich überhaupt knickse.

»Sprecht!«, sagt der König schließlich und seine Stimme ist nicht halb so herzlich wie sonst.

»Ich danke Euch.« Ich richte mich wieder auf. »Es ist wahr, dass ich in den letzten Jahren im Namen unseres Herrn gehandelt habe, jedoch ist allen bekannt, dass es eine Last ist, die ich kaum tragen kann. Es ist einer demütigen Dienerin nicht möglich, den Willen Gottes zu ergründen, aber ich verstehe nun, wieso er mir Kraft gab, aber keinen Körper, um dieser Kraft standzuhalten. Um mir zu bedeuten zurückzutreten und nicht an einer Position festzuhalten, die von Anfang an nicht meine war. Meine Aufgabe war es zu dienen und zu warten, bis die wahre Erwählte erscheint, um ihren Platz einzunehmen.«

Erneut ist es still.

Als Heilige und Erwählte Gottes kann niemand meine Worte anzweifeln, wenn ich für Gott spreche, womit ich dem König keine andere Wahl lasse, als meine Worte anzunehmen. Denn sie abzulehnen, würde bedeuten, sich gegen Gott zu stellen oder meine Autorität anzuzweifeln, was dasselbe wäre, wie mir zuzustimmen.

»Wenn es Gottes Wille ist, bleibt uns keine andere Wahl.« Königin Sophie ergreift nicht oft das Wort, aber sie scheint zu merken, dass ihr Mann nicht geneigt ist zu antworten. Sie steht auf und kommt auf mich zu. »Wir sind Euch dankbar für den Dienst, den Ihr uns bis heute erwiesen habt, Lady Lorelai, und ich hoffe, Ihr findet Euren Weg und werdet dem Königreich auch weiterhin dienen, nun als Tochter von Baron Lumenos.«

Ich senke höflich den Kopf. »Ich danke Euch, Euer Majestät.«

»Verzeiht meine Einmischung, Euer Majestät«, sagt der Hohepriester mit einem kurzen Blick auf mich, bevor er sich vor der Königin verbeugt. »Aber ich erinnere mich, dass Seine Majestät Baron Lumenos seinen Titel gewährt hat, in der Annahme, er wäre der Vater der Heiligen. In Wahrheit handelt es sich bei dem Baron jedoch um einen Schuhmacher.«

»So ein Unsinn!« Der König wedelt mit der Hand in Richtung des Hohepriesters, um ihn zum Schweigen zu bringen. »Ich verlieh Lady Lorelais Familie einen Titel, um ihre herausragenden Taten für das Königreich zu würdigen und daran ändert sich nichts, ob sie nun die Heilige ist oder nicht. Und um ehrlich zu sein, kann ich mir kaum vorstellen, dass es jemanden geben soll, der ihren Platz einnehmen kann.«

Die Falten auf der Stirn des Hohepriesters erzittern, als er sich davon abhält, das Gesicht zu verziehen.

»Euer Majestät, Ihr sprecht über eine Entscheidung Gottes. Eure Worte könnten als Blasphemie interpretiert werden.«

»Ganz im Gegenteil, ich setze sehr hohe Erwartungen in Euch und Lady Ephillis. Und da es Gottes Wille ist, werdet Ihr mich sicher nicht enttäuschen.«

Der Hohepriester senkt den Blick und selbst Leandra, die bisher eine beherrschte Miene zu Schau gestellt hat, hat nun eine kleine Falte zwischen den Augenbrauen.

»Worauf wartet Ihr noch?«, sagt der König ungeduldig, als die zwei nichts tun, außer mit gesenkten Köpfen dazustehen. »Ich bin sicher, Ihr habt eine Menge zu tun, jetzt da die wahre Heilige hier ist.«

Der Hohepriester zuckt zusammen und wirft Leandra einen Blick zu. »Natürlich, wenn Ihr uns entschuldigen würdet, Euer Majestät.« Er verbeugt sich vor dem König und der Königin.

Leandra dagegen kommt auf mich zu. Nur um mich zu ignorieren und Luke die Hand hinzuhalten. »Es freut mich, endlich Eure Bekanntschaft zu machen, Sir Luke. Ich habe schon viel von Euch gehört und der Hingabe, mit der Ihr Lady Lorelai beschützt habt. Ich kann mich glücklich schätzen, einen so starken und treuen Templer, an meiner Seite zu wissen.«

Ich erstarre. Natürlich ist Luke ein Templer und wird von nun an nicht mehr ständig bei mir sein, aber ich finde es widerlich, wie sie ihm schmeichelt. Wir haben noch nicht einmal den Raum verlassen, so als wolle sie sichergehen, dass Luke an ihrer Seite steht, wenn wir es tun.

Ich balle die Fäuste. Für mich wäre es wohl das Beste, mich vom Königspaar zu verabschieden und vorher zu gehen.

»Ich glaube, hier liegt ein Missverständnis vor, Lady Leandra.« Lukes Stimme ist ruhig wie immer, aber es wundert mich, dass er sie nicht ‚Eure Heiligkeit' nennt. Mich hat er nie mit Namen angeredet.

»Welches Missverständnis?«, fragt Leandra mit einem unterkühlten Unterton, wohl weil Luke, wie mir jetzt auffällt, ihre Hand ignoriert.

»Ihr habt mich für meine Treue gelobt, daher versteht Ihr sicher, dass ich an der Seite jener stehen werde, der ich meine Treue geschworen habe. Und das seid nicht Ihr.«

Ich starre Luke an, der Leandra Ephillis mit kühler Gleichgültigkeit mustert. Es ist nun fast ein Jahrzehnt her, dass Luke zu meinem persönlichen Leibwächter wurde und in all den Jahren hat er mich nicht ein einziges Mal so angesehen. Nicht nach meinen endlosen abfälligen Worten, nicht nach meinen offensichtlichen Lügen, nicht einmal, nachdem ich ihn verflucht habe.

»Wollt Ihr damit sagen, dass Ihr mich nicht als die wahre Heilige anerkennt?!« Leandras Stimme klingt jetzt schrill.

»Ich habe meine Treue nicht der Heiligen geschworen, Lady Leandra«, erwidert Luke eisern.

»Was soll das?!«, unterbricht der König und klopft ungeduldig mit der Hand auf seine Armlehne. »Als ob es nicht schon schlimm genug wäre, meine Zeit weiter zu verschwenden, es scheint mir, dass Ihr wirklich viel Arbeit vor Euch habt, wenn nicht einmal ein Templer Eurer neuen Heiligen gehorchen will, Hohepriester Berk!«

Der Hohepriester wirft Luke einen vernichtenden Blick zu, besinnt sich aber und verbeugt sich vor dem König. »Bitte vergebt mir, Euer Majestät. Ich werde mich natürlich umgehend darum -«

»Euer Majestät!« Luke unterbricht völlig ungeniert den Hohepriester, während er vor dem König auf die Knie geht. »Bei allem Respekt, aber Ihr missversteht meine Intention.«

Ich starre Luke entgeistert an.

»Ich habe vor Gott geschworen, Lady Lorelai Lumenos bis zu meinem Tod zu beschützen und ich werde diesem Schwur treu bleiben, genauso wie die Wachen Euer Majestät Euch treu bleiben werden, selbst wenn Ihr abdanken und Eure Krone an Kronprinz Adrian weitergeben solltet.«

Luke war noch nie ein Mann vieler Worte, aber ich habe gelernt, dass das daran liegt, dass es keinen Sinn hat, mit ihm zu diskutieren. Denn im gesamten Königreich gibt es keinen Menschen, kein Monster und kein Tier, das so stur ist wie Luke Pedellien. Was man schon daran sehen kann, dass er dreist genug ist, um selbst dem König nicht nachzugeben.

Und der König ist so überrascht davon, dass er vergisst, verärgert zu sein. Er räuspert sich. »Nun, wenn Ihr es so sagt, kann ich nichts dagegen einwenden.

Dennoch ist es keine Diskussion, die meine Zeit in Anspruch nehmen soll.«

»Natürlich, Euer Majestät. Bitte verzeiht die Unannehmlichkeiten.«

Der König brummt als Antwort nur und wedelt mit der Hand, um uns aus dem Raum zu scheuchen.

Diesmal sagt niemand ein Wort und ich verbeuge mich noch einmal vor dem Königspaar, ignoriere den stechenden Blick von Alba und folge Luke, der mir die Tür aufhält.

»Es freut mich zu sehen, dass du nicht kindisch bist und das Richtige tust, Lorelai. Ich bin stolz auf dich«, sagt der Hohepriester, sobald Luke die Tür hinter uns geschlossen hat.

Ich werfe Leandra einen Blick zu.

Der Hohepriester hat immer darauf geachtet, dass seine Beziehung zu mir offiziell als besonders eng gesehen wird. Er hat mich sogar eine Zeit lang dazu gebracht, ihn mit ‚Al' anzureden, eine lächerliche Kurzform für seinen Vornamen Albrecht und zu meinem Unglück hat ihm das ungemein geholfen, Hohepriester zu werden.

»Selbstverständlich, Eure Eminenz. Erlaubt mir noch einmal in den Tempel zurückzukehren, damit ich den Mantel der Heiligen zurückbringen kann.« Ich würde am liebsten sofort zu meinen Eltern gehen, aber es gibt einige Sachen aus meiner Residenz, die ich Leandra nicht überlassen möchte.

»Natürlich. Nimm die Kutsche und fahre mit Luke zurück. Leandra und ich haben ohnehin noch einiges zu tun.«

Ich nicke mit einem schwachen Lächeln. Das war einfach. Hätte ich ihm gesagt, dass ich meine Sachen holen will, hätte er sich bestimmt etwas einfallen lassen, um mich davon abzuhalten.

Dann richte ich mich an Leandra. »Ich bin so froh, dass Ihr endlich hier seid, Eure Heiligkeit. Ich weiß, Ihr könnt den Menschen die Hilfe geben, die sie verdienen.« Ich knickse vor ihr, jedoch braucht sie überraschend lange, um darauf zu antworten.

»Das werde ich«, sagt sie dann und ihre Stimme klingt weniger selbstsicher, als im Besprechungszimmer. »Und ich danke Euch für Eure Dienste, Lady Lorelai.«

»Ihr schmeichelt mir, Eure Heiligkeit«, erwidere ich mit weicher Stimme. »Ich hoffe, Ihr gewöhnt Euch schnell ein und werdet Euch im Tempel wohlfühlen.«

Diesmal bringt Leandra nur ein Nicken zustande, während sie mich fast schon eingeschüchtert ansieht, und ich bin froh, dass ich noch immer meinen Schleier trage. Ich bin ihr dankbar, dass sie aufgetaucht ist, aber ich bin nicht so dumm zu glauben, dass sie mir freundlich gesinnt ist. Daher habe ich auch kein Mitleid mit ihr, für das, was auf sie zukommt.

Ich verlasse mit Luke den Palast, in dem sich die Nachricht bereits herumgesprochen hat, denn Blicke und Getuschel folgen uns auf dem Weg nach draußen. Und es wird nicht besser, als wir mit der Kutsche zum Tempel fahren. Rufe und Lärm begleiten mich auf dem gesamten Weg und die Kutsche kommt noch langsamer voran als auf dem Hinweg. Erst als wir das Tempelgelände erreichen, wird es ruhiger.

Meine Residenz ist noch genauso, wie ich sie verlassen habe. Das kleine, weiße Haus, das mehr wie ein Tempel als wie ein Wohnhaus aussieht, der große Garten mit den zahlreichen Blumen, die das ganze Jahr über blühen.

Als ich die Treppe zum Eingang hinaufsteige, kommt Matthias herausgestürzt, gefolgt von ein paar Nonnen, die mir für diese Woche als Bedienstete zugeteilt sind. Ich habe mir ihre Namen nicht gemerkt, da es regelmäßig andere Nonnen sind, die zu mir in die Residenz kommen. Eine Idee des Hohepriesters, um mich davon abzuhalten, mehr Verbündete im Tempel zu haben als Luke und Matthias.

Matthias öffnet schon den Mund, besinnt sich aber gerade rechtzeitig und verbeugt sich vor mir. »Willkommen zurück, Eure Heiligkeit.«

Auch die drei Nonnen verbeugen sich, aber sie werfen mir dabei neugierige Blicke zu.

»So müsst ihr mich jetzt nicht mehr nennen«, sage ich im Vorbeigehen. »Ich bin nur hier, um die Relikte der Heiligen, die ich bei mir trage, zurückzubringen.« Ich achte nicht auf ihre Reaktionen, sondern gehe hinauf.

Zuerst suche ich mein Arbeitszimmer auf, um alle meine Experimente und Notizen in meinem Schatten zu verstauen. Es dauert nicht lange und hinterher sind nur noch die Bücher hier, deren Inhalt so langweilig ist, wie das Arbeitszimmer jetzt aussieht. Als Letztes lege ich den Siegelring der Heiligen auf den Schreibtisch.

Dann gehe ich in mein Zimmer, lege meinen Schleier und meinen Mantel ab, sowie sämtlichen Schmuck, den ich überflüssigerweise trage. Danach ziehe ich das einzige blaue Kleid an, das ich unter all den weißen Gewändern der Heiligen besitze. Es ist ein schlichtes Kleid mit Knöpfen und langen Ärmeln, das ein wenig zu warm für dieses Wetter ist, aber es ist das einzige Kleid, das tatsächlich mir gehört. Meine Eltern haben es mir zu meinem letzten Geburtstag geschenkt und ich hatte bis jetzt noch nicht die Gelegenheit, es zu tragen. Dann sehe ich mich ein letztes Mal um, bevor ich wieder hinuntergehe.

Die drei Nonnen sind weg, aber Matthias kommt mir entgegen, kaum dass ich den untersten Absatz der Treppe erreicht habe. »Was hat das zu bedeuten, Lorelai? Was soll ich jetzt tun?«, fragt er mit beinahe flehender Stimme.

Ich werfe ihm einen abfälligen Blick zu, der ihn auf Abstand hält. »Gar nichts.«

»Aber Lorelai!«, jammert er und ich verdrehe die Augen und beschleunige meine Schritte.

Luke wartet vor der Tür auf mich. Auch er hat sich umgezogen und trägt nun unscheinbare Kleidung und eine Tasche über der Schulter. »Ich habe uns eine Kutsche rufen lassen«, teilt er mir mit und erst da begreife ich, dass er den Tempel verlassen wird. Aber ich nicke nur und folge ihm.

Fünf Minuten später sitzen wir gemeinsam in der recht kleinen Mietkutsche und fahren zum Haus meiner Eltern. Sie werden bestimmt schon gehört haben, was passiert ist. Ich frage mich, was sie dazu sagen werden.

»Geht es Euch gut?«

Ich nehme meinen Blick von meinen Händen, die den Stoff meines Rocks in meinem Schoß zusammenknüllen, und sehe Luke an. »Willst du den Tempel wirklich verlassen?«

Luke ist in einem der Waisenhäuser der Kirche aufgewachsen und hat sich sein Leben lang darauf vorbereitet, Templer zu sein. Er hat keine Familie oder Freunde außerhalb. »Solange Ihr dort nicht seid, Eure Heiligkeit.«

Ich verziehe wütend das Gesicht. »Glaubst du nicht, dass Lady Leandra die wahre Heilige ist? Hast du sie deshalb zurückgewiesen?«

Er schüttelt den Kopf. »Es war die Gewohnheit, bitte verzeiht mir, Lady Lorelai.«

Ich seufze und sehe aus dem Fenster. »Du musst nicht mehr so förmlich sein, ich bin keine Lady. Ich kann dich nicht einmal bezahlen.« Ich habe nie viel Geld gebraucht und alles meinen Eltern gegeben, abgesehen von einer kleinen Summe für die Instandhaltung meiner Ausrüstung und für Essen und Trinken. Und ich will meine Eltern nicht darum bitten, das Geld wieder herzugeben. Die zwölf Goldstücke, die Luke als Sold im Monat bekam, sind für einen Mann seines Talents sehr wenig, aber es ist nicht einmal das

Einkommen, dass meine Eltern von ihrem Schuhge-schäft bekommen.

»Das müsst Ihr nicht.«

»Natürlich muss ich das! Schon allein dich zu er-nähren kostet Geld.« Ich werfe ihm einen wütenden Blick zu. Im Tempel gilt es vielleicht als nobel und bescheiden, sich gerade das Nötigste für seine Diens-te bezahlen zu lassen, aber ich verabscheue diese Denkweise.

»Mir wird etwas einfallen, um Geld zu verdienen, und bis dahin habe ich meine Ersparnisse«, erwidert Luke ruhig.

»Du hättest im Tempel bleiben sollen. Was für ein Templer verlässt den Tempel, um als gewöhnliche Wache zu arbeiten?! Man wird dich aus dem Orden werfen!« Ich balle die Fäuste im Schoß, denn ich weiß, welchen Ruf Luke verliert. Seine Treue zur Heiligen hat ihn zum Vorzeigebeispiel eines Templers gemacht und in seiner Sturheit hat er daran festgehal-ten, immer genau das zu tun, was von ihm erwartet wird. Welcher Idiot opfert all das wegen einer dum-men Wortklauberei?!

»Das ist mir egal.«

»Wie kann dir das egal sein?!«, brause ich auf, denn die Tatsache, dass ihn nichts davon zu beunruhi-gen scheint, ärgert mich nur noch mehr. Er sollte we-nigstens genervt sein und sich beschweren, dass ich Leandra so einfach das Feld überlassen habe.

Aber Luke erwidert meinen Blick genauso ruhig wie zuvor. »Ich bin ein Mann Gottes, nicht der Kirche, und ich werde an Eurer Seite bleiben, bis ich sterbe oder Ihr mich wegschickt.«

Ich balle die Fäuste noch fester und wünschte, ich könnte ihm auf seinen dämlichen, sturen Kopf hauen. Aber ich tue meine Frustration durch ein geräuschvolles Ausatmen kund und wende mich wieder dem Fenster zu. »Mach, was du willst!«

Sankt Lawrence

Lybra Lorr

Die Heilige

Endlich ist Lorelai von ihrer Position als Heilige befreit und kann zu ihrer Familie zurückkehren. Doch es ist nicht so einfach, sich in ihr neues Leben einzufinden. Ein Leben mit einer kleinen Schwester, die sie verabscheut, Adligen, die darauf abzielen, Lorelai für ihre Zwecke zu missbrauchen, allen voran Mikail Morean, und dem Druck, ihre Familie zu beschützen, ohne sie von ihrem Leben als Lawrence wissen zu lassen.

Es ist das Jahr 2268 und die Existenz von Vampiren ist so normal wie die jeder anderen Spezies. Doch als die Vampirin Yuna Mizuno bei einem Job von einer Gruppe Menschen angegriffen wird, findet sie sich in einer fremden Welt wieder. Und in einer Ära, in der die Erschaffung von Vampiren noch in weiter Ferne liegt. Bei dem Versuch herauszufinden, wie sie dorthin gekommen ist, gerät Yuna zwischen die Fronten zweier verfeindeter Nationen. Aber auch ihr Hunger macht sich bald bemerkbar.

DEMNÄCHST ...

Vivenna De Luca wird sterben! Das ist nur noch eine Frage der Zeit, als sie als Braut des blutrünstigen Kaisers in das Mortez Imperium geschickt wird. Denn der Wunsch nach Frieden zwischen Mortez und Vivennas Heimatland Volte ist nur eine Fassade, hinter der sich ein alter Groll verbirgt. Und ein gut gehegter Groll kann großen Schaden anrichten. Ganz besonders dann, wenn ihn niemand kommen sieht.